GOLDMANN

Autoren

Allan Cole und Chris Bunch, Freunde seit über dreißig Jahren, sind hierzulande mit der Fantasy-Saga um die *Fernen Königreiche* bekannt geworden. Ihre achtteilige Sten-Saga gehört zu den erfolgreichsten amerikanischen Science-fiction-Serien und wird komplett im Goldmann Verlag erscheinen. Chris Bunch lebt im Staat Washington, Allan Cole in New Mexico.

Allan Cole & Chris Bunch im Goldmann Verlag

Die Fernen Königreiche. Fantasy-Roman (24608)
Das Reich der Kriegerinnen. Fantasy-Roman (24609)
Das Reich der Finsternis. Fantasy-Roman (24610)
Die Rückkehr der Kriegerin. Fantasy-Roman (24686)

Die Sten-Chroniken 1: Stern der Rebellen (25000)
Die Sten-Chroniken 2: Kreuzfeuer (25001)
Die Sten-Chroniken 3: Das Tahn-Kommando (25002)

Weitere Bände in Vorbereitung.

ALLAN COLE 3 CHRIS BUNCH

DIE STEN-CHRONIKEN

DAS TAHN-KOMMANDO

Aus dem Amerikanischen
von Gerald Jung

GOLDMANN VERLAG

Die amerikanische Originalausgabe erschien 1985
unter dem Titel »The Court of a Thousand Suns«
bei Del Rey Books, New York

Für
Elizabeth R. & Leo L. Bunch
und
Die vier Brüder: Charles,
Phillip, Drew und David

Der Goldmann Verlag
ist ein Unternehmen der Verlagsgruppe Bertelsmann

Deutsche Erstveröffentlichung 7/96

Umschlaggestaltung: Design Team München
Umschlagillustration: Layzell/Schlück, Garbsen
Satz: deutsch-türkischer fotosatz, Berlin
Druck: Elsnerdruck, Berlin
Verlagsnummer: 25002
SN/Redaktion: Gert Rottenecker
Herstellung: Peter Papenbrok
Made in Germany
ISBN 3-442-25002-1

1 3 5 7 9 10 8 6 4 2

Vorbemerkung:

Die Titel der Bücher I, II, III und IV sind der Pariser Umgangssprache für bestimmte Teile der Guillotine entlehnt. Die »bascule« ist das Brett, auf das der Verurteilte gelegt und festgeschnallt wird; die »lunette« ist die halbkreisförmige Klammer, die um seinen Hals befestigt wird; mit »mouton« ist die achtzig Pfund schwere Klinge selbst gemeint; »declic« heißt der Hebel, mit dem der Henker den Fall der Klinge auslöst.

Der Titel von Buch V, »Die Rote Messe«, geht auf den Brief eines französischen Abgeordneten während des großen Terrors der 90er Jahre des 18. Jahrhunderts zurück. Dieser Abgeordnete, ein gewisser Monsieur Amar, lädt seine Mitabgeordneten zu einer öffentlichen Exekution ein, »um der Feier der Roten Messe beizuwohnen …«

AC und CRB

Buch I

BASCULE

Kapitel 1

Der Banth knurrte das Stachelschwein an, das sich in den hohlen Baumstamm zurückgezogen hatte, so weit es nur eben konnte.

Der Instinkt des Banth sagte ihm, daß das Baumstachelschwein eßbar war, doch ihre Abrichtung hatte die sechsbeinige Katze etwas anderes gelehrt. Fleisch war etwas, das von Zweibeinern gebracht wurde, und zwar morgens und abends, und immer in Verbindung mit freundlichen Worten. Da konnte das Stachelschwein noch so gut riechen; es benahm sich nicht wie richtiges Fleisch. Der Banth ließ sich auf seinem Hinterteil nieder und versuchte mit der Vorderpfote zwei Stacheln aus seinem Nasenspiegel zu ziehen.

Plötzlich duckte sich das Tier flach auf den Boden. Schon wieder dieses Geräusch – ein leises, hohes Pfeifen aus dem Wald. Der Banth blickte aufgeschreckt den Berg hinauf, dann wieder in die andere Richtung, aus der das Geräusch kam.

Ganz gegen seinen Instinkt brach er aus dem Schutz des Waldsaums heraus und rannte mit großen Sätzen den nackten, mit Felsbrocken übersäten Hang hinauf. Nach zweihundert Metern suchte er sich Deckung und versteckte sich hinter einer Gruppe von Felsen.

Das Pfeifen wurde lauter, als der A-Grav-Gleiter sich über die struppigen Baumwipfel erhob, eine elegante Pirouette drehte und dann in der Nähe des hohlen Baumstamms landete.

Terence Kreuger, der Chef der taktischen Einsatztruppe der

Polizei auf der Erstwelt, überprüfte den Zielfinder, der auf den Armaturen des A-Grav-Gleiters lag. Die Nadel zeigte geradewegs den Berghang hinauf, und der Entfernungsanzeiger verriet ihm, daß der Banth kaum mehr als einen halben Kilometer von ihm entfernt sein konnte.

Kreuger zog die Projektilwaffe aus der Halterung hinter dem Sitz und überprüfte sie noch einmal: geladen, gesichert, die Zielvorrichtung auf einen Meter eingestellt – ungefähr das Ausmaß des Brustkorbs eines Banth.

Dann suchte er mit dem Fernglas den Hügel ab, bis er nach einigen Sekunden eine zuckende Bewegung wahrnahm. Kreuger grunzte zufrieden und steuerte den A-Grav-Gleiter ein Stück weiter den Hügel hinauf. Er hatte den Banth heute schon einmal verfehlt und war nicht sehr zufrieden mit sich.

Kreuger sah sich immer als Jäger der alten Schule. Sobald es seine polizeidienstlichen Verpflichtungen zuließen, verbrachte er seine Zeit mit der Jagd oder mit der Vorbereitung darauf. Dabei war Jagen ein teures Hobby, besonders auf der Erstwelt. Der Zentralplanet des Imperiums verfügte über kein einheimisches Wild mehr, und die Gebühren der beiden Jagdreservate überstiegen selbst die Möglichkeiten des Chefs der taktischen Einsatztruppe erheblich – bis vor kurzem jedenfalls noch.

Zuvor hatte sich Kreuger bei seinen Jagdausflügen auf andere Planeten beschränken müssen, und auch dort meist auf minderwertiges, nicht eßbares Wild. Das war zwar alles gut und schön, doch auf diese Weise kam Kreuger nie zu den begehrten echten Trophäen, zumindest nicht zu solchen, die in den offiziellen Jagdbüchern verzeichnet waren. Inzwischen hatte sich jedoch dank seiner neuen Freunde so einiges geändert. Nach dreißig Jahren im Polizeidienst hielt Kreuger noch immer viel auf seine Ehrlichkeit; mittlerweile hatte er nur die Vorstellung verinnerlicht, daß das, was seine neuen Freunde von ihm verlangten, keinesfalls unehrlich war. Und was andererseits für ein paar kleine Gefälligkeiten heraussprang! Drei Wochen weg von dieser Wahnsinnsveranstaltung namens Imperialer Siegestag! Drei Wochen in einem Jagdrevier, ohne jegliche Unkosten. Lizenzen zum Abschuß von vier gefährlichen und wilden Tieren – ein Nashorn von der Erde, ein Banth, ein Cervi und ein Riesen-Ot.

Er wußte schon genau, an welche Wand er ihre Köpfe hängen würde. Natürlich würde Kreuger seinen neidischen Freunden nicht erzählen, wo er diese Trophäen geschossen hatte.

Der Stoßfänger des A-Grav-Gleiters wich einem Felsbrocken aus und holte Kreuger wieder in die Gegenwart zurück. Konzentriere dich, Mann, konzentriere dich. Genieße jede Sekunde dieses Tages. Die klare Luft, den Geruch der Bäume weiter unten, die Staubwölkchen, die rund um den Gleiter aufgewirbelt werden.

Kreuger steuerte das Fahrzeug weiter den Hügel hinauf, immer der Nadel nach, die unbeirrbar auf den im Hals des Banth implantierten Sensor zeigte.

Weiter unten bewegte sich ein zweiter A-Grav-Gleiter parallel zur Baumgrenze. Clyff Tarpy brauchte kein Fernglas, um Kreugers Gleiter zu folgen.

Der Banth saß in der Falle.

Schräg rechts vor ihm ging es so steil abwärts, daß er sich selbst mit seinen klauenbewehrten Pfoten nicht hinabwagen konnte. Links stürzte der Fels sogar jäh in eine tiefe Schlucht ab. Verschreckt kauerte sich der Banth hinter einen großen Felsbrocken.

Der Gleiter landete direkt vor seinem Versteck. Kreuger stieg aus und kam mit schußbereiter Waffe näher.

Der Banth wunderte sich erneut. Das Pfeifen war schon einmal die Ursache für einen lauten Knall und einen sengenden Schmerz gewesen, einen Schmerz, der den Banth durch den ganzen Wald und in die Berge hinaufgetrieben hatte.

Aber der Geruch war eindeutig Zweibeiner. Zweibeiner, aber nicht vertraut. Hatte der Banth etwas falsch gemacht? Der Zweibeiner würde es ihm bestimmt sagen, ihn füttern und dann wieder in seine warme Box zurückbringen.

Der Banth erhob sich und machte einige Schritte um den Felsen herum.

Kaum kam der Banth in Sicht, riß Kreuger sein Projektilgewehr hoch und entsicherte es. Jetzt nur keinen Fehler machen! Er zielte sorgfältig.

Der Banth maunzte verunsichert. Das dort war nicht sein Zweibeiner.

»Elender Dreckskerl!«

Kreuger wirbelte herum und vergaß den Banth kurzzeitig. Er hatte nicht gehört, daß hinter ihm ein zweiter A-Grav-Gleiter gelandet war.

Der Lauf der Waffe sah aus fünf Metern Entfernung enorm groß aus. Tarpy wartete noch einen Moment, bis sich das Erstaunen auf Kreugers Gesicht in schieres Entsetzen verwandelt hatte. Dann zog er den Abzug durch. Das weiche Metallgeschoß durchschlug Kreugers Brustbein, wurde durch den Aufprall noch größer und wirbelte dann durch den Brustkorb des Polizeichefs direkt in sein Herz. Kreuger war sofort tot. Er sackte auf einem kleinen Felsen zusammen und kippte dann nach vorn aufs Gesicht.

Tarpy lächelte, zog einen großen Fetzen Sojasteak aus seiner Gürteltasche und warf ihn dem Banth hin. »Jetzt hast du noch acht Leben übrig, Miezekatze.«

Tarpy holte einen kleinen Sprühbehälter aus der Tasche und löschte damit seine Fußspuren vom staubigen Felsen. Bei Kreugers Gleiter hielt er sich nur so lange auf, wie er brauchte, um die Maschine und das Peilgerät abzustellen. Je länger es dauerte, bis die Leiche gefunden wurde, um so besser. Tarpy kletterte in seinen eigenen Gleiter und steuerte ihn wieder den Hügel hinunter.

Der Schwanz des Banth zuckte einmal hin und her. Der Geruch dieses seltsamen Zweibeiners gefiel ihm überhaupt nicht. Also schnappte er sich das Stück Sojasteak, setzte über den Steinwall und trottete den Abhang hinunter. Er wollte in vertrauter Umgebung fressen und anschließend vielleicht doch noch das Geheimnis des anderen Sojasteaks lüften – des Sojasteaks mit Stacheln, das laufen konnte.

Kapitel 2

Der Mann im blauen Overall hielt Admiral Mik Ledoh ein langes Messer an die Kehle. Mit der anderen Hand zwang er den Großkämmerer des Ewigen Imperators näher an die Brüstung der Festungsmauer.

»Wenn unsere Forderungen nicht sofort erfüllt werden, stirbt dieser Mann!« Seine von Lautsprechern übertragene Stimme schallte über die steinernen Zinnen des Schlosses, die 700 Meter ins Nichts hinunter und quer über den Paradeplatz.

Hundert Meter unter ihm und ein Stück weiter rechts prüfte Sten den Halt seiner Hände und Füße. Seine bloßen Finger krallten sich in kleinste Mörtelvorsprünge. Ein Fuß baumelte jetzt über dem Abgrund, der andere stand fest auf dem Gesicht des

Havildar-Majors Lalbahadur Thapa. Stens Willygun war mit einem verstellbaren Riemen an seinem dunkelbraunen Kampfanzug festgezurrt. An einem Arm war eine Dose Kletterfaden befestigt. An ihrem Ende hing ein Greifanker.

Wieder ertönte von oben die Stimme des Terroristen: »Ihr habt nur noch wenige Sekunden, um euch zu überlegen, ob ihr das Leben dieses Mannes retten wollt!«

Sten streckte die linke Hand aus und suchte einen neuen Halt. Gerade als er sich sicher fühlte, bröselte der Mörtel weg, und beinahe wäre er abgerutscht. Er zwang sich dazu, den Körper nicht instinktiv an die Mauer zu pressen, und holte tief Luft.

»Kaphar hunnu bhanda marnu ramro«, hörte er Lalbahadurs schmerzliches Murmeln von unten.

»Aber Feiglinge leben länger, verdammt!« stieß Sten hervor, während er sich schon an einem neuen Halt festklammerte und beide Füße nachzog. Dann griffen auch die Kletterstiefel in der Wand, und Sten war für den nächsten Moment in Sicherheit. Atmen ... atmen ... und schon verwandelte er sich wieder in eine Klettermaschine. Unter ihm bewegten sich Lalbahadur und der Rest des Gurkha-Zuges die senkrechte Granitwand empor, immer dichter an die beiden Männer über ihnen heran.

Fünf Meter unterhalb des Vorsprungs fand Sten einen festen Stand – eine leicht hervorstehende Steinnase. Er berührte die zweite Dose Kletterfaden, die an dem Gürtel um seine Hüften befestigt war, und eine spinnwebartige Schnur schoß daraus hervor, klatschte gegen die Steinwand und blieb sofort haften.

Sten drehte sich leicht und gab den anderen Zeichen, daß er abgesichert war und somit die anderen Soldaten unter sich sichern konnte. Aus einer dritten Dose vom Koppel sprühte er einen Faden zu den Gurkhas hinunter.

Lalbahadur ging direkt rechts neben Sten in Stellung, der ihn nicht einmal beachtete, sondern die Düse der Fadendose an seinem Arm berührte und etwa fünfzehn Meter Faden herausließ. Am Ende dieses dünnen Seils hing der Greifanker. Er löste eine Hand von der Wand und schob sie in den Fadenhandschuh, der an einem Karabinerhaken festgemacht war; dann fing er an, den Haken rhythmisch hin und her schaukeln zu lassen, bis er ihn mit einer weitausholenden Bewegung nach oben schleuderte.

Der zwanzig Gramm schwere Greifhaken wickelte sich zweimal um die Mündung einer altertümlichen Kanone, die über ihm zwischen den Zinnen herausragte.

Sten hakte eine Jumar, eine spezielle Klemmschlaufe, an den Faden und schlängelte sich nach oben; der Mann im blauen Overall blickte hinaus in das grelle Licht der Scheinwerfer und bekam überhaupt nicht mit, wie Sten an der Wand hochkroch und über die Brüstung huschte.

»Wir haben lange genug gewartet«, dröhnte seine Stimme, und es klang wie ein Stichwort. Der Arm mit dem Messer holte zum tödlichen Hieb aus, da kam Sten geduckt aus den Schatten, schlug dem Mann die geballte Faust ins Gesicht und blockte mit der anderen Hand den Messerarm ab.

Der Mann im Overall torkelte zur Seite, und der Kämmerer wankte einige Sekunden am Rande des Abgrunds, fand jedoch sein Gleichgewicht wieder. Inzwischen hatte sich der Mann mit dem Messer von seinem Schrecken erholt und wollte Sten mit der langen Klinge angreifen.

Doch Sten war bereits mit schwingenden Fäusten bei ihm. Der Hieb traf den Terroristen seitlich am Kopf, und er fiel wie ein nasser Sack zu Boden.

Jetzt kamen auch die anderen Terroristen hinter den Zinnen hervor – zu spät. Die Gurkhas schwärmten aus der Dunkelheit heran, die 30 Zentimeter langen Klingen ihrer Kukris blitzten im

Scheinwerferlicht. Und wieder einmal erklang der Schrei »Ayo Gurkhali« über das Schloß, ein Schlachtruf, der schon ganze Generationen gewalttätiger Menschen gelehrt hatte, ihre Absichten noch einmal zu überdenken.

Die Terroristen wurden bis auf den letzten Mann niedergemacht.

Lalbahadur überprüfte, ob die niedergestreckten Männer wirklich ausgeschaltet waren. Naik Thaman Gurung streifte den Raketenwerfer von seinem Rücken und stellte ihn in Position. Sten nickte, und mit einem feurigen Lodern fauchte die Rakete davon, hinaus in die Dunkelheit und in einer langgezogenen Parabel auf den Paradeplatz hinunter, wo sie schließlich aufschlug.

Gurung band das Seil, das die Granate hinter sich hergezogen und jetzt fest im Betonboden des Paradeplatzes verankert hatte, an einer Zinne fest. Dann grinste er Sten an: »Machen wir jetzt den Abgang, Captain?«

»Zug antreten«, rief Sten. »Einer nach dem anderen – los!«

Als erster ging Thaman. Er klemmte seine Jumars an das Seil, das über 700 Meter weit hinunter auf den Paradeplatz reichte, zog die Beine an und sauste auch schon los, auf und davon an einem fast unsichtbaren Seil in Sicherheit.

Sten salutierte vor dem Kämmerer. »Sir.«

Admiral Ledoh zog eine Grimasse, drückte sich den zeremoniellen Dreispitz fester auf den Kopf, nahm das Paar Klemmschlaufen entgegen, das Sten ihm entgegenhielt, und dann verschwand auch er in rasender Fahrt am Seil nach unten.

Sten war als nächster dran. Nach dem luftigen Abgang bremste er in letzter Sekunde vor dem Betonboden ab, nahm die Hände von den Jumargriffen, fand Bodenkontakt und rollte sich zweimal ab.

Nach ihm seilten sich Lalbahadur und die anderen ab, rollten oder federten beim Aufprall ab und stellten sich unverzüglich in Zug-Formation auf. Admiral Ledoh, noch etwas außer Atem, trat zwei Schritte nach vorne und salutierte. Über ihm applaudierte der Ewige Imperator. Eine halbe Million Zuschauer, die auf den Tribünen entlang des Paradeplatzes Zeugen der Darbietung gewesen waren, brachen in jubelnden Beifall aus – wobei sie den »Terroristen«, die sich hoch oben verbeugten, nicht weniger applaudierten als den Gurkhas, Ledoh und Sten.

Ledoh nahm die Hand von der Hutkrempe und erklomm die Stufen der Tribüne zur Loge des Imperators. Als er es endlich bis hinauf in die Ehrenloge geschafft hatte, erwartete ihn der Imperator bereits mit einer kleinen Erfrischung. Ledoh kippte den Alkohol hinunter, und der Imperator fragte grinsend: »Wer ist nur auf die Idee mit diesem blöden Hut gekommen?«

»Das war ich selbst, Euer Majestät.«

»Mmmhmm«, kicherte der Imperator. »Aber wie zum Teufel hat er auf dieser Rutschpartie so gut gehalten?«

»Mit Hilfe eines hervorragenden wasserlöslichen Klebstoffs.«

»Na, hoffentlich stimmt das mit der Wasserlöslichkeit. Ich werde auf keinen Fall dulden, daß mir jemand, den ich jeden Tag sehen muß, mit einer solchen ... Bettpfanne unter die Augen tritt.« Ohne die Antwort abzuwarten, fügte er hinzu: »Hier, trinken Sie noch einen, Mik, ich bitte Sie! Schließlich spielen Sie ja nicht jeden Tag Tarzan.«

Dieser Befehl wurde ohne Umschweife und dankbar befolgt.

Der Imperator feierte eine seiner eigenen Erfindungen: den Imperialen Siegestag.

Vor gut 500 Jahren hatte er diese Zeremonie eingeführt, um den Sieg in einem mittlerweile längst vergessenen Krieg zu feiern.

Die Prämisse war denkbar einfach: Einmal im Jahr stellten sich die Imperialen Streitkräfte, auf welchem Planeten sie auch stationiert sein mochten, zur Schau; jeder, der dabeisein und zuschauen wollte, war herzlich eingeladen.

Selbstverständlich erfüllte der Imperiale Siegestag noch andere Zwecke als nur den, eine Parade abzuhalten. Schließlich erfüllte alles, was der Imperator anzettelte, einen sekundären, wenn nicht sogar tertiären Zweck. Die Demonstration bewaffneter Macht verlieh den Bürgern des Imperiums nicht nur die Gewißheit, Schutz zu genießen und im Bedarfsfall verteidigt zu werden, der Imperiale Siegestag diente auch dazu, potentielle Bösewichter von ihren schurkischen Plänen abzuhalten – zumindest, was die Imperialen Interessen betraf.

Die aufwendigsten Darbietungen des Imperialen Siegestags fanden natürlich auf der Erstwelt statt. Im Laufe der Jahre hatte sich der Imperiale Siegestag zum Höhepunkt eines zweiwöchigen Sport- und Kunstmarathons entwickelt, einer Mischung aus altrömischen Saturnalien, Oktoberfest, Olympischen Spielen und Maifeiertag. An diesem einen Abend stand der Imperiale Palast für jeden offen, was an sich schon eine Attraktion war.

Der Palast war die Hauptresidenz des Imperators und zugleich sein Kommandozentrum auf der Erstwelt. Er lag im Mittelpunkt einer kreisförmig angelegten Gartenanlage mit einem Durchmesser von fünfundfünfzig Kilometern. Das Maß von fünfundfünfzig Kilometern war insofern nicht ganz zufällig gewählt, als es der maximalen Horizontsichtweite auf der Erstwelt entsprach. Der Imperator schätzte es nicht besonders, wenn jemand vor seiner Haustür stand, den er nicht schon von weitem kommen gesehen hatte.

Im Zentrum dieses Kreises aus sorgsam gepflegten und überaus abwechslungsreich gestalteten Parklandschaften ragte der

Palast selbst empor und bedeckte mit seiner womöglich ultimativen Mischung aus Landschafts- und mittelalterlicher Befestigungsanlage ein Gebiet von sechs mal zwei Kilometern.

Die »Burg« selbst bestand aus hohen Mauern mit einem Neigungswinkel von fünfzig Grad, die vom Haupttor bis zum eigentlichen Palast an vielen Stellen zu kleinen, v-förmigen Außenforts vorsprangen. In diesen 200 Meter hohen Mauern hatte der Imperator einen Großteil der Verwaltung untergebracht. Sie waren zwar nicht absolut atombombensicher, doch es bedurfte schon eines direkten Treffers, um die gesamte Anlage auszuradieren. Wobei der Imperator auch dann noch in der Lage war, die meisten Operationen auszuführen, sollte der Palast völlig abgeschnitten werden; unterhalb der Mauern lagerten Vorräte an Nahrungsmitteln, Atemluft und Wasser für mehrere Jahrzehnte.

Der Palast selbst, eine stark vergrößerte Kopie der Burg Arundel, stand am anderen Ende des fünf Kilometer langen Paradeplatzes, der zugleich den Mittelpunkt der Befestigungsanlage ausmachte.

In noch größerem Maße als die Burgmauern war der Palast nach dem Eisbergprinzip angelegt. Unter seinen Grundmauern gruben sich Imperiale Kommandozentralen und Wohnquartiere über 2 000 Meter tief in die Erde.

Die Außenwände des Palastes waren mit riesigen Steinblöcken verkleidet, hinter denen sich Atombomben-Schutzschilde und meterdicke Isolationsschichten verbargen. Der Imperator hegte zwar eine Schwäche für das mittelalterliche Design, doch er bediente sich sehr gerne der Sicherheit und des Komforts modernster wissenschaftlicher Errungenschaften.

Am Imperialen Siegestag, dem Tag der offenen Tür, transportierten gewaltige A-Grav-Fähren der Imperialen Garde die Touristen herbei. An den restlichen Tagen des Jahres bestiegen nur

Palastangestellte die unterirdische Pneumo-Bahn im vierunddreißig Kilometer entfernten Fowler, die sie direkt zu ihren Dienststellen beförderte.

Da die Anwesenheit auf der Erstwelt anläßlich des Imperialen Siegestags fast der offiziellen Einführung bei Hofe gleichkam, hatte der Imperator schon früh herausgefunden, daß er die vielen Millionen seiner Untertanen, die ihn besuchen wollten, nicht alle auf seinem Anwesen empfangen konnte. Deshalb hatte er für die Besucher eine Art »Drei-Manegen-Zirkus« arrangiert, wie er diese Idee einem verständnislosen Beamten einmal erklärt hatte. Die begehrtesten Plätze waren diejenigen, die möglichst nah am Palast waren. Diese ließ der Imperator sogenannten Favoriten des Hofes, den Helden des Tages sowie der gesellschaftlichen Elite und dergleichen zukommen.

Die zweite »Manege« – wobei es alles andere als leicht war, zu definieren, wo genau die feine Trennlinie verlief – war den sozialen Aufsteigern vorbehalten.

Diese Plätze konnten mit Aufpreis verkauft, unter der Hand verschoben und anderweitig von den Leuten erworben werden, die nicht daran zweifelten, daß das Erlebnis des Imperialen Siegestags auf der Erstwelt den absoluten Höhepunkt ihres ganzen Lebens darstellte.

Der dritte Kreis war am weitesten von der Imperialen Loge entfernt, und seine Plätze wurden sorgfältig unter den Bewohnern der Erstwelt verlost. Natürlich geriet eine ganze Reihe dieser Karten auch in die Hände von Außenweltlern, doch der Imperator hatte nichts dagegen einzuwenden, wenn die »Einheimischen« auf diese Weise den einen oder anderen Credit machen wollten.

Alle Plätze befanden sich auf nicht überdachten Zuschauertribünen, die bereits Wochen vor der Zeremonie entlang der geneigten Außenwälle der Festungsmauern rings um den Paradeplatz aufgebaut wurden.

Technisch gesehen spielte es keine Rolle, wo die Zuschauer saßen. Überdimensionale holografische Bildschirme ragten in regelmäßigen Abständen über die Mauern empor und versorgten das Publikum jederzeit mit Nahaufnahmen und gelegentlichen Schnitten auf diejenigen Leute in der »ersten Manege«, die aus irgendeinem Grund interessant waren.

Einige Darbietungen, wie etwa Stens »Rettungsaktion«, wurden ohnehin ganz am anderen Ende des Paradeplatzes aufgeführt, nicht weit vom Schloß selbst entfernt. Die meisten waren jedoch so gestaltet, daß sie mehrere Male vor allen Tribünen abliefen, bis sie am Ende des Paradeplatzes einen Ausgang erreicht hatten.

Der Imperiale Siegestag war das spektakulärste vorausgeplante Ereignis des Jahres. Der Hof, der sich noch immer »Hof der tausend Sonnen« nannte, obwohl das Imperium weit mehr als eintausend Sonnensysteme umfaßte, ließ diese Sonnen am Imperialen Siegestag in besonders hellem Licht erstrahlen.

Der Abend dieses festlichen Tages war auch der Abend der Abende, an dem alles geschehen konnte ...

Sten lehnte keuchend an der Wand des Betontunnels – eines Tunnels, der normalerweise von schweren Toren aus verdichtetem Stahl verschlossen war. Heute waren diese Tore jedoch hochgezogen, um dem Publikum ungehinderten Zugang zum Paradeplatz zu gewähren.

Neben Sten stand Havildar-Major Lalbahadur Thapa und schnaufte ebenfalls, wenn auch nicht ganz so angestrengt. Die anderen Gurkhas waren gelobt und entlassen worden, um einen – für sie – angenehmeren Abend mit Glücksspiel und massiver

Bewußtseinserweiterung unter Anwendung diverser ihnen zuträglicher Substanzen zu verbringen.

»Hervorragende Vorstellung«, grunzte Lalbahadur zufrieden.

»Hmmm«, meinte Sten.

»Ich bin sicher, daß kein Übeltäter, wie entschlossen er auch vorher gewesen sein mochte, jetzt noch auf die Idee kommt, unseren Kämmerer über die Zinnen des Schlosses zu halten.«

Sten grinste. In den drei Monaten, seit er die Gurkha-Leibgarde des Imperators befehligte, hatte er erfahren, daß ihm der nepalesische Sinn für Humor mit seiner Respektlosigkeit vorgesetzten Offizieren gegenüber sehr entgegenkam. »Du bist zynisch. Wir haben uns damit ordentlich mit Ruhm bekleckert.«

»Richtig. Was mich jedoch verwirrt, ist die Tatsache, daß ich zur gleichen Zeit in die eine Hand meine Notdurft verrichtet und dabei darauf gewartet habe, daß die andere sich mit Ruhm füllt.« Lalbahadur senkte den Kopf in gespielter Traurigkeit. »Es war so unausgewogen. Eine Tatsache spricht jedoch zweifelsohne dafür«, fügte er strahlend hinzu. »Unser heldenhafter Auftritt wird auch bei den Parbitayas in der Heimat ausgestrahlt. Somit haben wir bestimmt keine Schwierigkeiten, auch weiterhin genug Schwachköpfe zu finden, die sich nichts Schöneres vorstellen können, als zum Ruhme des Imperators steile Mauern emporzuklettern.«

Stens Antwort wurde vom jähen Getöse einer Musikkapelle übertönt. Der Offizier und sein Unteroffizier nahmen Haltung an, als des Imperators Ehrengarde der Prätorianer sich rasselnd und scheppernd in Bewegung setzte. Sten und Lalbahadur salutierten vor den Fahnen, dann ließen sie sich wieder gegen die Wand fallen, als die mehr als 600 Mann starke Palastwache mit perfekt choreographiertem Automatismus in poliertem Lederzeug und schimmerndem Metall vorübermarschierte.

An der Spitze der Formation ging Colonel Den Fohlee, der kommandierende Offizier der Prätorianer. Er erwiderte zackig Stens Gruß und richtete die Augen sofort wieder nach vorn, wo die Ehreneinheit hinaus auf den Paradeplatz einschwenkte und unverzüglich mit gewaltigem Jubel begrüßt wurde.

»Mein Vater hat mir einmal gesagt«, warf Lalbahadur ein, »es gäbe nur zwei Sorten von Menschen auf der Welt. Normalerweise höre ich nicht auf derlei Unsinn, da ich fest davon überzeugt bin, daß es nur zwei Sorten von Menschen auf der Welt gibt, nämlich diejenigen, die daran glauben, daß es nur zwei Sorten von Menschen auf der Welt gibt, und diejenigen, die das nicht glauben.« Er hielt leicht verwirrt inne.

»Dein Vater meinte also, es gäbe zwei Sorten von Menschen«, half ihm Sten auf die Sprünge.

»Genau. Einmal diejenigen, die poliertes Metall und gewichstes Leder lieben, und die anderen, die lieber einen trinken gehen. Zu welcher Gruppe zählen Sie, Captain?«

»Fehlanzeige, Havildar«, lehnte Sten bedauernd ab. »Ich bin noch im Dienst.«

Sten und sein Unteroffizier salutierten, und der kleine stämmige Mann eilte davon. Sten blieben noch einige Minuten bis zur Kontrolle seiner Leute, und so schlenderte er zum Ende des Tunnels und schaute den Prätorianern bei der Parade zu.

Sie waren sehr, sehr gut, was sich für eine Gruppe von Männern und Frauen durchaus ziemte, deren einzige Ausbildung und Pflicht in der völligen Ergebenheit ihrem Anführer gegenüber bestand, sowie in der Fähigkeit, stundenlang bewegungslos Wache zu stehen oder farbenprächtige Pirouetten zu drehen.

Sten wußte, daß er ein bißchen unfair urteilte, doch die wenigen Male, als er zum Paradedienst eingeteilt gewesen war, hatten sich als tödlich langweilig erwiesen. Es gab wohl genug Leute, die sich an paradierenden Soldaten begeisterten, aber diese Leute hatten garantiert keine Ahnung, wieviel endlose Stunden an Geputze, Gewienere und Drill einer Parade vorausgingen.

Trotzdem mußte Sten zugeben, daß die Prätorianer außerordentlich gut gedrillt waren. Sie absolvierten ihre Parade mit altertümlichen Projektilwaffen, denn die kurze, wirkungsvolle Willygun war für den Gewehrdrill nicht spektakulär genug. Außerdem gab es an der Willygun keine Bajonetthalterung. Am Ende des vierzigsten Jahrhunderts bestand einfach keine Veranlassung mehr, am Ende eines Gewehrlaufs einen Dosenöffner anzubringen – es sei denn für zeremonielle Zwecke.

Deshalb hantierten die Prätorianer jetzt mit gut einszwanzig langen Flinten in komplizierten Mustern auf dem Platz herum.

Zu Anfang hatten die Soldaten ihre Waffen über der Schulter getragen. Nach einer bestimmten Anzahl von Schritten wurden sie plötzlich lässig zwischen Ellbogen und Unterarm geklemmt, wobei die Bajonette vor ihnen wie Speere in der Sonne glänzten.

Dann marschierten die Prätorianer in offener Formation, und auf einen Befehl hin machte eine Reihe nach der anderen kehrt und marschierte den gesenkten Bajonetten der folgenden Reihe entgegen. Sten zuckte zusammen, als er daran dachte, was unweigerlich geschehen würde, wenn einer der Unteroffiziere bei den pausenlos ausgestoßenen Befehlen aus dem Rhythmus kam.

Die Einheit schwenkte zu ihrem Ausgangspunkt zurück und machte dann nach rechts kehrt. Anschließend führte sie einige komplizierte Griffübungen am Gewehr vor. Mit viel Stiefelgetrampel wechselte eine Reihe nach der anderen von »Gewehr vor der Brust« zu »präsentiert das Gewehr« zu »Gewehr über« zu »Schulterwechsel Gewehr über«.

Simultan dazu fingen einige Gruppen auf weitere komplizierte Befehle hin an, die Gewehre im fliegenden Wechsel zu tauschen – wobei sie die schwierigen Griffübungen keinesfalls unterbrachen, nach dem Kommando »Gewehr über« die Waffe jedoch schräg nach hinten warfen, wo sie vom jeweiligen Hintermann aufgefangen wurde.

Sten, der das alles mit angemessenem Durchhalte-Zynismus betrachtete, war in Geschichte nicht genug bewandert, um den alten Spruch zu kennen, der da lautete: »Sieht ja sehr schick aus – aber ist das Krieg?«

Kapitel 3

Es gibt Wesen, die auf den ersten Blick bei allen beliebt sind. Sie scheinen sich in einer höheren, luftigeren Dimension als alle anderen zu bewegen. Trotzdem finden diese dergestalt Geadelten in allen anderen Lebewesen ein Echo ihrer selbst. Für sie ist das Leben Kunst, weshalb sie in gewisser Hinsicht etwas anmaßend wirken können. Andererseits sind sie oft die ersten, die sich über ihre eigene Anmaßung lustig machen.

Bei Marr und seinem Geliebten Senn handelte es sich um zwei dieser Wesen, die sich in schnatternder Bewunderung über die Prätorianergarde ergingen.

»Meine Güte, welch kräftige Gesellen«, sagte Marr. »Die vielen Muskeln und der viele Schweiß. Da wäre man doch fast selbst gern Mensch.«

»In diesem Fall wüßtest du nicht, was du auch nur mit einem von ihnen anfangen solltest«, erwiderte Senn naserümpfend. »Ich muß es schließlich wissen. Es ist schon lange her, daß du deine schmutzigen Tricks bei mir angewandt hast.«

»Ich habe diese herrlichen jungen Männer doch nur bewundert. Die reinste Augenweide. Das hat nichts mit Sex zu tun. Offensichtlich geht dir nichts anderes unter der Schädeldecke herum.«

»Ach, die lieben Hormone. Aber wir wollen uns nicht streiten, mein lieber Marr. Wir sind auf einer Party, und du weißt doch, wie sehr ich Parties liebe.«

Senn beruhigte sich wieder. Vielleicht benahm er sich wirklich wie ein Mensch in den Wechseljahren. Er schob sich näher an Marr heran, damit sich ihre Fühler besser umeinanderwinden konnten. Parties streßten auch ihn immer sehr.

Eigentlich gab es kaum ein Lebewesen im gesamten Imperium, das mehr von Parties verstand als Senn und Marr. Feierlichkeiten aller Art waren ihre Spezialität – ein wenig Glamour, was zu futtern, interessante Persönlichkeiten, und das alles zu einem Plauder-Cocktail zusammengemischt. Sie waren die offiziellen Ausrichter aller Imperialen Festivitäten auf der Erstwelt.

Sie jammerten zwar ständig, daß die Feten des Ewigen Imperators sie mit schöner Regelmäßigkeit in die roten Zahlen ritten, doch waren sie viel zu gute Geschäftsleute, als daß sie allzu laut darüber gejammert hätten. Es gehörte zu den »Gewohnheitsrechten« des Imperators, ihren Catering Service Jahre im voraus buchen zu dürfen.

In einer Zeit, die sich nicht unbedingt durch lange Bindungen zwischen Einzelwesen auszeichnete, stellten die beiden Milchen eine Besonderheit dar. Ihre sexuelle Partnerschaft hielt schon seit über einem Jahrhundert, und die beiden waren sich leidenschaftlich einig darüber, daß sie auch noch ein weiteres Jahrhundert halten würde. Eine derartige Stabilität war bei ihrer Spezies allerdings nicht ungewöhnlich, denn unter den Milchen von Frederick Zwei wurde jede Paarung buchstäblich lebenslänglich geschlossen: wenn ein Partner eines Milchenpaares starb, folgte ihm der andere nach wenigen Tagen nach. Langzeitbindungen zwischen Milchen waren immer gleichgeschlechtlich; in Ermangelung eines besseren Begriffs könnte man sie männliche Beziehungen nennen. Die Mitglieder des anderen Geschlechts – der Einfachheit halber nennen wir es das »weibliche« – hießen Ursoolas. Selbst in der unendlichen Vielfalt des Universums gehörten die Ursoolas mit ihrer Zerbrechlichkeit und ihren duftenden, ständig wechselnden Farben zu den schönsten und zartesten Wesen überhaupt. Innerhalb ihrer kurzen Lebensspanne von nur wenigen Monaten gingen sie völlig in Liebe und sexueller Intensität auf. Mit ein wenig Glück konnte ein männliches Milchenpärchen zwei oder drei solcher Beziehungen erleben. Aus jeder dieser Verbindungen gingen ein »männliches« Zwillingspaar und ein halbes Dutzend schlafender Ursoolas hervor. Nach der Geburt flüsterte die Mutter ihrer Brut noch einige liebevolle Worte zu, dann starb sie und überließ die Jungen der Fürsorge des Vaterpärchens.

Für die Milchen war das Leben ein endloser, tragischer Fortpflanzungszyklus, aus dem die Art von Einsamkeit erwächst, die eine liebevolle Rasse vernichten kann. Und so entwickelten sie das einzige System, das ihnen offenstand – gleichgeschlechtliche Verbindungen. Wie die meisten ihres Volkes waren sich Marr und Senn leidenschaftlich ergeben – sich selbst und allen anderen schönen Dingen des Lebens.

Die schlanken Geschöpfe waren ungefähr einen Meter groß und mit einem flauschigen goldenen Pelz bedeckt. Ihre riesigen, klaren schwarzen Augen nahmen mehr als das Doppelte des Spektrums wahr, das einem Menschen zur Verfügung stand. Ihre Köpfe wurden von sensiblen Geruchsfühlern gekrönt, die sie wie Federn sträuben konnten. In ihren kleinen affenähnlichen

Händen lagen die sensibelsten Geschmacksknospen des Imperiums verborgen; nicht zuletzt ihretwegen gehörten die Milchen zu den hervorragendsten Köchen des Imperiums. Sogar der Ewige Imperator hatte widerwillig zugegeben, daß sie alle anderen Rassen in der Zubereitung köstlicher Mahlzeiten bei weitem übertrafen. Ausgenommen natürlich in der Zubereitung von Chili.

Die beiden Milchen kuschelten sich enger aneinander und genossen das unvergleichliche Spektakel des Imperialen Siegestags. Neugierig wie die Milchen nun einmal waren, interessierten sie sich mindestens ebensosehr für die Wesen um sie herum wie für die dargebotenen Vorführungen.

Marrs Blick glitt über die VIP-Logen. »Alle sind gekommen, aber auch wirklich *alle*.«

»Ist mir nicht entgangen«, konterte Senn. »Darunter auch einige, die nicht hier sein sollten.«

Um seine Aussage zu belegen, zeigte er auf eine Loge, die ihnen direkt gegenüberlag. Es war die Loge von Kai Hakone und seiner Sippschaft. »Nach den Kritiken seines letzten Maskenspiels weiß ich nicht, woher er die Kühnheit nimmt, sein Gesicht in aller Öffentlichkeit zu zeigen.«

Marr kicherte. »Ich weiß. Es ist wirklich köstlich! Und dieser dämliche Langweiler hat sogar zugesagt, als Ehrengast auf unserer Party zu erscheinen.«

Senn schmiegte sich vor freudiger Erregung noch enger an seinen Gefährten. »Ich kann es kaum erwarten. Blut wird fließen, Blut, Blut, Blut!«

Marr bedachte seinen Partner mit mißtrauischer Miene. »Was hast du nur getan, Senn, wenn ich fragen darf?«

»Ich habe auch seine Kritiker eingeladen«, lachte Senn.

»Und?«

»Sie waren begeistert – und werden selbstverständlich alle kommen.«

Die beiden kicherten über ihren üblen kleinen Streich, schielten erneut zu Hakone hinüber und fragten sich, ob er etwa ahnte, was da in nur wenigen Tagen auf ihn zukam.

Marr und Senn wären enttäuscht gewesen. Kai Hakone, den nicht wenige den größten Schriftsteller seiner Zeit nannten – andere hingegen den größten Zeilenschinder aller Zeiten –, verschwendete nicht einen Gedanken an die Party.

Um ihn herum scharwenzelten ein Dutzend oder mehr seiner Fans, alle sehr reich und sehr kriecherisch. Doch obwohl ein ununterbrochener Strom exotischer Gerichte und Getränke in der Loge angeliefert und wieder abgetragen wurde, konnte man das kaum als Party bezeichnen. Noch vor Beginn der offiziellen Feierlichkeiten wußten alle Bescheid, daß Hakone wieder »seine Stimmung« hatte. Aus diesem Grund verlief die Unterhaltung eher gedämpft und unter ständigen Blicken auf den brütenden Meister, einen riesenhaften Mann mit ganz unmodisch schwellenden Muskelpaketen, einem dichten, widerspenstigen Haarschopf, struppigen Augenbrauen und tiefliegenden Augen.

Hakones Magen verkrampfte sich, jeder seiner Muskeln war angespannt, und er schwitzte außerordentlich. Seine Gedanken und seine Stimmung liefen gleichermaßen Amok. Alles ist bereit, dachte er in einer Sekunde, und er beruhigte sich wieder. Aber was, wenn sich ein Fehler einschleicht? Dann würde sich das Verderben auf ihn herabsenken. Was, was nur war unbedacht geblieben? Ich hätte es selbst tun sollen. Ich hätte es nicht ihnen überlassen dürfen. Ich hätte es selbst erledigen müssen.

So drehte es sich in seinem Kopf im Kreise, immer wieder ging er jedes einzelne Detail des Plans noch einmal durch. Donnernder Applaus brauste durch die Zuschauerränge, als eine weitere spektakuläre Aufführung zu Ende ging. Kai Hakone nahm es kaum wahr. Er brachte seine Hände einige Male zusammen und tat so, als klatschte er mit. Doch in seinen Gedanken kehrten sich ständig verändernde Bilder des Todes wieder und wieder.

Während sich die letzte Marschkapelle und die Tänzer entfernten, ging ein Raunen durch die Menge, bis halbwegs Ruhe eingekehrt war.

Durch die großen Abschlußtore kamen leise pfeifend zwei gewaltige A-Grav-Gleiter heran, die mit bizarren Metallkonstruktionen, Felsblöcken und Seilen beladen waren. Sie summten im Abstand von nur einem Meter langsam über den Platz und hielten in regelmäßigen Abständen. Bei jedem Halt sprangen schwitzende Soldaten im Drillich herab und luden einige Metallgebilde oder Felsblöcke ab. Daneben wurden Taue und Stricke aufgestapelt. Als die A-Grav-Gleiter vor der Ehrentribüne des Imperators angekommen waren, sah der ganze langgezogene Platz aus, als hätte ein Riesenbaby seine Bauklötze darüber verstreut. Oder, und genau das war der Fall, als hätte man einen Hindernisparcours improvisiert.

Als die beiden Gleiter über dem Schloß aufstiegen und davonsausten, senkten sich zwei riesige Zielscheiben – eine verstärkte Rückplatte aus Stahl plus drei Meter dicke Polsterung – von den Schloßmauern herab und blieben 400 Meter über dem Paradeplatz hängen. Anschließend marschierten sechs Kapellen durch die Tore herein und schmetterten los. Einige Zuschauer hörten die Melodie des offiziellen Marschliedes der Imperialen Artillerie heraus, doch keiner von ihnen wußte, daß die Melodie noch viel älter war und einem uralten, unflätigen Lied mit dem Titel »Kanoniere mit haarigen Ohren« entlehnt war.

Kurz darauf erschienen zwei kleinere A-Grav-Gleiter auf dem Paradeplatz. Jeder beförderte zwanzig Gestalten und eine Kanone. Bei den Kanonen handelte es sich weder um die gigantischen Maserkanonen noch um die kleinen, aber ebenso tödlichen Lasergeschütze, die die Imperiale Artillerie normalerweise einsetzte. Diese mit Rädern bestückten Gebirgsgeschütze waren nur wenig moderner als die Vorderlader der Schwarzpulver-Epoche, die aus dekorativen Gründen zwischen den Zinnen des Schlosses herauslugten.

Nachdem die vierzig Mann ihre Gebirgskanonen abgeladen hatten, stellten sie sich im Laufschritt in Formation auf und standen stramm. Die Kommandeure der beiden Gruppen salutierten und hielten die Hand an der Mütze, bis oben auf den Zinnen ein Pulvergeschütz losdonnerte und sich über dem Paradeplatz eine weiße Wolke bildete. Plötzlich kam Leben in die vierzig Kanoniere.

Was sich dann abspielte, war unter verschiedenen Bezeichnungen bekannt: »Artilleriewettstreit«, »Kanonenpräsentation« oder »beeindruckender Quatsch«. Die Aufgabe war ziemlich einfach. Jedes der beiden konkurrierenden Teams mußte seine Gebirgskanone vom Ausgangspunkt durch den Hindernisparcours zu einer Stelle in der Nähe der Imperialen Ehrenloge bugsieren. Dort wurde sie geladen, auf eines der Ziele gerichtet und abgefeuert. Gewonnen hatte das Team, das zuerst die Übung absolviert und ein Ziel getroffen hatte.

Antigrav-Ausrüstung war dabei nicht erlaubt, ebensowenig wie um die Hindernisse herumzumanövrieren. Statt dessen mußte das Geschütz zerlegt und dann über die Blocks geschoben, gehievt, geschleppt oder geworfen werden. Diese Übung verlangte mehr als nur Geschicklichkeit. Da jedes Team etwas mehr als eintausend Kilogramm Metall zu bewegen hatte, war die Chance, sich irgendwelche Gliedmaßen abzuquetschen, ziemlich hoch. Trotzdem gab es bei der Imperialen Artillerie immer mehr als genug Bewerber für die Auswahl der Kanonenschleppteams.

In diesem Jahr war der Wettbewerb von ganz besonderem Interesse, da der Entscheidungskampf zum allerersten mal nicht zwischen zwei Mannschaften der Imperialen Garde ausgetragen wurde. Statt dessen wurden die besten Männer und Frauen der 3. Gardedivision von einem Team von Nonhumanoiden aus der XVIII. Planeten-Landeeinheit herausgefordert.

Ein weiterer Grund für das enorme Publikumsinteresse bestand darin, daß das Kanonenschleppen zu den Attraktionen des Imperialen Siegestags gehörte, auf die gewettet werden konnte. Die offiziellen Vorgaben lasen sich denn auch recht ungewöhnlich: acht zu fünf für die Garde. Tatsächlich waren die Wetten jedoch anders gewichtet. Die Menschen von der Erstwelt empfanden das nichtmenschliche Team, die N'Ranya, als Außenseiter, und deshalb investierten sehr viele ihre Credits lieber in diesen Bonus. Viele Vertreter nichtmenschlicher Spezies hingegen zogen es vor, die Favoriten von der Garde zu unterstützen.

Und manchmal sind die Götter mit den Sentimentalen. Die N'Ranya waren in etwa anthropoid und wogen jeweils an die 300 Kilogramm. Außerdem hatte ihre Spezies, da sie sich als fleischfressende Baumbewohner auf einem Dschungelplaneten entwikkelt hatten, einen sechsten Sinn für Geometrie und Trigonometrie bewahrt.

Gegen die N'Ranya sprach die lange Tradition der Gardisten hinsichtlich der Frage: »Wie schleppe ich meine Kanone am besten über Hindernisse?« Der Drill des Garde-Teams lief folgendermaßen ab: Der Geschützführer nahm die Visiereinrichtung ab und begab sich im Laufschritt zum ersten Hindernis. Dort warteten zwei Mann auf ihn, die bereits die Zielvorrichtung der Kanone gesichert hatten. Sie warfen den Geschützführer und das Visier buchstäblich auf die Mauer hinauf. Dort angelangt, half er wiederum den beiden Männern herauf und wandte sich dem zweiten Hindernis zu.

Inzwischen war die Kanone in Rohr, Schleppstange, Fahrgestell und Rohrrücklauf zerlegt und die Einzelteile zum Fuß der Mauer geschleppt worden. Den Obenstehenden warf man Seile hinauf, worauf sich die beiden Männer in menschliche Flaschenzüge verwandelten und die Kanonen die Wand hinaufzogen. Andere Männer hangelten sich im Freistil die Mauer empor, nahmen die Kanone in Empfang und ließen sie auf der anderen Seite wieder hinab.

Die N'Ranya hingegen gingen einfacher vor. Sie hatten herausgefunden, daß je zwei N'Ranya eine Komponente zu tragen vermochten, und arbeiteten entsprechend dieser Technik. Jeder Bestandteil der Kanone wurde bis zum Hindernis geschleppt und zweien oder mehr N'Ranya, die oben warteten, hinaufgeworfen. Diese wiederum ließen ihn in die Arme zweier weiterer auf der anderen Seite fallen.

Und so verlief der ganze Wettkampf. Ausgefeilte Teamarbeit gegen schiere Körperkraft. Die N'Ranya holten bei der Netzschikane einen Vorsprung heraus, da die Träger dort ihre Lasten nicht aus der Hand geben mußten, sondern einfach hinauf- und über das Netz hinwegschwärmten.

Die Gardisten dagegen gewannen an der Stahlspinne an Boden, indem sie die Skelettstruktur gemeinsam anhoben und die Kanone darunter hindurchschoben.

Als die beiden Teams über das letzte Hindernis keuchten und anfingen, die Kanonen wieder zusammenzusetzen, lag das Team der Garde ganz klar mit einigen Sekunden Vorsprung vorn.

Die N'Ranya hatten ihre Kanone noch nicht ganz zusammen, als der Geschützführer der Gardisten das Visier wieder auf sein Geschütz rammte und die Pulverjungen die Ladung in den Verschlußblock stopften. Jetzt fehlte den Gardisten zum Sieg nur noch die Zielvorrichtung, mit deren Hilfe die Kanone vor dem Abfeuern ausgerichtet wurde.

Doch da wandelte das Team der N'Ranya einfach die Regeln ab. Der Geschützführer verzichtete auf die Zielvorrichtung und alles weitere – und zielte mit der Kanone sozusagen auf Augenmaß. Er drehte den Kopf zur Seite, als die Ladung eingeführt wurde, und schätzte Höhe und Entfernung ungefähr ein. Als ihr Geschützführer den Schuß abfeuerte, warfen sich die N'Ranya zur Seite. Der Schuß traf mitten ins Ziel.

Natürlich wurden überall Proteste laut, doch letztlich zahlten die Buchmacher widerstrebend auf die neuen N'Ranya-Champions aus.

Zur gleichen Zeit machten in den Gardedivisionen bereits interne Anweisungen die Runde, daß Ausbilder, die sich auf Artillerie spezialisierten, einige Zeit auf den N'Ranya-Planeten zu verbringen hatten.

Tanz Sullamora war mit dem Lauf der Dinge nicht sehr zufrieden, besonders jetzt nicht, nachdem ihn seine patriotische Pflicht eine beträchtliche Summe gekostet hatte.

Als er gehört hatte, daß zum erstenmal Nonhumanoide zur Teilnahme am Kanonenschleppen zugelassen wurden, war er empört darüber gewesen. Seiner Meinung nach entsprach es keinesfalls guter Imperialer Politik, wenn Nonhumanoide ausgerechnet am Imperialen Siegestag öffentlich vorgeführt wurden.

Der zweite Schock traf ihn, als er herausfand, daß die Bewohner der Erstwelt mit Vorliebe auf die N'Ranya setzten. Sein Patriotismus veranlaßte Sullamora dazu, eine recht große Summe auf die Gardisten zu wetten. Jetzt versuchte er sich einzureden, daß ihn weniger der Verlust der Credits wurmte als vielmehr die Tatsache, daß mit unfairen Mitteln gekämpft worden war. Die N'Ranya waren Dschungelbewohner, Raubtiere, kaum einen Deut besser als Kannibalen. Deshalb waren sie natürlich im Vorteil, und das war unfair. Es war doch klar, daß sie besser abschnitten, wenn es darum ging, schwere Gewichte zu schleppen. Der Imperator sollte den Nonhumanoiden lieber unmißverständlich klarmachen, wie weit unten sie auf der Statusleiter standen, auch wenn sie notwendigerweise seinem Imperium angehörten.

Was Sullamora unwillkürlich wieder ins Gedächtnis rief, wo er eigentlich saß. Nach alldem, was er für das Imperium getan hatte, von wohltätigen Spenden über die Unterstützung patriotischer Kunst bis zu Beratertätigkeiten bei Hof – warum hatte man ihn da am Imperialen Siegestag nicht in die Ehrenloge des Imperators gebeten? Oder ihm zumindest eine Loge in unmittelbarer Nähe zur Ehrenloge zugeteilt? Statt dessen saß er weit draußen am Rand des ersten Kreises, fast schon in der »Manege« für die zweite Klasse.

›Der Imperator‹, dachte Sullamora, ›verändert sich immer mehr, und zwar in einer Weise, die geradezu bezeichnend für die wachsende Korruption im ganzen Imperium ist.‹

Selbstverständlich wurde für den Imperialen Siegestag immer eine Hauptattraktion geplant; und selbstverständlich mußte sie jedesmal noch großartiger und phantastischer als im Vorjahr ausfallen.

Glücklicherweise mußten sich die Verantwortlichen der diesjährigen Attraktion nicht übermäßig den Kopf zerbrechen. Im vorangegangenen Jahr war der Knüller von der 8. Gardedivision ausgerichtet worden, die vorführen wollte, was es mit der Kampfkraft des einzelnen Infanteristen auf sich hatte.

Zu diesem Zweck hatte man aus einigen A-Grav-Gleitern die McLean-Einheiten ausgebaut, ihre Leistung halbiert und die Antriebe so leicht gemacht, daß sie im Kampfrucksack eines einzelnen Soldaten versteckt werden konnten. Das Endresultat: ein fliegender Mensch.

Bei den Tests hatte das alles noch sehr eindrucksvoll ausgesehen.

Geplant war, daß die Gardisten eine Massenlandung vorführten, bei der jeder Soldat als eine Art Kreuzung zwischen winzigem Geschwaderschiff und Infanterist funktionieren sollte.

Wie auch immer, jedenfalls hatte die 8. Gardedivision nicht auf den Wetterbericht geachtet. Es wurde sehr windig auf der Erstwelt. Dabei verstärkten die dem Paradeplatz eigenen Wettereffekte den Wind, der sonst mit zwanzig oder dreißig Stundenkilometern über das Feld fegte, weit über das normale Maß hinaus – was wiederum dazu führte, daß sehr viele Infanteristen in die Tribünen abgetrieben wurden. Das kam zwar vielen der Männer nicht ungelegen – da sie sofort neue, wertvolle Freundschaften fürs Leben schlossen –, zog jedoch auch einige angeschrammte Egos und Körper in der »zweiten Manege« nach sich; ganz abgesehen von dem Lachanfall des Imperators.

Sein stürmisches Gelächter trieb die 8. Gardedivision bis in den Draco-Sektor, wo sie einen miesen Einsatz nach dem anderen zu absolvieren hatte, um die abtrünnigen Pionierwelten wenigstens annähernd bei der Stange zu halten.

In diesem Jahr hatte die 12. Garde das große Los gezogen. Nach angemessener Bedenkzeit war der kommandierende General mit einem einzigartigen Konzept für eine Massenvorführung hervorgetreten. Laserblasts wurden in die Arena lanciert und von vorher genau positionierten Flächen als harmlose Lichteffekte in die Atmosphäre umgelenkt. Überall brüllten und dröhnten Explosionen. Und dann kämpften sich einige Abteilungen der 12. Garde den Weg in die Arena zurück.

Der Imperator nickte beifällig, obwohl er noch nicht oft erlebt hatte, daß sich jemand zur öffentlichen Vorführung ausgerechnet einen *Rückzug* aussuchte.

Antennen wurden ausgefahren, und Signaloffiziere sandten ihre Lichtblitze aus. Über den Horizont fauchten taktische Luftgeschwader heran und bestrichen das Gebiet direkt hinter dem Paradeplatz auf äußerst realistische Weise.

Luftabwehrfeuer (es handelte sich um mit nichtreflektierender schwarzer Farbe bemalte, mit Zeitzünderladungen versehene Ballons) zuckte um Truppentransporter, die langsam auf dem Platz niedergingen und die in perfekter Disziplin anrückenden Truppen aufnahmen. Die Transporter hoben wieder ab, blieben noch kurzzeitig in der Luft stehen, und plötzlich summte und dröhnte und krachte die Luft direkt über dem Paradeplatz. Echos wummerten über das gesamte Areal. Schreie ertönten von den Tribünen, und selbst der Imperator hätte sich um ein Haar flach auf den Boden geworfen. Er setzte sich jedoch wieder hin und fragte sich verdutzt, wie man verdammt noch mal eine Maserkanone imitieren konnte.

Dann schien das Licht der Sterne zu verlöschen, und zwei Schlachtschiffe der *Hero*-Klasse schwebten heran. Aus ihren kilometerlangen Silhouetten zwischen Laserstrahlen und aus den Raketenluken blitzte Mündungsfeuer. Schließlich verstummte der »feindliche Beschuß«, und die Transporter entschwanden in einem langgezogenen Bogen im Himmel und in den gähnenden Schotten der Schlachtschiffe. Mit reduziertem Yukawa-Antrieb stiegen die Schiffe danach senkrecht auf – und verschwanden plötzlich mit einem gewaltigen Schallmauerknall aus der Sicht der Zuschauer und aus der Atmosphäre der Erstwelt.

Das Publikum drehte fast durch.

Der Ewige Imperator goß sich einen großen Drink ein und befand, daß die 12. Garde nicht in den Draco-Sektor mußte.

Godfrey Alain sah zu, wie die Schlachtschiffe hoch droben verschwanden, und erschauerte ein wenig. In seiner Vorstellung stiegen die gleichen Schlachtschiffe von den Ruinen seines eigenen Planeten auf, eine Invasion, die nach seinen persönlichen Berechnungen bereits in weniger als einem Jahr stattfinden würde. ›Tod im Namen des Friedens‹, dachte er.

Alain hatte schon früher mit Imperialen Gardisten zu tun gehabt, sowohl persönlich als auch strategisch – er *kannte* die Macht des Imperiums durchaus. Doch der Anblick dieser Schlachtschiffe und des reibungslosen Abtransports einer ganzen Division von 12 000 Mann ging doch ein ganzes Stück tiefer.

›Und ich bin der einzige, der verhindern kann, daß diese Invasion stattfindet. Die Tahn werden nichts unternehmen. Mein eigenes Volk wird einfach sterben. Und meine Sache wird für viele zukünftige Generationen verloren sein.‹

Alain war kein Egoist. Sämtliche Planspiele bewiesen, daß er der einzige war, der eine solche Invasion aufhalten konnte.

Leider hatte Godfrey Alain nur noch knapp vierundzwanzig Stunden zu leben.

Clowns und Akrobaten sind überall beliebt. Fast tausend davon tummelten sich auf dem Paradeplatz und vollführten die tollsten Zirkusnummern:

Eine Gruppe »betrunkener Soldaten« entschloß sich, den Imperator zu grüßen, wußte jedoch nicht so recht, wie. Sie fingen an, sich zu streiten, was in einer Menschenpyramide gipfelte, bei der der betrunkenste von allen die Spitze einnahm, perfekt salutierte und sich dann einfach hinunterfallen ließ, sich dabei dreimal überschlug und perfekt auf den Fußsohlen landete.

Männer in Fässern rollten umher und entgingen nur knapp immer neuen Zusammenstößen; Akrobaten, die Hunderte von Metern auf den Händen liefen; Turner, die sich in immer spektakuläreren Mustern und Abläufen durch die Luft schleuderten; Boxer, die majestätisch ausholten, vorbeischlugen und sich dann in wüsten Zuckungen wieder erholten, um sich erneut in den Schaukampf zu stürzen; kreuz und quer springende Akrobaten, deren Körper dicht an dicht über- und untereinander rollten, glitten und Saltos schlugen.

Die Menge tobte vor Vergnügen.

Der Text des Platzsprechers besagte, daß die eintausend Clowns Teil des »Imperialen Gymnastik Corps« waren, doch diese Abteilung existierte überhaupt nicht. Von allen Anwesenden wußte der Imperator allein, daß diese Clownsvorführung die einzig denkbare Art war, in der sich seine Leute von der Sektion Mantis – der am besten ausgebildeten Superelite, die die geheimsten und gefährlichsten Aufträge des Imperators erledigte – in der Öffentlichkeit präsentieren konnten.

Abgesehen davon liebten vor allem die Kinder – zu denen auch der Imperator zählte – diesen Programmpunkt.

In normalen Zeiten hätte Dr. Har Stynburn dem Imperialen Siegestag von seiner privaten Loge aus beigewohnt. Zumindest hätte er im zweiten Kreis Platz genommen. Sehr wahrscheinlich wäre er als Gast in die erste Manege geladen worden, als Gast eines seiner Patienten, die zu den einflußreichsten Leuten überhaupt zählten.

Aber die Zeiten waren nicht normal.

Stynburn saß sehr weit an einem Ende des Landefeldes auf einem der ungepolsterten Sitze ohne Rückenlehne, die für die einfachen Bewohner der Erstwelt reserviert waren.

Bürger. Bauern.

Stynburn war bekennender Rassist. Doch manchmal bewiesen selbst die Götter einen gewissen sardonischen Sinn für Humor. Die gesamte Reihe vor Stynburn war mit Hafenarbeitern besetzt; genauer gesagt, mit achtbeinigen, krakenhaften Raumhafenarbeitern. Noch genauer gesagt, mit betrunkenen, achtbeinigen, krakenhaften Raumhafenarbeitern, die mit Fahnen, unaussprechlichen Nahrungsmitteln und noch unaussprechlicheren Getränken vor Stynburns Nase herumfuchtelten.

Schlimmer noch: Die Hafenarbeiter drückten ihre Begeisterung dadurch aus, daß sie ihre tertiären Münder, die auf der Oberseite ihrer Körper saßen, öffneten, Luft ansaugten und dann plötzlich explosionsartig wieder ausstießen.

Stynburn hatte für seinen Geschmack ausreichend höfliches Mißfallen zum Ausdruck gebracht, als einer der Hafenarbeiter unabsichtlich einen Imbiß, der wie ein gekochter Filzhut aussah, in Stynburns Gesicht stieß. Statt sich zu entschuldigen, erkundigte sich der Rüpel nur, ob Stynburn vielleicht Lust hätte, beim Imperialen Siegestag mitzuwirken, und unterstrich sein Anliegen mit zwei zuckenden und drohend emporgereckten Tentakeln.

Stynburn strich sich mit den Fingern durch das sorgsam coiffierte graue Haar, das wie sein ganzer Körper noch jugendlich war und weder Transplantationen noch Injektionen brauchte.

Er konzentrierte sich auf ein anderes Thema und starrte auf die holographische Projektion schräg gegenüber. Das Bild zeigte Nahaufnahmen der Clowns, die sich Stynburns Ecke näherten, dann einen kurzen Schnitt auf den Imperator selbst, wie er sich in seiner Loge vor Lachen krümmte, gefolgt von Zooms auf einige andere Prominente in ihren sehr privaten Logen.

Stynburn war nicht gerade in bester Laune. Als er in der Arena eingetroffen war, hatte er sich vorsichtig und möglichst anonym umgeschaut und dabei, wie er glaubte, kurzzeitig den Mann gesehen, den er angeheuert hatte.

Er hatte sich getäuscht, und dieses Gefühl machte ihn wütend. Woher sollte er wissen, daß sich der Mann tatsächlich auf dem ihm zugedachten Posten aufhielt? Er wußte aus eigener Erfahrung, daß das Anheuern professioneller Verbrecher eine zwar wirksame, mitunter jedoch extrem unzuverlässige Methode zur Lösung von Problemen war.

Stynburns Niedergeschlagenheit wurde erst etwas aufgefangen, als ein Wachmann durch die Reihen kam und den Hafenarbeitern dringend riet, sich zu benehmen, wenn sie nicht rausfliegen wollten. Der Wachmann stieg weiter die Stufen hinauf, blieb jedoch kurz stehen, um Stynburn einen strengen Blick zuzuwerfen.

›Nein‹, dachte Stynburn. ›Ich weiß genau, daß ich nicht hierhergehöre. Es ist also möglich, daß ich auch so aussehe. Aber geh endlich weiter, Mann. Bleib nicht stehen, um deiner selbst willen.‹

Stynburn übertrieb nicht. Schon vor Jahren hatte er sich von anderen Chirurgen an der Stelle, an der sein Blinddarm gesessen hatte, Sprengstoff implantieren lassen, und einen Zünder zwischen die Schulterblätter. Um dieses Selbstmordpaket scharfzumachen und damit alles im Umkreis von zwanzig Metern in die Luft zu jagen, mußte Dr. Stynburn nur seine Schultern auf sehr übertriebene Weise nach hinten strecken.

Aber das war nicht nötig. Der Wachmann setzte seinen Weg

fort, und Stynburn zwang sich, wieder hinunter in die Arena zu schauen und zu den veralteten Späßen der Clowns ein hohles Lachen auszustoßen.

Eisige Finger krochen an Marrs zerbrechlicher Wirbelsäule empor, ein Instinkt, der Generationen von Milchen in den längst vergangenen Tagen von Frederick Zwei das Leben gerettet hatte. Sein Herz fing an zu flattern, und er rückte ein Stück von Senn weg.

»Was ist denn, mein Lieber?«

»Ich weiß nicht. Irgend etwas ist ... Ich weiß nicht genau.«

Senn versuchte ihn wieder an sich zu ziehen, um ihn zu trösten. Marr schüttelte den Kopf und richtete sich zu seiner vollen, wenn auch bescheidenen Körpergröße auf.

»Bring mich nach Hause, Senn«, sagte er. »Die Sache kommt mir nicht mehr wie eine Party vor.«

Kapitel 4

Der Sniffer zuckte ein wenig, als Sten sich dem Wandschrank näherte. Mikro-Schaltungen wirbelten und pulsierten wie bei einem kleinen Nagetier. Der Sicherheitsroboter zögerte eine halbe Sekunde, ließ seine Drähtchen wie Schnurrhaare zittern und sauste dann hinein, wobei seine kleinen Metallfüße auf dem Boden des Wandschranks trippelnde Geräusche hervorriefen.

Sten trat einen Schritt zurück und untersuchte die Garderobe des Imperators. Sie war mit Hunderten von Uniformen, zeremoniellen Gewändern und Anzügen vollgestopft, jedes Stück für einen besonderen Anlaß. Einige waren so einfach gehalten wie ein blendendweißes, togaartiges Gewand, andere so aufwendig gestaltet wie ein figurbetonter Anzug mit vielfältig changierenden Farben.

In Stens Zimmer lag ein Vid, dem man die Geschichte eines jeden dieser Kleidungsstücke entnehmen konnte. Er erinnerte sich daran, daß die Toga für den Besuch des Imperators in dem kleinen Raza-System angefertigt worden war, wo sein offizieller Titel »Oberster Philosoph« lautete. Wenn er sich nicht völlig täuschte, hatte der vielfarbige Anzug mit einer Geschichte namens *Mardi Gras* zu tun. Sten hatte noch nicht genügend Zeit gehabt, sich alles einzuprägen, da er seinen Job erst vor wenigen Monaten angetreten hatte und er immer noch vollauf damit beschäftigt war, die aberhundert Pflichten eines Captains der Leibwache des Imperators zu verinnerlichen. Bislang hatte er sich auf seine wichtigste Aufgabe konzentriert, die darin bestand, Seiner Majestät alle potentiellen Verschwörer, Intriganten, Groupies und anderen Fanatiker vom Hals zu halten.

Die Vorkehrungen zum Schutz des Imperators waren äußerst komplex. Zunächst einmal gab es das Militär und die Polizei der Erstwelt. Innerhalb des Palastes selbst sorgte ein ausgeklügeltes System mechanischer und elektronischer Abschirmvorrichtungen für Sicherheit. Die Imperiale Hofhaltung verfügte über drei Wacheinheiten. Am auffälligsten waren die Prätorianer. Sie dienten nicht nur als Zierde, sondern standen gegebenenfalls auch als schnelle Eingreiftruppe bereit, sollte es jemals zu ernsthaften Zwischenfällen im Palast selbst kommen.

Dann gab es die Mitglieder der Imperialen Hofhaltung selbst, die bis auf den letzten Mann und die letzte Frau aus den Reihen der Sektion Mantis, des Mercury Corps oder der Garde rekrutiert wurden.

Und schließlich die Gurkha-Leibwache, eine 150 Mann starke Kompanie aus der Erdprovinz Nepal. Die meisten stammten aus den Clans der Thapa, Pun, Ala oder Rana, allesamt höchste Char-jat-Aristokratie. Technisch gesehen handelte es sich um Söldner, eine Profession, die bei diesem Gebirgsvolk eine mehr als zweitausendjährige Tradition hatte.

Die kleinen, kräftigen Gurkhas vereinten in sich eine ungewöhnliche Mischung aus Heiterkeit, Humor, Dienstbeflissenheit und schier unglaublichem persönlichen Mut. Die Gurkha-Kompanie wurde von Havildar-Major Lalbahadur Thapa angeführt, der wiederum Captain Sten unterstand, dem offiziellen Kommandeur und Verbindungsoffizier zwischen Imperator und Imperialer Hofhaltung.

Stens neuer Posten entsprach so gar nicht den Aufgaben der Sektion Mantis, der supergeheimen Eingreiftruppe, der Sten den Großteil seiner bisherigen militärischen Karriere angehört hatte. Statt unauffälliger oder ziviler Kleidung trug Sten das gesprenkelte Braun der Gurkhas. Daß ihm eigens ein Bursche zugeteilt worden war, empfand er oft als Entlastung, doch manchmal, besonders wenn er einen Kater hatte, hatte er den Eindruck, daß Naik Agansing Rai sich mit seinen Kommentaren hinsichtlich der Verfehlungen von Vorgesetzten etwas zurückhalten sollte.

Trotzdem sollte Sten den Gurkhas bis zum Ende seiner militärischen Karriere voll Stolz in zweierlei Hinsicht verbunden bleiben; einmal, indem er das Emblem der schwarzen, gekreuzten Kukris auf seiner Ausgehuniform trug, und zum anderen den Kukri selbst.

Auch jetzt, als er wartete, bis der Sniffer seine Überprüfung beendet hatte, trug er an einer Hüfte den todbringenden Kukri und an der anderen eine kleine Willygun aus dem Mantis-Arsenal.

Nachdem der Sniffer seine Runde durch den Wandschrank gedreht hatte, kam er wieder zu Sten herausgeflitzt und piepte seinen leisen »Alles klar«-Ton. Sten legte die Hand auf den *Aus*-Sensor, verstaute den kleinen Robot wieder und machte sich auf den Rückweg. Die privaten Räume Seiner Majestät waren so sicher, wie er sie machen konnte.

Sten fing im Geiste an, die Sicherheitsliste für den restlichen Gebäudeflügel dreifach durchzugehen. Die Wachablösung war bereits erfolgt ... Zuverlässige Lieutenants waren dort postiert, wo ...

»Captain! Ich störe nicht gerne einen Mann bei der Arbeit, aber ...«

Beim Klang der Stimme war Sten instinktiv herumgewirbelt und hatte die Finger der rechten Hand gekrümmt, die bei Bedarf die Messermuskeln in seinem rechten Arm auslösen würden, und dann ...

Es war der Ewige Imperator selbst, der ihn mit zunächst strengem, dann jedoch belustigtem Blick ansah. Sten spürte, wie eine Woge der Verlegenheit in ihm aufstieg. Er ging sofort in Habachtstellung und trat sich im Geiste kräftig in den Hintern. Offensichtlich war er nach den Jahren bei Mantis für den Palastdienst noch immer etwas zu nervös.

»Entspannen Sie sich, Captain«, lachte der Imperator.

Sten stand perfekt »bequem«.

Der Imperator grinste und wollte einen Scherz hinsichtlich Stens allzu militärischer Auffassung des Wortes »entspannen« machen, ließ es dann jedoch sein, um Sten weitere Peinlichkeiten zu ersparen, und drehte sich um. Statt dessen zupfte er an seiner festlichen Kleidung herum und rümpfte angewidert die Nase. »Wenn es Ihnen nichts ausmacht, würde ich mir gerne etwas anderes anziehen. Ich stinke wie ein läufiges Schwein.«

»Nein, alles in Ordnung, Sir«, antwortete Sten. »Dürfte ich jetzt –«

»Sie enttäuschen mich, Captain«, dröhnte die Stimme des Imperators aus dem Ankleideraum. Sten zuckte zusammen und versuchte sich an irgendwelche Sünden zu erinnern. Hatte er etwas übersehen?

»Sie sind jetzt schon ... Wie lange sind Sie eigentlich schon in diesem Job?«

»Vierundneunzig Zyklen, Sir.«

»Genau, so was in der Richtung. Schon neunzig Tage und ein paar zerquetschte schnüffeln Sie in meinen Gemächern herum, fallen mir mit Ihren Sicherheitsbedenken auf den Wecker und haben mir dabei noch nicht einmal – kein einziges Mal! – angeboten, mir Ihr berühmtes Messer zu zeigen.«

»Ein Messer, Sir?« Sten war einen Augenblick lang ehrlich verwirrt. Dann erinnerte er sich: das Messer in seinem Arm. »Oh, Sie meinen *das* Messer. Na ja, es ist in meinem Mantis-Profil vermerkt, Sir, und –«

»In Ihrem Mantis-Profil sind viele Dinge vermerkt, Captain. Ich habe es mir erst vor wenigen Tagen durchgelesen. Wollte mal überprüfen, ob ich Sie noch länger auf Ihrem gegenwärtigen Posten belassen soll.«

Er sah Stens besorgten Blick und erbarmte sich: »Abgesehen von dem Messer fiel mir auch auf, daß Sie gerne einen trinken.«

Sten wußte nicht, was er darauf antworten sollte, also hielt er klugerweise den Mund.

»Wie gut Sie trinken, muß sich jedenfalls noch herausstellen.«

Der Ewige Imperator machte sich auf den Weg in das andere Zimmer. »Das war eine Einladung, Captain, kein Befehl. Ich nehme an, daß Sie jetzt dienstfrei haben.« Damit verschwand er durch die Tür.

Sten hatte bei Sektion Mantis sehr viel gelernt. Er wußte, wie man auf unterschiedlichste Art und Weise tötete – und er hatte es auch getan. Er konnte Regierungen stürzen, strategische Angriffe und Rückzüge planen und sogar eine kleine Atombombe für den Hausgebrauch zusammenbasteln. Eines hatte er jedoch mehr als alles andere verinnerlicht: Wenn der befehlshabende Offizier eine Einladung ausspricht, dann ist das ein Befehl. Momentan war sein direkter Vorgesetzter eben der Big Boss höchstpersönlich.

Also traf er sofort eine Entscheidung, die seiner Führungsposition gerecht wurde. Er übermittelte seinem Stellvertreter durch das Kehlkopfmikro einige Befehle und meldete sich vom Dienst ab. Dann nahm er all seinen Mut zusammen und trat in das Arbeitszimmer des Imperators.

Die trübe Flüssigkeit glitt sanft durch Stens Kehle und zog sich in seinem Magen zu einer Kugel zusammen. Er setzte das Schnapsglas ab und blickte in die erwartungsvollen Augen des Imperators. »Das ist Scotch?«

Der Imperator nickte und füllte die Gläser nach.

»Was halten Sie davon, Captain?«

»Nicht schlecht«, antwortete Sten und ließ dabei bewußt das »Sir« wegfallen. Er setzte voraus, daß die Regeln der Offiziersclubs auch in Gesellschaft des Ewigen Imperators galten. »Ich kann mir nicht vorstellen, warum Colonel – ich meine General – Mahoney immer solche Probleme damit hatte.«

Der Imperator hob eine Augenbraue. »Mahoney hat von meinem Scotch erzählt?«

»Ja, er mochte ihn«, wiegelte Sten ab. »Er meinte nur, man müsse sich erst daran gewöhnen.«

Er kippte das zweite Glas, schmeckte der samtenen Weichheit

nach und schüttelte den Kopf. »Nein, es bedarf überhaupt keiner Gewöhnung.«

Zu diesem Zeitpunkt der Unterhaltung hätte er nichts Besseres sagen können; der Imperator versuchte schon seit Jahren, dieses Getränk aus seinen jungen Jahren zu perfektionieren.

»Darauf genehmigen wir uns noch einen«, meinte der Imperator und goß großzügig nach. »Dann hole ich einige wirklich harte Sachen.« Vorsichtig nahm er Stens Messer, das zwischen ihnen lag, in die Hand, betrachtete es erneut und legte es wieder zurück. Es handelte sich um einen schmalen, zweischneidigen Dolch mit einer nadelfeinen Spitze und einem Skelettgriff. Sten hatte die nur zweieinhalb Millimeter breite Waffe, deren Schneide weniger als 15 Moleküle maß, eigenhändig aus einem unglaublich seltenen Kristall geformt. Allein mit ihrem Eigengewicht ließ sich ein Rohdiamant zerschneiden. Der Imperator schaute genau zu, wie Sten die Finger krümmte und das Messer in die im Armmuskel verborgene Scheide gleiten ließ.

»Das reinste Wunderding«, bemerkte der Imperator. »Nicht gerade den Vorschriften entsprechend, aber das sind Sie ja auch nicht.« Er ließ seine Worte einige Momente wirken. »Das hat mir Mahoney sogar versprochen.«

Sten sah ihn über seinen Drink hinweg an.

»Vom Straßenrüpel zum Captain der Imperialen Leibwache«, sagte der Imperator gedankenverloren. »Nicht schlecht.«

Er kippte seinen Scotch. »Was haben Sie anschließend vor, Captain?« Rasch hob er die Hand, bevor sich Sten etwas Dummes wie »was Euer Majestät befiehlt« abringen konnte. »Ich meine, gefällt Ihnen dieser steife militärische Paradekram wirklich so gut?«

Sten zuckte die Achseln. »Es ist mein Zuhause«, sagte er ehrlich.

»So habe ich auch einmal gedacht. Bei mir war es nicht das verdammte Militär, Gott bewahre, sondern das Ingenieurwesen. Das Militär sagt mir nicht zu, war noch nie mein Fall – und wenn ich tausendmal der Kommandeur von mehr Soldaten bin, als man sich ...«

Er hielt den Satz in der Schwebe, bis er sein Glas ausgetrunken hatte.

»Ist ja auch egal. Ingenieurwesen also. Das sollte mein Leben sein, meine ständige Heimat«.

Der Ewige Imperator schüttelte vor Verwunderung über sein mehr als eintausend Jahre altes Gedächtnis den Kopf.

»Alles verändert sich, Captain«, sagte er schließlich. »Sie können sich nicht vorstellen, wie sehr sich alles verändert.«

Sten versuchte ein zustimmendes, verständnisvolles Nicken und hoffte, daß seine schauspielerischen Fähigkeiten dafür ausreichten. Der Imperator merkte den Schwindel jedoch sofort und lachte. Er zog eine Schreibtischschublade auf und holte eine Flasche heraus, die mit einer völlig farblosen Flüssigkeit gefüllt war, öffnete den Verschluß und goß zwei Gläser randvoll.

»Das hier ist Ihre letzte Prüfung, Captain Sten«, sagte er. »Ihre letzte Prüfung nach neunzig Tagen im neuen Amt. Wenn Sie die bestehen, gebe ich Ihnen eine Empfehlung für die Imperiale Krankenversorgung mit.«

Der Imperator schluckte den achtundneunzigprozentigen Alkohol hinunter und knallte das Glas auf den Tisch. Er sah aufmerksam zu, wie Sten sein Glas in die Hand nahm, kurz daran roch, die Achseln zuckte und dann flüssiges Feuer in seine Kehle goß.

Sten setzte das Glas ab und schob es, ohne eine Reaktion zu zeigen, auf die Flasche zu. Er wollte noch einen Schluck. »Ziemlich gutes Zeug. Ein bißchen metallisch vielleicht ...«

»Das kommt vom Kühler«, erwiderte der Imperator. »Ich destilliere es in einem Autokühler, des Geschmacks wegen.«

»Ach so«, sagte Sten, noch immer ohne sichtliche Regung. »Interessant ... Ich nehme noch ein Glas, wenn Sie nichts dagegen haben ...«

Er füllte die beiden Gläser erneut bis obenhin voll. Dann prostete er dem Imperator schweigend zu, und dieser beobachtete staunend, wie Sten das Zeug wie Wasser austrank.

»Kommen Sie schon«, sagte der Imperator beinahe atemlos. »Geben Sie zu, daß das der stärkste klare Schnaps ist, den Sie in Ihrem ganzen Leben getrunken haben. Treiben Sie keine Scherze mit mir.«

Sten schüttelte unschuldig den Kopf. »Stimmt schon, das Zeug ist ziemlich stark«, gab er zu. »Allerdings – Sie müssen schon entschuldigen – habe ich schon wesentlich Stärkeres getrunken.«

»Was denn?« brauste der Imperator auf.

»Stregg«, sagte Sten.

»Was soll denn das sein?«

»Ein ET-Getränk«, antwortete Sten. »Ein Volk namens Bhor. Ich weiß nicht, ob Sie sich noch an sie erinnern, aber –«

»Doch, doch«, unterbrach ihn der Imperator. »Diese Kerle aus dem Lupus-Cluster. Hab ich denen nicht ein System überlassen, oder so was in der Richtung?«

»So was in der Richtung.«

»Und wie ist dieses Stregg-Gesöff nun? Kann unmöglich besser als mein reiner Moonshine sein. Haben Sie was davon hier?«

Sten nickte. »In meinem Quartier. Wenn Sie daran interessiert sind, schicke ich einen Läufer.«

»Ich bin sehr daran interessiert.«

Der Imperator hob das Glas in die richtige Position für einen Trinkspruch.

»Beim ... beim ...«, sagte er mit pelziger Zunge, »wie lautet gleich wieder dieser Spruch der Bhor?«

»Beim Bart meiner Mutter«, sagte Sten.

»Genau. Beim Bart meiner Mutter!« Er kippte das Getränk hinunter, keuchte kurz auf und hielt sich am Schreibtisch fest, als sein Imperium anfing, sich immer schneller um ihn zu drehen.

»Vergiß den ganzen Moonshine«, sagte der Ewige Imperator. »Stregg ist der Hammer. Wie heischt wieder diescher andere ... ich meine, dieser andere Spruch ... mit dem Vater?«

»Gefrorene Arschbacken«, antwortete Sten.

»Tut mir leid. Aber deshalb brauchen Sie doch nicht gleich ... Ach so, dasch isch der ... also das ist der Spruch. Bei den gefrorenen Arschbacken meines Vaters! Phantaschtischesch Schtöffchen!« Er hob sein leeres Glas und wollte daraus trinken. Nachdem er es eine Weile mit großen Augen angestarrt hatte, fiel ihm auf, daß es leer war, und er richtete sich in seiner vollen Imperialen Majestät auf. »Ich bin verdammt abgefüllt.«

»Genau«, sagte Sten. »Das passiert immer beim Bhor. Pardon, beim Stregg, meine ich. Oh, verdammt – wie spät ist es? Ich muß zum Dienst.«

»Nicht in diesem Zustand, auf keinen Fall. Nicht in den Dienst dieser Majestät. Ich kann Betrunkene nicht ausstehen. Noch nicht einmal Leute, die ihren Schnaps nicht halten können. Ich vertraue ihnen nicht. Hab ihnen noch nie vertraut.«

Sten peilte ihn durch einen Streggnebel an. »Sssoll das heißen, daß ich gefeiert, äh, gefeuert bin?«

»Nein. Nein. Schmeiß niemals einen Betrunkenen raus. Könnt ich mich ja gleich selbst rausschmeißen. Werd erst mal nüchtern, dann kann ich dich immer noch feuern.«

Der Imperator erhob sich. Er schwankte ziemlich. Dann hatte er sich wieder im Griff. »Angelo-Stew«, verkündete er feierlich. »Das einzige, was dich jetzt noch retten kann.«

»Was zum Henker ist Angelo-Stew?«

»Brauchst du nicht zu wissen. Dann würdest du's nämlich bestimmt nicht essen. Damit kann man Krebs heilen ... ach, den haben wir ja sowieso schon geheilt, stimmt's? Egal, jetzt hilft nur noch Angelo-Stew. Die einzige Sache, die unsere Arschbacken wieder auftaut.«

Er taumelte davon, und Sten folgte ihm in einem herrlichen, fünfundvierzig Grad angeschrägten Marschschritt.

Als Sten die Gerüche aus der Privatküche des Ewigen Imperators registrierte, fing sein hungriger Magen zu knurren an. Betrunken wie er war, sah er fasziniert zu, wie der nicht minder betrunkene Imperator kleine und große Wunder vollbrachte. Die kleineren Wunder hatten etwas mit Kräutern und Gewürzen zu tun; das größere bestand darin, daß der Imperator, völlig breit vom Stregg, mit einem antiken französischen Küchenmesser hantierte, wie ein Automat irgendwelches Zeug zerkleinerte ... und dabei eine halbwegs klare Unterhaltung am Laufen hielt.

Sten hatte die Aufgabe übernommen, die Stregg-Gläser nicht leer werden zu lassen.

»Nehmen Sie noch einen. Keine Bange, der Angelo-Stew ist gleich fertig.«

Sten nippte vorsichtig am Stregg und spürte wieder, wie der eiskalte Blitz durch sämtliche Glieder fuhr. Doch diesmal war die Wirkung völlig anders. Allein die Tatsache, daß er hier in den Privatgemächern des Imperators saß, erinnerte ihn daran, sich endlich wieder eines Captains als würdig zu erweisen; der Alkoholnebel klarte plötzlich einigermaßen auf.

Die Küche war vier- oder fünfmal größer als die meisten Küchen auf der Erstwelt des vierzigsten Jahrhunderts, wo Nahrung unauffällig und unsichtbar von Computern und Robots zubereitet wurde. Trotzdem war diese Küche mit *einigen* modernen Elementen ausgerüstet – versteckte Schränke mit viel Stauraum sowie Lagerschubladen und -kühlboxen für unterschiedlichste Nahrungsmittel, die per Fingerdruck bedient wurden. Die Küche war außerdem absolut keimfrei und mit einem zeitgemäßen Abfallbeseitigungssystem versehen, das der Imperator jedoch nur selten benutzte. Das meiste von dem, was Sten als Abfall bezeichnet hätte, schob er in Behälter, die er wieder verwahrte, oder er warf etwas in Dinge, von denen Sten später erfuhr, daß es blubbernde Suppentöpfe waren.

Der beeindruckendste Einrichtungsgegenstand der ganzen Küche war eine große Arbeitsplatte aus einem seltenen Hartholz namens Eiche. Im Mittelpunkt dieser Holzplatte befand sich einc alte, rostfreie Spüle. Sie lag etwas tiefer als die Arbeitsplatte und wurde von einem permanenten Wasserstrahl ausgespült; beim Schneiden und Hacken ließ der Imperator alles, was es nicht in den Angelo-Stew schaffte, in diese Spüle fallen, wo es sofort verschwand.

Direkt hinter dem Imperator stand eine riesige, mit funkelndem Stahl verkleidete Herdzeile. Zu ihr gehörte ein Ofen mit mehreren Zentimeter dicken Seitenwänden, ein aus einem Stück geschmiedeter Grill, ein halbes Dutzend professionell aussehender Kochstellen und ein offener Grill, in dem man Holz verbrennen konnte. Dem leichten Geruch nach zu urteilen, wurde der Herd mit einem natürlichen Gas betrieben.

Sten sah dem Imperator zu und lauschte dabei seinem begleitenden Kommentar. Nach dem, was Sten mitbekam, war ein wichtiger Bestandteil von Angelo-Stew eine dünn geschnittene

Chorizo – eine Art mexikanischer Hartwurst, wie der Imperator erklärte. Die Wurst und eine ordentliche Handvoll Knoblauch wurden in mit Thai-Pfeffer gewürztem Olivenöl gedünstet. Aus der Pfanne bahnten sich die herrlichen Gerüche scharfer Gewürze durch die Streggwolken ihren Weg in Stens Nase. Er nahm einen weiteren Schluck und hörte dem Imperator zu.

»Hab mir nie viel aus Essen gemacht«, sagte der Imperator. »Für mich war das Treibstoff. Sie kennen das bestimmt. Der Magen beschwert sich, man stopft was hinein, und dann macht man mit dem weiter, was man vorher gemacht hat.«

»Ich weiß sehr gut, was Sie meinen«, sagte Sten und erinnerte sich an seine Tage als Mig-Arbeiter.

»Dachte ich mir. Ich jedenfalls war ein typischer Raumfahrtingenieur, machte meinen Job für die Firma und verbrachte meine Freizeit mit Suff und Joygirls. Dabei störte Essen eher.«

Auch das verstand Sten sehr gut. So ähnlich hatte er seine Tage als Rekrut totgeschlagen.

»Als ich die Karriereleiter in der Firma hinaufkletterte, schickten sie mich auf immer längere Dienstreisen. Das wurde verflucht langweilig. So langweilig, daß Essen die einzige Abwechslung darstellte. Und das Essen war ausnahmslos Pampe. Damals fing ich an herumzuexperimentieren, ich erinnerte mich an die Sachen, die mein Vater und meine Großmutter immer gekocht hatten.«

Er tippte sich an die Stirn. »Schon verrückt: All die Sachen, die man jemals geschmeckt und gerochen hat, sind hier oben abgespeichert. Es braucht nur ein wenig Übung, damit die Zunge wieder in Gang kommt. Wie bei diesem Angelo-Stew hier. Die beste Medizin gegen Trunkenheit und Kater, die jemals erfunden wurde. Ich hab das Rezept von einem alten mexikanischen Piraten – aber das ist wieder eine ganz andere Geschichte ...«

Er unterbrach seine Arbeit und nahm einen Schluck Stregg, lächelte kurz und goß einen Spritzer davon zu der Chorizo. Dann widmete er sich wieder seiner unterbrochenen Beschäftigung, viertelte vier oder fünf Zwiebeln und entfernte die Samenkörner aus geviertelten Tomaten.

»Überspringen wir einige Jahre. Ein gutes Stück, nachdem ich AM_2 entdeckt und angefangen hatte, dieses ganze verdammte Imperium zusammenzubasteln ...«

Stens Gedanken wirbelten durcheinander. AM_2. Die Gründung des Imperiums. Dieser Mann, der wie Mitte Dreißig aussah, redete von Dingen, über die man in Geschichts-Vids lesen konnte. Sten hatte sie immer für Legenden gehalten. Doch jetzt unterhielt er sich hier ganz entspannt mit dem Mann, der höchstwahrscheinlich für diese Legenden verantwortlich, der von Anfang an dabeigewesen war – meine Güte, das alles lag schon gut zweitausend Jahre in der Vergangenheit! Der Imperator fuhr fort, als wäre es gerade gestern passiert:

»Ich saß also wieder einmal herum, ruhte mich auf meinen Lorbeeren aus und langweilte mich zu Tode. Wieder ein paar Dutzend Sonnensysteme mehr, alles lief einwandfrei. Einige Trillionen Megacredits auf der Bank. Na und? Was soll man mit so viel Geld anfangen?«

Er gab Sten ein Zeichen, die Stregg-Gläser nachzufüllen.

»Dann wurde mir plötzlich klar, was ich damit anfangen konnte. Ich konnte alles kochen, was ich nur wollte. Abgesehen davon, daß mir der moderne Kram, den sie seit den letzten sechs- oder siebenhundert Jahren kochen, nicht schmeckt. Das alte Zeug mag ich lieber. Also fing ich an zu experimentieren, die Mahlzeiten aus meiner Erinnerung nachzukochen. Ich kaufte alte Kochbücher auf und erschuf all das wieder, was sich gut anhörte.«

Der Imperator drehte sich um, nahm ein halbes Kilo blutrotes Rindfleisch aus einem Kühlschrank und fing an, es in kleine Stücke zu schneiden.

»Ist doch egal! Auch eine Art, die Zeit totzuschlagen. Besonders dann, wenn man soviel davon hat.«

Der Imperator schaltete die Flamme unter der Wurst mit dem Knoblauch aus, stellte eine weitere Pfanne mit noch mehr gewürztem Öl auf eine andere Flamme, warf ein wenig Salbei, Bohnenkraut und Thymian hinein, rollte dann einige Rosmarinzweige in der Handfläche und warf sie hinterher. Diese Mischung verrührte er, überlegte einen Moment, schob dann die Tomatenviertel hinein und dünstete sie glasig. Nachdem er die Flamme abgestellt hatte, drehte er sich wieder zu Sten um. Er bedachte den jungen Captain mit einem langen, nachdenklichen Blick und fing wieder zu erzählen an, wobei er die kleinen Rindfleischstücke zunächst in Mehl und dann in einer Schüssel mit scharfen Pepperonisamen wälzte.

»Sie halten mein Gerede wahrscheinlich für uninteressantes Zeug, Captain, Geschichten, die sich vor langer, langer Zeit zugetragen haben. Das Geschwätz eines alten Mannes, das keinen Bezug mehr zur heutigen Zeit hat.«

Sten wollte ihm gerade ganz ehrlich widersprechen, da bremste ihn der Imperator bereits mit erhobener Hand. Er war noch nicht fertig. »Ich kann Ihnen versichern«, sagte er erstaunlich nüchtern, »daß mir meine vergangenen Tage so nah sind wie Ihnen die Ihren. So. Und jetzt die entscheidende Frage des Abends.«

Um ein Zeichen zu setzen, bewältigte er zunächst ein halbes Glas Stregg. »Wie geht es Ihnen eigentlich, Captain Sten? Und wie zum Teufel finden Sie den Dienst bei Hof?«

Sten mußte rasch überlegen. Regel eins des inoffiziellen Überlebenshandbuchs für junge Offiziere lautete: Wenn ein ranghöherer Offizier fragt, was du denkst, mußt du viel lügen.

»Gefällt mir sehr«, sagte Sten.

»Sie sind ein verdammter Lügner«, konterte der Ewige Imperator.

Regel zwei des gleichen Handbuchs lautete: Wenn du bei einer Lüge erwischt wirst, lüge weiter.

»Nein, ehrlich«, sagte Sten, »es ist bestimmt eine der interessantesten –«

»Regel zwei funktioniert nicht, Captain. Lassen Sie die Maske fallen.«

»Es ist ein langweiliger Ort voller langweiliger Leute, und für Politik habe ich mich noch nie interessiert«, platzte es aus Sten heraus.

»Schon besser«, sagte der Imperator. »Dann darf ich Ihnen einen kleinen Rat für Ihre Karriere geben ...«

Er unterbrach sich, um die Flamme unter der Wurst und dem Knoblauch höherzustellen, und sobald die Pfanne heiß genug war, fügte er das panierte Rindfleisch hinzu.

»Um es vorauszuschicken: In Ihrem Alter und bei Ihrem Status haben Sie unverschämtes Glück, daß Sie überhaupt hier sind.«

Sten wollte ihm gerade beipflichten, als ihn der Imperator mit einem eiskalten Blick zurechtwies. Während er weitersprach, wendete er das Fleisch und wartete, bis es eine schöne braune Kruste bekam.

»Erster Rat: Bleiben Sie nicht zu lange hier. Sie vergeuden nur Ihre Zeit. Nachgedanke: Ihre derzeitige Verpflichtung ist sowohl ein gewaltiger Karriereschub als auch ein großer Hemmschuh. Sieht toll aus auf dem Fiche – ›Führer der Imperialen Leibgarde im Alter von soundsoviel Jahren.‹ Andererseits werden Sie so einigen Vorgesetzten über den Weg laufen – älteren und sehr neidischen Vorgesetzten –, die davon überzeugt sind, daß ich mehr als nur beifälliges Interesse an Ihnen habe. Nehmen Sie das hin, wie Sie wollen. Aber so sieht es aus.«

Der Imperator war mit dem Fleisch fertig. Jetzt holte er einen großen Eisenbräter heraus und schüttete das ganze Zeug zusammen, inklusive der Zwiebeln und der Tomaten aus der Pfanne. Dann gab er noch eine Handvoll extrascharfe Pfefferschoten, einen bis drei Schluck Rotwein, mehrere Würfel Fleischbrühe und jede Menge Koriander hinein, setzte den Deckel drauf und stellte die Flamme groß. Sobald es zu kochen anfing, drehte er die Flamme wieder niedriger und ließ alles eine ganze Weile köcheln.

Der Imperator setzte sich neben Sten und nahm einen großen Schluck Stregg.

»Ich weiß nicht, ob es Ihnen bekannt ist, aber in General Mahoney haben Sie einen einflußreichen Fürsprecher.«

»Doch, das weiß ich«, gab Sten zurück.

»Schön, Sie haben also Mahoney. Und Sie haben auch mich sehr beeindruckt. Nicht schlecht. Trotzdem muß ich Sie warnen, denn ich bin für meine Launenhaftigkeit berüchtigt. Hängen Sie sich nicht zu sehr an mich. Wenn es hart auf hart kommt, schiebe ich manchmal meine eigenen Fehler den Leuten in die Schuhe, die mir am nächsten stehen. Herrje, manchmal kann ich mich damit sogar selbst überzeugen!«

»Ich war schon dabei«, sagte Sten.

»Klar, natürlich. Eine gute Erfahrung für einen jungen Offizier. Dreck fließt immer nach unten, das muß man frühzeitig lernen. Damit man später, wenn man oben ist, weiß, was man zu tun hat.«

Der Eintopf war jetzt fertig. Der Imperator stand auf und löffelte zwei Schüsseln randvoll. Sten lief das Wasser im Mund zusammen. Er roch einen ganzen Korianderwald. Seine Augen begannen zu träumen, als der Imperator die Schüssel direkt vor ihnen hinstellte. Er wartete ab, bis der Mann zwei gewaltige Scheiben frischgebackenen Sauerteigbrotes abgeschnitten und zusammen mit einer Schale echter Butter danebengestellt hatte.

»Sie tun also folgendes: Zuerst ziehen Sie diesen Dienst durch. Dann verlassen Sie den Geheimdienst und alles, was irgendwie damit zu tun hat. Im Geheimdienst hat es noch nie jemand besonders weit gebracht. Dafür habe ich schon gesorgt. Vertrauen Sie denen bloß nicht. Niemand sollte ihnen allzuviel Vertrauen schenken. Dann gehen Sie zur Fliegerschule. Nein, halten Sie den Mund. Ich weiß, daß das die Raumflotte ist. Wovon ich hier rede, ist ein Wechsel der Waffengattung. Sehen Sie zu, daß Sie in die Flotte kommen. Lernen Sie fliegen.«

Der Imperator butterte bedächtig seinen Kanten Brot. Sten folgte seinem Beispiel und prägte sich jedes seiner Worte ein.

»Es wird nicht lange dauern, dann sind Sie Lieutenant Commander, bald darauf Commander, Schiffscaptain und – mit ein wenig Glück – Flaggoffizier. Von dort aus sind Sie nur noch einen Katzensprung vom Admiral entfernt.«

Sten widmete sich ausgiebig seinem Glas, um seine Gefühle zu überspielen. Admiral? Quatsch. Niemand wird Admiral. Der Imperator goß wieder einmal Stregg nach.

»Ich *höre* auf meine Admirale«, sagte der Imperator. »Tun Sie, was ich Ihnen rate. Kommen Sie in fünfzig Jahren oder so zurück, und ich werde womöglich auch auf *Sie* hören.«

Der Imperator löffelte eine große Portion Eintopf.

»Essen Sie auf, mein Sohn. Dieses Zeug hier ist ausgezeichnetes Gehirnfutter. Zuerst brennen die Ohren, dann die ganze graue Masse. Wer als letzter fertig ist, wird Großadmiral.«

Sten schluckte. Der Angelo-Stew lag pikant auf der Zunge und rutschte dann den Hals hinunter in den Magen. Dort entfaltete sich sofort eine kleine atomare Flamme, seine Augen tränten, seine Nase fing an zu weinen, und seine Ohren färbten sich knallrot. Der Stregg in seinen Adern wurde von einer Horde Pfeffer-Moleküle in die Flucht geschlagen.

»Na, wie finden Sie's?«

»Was passiert, wenn man nicht an Krebs leidet?«

»Einfach weiteressen, mein Junge. Wenn Sie jetzt noch keinen haben, dann kriegen Sie ihn bestimmt bald.«

Kapitel 5

Der Imperator hatte zwei Probleme mit der Erstwelt. Problem Nummer eins lautete: Warum war seine Hauptstadt in einem derartigen Zustand? Jetzt leitete er schon seit mehr als eintausend Jahren ein interstellares Imperium; wie zum Teufel war es möglich, daß eine beschissene Planetenhauptstadt einem solche Probleme bereitete?

Problem Nummer zwei lautete: Was lief schief?

Die Erstwelt war ein klassisches Beispiel für durchgedrehte Stadtplanung. In den frühen Tagen, kurz nachdem der Ewige Imperator den Leuten beigebracht hatte, daß er und er allein Antimaterie Zwei, den einzigen Treibstoff für interstellare Antriebe, kontrollierte, und daß er in der Lage war, sein Geheimnis für sich zu behalten und zu schützen, kam er auf den Gedanken, daß es eine ausgesprochen dumme Idee wäre, ein Imperium, insbesondere ein kommerzielles, von der Erde aus zu regieren.

Mehrere Gründe sprachen dafür, daß seine Wahl auf die spätere Erstwelt fiel: Der Planet war unbewohnt, die Umweltbedingungen glichen etwa denen der Erde; er verfügte über einen Satellitengürtel, der ideale Verladestationen für Raumfrachter abgab. Also kaufte der Imperator die Erstwelt, einen Planeten, der damals nicht mehr als eine Indexnummer auf einer Sternenkarte war. Obwohl der Imperator zu jener Zeit nicht mehr als 500 bis 600 Sonnensysteme kontrollierte, wußte er, daß sein Imperium noch wachsen würde. Mit dem Wachstum gingen Verwaltung, Bürokratie, Höflinge und der ganze andere Kram Hand in Hand.

Um das zukünftige Riesenreich zu regieren, schien der Erwerb eines dafür geeigneten Planeten eine plausible Lösung zu sein. Also machten sich die besten Planer ans Werk. Die Hauptstraßen wurden sehr, sehr breit angelegt. Der Planet sollte mit weitläufigen Parks ausgestattet sein, zum einen ihrer Schönheit wegen, zum anderen aber auch, um ihn davor zu bewahren, sich in ein Ghetto zu verwandeln, das sich selbst vergiftete. Grund und Boden wurde parzellenweise und mit Verträgen über Jahrhunderte verpachtet. Alle Gebäude mußten vor dem Bau einem Beirat vorgelegt werden, der aus ebenso vielen Künstlern wie Stadtplanern bestand.

Trotzdem sah die Erstwelt inzwischen, etwas mehr als tausend Jahre nach Beginn der Besiedlung, in gewisser Hinsicht wie ein Ghetto aus.

Die Erklärung dafür war ganz einfach: Gier, Dummheit und Korruption – menschliche Schwächen, die der Imperator nicht genügend berücksichtigt hatte. Dem Imperator fiel auf, daß er für diese Erkenntnis zynischerweise nicht jemanden wie des Sklaven bedurfte, der Cäsar angeblich während seiner triumphalen Prozessionen zuflüsterte: »Auch das alles ist vergänglich.«

Dazu mußte er nur die etwas mehr als 55 Kilometer nach Fowler fahren, der Stadt, die seinem Palast am nächsten lag, und durch die Straßen gehen. Fowler war, wie die anderen Städte auf der Erstwelt, ein Kaleidoskop aus hohen und niedrigen Gebäuden.

Ein Beispiel: ein Gebäudekomplex mit den Ausmaßen eines halben Quadratkilometers und im Grundbuch der Erstwelt als NHEBOFA13FFC2 vermerkt, war ursprünglich an den in Luxus schwelgenden Herrscher des Sandia-Systems verpachtet worden, der dort eine Kombination aus Palast und Botschaft errichten ließ. Als er jedoch von einem spartanischeren Regime seines Amtes enthoben wurde, verpachtete Sandia das Grundstück an ein interstellares Handelskonglomerat, das den Palast abreißen und an seiner Stelle einen Verwaltungswolkenkratzer bauen ließ. Doch Transcom investierte in die falschen Produkte und die falschen Gegenden, woraufhin das Gebäude nach und nach an »kleinere« Unternehmen wie einfache Planetenregierungen oder systemgebundene Gesellschaften unter-unterverpachtet wurde. Je kleiner die verpachteten Einheiten wurden, desto steiler stieg der zu zahlende Pachtzins. Inzwischen konnte die Miete für ein bescheidenes Einzimmerbüro das Bruttosozialprodukt einer ganzen Provinz schlucken.

Das Transcom Building verwandelte sich in einen Büroslum, bis schließlich sämtliche Unterverpachtungen und deren Unterverpachtungen von der Sultana von Hafiz aufgekauft wurden, die sich nichts sehnlicher als einen Palast auf der Erstwelt wünschte, in dem sie bei ihren häufigen und ausgedehnten Besuchen residieren konnte. Der Wolkenkratzer wurde abgerissen und an seiner Stelle wieder ein Palast errichtet.

Das alles hatte sich innerhalb von einundachtzig Jahren zugetragen. Trotzdem wurde in den Imperialen Büchern nach wie vor der Präsident von Sandia als Pächter geführt, obwohl er zu diesem Zeitpunkt sein Leben bereits seit siebenundvierzig Jahren zwangsweise in einem Kloster fristete.

Aufgrund der Unterverpachtung funktionierte auch die Mietkontrolle nicht mehr. »Einzelwohnungen« sahen manchmal eher wie die Truppenunterkünfte auf einem Frachter aus, da die monatliche Miete von einem Interessenten allein nicht aufgebracht werden konnte.

Der Imperator hatte versucht zu helfen, denn er war sich völlig darüber im klaren, daß auch im Zeitalter von Computern und Robots eine gewisse Anzahl von Funktionären gebraucht wurde. Doch sogar Imperiale Wohnungsbauprojekte wechselten rasch von einer Hand zur anderen und wurden zu Beispielen eines über die Stränge schlagenden Freihandels.

Nach mehr als 800 Jahren Kampf gegen den Krebs der Unterverpachtung wurde in einem letzten Versuch, den Druck zu regulieren, der derartige zerstörerische Praktiken ermöglichte, auf der Erstwelt eine Einwanderungsbeschränkung eingeführt. Die Antragsteller mußten einen Arbeitsnachweis erbringen und nachweisen, daß für sie ein neuer Job geschaffen worden war – oder daß sie unermeßlich reich waren. Die Einhaltung dieser Bestimmungen wurde auch strikt kontrolliert.

Dadurch wurde jeder Bewohner der Erstwelt plötzlich reich. Nicht unbedingt auf der Erstwelt, aber potentiell reich. Jeder von ihnen, vom bevollmächtigten Diplomaten bis zum Straßenhändler, konnte sein Wohnrecht für ein Vermögen verkaufen.

Da die Erstweltler sich jedoch als Erstweltler fühlten, verkaufte nur sehr selten einer von ihnen. Die meisten zogen es vor, in ihrer Armut zu verbleiben (wenn man ein garantiertes Einkommen, Lebensmittelrationen, Wohnung und Erholungsmöglichkeiten als Armut bezeichnen will), anstatt irgendwo in den Reichtum auszuwandern. Die Erstwelt war das Zentrum, der

Hof der tausend Sonnen – wer ging schon freiwillig von hier fort, wenn er oder sie oder es die Wahl hatte?

Manchmal, wenn der Imperator betrunken, mutlos und zornig war, hätte er am liebsten alle Gebäude verstaatlicht und sämtliche Bewohner ausgewiesen. Er wußte jedoch, daß seine freiberuflichen Kapitalisten bestimmt einen Weg finden würden, auch diese Bestimmung zu umgehen.

Deshalb war es einfacher, mit den kleineren Übeln zu leben, mit der enormen Bevölkerungsdichte etwa, oder mit Stadtkarten, die schon nach dreißig Tagen veraltet waren.

Abgesehen von den Städten und den Parks gab es jede Menge Privatgrundstücke auf der Erstwelt. Die meisten davon lagen so dicht wie möglich um den Ring des Imperialen Hofes. Schließlich galt auch hier die Nähe eines Anwesens zum Palast als Zeichen des sozialen Status seines Bewohners.

Noch ein weiteres Gebäude stand in der Nähe des Palastes. Es befand sich in ungefähr zehn Kilometern Entfernung von Arundel und beherbergte das Parlament des Imperiums. Es hatte sich als notwendig erwiesen, eine Art von Regierungsgebäude einzurichten, und nachdem der Ewige Imperator seine Struktur bewilligt hatte, ließ er sofort eine künstliche Berglandschaft von einem Kilometer Höhe zwischen seinem Schloß und dem Parlament in die Landschaft setzen. Wenn er sich schon notgedrungen mit Politikern abgeben mußte, so wollte er zumindest in seiner Freizeit nichts von ihnen sehen …

Aus all diesen Gründen war die Erstwelt ein ziemlich eigenartiger Ort geworden. Das beste und das schlechteste, was man von ihr behaupten konnte, war, daß sie funktionierte – mehr oder weniger.

Die Städte waren durch unterirdische Pneumo-Bahnen miteinander verbunden, für den Transport innerhalb des Systems bediente man sich großer Gleiter oder kleiner Raumschiffe. Fracht von außerhalb des Erstsystems wurde auf den Satelliten außerhalb des Planeten abgefertigt oder aber auf einem der künstlichen Raumhäfen, die schon bald nach der Expansion des Imperiums erforderlich geworden waren. Dort wurden sie entweder auf einen anderen Frachter umgeladen oder, falls die Güter für die Erstwelt selbst bestimmt waren, von Landefähren zur Planetenoberfläche gebracht.

Direkt auf der Erstwelt gab es fünf Frachthäfen, und wie alle Häfen zu allen Zeiten waren sie schmutzig und gewalttätig.

Der größte Hafen, Soward, war derjenige, der Fowler am nächsten lag. Einen Kilometer von Sowards Hauptflugfeld befand sich *Der Covenanter.*

Wie überall auf der Erstwelt gab es auch in Soward Expansionsprobleme. Die Lagerung und das Verladen mußten jedoch so dicht wie möglich in Bodennähe abgewickelt werden.

Untergeordnete Gebäude wie Freizcithallen, Büros, Bars und so weiter wurden über den bis zu einem Quadratkilometer großen Lagerhallen errichtet. Überall führten teilweise automatisierte Rampen zu dem spinnenbeinartigen Stahlgerüst empor, auf dem die Nebengebäude untergebracht waren.

Der Covenanter saß auf der dritten Ebene. Um in seine heiligen Hallen zu gelangen, mußte man eine Frachtrampe und eine Rolltreppe hinauffahren und dann eine ölverschmierte Treppe hochsteigen. Trotzdem waren die Räumlichkeiten des *Covenanter* normalerweise immer überfüllt.

Aber nicht nachts.

Nicht, wenn es regnete.

Godfrey Alain bewegte sich so gut es ging im tiefen Schatten und blieb oben an der Rolltreppe stehen, um sich vorsichtig umzusehen.

Einige Minuten vergingen, doch bis auf den wasserfallartig von den Rampen auf den Asphalt niederklatschenden Regen war nichts zu hören. Er zog seinen Regenmantel fester um sich und wartete weiter.

Alain hatte sein Hotelzimmer in Fowler verlassen. Vier weitere zur Tarnung angemietete Zimmer hatten ihm momentane Sicherheit verschafft, eine Gelegenheit zu überprüfen, ob man ihm auf der Spur war – und außerdem eine Möglichkeit, die Kleider zu wechseln. Allem Anschein nach war er in jeder Hinsicht sauber.

Ein erfahrenerer Agent hätte Alain womöglich zu einer weniger teuren Kostümierung geraten; seine kostspieligen Klamotten und sein gegenwärtiger Aufenthaltsort machten ihn zum idealen Opfer von Raubüberfällen.

Doch Godfrey Alain war kein Spion; die Finessen der Spionage waren ihm fremd. Für das Imperium galt er wohl als Terrorist; in seinen eigenen Augen, denen seiner Mitrevolutionäre und der Tahn-Welten war Alain ein Freiheitskämpfer.

Dabei hatte Alains Status eigenartigerweise weniger mit Politik als mit Bevölkerungsentwicklung zu tun. Die Tahn-Welten, ursprünglich von Low-Tech-Flüchtlingen besiedelt, lebten mit der Garantie, daß das Imperium sie in Ruhe ließ. Da sie über einen ganzen Sternhaufen verstreut waren, war eine Einmischung des Imperiums sehr unwahrscheinlich. Doch die Expansion des Lebensraums der Tahn garantierte ebenso, daß sich das Imperium und die Tahn früher oder später in die Quere kommen mußten. Genau das war vor einigen Generationen geschehen, als sich Tahn-Siedler über ihre eigenen Systeme hinaus auf Pionierwelten ausbreiteten, die bereits von einer kleinen Zahl Imperialer Siedler besetzt waren.

Es dauerte nicht lange, und die beiden sehr unterschiedlichen

Kulturen gerieten miteinander in Konflikt. Beide Parteien schrien um Hilfe. Die Heimatwelten der Tahn konnten keine direkte militärische Unterstützung leisten, und an einer offenen Konfrontation mit dem Imperium waren sie erst recht nicht interessiert.

Auf der anderen Seite konnte das Imperium nicht mehr als einige Garnisonen mit zweit- und drittklassigen Einheiten zum »Schutz« der Siedler vor den Tahn-Kolonisten errichten.

Das Caltor-System, in dem Alain zur Welt gekommen war, gehörte zu diesen Konfliktgebieten. Da sich die Tahn-Siedler gesellschaftlich und wirtschaftlich zusammenschlossen, erlangten sie den weniger geeinten Imperialen Siedlern gegenüber rasch einen Vorteil. Die Pioniere des Imperiums hingegen hatten Caltors Garnisonstruppen im Rücken und fühlten sich durch ihre Gegenwart in der Vormachtsposition.

Eine derartige Situation kann eigentlich nur zu Pogromen führen. In einem dieser Pogrome kamen Alains Eltern ums Leben.

Alain – damals noch ein Junge – sah die Leichen seiner Eltern, sah, wie die Imperialen Truppen angesichts dieses »Zwischenfalls« die Achseln zuckten, und ging zur Schule. Schule hieß für ihn: lernen, wie man einen A-Grav-Gleiter in ein Kamikazegefährt oder eine Zeitbombe umbaut; wie man ein systemgebundenes Schürfraumschiff in ein interstellares Fernraumschiff verwandelte; wie man aus ein paar Rohren eine Projektilwaffe bastelt und, was am wichtigsten war, wie man aus einem aufgebrachten Mob eine in kleinen Zellen organisierte Widerstandsbewegung schmiedet.

Der Widerstand breitete sich von einem Pionierplaneten zum anderen aus, eine Entwicklung, die von den weit entfernten Tahn-Welten immer abgestritten, aber gleichzeitig mit »sauberen« Waffen und moralischer Unterstützung gefördert wurde. Stets bekämpft von den Imperialen Siedlern und den dort stationierten »Friedenstruppen«, wuchs die Bewegung geradezu rasant.

Alain war der Anführer dieser Widerstandsbewegung. In den fünfzig Jahren, seit er seine Eltern tot in den Ruinen ihres Hauses gefunden hatte, war er zum Chef der Befreiungsbewegung der Randwelten geworden.

Als Repräsentant einer großen, militanten Bewegung wurde er zu einem Besuch auf die Tahn-Welten eingeladen. Diese Reise in eine Heimat, die er niemals besessen hatte, machte aus Alain einen Verlorenen, denn das Tahn-System – die Planeten, die die Randwelten vereinen wollten, wenn sie erfolgreich blieben – entsprach ganz und gar nicht seinen Erwartungen.

Nicht nur die von der Regierung befürwortete Bevölkerungsexplosion, auch die rigide soziale Ordnung sorgten für eine heftige Ernüchterung. Am schlimmsten war jedoch die Erfahrung der Klassengesellschaft innerhalb der Tahn-Kultur. Alain, der von einer Pionierwelt kam, war davon überzeugt, daß es jedem möglich sein sollte, seinen Fähigkeiten entsprechend innerhalb der Gesellschaft aufzusteigen. Er wußte zwar genau, daß diese Überzeugung nicht zur Tahn-Kultur gehörte; was ihm jedoch immer wieder bitter aufstieß, war die Tatsache, daß die Bevölkerung diese strenge Klassengesellschaft akzeptierte. Soweit er es beurteilen konnte, hatte der Krieger nicht die Absicht, zum Adel aufzusteigen, der Bauer zeigte kein Interesse an der Klasse der Kaufleute und so weiter.

Es war der klassische Konflikt zwischen einem Mann aus einer Kultur, die sich noch entwickeln mußte, und einer Gesellschaft, die sich schon vor sehr langer Zeit auf eine funktionierende Formel geeinigt hatte.

Das war das erste Problem. An das zweite war er am Imperialen Siegestag knallhart erinnert worden, nämlich die Tatsache, daß seine revolutionäre Bewegung auf den Wunsch des Imperators hin jederzeit ausgelöscht werden konnte – zusammen mit den Tahn-Siedlern, zwischen denen sich Alains Freiheitskämpfer frei bewegten und mit denen sie lebten.

Vor sechs Monaten hatte Alain einem Imperialen Sonderbotschafter gegenüber einige sehr geheimnisvolle Andeutungen gemacht. Ursprünglich war es Alains Plan gewesen, einen Waffenstillstand mit dem Imperium – und den vom Imperium unterstützten Randwelten – auszuhandeln. Im Lauf der Monate hatte sich ein Konzept für diesen möglichen Waffenstillstand entwikkelt.

Alains letzter Vorschlag, der an diesem Abend einem direkten Vertreter des Imperiums gegenüber vorgebracht werden sollte, ging jedoch etwas weiter. Er wollte nicht nur einen Waffenstillstand, sondern eine schrittweise Legitimierung seiner Leute und seiner Bewegung sowie die Anerkennung der Randwelten als unabhängige Pufferzone zwischen den Tahn-Welten und dem Imperium.

Diese Vorstellungen hatte Alain bis jetzt nur mit seinen Freunden und engsten Vertrauten besprochen. Andernfalls wäre es für den Tahn-Geheimdienst ein leichtes, diesen Vorschlag in Erfahrung zu bringen, Alain als Konterrevolutionär hinzustellen und seinen Tod in die Wege zu leiten.

Auch einigen seiner langjährigen Feinde auf der Seite des Imperiums käme sein Tod durchaus gelegen. Alain hatte keine Angst vor dem Sterben – fünfzig Jahre als Guerillakämpfer hatten diesen Teil seiner Psyche abgetötet –, doch der Gedanke daran, daß er sterben könnte, bevor sein Plan dem Imperator unterbreitet werden konnte, machte ihn ziemlich nervös.

Das Treffen war unter äußerster Geheimhaltung organisiert worden. Alain war mit falschen, von »höchster Stelle autorisierten« Papieren ausgestattet worden und als einer von vielen Touristen angekommen, die sich die Darbietungen des Imperialen Siegestages nicht entgehen lassen und das exotische Leben auf dem Planeten kennenlernen wollten, der den Hof der tausend Sonnen beherbergte.

Irgendwann während der Feierlichkeiten am Imperialen Siegestag hatte man ihm die Anweisungen hinsichtlich des Ortes und des Zeitpunkts des Treffens zugespielt, doch die Übergabe war so subtil vonstatten gegangen, daß Alain nicht einmal sicher war, wie und wann die brisante Nachricht in seine Tasche gelangt war.

Was das Treffen selbst anging, das in einer Raumhafenkneipe stattfinden sollte, fühlte er sich relativ sicher. Es mochte sich für Alain auf lange Sicht als fatal herausstellen, daß er sich überhaupt mit einem Repräsentanten des Imperiums eingelassen hatte; andererseits würde es auch dem Imperator selbst einigen Schaden zufügen, wenn herauskam, daß sich sein Repräsentant mit einem Terroristen getroffen hatte, insbesondere mit einem Terroristen, den bereits zwei Mantis-Teams vergeblich umzubringen versucht hatten.

Nein, er wurde nicht verfolgt.

Alain ging erleichtert die Stufen hinauf. Seine Hand lag auf der Projektilpistole unter seinem Mantel. Noch einmal drehte er sich um. Dann betrat er die zehn Meter lange Laufplanke aus durchlöcherten Stahlplatten. Weit unter sich sah er den Erdboden. Links und rechts des Steges ragten die Streben der stählernen Struktur empor, auf der die Büros und die Werkstätten ruhten. Dazwischen gähnten breite Lücken.

Die einzige Lichtquelle, die sich jetzt noch über ihm befand, leuchtete auch über dem einzigen noch erleuchteten Gebäude, einer grellroten, mit Holzdekor verkleideten Kneipe. Auf ihrem holographischen Reklameschild blinkte mürrisch der Schriftzug *D R COV ANTER*.

Er stieg ganz langsam von der Laufplanke hinunter, glitt von einem Schatten zum nächsten. Vor der Kneipe war nichts und niemand zu sehen.

Der Mann hielt sich direkt gegenüber dem *Covenanter* auf, im offenen zweiten Stockwerk eines noch nicht fertiggestellten Lagerhauses. Er hielt sich bewußt hinter dem Fenster verborgen, falls jemand die Umgebung mit einem wärmeempfindlichen Fernglas absuchte.

Seit zwei Stunden hatte der Bombenleger abwechselnd den Laufsteg mit einem Fernglas mit Restlichtverstärkung beobachtet und über den Regen geflucht – und über seine eigene Dummheit, die ihn dazu verleitet hatte, diesen Job anzunehmen. So ging es schon drei Wochen lang, Nacht für Nacht, von zwei Stunden nach Einbruch der Dunkelheit, bis *Der Covenanter* dichtmachte.

›Das ist doch das allerletzte‹, dachte der Bombenleger nicht zum ersten und auch nicht erst zum fünfhundertsten Mal. ›Da sieht man mal wieder, was passiert, wenn ein Mann einen Job braucht. Das spüren die Drecksäcke sofort und kommen jedesmal aus ihren kleinen synthetischen Leben hervorgekrochen, als wüßten sie genau, wann ein richtiger Profi ein paar Credits braucht und keine große Wahl hat, an sie heranzukommen.‹

Der Name des Bombenlegers war Dynsman, und im Gegensatz zu seinem Selbstbild war er alles andere als ein professioneller Sprengstoffspezialist. Dynsman gehörte zur seltenen Spezies der »Eingeborenen« der Erstwelt. Seine Familie kam nicht von der falschen Seite der Eisenbahnschienen, denn seine Brüder hätten diese Schienen fraglos herausgerissen und auf dem Schwarzmarkt als Alteisen verkauft. Dynsman war klein, leichtfüßig und manchmal ziemlich gerissen.

Wenn alles normal verlaufen wäre, hätte Dynsman eine voraussehbare Karriere durchlaufen; er wäre in gelegentliche Gaunereien hineingerutscht, zum organisierten, wenn auch gewaltlosen Verbrechen aufgestiegen, bis ihn eines schönen Tages ein Richter, der es leid war, sein Gesicht Jahr für Jahr vorgeführt zu bekommen, schließlich auf einen Gefängnisplaneten deportieren ließ.

Aber Dynsman hatte Glück gehabt. Seine Chance zum wirklichen Ruhm war gekommen, als er sich im dichten Verkehr hinter einen bewachten A-Grav-Gleiter drängte. Kaum blickten die Wachen in die andere Richtung, griff Dynsman zu und machte sich aus dem Staub. Der Gleiter war mit Sprengsätzen für die Imperiale Garde beladen gewesen. Für Dynsman hatte dieser komplette Sprengsatz - inklusive Sicherungen, Timer, Zündladungen und den wichtigen Anleitungen – so gut wie keinen Wert. Kurz nach seinem Diebstahl saß er traurig auf einem Dach und starrte in die Kiste, deren Beschaffung ihm ein großes Risiko abverlangt hatte – zumindest an seinen eigenen Risikostandards gemessen. Dabei war sie überhaupt nichts wert.

Aber Dynsman war nicht umsonst ein Erstweltler, einer der Menschen, die mit der seltenen Gabe ausgestattet waren, sogar die Blähungen nach der Mahlzeit als experimentelle Musik zu verkaufen. Nachdem er drei Finger verloren hatte, seine Haare vor Angst und Schrecken glatt und farblos geworden waren und ihn seine Eltern zu Hause rausgeworfen hatten, ging Dynsman – jedenfalls auf einige Entfernung, in der Nacht und bei dichtem Nebel – als Sprengstoffexperte durch.

Bald darauf war Dynsman praktizierendes Mitglied eines alten und geschätzten Berufsstands, eine dieser noblen Seelen, die schlechte Investments, Gebäude, Raumschiffe und anderes sperriges Inventar in Flüssigguthaben verwandelten – und er hatte mehr Kundschaft, als er bedienen konnte.

Unglücklicherweise stellte sich der größte Kunde von allen als Imperialer Geheimpolizist heraus.

So nahmen die Dinge ihren Lauf. Dynsman saß entweder im Gefängnis oder beschäftigte sich mit Hochgeschwindigkeits-Entsorgung.

Trotzdem hätte er wissen müssen, daß bei diesem letzten Job etwas faul war. Zum einen war der Mann, der ihn angeheuert hatte, für einen Gangster viel zu glatt und zu lässig. Und er wußte zuviel über Dynsman. Er wußte sogar, daß Dynsman den Termin, an dem er seine Spielschulden hätte zahlen müssen, schon sechs Tage überzogen hatte und daß der Schuldner sich fragte, ob Dynsman mit einem zweiten Satz Kniegelenke nicht wesentlich eleganter aussehen würde.

Dabei hätte Dynsman das Angebot des Fremden sowieso nicht abgelehnt. Er war bekannt dafür, daß er sich selbst dann bei einem Würfelspiel das Hemd ausziehen ließ, wenn er seine eigenen gezinkten Würfel benutzte.

Dem grauhaarigen Mann zufolge handelte es sich um einen sehr einfachen Job.

Dynsman sollte eine Bombe in den *Covenanter* einbauen. Nicht nur eine Rumms-bumms-alles-kaputt-Bombe, sondern eine ganz besondere Bombe, die auf ganz besondere Art und Weise angebracht werden mußte. Dann sollte Dynsman in dem Rohbau warten, bis ein ganz bestimmter Mann das Gebäude betrat. Sobald das geschehen war, sollte er noch einige Sekunden abwarten und die Ladung hochgehen lassen.

Wenn das alles erledigt war, würde Dynsman die zweite Hälfte der vereinbarten Summe, neue Papiere und eine Fahrkarte erhalten, die ihn von der Erstwelt wegbrachte.

Dynsman stöhnte wieder. Die Summe, die man ihm geboten hatte, war viel zu hoch. Nicht minder verdächtig war die teure Ausrüstung, die man ihm ausgehändigt hatte: das Nachtfernglas, die Designer-Stoppuhr, das Richtmikrofon mit passendem Kopfhörer und der Transceiver, mit dem er die Bombe auslösen würde.

Als Dynsman den Mann entdeckte, der über die Laufplanke auf den *Covenanter* zukam, wurde er sich plötzlich der Tatsache bewußt, daß er nur ein sehr kleiner Fisch war, den man in ein Becken voller Haie geworfen hatte.

Dynsman betrachtete die näherkommende Gestalt Alains ganz genau. Aha. Der erste Mensch, der seit einer Stunde auch nur in die Nähe der Kneipe gekommen war. Teure Kleidung. Während er das Fernglas noch mit einer Hand vor die Augen hielt, streifte sich Dynsman den Kopfhörer über die Ohren und schaltete das Mikrofon ein.

Drüben auf dem Steg blieb Alain vor dem *Covenanter* stehen. Ein weiterer Mann trat aus der Dunkelheit – Craigwel, des Imperators persönlicher Mann fürs Grobe. Er trug den grellen Overall eines Raumschiffingenieurs und streckte beide Hände weit von sich, um zu demonstrieren, daß er unbewaffnet war.

»Ingenieur Raschid?« fragte Alain wie verabredet.

»Das ist der Name, den ich benutze.«

Auf der anderen Seite der Straße tanzte Dynsman fast vor Freude. Das war's! Endlich! Er schaltete das Mikro ab und nahm den Funkzünder sowie die Stoppuhr in die Hand.

Sobald die beiden Männer im *Covenanter* verschwunden waren, drückte Dynsman auf den Startknopf der Stoppuhr.

Kapitel 6

Zehn Sekunden: Janiz Kerleh war Miteigentümerin, Köchin, Barfrau und Chefkellnerin des *Covenanter.* Die Bar selbst war ihr persönliches Meisterwerk.

Janiz konnte sich nicht auf die übliche Geschichte vom armen Bauernmädchen, das irgendwie auf die schiefe Bahn geraten war, berufen, obwohl sie von einer Agrarwelt stammte. Nachdem sie ihren Eltern, armen Holzarbeitern, fünfzehn Jahre lang dabei zugesehen hatte, wie sie von früh bis spät Holzspäne kauten, war ihr klar, daß es einen anderen Weg geben mußte. Dieser andere Weg präsentierte sich ihr in Gestalt eines Handlungsreisenden, der sich auf Baumstämme schleppende Elefanten spezialisiert hatte.

Der Reisende brachte sie in die nächstgelegene Großstadt. Janiz brauchte zwanzig Minuten, um herauszufinden, wo in der Stadt etwas los war, und zehn weitere, bis sie ihren ersten Kunden gefunden hatte.

Das Dasein als Joygirl war nicht gerade eine pausenlose Abfolge herrlicher Ereignisse – so fragte sie sich des öfteren, warum so viele Leute, die auf der Suche nach Sex waren, sich nicht einmal die Mühe machten, sich vorher die Zähne zu putzen –, aber es war auf alle Fälle besser, als den Rest des Lebens auf einen Elefantenarsch zu starren. Aus dem Joygirl wurde eine Madame, die sich immerhin eine Reise zur Erstwelt leisten konnte.

Zu ihrer großen Enttäuschung stellte sich dort heraus, daß die Sache, die Janiz für eine Goldmine gehalten hatte, alles andere war als das. Nicht genug, daß die Erstwelt vor Prostituierten aus allen Nähten platzte; außerdem wimmelte es auch noch von

Amateuren, die zu allem Möglichen bereit waren, nur um am Hof eingeführt zu werden.

Janiz Kerleh machte gerade ziemlich schwierige Zeiten durch, als sie den Chefingenieur Raschid traf. Sie gingen zusammen ins Bett, fanden heraus, daß sie einen ähnlichen Sinn für Humor hatten, und verbrachten schon bald ihre Zeit miteinander nicht mehr ausschließlich in der Horizontalen.

Bettgeflüster. Ja, die Kneipe, die Janiz schon immer hatte betreiben wollen, war Bettgeflüster. Schon zwanzig Jahre träumte sie davon, zeichnete Pläne und bastelte sogar kleine Modelle aus Pappe zusammen. Und immer wieder machte ihr die Sittenpolizei einen Strich durch die Rechnung.

Paralysiert ist wohl der beste Ausdruck, wenn man ihre Reaktion auf Raschids Vorschlag beschreiben wollte, den er ihr ein Jahr, nachdem sie sich kennengelernt hatten und Sex nicht mehr das vordergründigste Element ihrer Beziehung, sondern einfach eine nette Sache geworden war, unterbreitete. Er überreichte ihr einen Kontoauszug und sagte: »Willst du deine Kneipe immer noch aufmachen? Hier. Ich bin Miteigentümer.«

Raschids einzige Bedingung war, daß eine Sitzecke – Nische C sollte sie sie nennen – anders als die anderen gestaltet würde. Sie mußte absolut sauber sein, mit allerneuester abhörsicherer Ausrüstung, die von anonymen Männern in Overalls angeliefert und installiert wurde. Die Sitzecke selbst war so schalldicht, daß man bereits im Abstand von einem Meter nicht mehr das geringste von den Unterhaltungen am Tisch hören konnte. Einmal pro Woche wurde die Nische von einem Sicherheitsdienst überprüft.

Raschid erzählte Janiz, daß er diese Sitzecke für besondere Sitzungen nutzen wolle. Niemand außer ihm durfte sich dort hinsetzen – nur er und diejenigen, die in seinem Namen hereinkamen.

Janiz, die eine ungefähre Vorstellung davon besaß, was ein Schiffsingenieur verdiente, und wußte, daß es nicht im entferntesten ausreichte, um damit das Hobby eines Joygirls zu finanzieren, konnte sich ausrechnen, daß Raschid noch andere Geschäfte laufen hatte. Vielleicht war der Mann ja Schmuggler. Oder ... Eigentlich war ihr das auch egal.

Der Covenanter wurde rasch ein Erfolg. Hier fanden Dockarbeiter und Schiffsbesatzungen einen ruhigen Ort zum Trinken, einen Ort, wo nicht gleich das Überfallkommando alarmiert wurde, wenn der Abend sich etwas interessanter gestaltete, und wo man außerdem exotische Mädchen ohne exotische Krankheiten treffen konnte. Raschid kam ein- oder zweimal im Jahr vorbei und verschwand dann wieder. Janiz hatte eine Zeitlang versucht, herauszufinden, auf welchem Schiff Raschid arbeitete, indem sie die Listen der abfliegenden Schiffe in den Zeitungen studierte, doch es war ihr nicht gelungen, ihn mit einem bestimmten Schiff oder auch nur mit einer Fluglinie in Verbindung zu bringen. Ebensowenig fand sie heraus, wer Raschids »Freunde« waren, da sich unter ihnen nobel gekleidete Geldleute ebenso wie die allerletzten Schlägertypen befanden.

Als die beiden Männer, Alain und Craigwel, in der ansonsten völlig leeren Kneipe ausgerechnet nach Nische C fragten, blieb ihr also keine andere Wahl, als zu fragen, was sie zu trinken wünschten.

Zweiundsiebzig Sekunden: Als Dynsman eine Woche zuvor in den *Covenanter* eingebrochen war, um die Bombe zu installieren, hatte er den Zeitpunkt der Detonation genau berechnet. Sein Mann kommt also in die Kneipe. Zehn Sekunden. Sieht sich um. Fünfzehn Sekunden. Geht zur Theke. Siebeneinhalb Sekunden. Bestellt einen Drink. Eine Minute. Nimmt den Drink und geht hinüber zur Nische C. Der Bombenleger hatte einkalkuliert, daß die Kneipe sehr voll sein könnte – was sie an diesem Abend bestimmt nicht war –, und für alle Fälle noch mal zwei Minuten auf seine Zeitsequenz draufgegeben.

Alain warf einen Blick auf die Riesenauswahl an Spirituosen und ging dann auf Nummer Sicher: »Synthalk. Mit Wasser. Hohes Glas und Eis, bitte.«

Craigwel bestellte als professioneller Diplomat das gleiche. Seine nächste Aussage würde beide Männer töten. Sie war nur dazu gedacht, die Unterhaltung ein wenig in Gang zu bringen.

»Haben Sie schon einmal Metaxa probiert?«

»Ist das etwas Narkotisierendes?« fragte Alain skeptisch.

»Nur Alkohol. Man kriegt damit aber auch prima hartnäckigen Außenlack ab.«

Janiz goß zwei Schnapsgläser ein und machte sich dann wieder an die Synthalks.

Alain hob sein Glas. »Auf den Frieden.«

Craigwel nickte ernst und kippte sich den Inhalt in den Rachen.

Die Zeit war abgelaufen. Genau zur angezeigten Zeit drückte Dynsman auf den Auslöser des Funkzünders.

Die Bombe ging hoch.

Hochwertiger Sprengstoff, von einer Hülle aus Kugellagern umgeben, explodierte.

Die drei Menschen starben sehr schnell, aber auch sehr schmutzig. Dynsman hatte sich bei seinen Berechnungen etwas vertan, da die Kugellager auch in die Vorräte der Bar selbst einschlugen.

Auf der anderen Seite der Straße ließ Dynsman seine Ausrüstung in einen Koffer fallen, rannte zur Rückseite des Gebäudes, ließ die Strickleiter zwei Stockwerke hinab und kletterte eilig daran hinunter. Als er auf der Höhe des zweiten Stockwerks ankam, drückte er auf den Löseknopf, die Leiter fiel ihm in die Hände und wanderte in den Koffer. Dynsman verdrückte sich in die Schatten und machte sich auf den Weg zu seinem eigenen Privatversteck, tief in einer der Enklaven für Nonhumanoide.

Seine Trommelfelle klingelten noch von der Explosion, deshalb konnte er das Getrappel eiliger Stiefelschritte nicht hören, die auf der Laufplanke über ihm zur rauchenden Ruine des ehemaligen *Covenanter* eilten.

Einige Augenblicke vor der Explosion versuchte Sergeant Armus einen aufgebrachten Angehörigen seiner Eingreiftruppe zu besänftigen. Der Sektor war so ruhig und der Dienst so langweilig, daß er einem wie eine Straftour vorkam. Schließlich gehörten sie einer Eliteeinheit an, die in Gebieten mit hoher Verbrechensrate eingesetzt wurde, um den Deckel wieder draufzudrücken und anschließend die ganze Angelegenheit in die Hände der normalen Polizeistreife zu übergeben.

Statt dessen schoben sie hier schon seit über einem Monat Nulldienst. Sergeant Armus hörte die Litanei seines Corporals jetzt schon zum fünfzigsten Mal. Einsatzleiter Kreuger mußte es wirklich auf sie abgesehen haben. In diesem Sektor passierte aber auch überhaupt nichts, was man nicht mit einem einzigen Polizeigleiter in den Griff kriegen könnte. Armus sagte dem Mann nicht, daß er selbst Nacht für Nacht die gleichen Beschwerden vorbrachte. Er mußte sogar zugeben, daß sein Kollege mit seiner Klage nicht ganz unrecht hatte. Kreuger mußte übergeschnappt sein, daß er sie in diesen toten Sektor abkommandierte, und das auch noch ausgerechnet zu Zeiten der Imperialen Feierlichkeiten! Vielleicht hatte ja der Computer mit der Verbrechensstatistik Schluckauf. Vielleicht hatte Kreuger in dieser Gegend ein

Joygirl, das sich bei ihm über die schlimmen Zustände beschwert hatte. Wer konnte schon ergründen, was sich im Hirn eines verdammten Captains abspielte?

Im Interesse der Aufrechterhaltung der inneren und äußeren Ordnung behielt Armus diese Gedanken jedoch für sich. Statt dessen dachte er wieder einmal an die Überstundenregelung für seine Gruppe nach – was eine nicht minder merkwürdige Geschichte war. Aufgrund der dringenden Erfordernisse des Festivals standen nur sehr wenige Eingreiftruppen zur Verfügung; die ganze Einheit schob bereits seit Beginn der Festivitäten satte Überstunden. Wie wollte der Chef das erklären?

Und dann kam die Druckwelle der Explosion. Fast noch bevor der Knall abgeklungen war, sprintete die Gruppe bereits die Rampe hinunter und um die Ecke – und weiter auf die Ruine zu, die einmal *Der Covenanter* gewesen war. Armus warf einen Blick auf das völlig zerstörte Gebäude, und drei Gedanken schossen ihm durch den Kopf: Feuer, Überlebende, Krankenwagen. Noch während er nachdachte, reagierte er bereits. Obwohl in den Ruinen der Bar keine Flammen zu sehen waren, rammte er seine behandschuhte Faust in den Knopf für die Feuerlöschanlage, woraufhin eine Tonne oder mehr Löschlösung auf das Gebäude niederging. Mit lauten Rufen befahl er seinen Männern, sie sollten jedes zur Verfügung stehende Werkzeug schnappen, und griff gleichzeitig nach seinem Mikro, um eine Ambulanz anzufordern. Dann hielt er plötzlich inne, als sich ein Ambulanzgleiter über Rampe und Laufsteg erhob und pfeifend auf die Kneipe zukam. Was machten *die* denn hier? Er hatte sie noch nicht einmal benachrichtigt! Jetzt galt es allerdings, keine Zeit zu verlieren; er hakte sein Brecheisen vom Gürtel und stürzte seinen Männern in die Ruinen hinterher.

Buch II

LUNETTE

Kapitel 7

Lieber Sten,

Na, wie geht's denn so, alter Knabe? Wahrscheinlich staunst du nicht schlecht, mal wieder von mir zu hören. Wie's aussieht, hat der Unterzeichner die langverdiente ruhige Kugel erwischt. Ein Dienst, wie ich sofort hinzufügen muß, der einem Clansman von solch hohem Rang einwandfrei zusteht. Sergeant Major Alex Kilgour! Ha, *Captain!* Jede Wette – damit hast du niemals gerechnet!

Sten hielt den Brief etwas weiter weg und betrachtete ihn noch einmal ungläubig. Kilgour! Sein alter Kumpel aus den Zeiten bei Sektion Mantis, der schottische Schwerweltler Alex Kilgour – und genauso flapsig und respektlos wie gewohnt! Sten lachte und widmete sich wieder dem Brief.

Natürlich darf auch ein Sergeant Major noch nicht mit einem exaltierten Captain in den noblen Offiziersclubs trinken, doch ein ordentlicher Schoppen trinkt sich gleich viel angenehmer, wenn man ihn nicht bezahlen muß. Einen so arschkriecherischen Clan wie diese miesen Unteroffiziere hier habe ich noch nie gesehen. Obwohl ich sie nicht von dieser angenehmen Sitte abbringe. Ich bin sicher, daß es zu den ältesten und geradezu heiligsten Traditionen in dieser Gegend gehört, dem Sergeant Major einen Schoppen auszugeben.

Um die Wahrheit zu sagen: Diese Tour wird allmählich dünner als eine Scheibe Haggis bei einer Campbell-Taufe. Die Mächte über uns haben mich zum Kurator des verfluchten Mantis-Museums gemacht. Wie du selbst weißt, braucht man Brief und Siegel von ganz oben, um überhaupt in die Lobby dieses gottverlassenen Ortes reinzukommen, deshalb haben wir nicht gerade viele Besucher. Höchstens ein paar geschwollene Sicherheitspolitiker, die sich hier ihre Spesenmarken auf dem Weg zu einer dieser Spielhöllen abstempeln lassen. Zwar war da auch noch dieses eine Mädel ... Ach, spielt jetzt keine Rolle. Ein Kilgour genießt und schweigt, besonders, wenn seine Liebste rangmäßig gesehen über ihm steht.

Wie auch immer, ich hänge hier fest und ziehe den sichersten Dienst meiner wüsten Karriere als Schwarzgardist des Imperators durch. Ich dreh so langsam durch, das kann ich dir flüstern. Das einzige, was mich noch einigermaßen über Wasser hält, ist die Gewißheit, daß es dir bei deinem feinen Job auf der Erstwelt auch nicht besser ergehen kann. Oje, ich fürchte, es wird nie mehr so wie früher werden, nachdem sie unser altes Team zerschlagen haben – das gute alte Mantis 13! Am besten, sie ziehen die Nummer gleich ganz zurück, wenn nicht, dann müssen sie einem gewissen Kilgour schon bald ein paar Erklärungen abgeben.

Hast du was von den anderen gehört? Falls du noch schlechter informiert bist als ich, erzähl ich dir, was ich so weiß. Bet haben sie zum Lieutenant befördert. Sie leitet jetzt ihr eigenes Team, ich weiß aber nicht genau, welche schmutzigen Geschäfte sie momentan abwickelt.

Was Doc angeht: Dieses gerissene kleine Fellbünde für sich ein Jahr Forschungsurlaub durchgedrückt. Ei nerst du dich noch an die Stra!bo? Du weißt schon, die Leute vom See, diese schrecklich großen Typen, die am liebsten Milch mit Blut schlabberten? Klar, und du weißt bestimmt auch noch, wie schreiend komisch Doc war, als er von dem Blut so besoffen wurde. So, und jetzt besäuft sich Doc mit diesen Kerlen und bleibt im Namen der Wissenschaft ein ganzes Jahr besoffen.

Die einzige, über die ich nichts Näheres herausgefunden habe, ist Ida. Nach ihrer regulären Dienstzeit hat sie sich geweigert zu verlängern und sich nach alter Roma-Sitte in Luft aufgelöst, obwohl sie wahrscheinlich angesichts des Profits, den man ihr in Aussicht stellte, kräftig mit den Zähnen geknirscht hat. Zu ihren Gunsten muß ich jedoch sagen, daß sie mit meinem Anteil der Beute, die sie für uns angelegt hatte, anstandslos rübergekommen ist. Falls du den deinen noch nicht gekriegt hast, dann schätze ich mal, daß er noch unterwegs zu dir ist.

Wirklich, ein schöner Batzen Credits. Sollte sie dich vergessen haben, mußt du nur in der Börse die Termingeschäfte beobachten. Sobald es dort in den exotischen Märkten auffällig rauf oder runter geht, dann hast du unsere kleine dicke Bettlerin erwischt.

So, jetzt muß ich mich beeilen, damit ich das hier mit der nächsten Post noch wegkriege. Hoffe, bei dir ist alles soweit klar, alter Knabe.

Bis dann, mach's gut,

Alex Kilgour

Sten mußte lachen, als er den Brief löschte. Immer noch der gleiche alte Alex; er meckert, wenn der Dienst zu heiß wird, und er meckert, wenn er sich langweilt. Was er über die Erstwelt sagte, war allerdings nicht ganz falsch. Hier sah alles so langweilig aus, wie es auch wirklich war – fast gefährlich langweilig. Sten hatte sich mit den Berichten befaßt, die seine Vorgänger hinterlassen hatten. Die letzten paar Jahrhunderte wirkten in ihrer Ereignislosigkeit beinahe depressiv. Immer dann, wenn etwas passierte, wurde die Situation jedoch rasch sehr blutig und sehr politisch. Nach all den Jahren bei Sektion Mantis machte Sten der Anblick von Blut nichts mehr aus. Aber Politik – Politik konnte einem eine richtige Gänsehaut bereiten.

Sten lehnte sich im Sessel zurück, vergaß dabei, wie beengt seine Behausung war, und schlug mit dem Hinterkopf gegen die Wand. Der Aufprall erinnerte ihn an den ausgewachsenen Kater unter seiner Schädeldecke, und er stöhnte auf. Der Angelo-Stew hatte lediglich die Wirkung des Alkohols überdeckt und dafür gesorgt, daß Sten sich noch viel länger beim Imperator aufgehalten hatte. Irgendwie hatte er sich am nächsten Tag durch seinen Dienst laviert, wonach ihm nichts anderes übrig blieb, als am Abend den Restschmerz und die Übelkeit wegzutrinken. Sten hatte sich in der vergangenen Nacht geschworen, daß er heute absolut nüchtern bleiben würde. Nicht ein Tropfen des bösen Stregg sollte seine Lippen benetzen. Leider verlangte ihn überhaupt nicht nach Stregg, sondern nach einem schönen kühlen Bier.

Er verscheuchte den Gedanken, trank einen demütigen Schluck Wasser und blickte sich in seinem Zimmer um. Die hausbacken aussehende Frau an der Wand erwiderte seinen Blick. Sten stöhnte innerlich auf und suchte einen anderen Platz, an dem er seine schmerzenden Augen ein wenig ausruhen lassen konnte – fand jedoch lediglich die gleiche Frau, die ihn mit dem gleichen Blick anstarrte. Wohin er auch schaute, überall war da diese Frau, diese nicht besonders hübsche Frau mit dem schmalen Gesicht und den liebevollen Augen.

Die Wände des Zimmers waren mit ihrem Porträt tapeziert. Wie Sten erfahren hatte, war es eine Art Nachlaß seines Vorgängers. Naik Rai, Stens Bursche, hatte ihm versichert, daß der vorige Kommandeur ein exzellenter Captain der Garde gewesen war. Das mochte wohl sein, aber er war mit Sicherheit ein ziemlich mieser Maler – fast so schlecht wie sein Geschmack, was Frauen anging. Jedenfalls war das Stens anfänglicher Eindruck gewesen, als er die Gemälde betrachtete, von denen keine einzige Wand verschont geblieben war. Nachdem er eine ganze Woche in der Gesellschaft dieser Lady verbracht hatte, gab er Anweisung, ihr Porträt zu entfernen, falls nötig mit Sandstrahlgeräten. Plötzlich fing sie jedoch an, ihn zu verfolgen, und er hatte seinen Befehl widerrufen – er wußte auch nicht so genau, warum. Und dann dämmerte es ihm: Der Mann mußte diese Frau wirklich geliebt haben, so reizlos sie auch aussehen mochte.

Die Berichte legten davon Zeugnis ab: Der Captain war ein ebenso tüchtiger, ergebener und professioneller Mensch wie seine Vorgänger gewesen. Obwohl er älter als Sten war, lag noch eine lange und vielversprechende Karriere vor ihm. Statt dessen hatte er jedoch alle Hebel in Bewegung gesetzt, um auf einen Pionierplaneten versetzt zu werden, wo es eine wenig aussichtsreiche Stelle zu besetzen gab. Kurz vor seiner Abreise hatte er die Frau auf dem Bild geheiratet. Der Imperator hatte sogar den Brautvater gespielt. Sten spürte, was da geschehen war. In den wenigen Monaten, die er diesen Posten bekleidete, war Sten klargeworden, daß gerade diese Stelle für einen Junggesellen gedacht war – oder zumindest für jemanden, der sich nicht viel aus Ehefrau und Familienleben machte. Die Zeit reichte fast nicht aus, um den Job ordentlich zu erledigen. Der gute Captain war dieser Situation so überdrüssig geworden, daß er alles für die fade Lady auf den Bildern aufgegeben hatte.

Sten hielt ihn für einen sehr weisen Mann.

Wenn man sich an den Wandgemälden vorbeigeschoben hatte, entpuppte sich Stens Zimmer als das typische Dilemma eines ledigen Offiziers: ein Dschungel aus allen möglichen persönlichen und dienstlichen Gegenständen. Sten hatte nicht etwa den Überblick verloren; er war ein ordentlicher Mensch, der alles auf den dafür vorgesehenen Stapel packte. Das Problem lag eher darin, daß diese Stapel dazu neigten, immer wieder ineinanderzurutschen, darin seinen gegenwärtigen Interessen nicht unähnlich. Seine professionellen Nachforschungen vermischten sich mit einem nagenden Hunger nach Geschichte – der Geschichte von allem und jedem. Dazu kamen noch die unvermeidlichen technischen Abhandlungen, über die sich ein Militär des vierzigsten Jahrhunderts zu informieren hatte und die wiederum mit Stens noch von seiner Herkunft von Vulcan herrührenden Neugier für alles Technische einhergingen. Überhaupt hatte er sich nach seiner Abreise von Vulcan zu einem eifrigen Leser entwickelt.

Zwei Dinge in seinem Zimmer illustrierten den Zusammenprall persönlicher und beruflicher Interessen ganz besonders: Eine ganze Ecke wurde von einer mehrstöckigen Karte des Palastes und seiner Umgebung in Anspruch genommen. Jeder aufklappbare Bereich war mindestens zwei Meter hoch und gewährte einen zweidimensionalen Blick auf jeden Flur, Salon und Schlupfwinkel des ganzen Gebäudes. Sten hatte diese Klappkarte vier Wochen nach seiner Ankunft in einem staubigen Archiv des Palastes ausfindig gemacht, nachdem er akzeptiert hatte, daß dieses Anwesen einfach zu groß war, um alles zu Fuß zu erkunden. Und ohne persönliche, detaillierte Kenntnis von jedem einzelnen Imperialen Quadratzentimeter dieses Areals war es ihm unmöglich, seine eigentliche Aufgabe auszuführen – nämlich für die Sicherheit des Imperators zu sorgen.

Einige Meter von der Karte entfernt war der zweite wesentliche Teil von Stens gegenwärtigem Leben aufgestapelt. Auf einem zusammenklappbaren Feldtisch stand ein sehr teurer Miniholoprozessor, die größte Anschaffung, die sich Sten bisher geleistet hatte. Dabei waren die abertausend Stunden noch nicht einmal mitgezählt, die er schon in die winzige Schachtel direkt daneben investiert hatte.

Die kleine Schachtel enthielt Stens Hobby – Modellbau. Dabei handelte es sich nicht um gewöhnliche zusammengebastelte und -geklebte Modelle, die in vorgefertigte Metallplastik-Dioramen gesetzt wurden, sondern vollständig funktionierende und »lebendige« holographische Displays, angefangen bei einfachen altertümlichen Maschinen bis hin zu winzigen Fabriken, die von ihren winzigen Arbeitern betrieben wurden. Jedes Detail war auf einer kleinen Filecard abgespeichert.

Zur Zeit bastelte Sten gerade an dem Nachbau eines altertümlichen Sägewerks. Byte für Byte hatte er festgehalten, was das Werk theoretisch am Laufen hielt, inklusive der Arbeiter, ihrer Funktionen und der Ersatzteile. Programmiert waren auch andere zusätzliche Details, wie zum Beispiel der Abrieb des Riemens, das Verhalten des betrunkenen Maschinenführers, und so weiter. Sobald man die Karte in den Holoprozessor schob, projizierte er ein Abbild des Sägewerks, voll in Betrieb und in Farbe. Gelegentlich, wenn Sten nicht ganz auf der Höhe war, stolperte einer der Arbeiter, oder ein Stamm verklemmte sich, und dann zersprang das ganze Gebilde zu einem Gewitter bunter Punkte.

Sten blickte schuldbewußt zu seiner Modellbox hinüber. Seit er diesen neuen Job machte, hatte er nicht mehr als ein paar Stunden daran gearbeitet. Und auch jetzt blieb keine Zeit dafür – er mußte zur Arbeit.

Er drückte auf die Videoanzeige, und die neuesten Nachrichten scrollten über den Bildschirm. TERRORIST BEI EXPLOSION IN RAUMHAFENKNEIPE GETÖTET.

Sten holte sich die Hintergrundgeschichte auf den Schirm und überflog die Einzelheiten der Tragödie, die sich im *Covenanter* zugetragen hatte. Viel konnte man nicht daraus erfahren, bis auf die Tatsache, daß Godfrey Alain, ein hochrangiger Revolutionär von den Randwelten, bei einem Unfall in einer Kneipe in der Nähe des Raumhafens ums Leben gekommen war. Man vermutete, daß außer ihm noch einige andere Personen getötet wurden, deren Namen jedoch noch nicht bekanntgegeben worden waren. Der Artikel erging sich weitgehend darüber, was man noch *nicht* wußte – etwa, was Alain überhaupt auf der Erstwelt zu suchen hatte, vor allem in einer Kneipe wie dem *Covenanter.*

Sten gähnte herzhaft. Er interessierte sich so gut wie überhaupt nicht für das Schicksal von Terroristen. Genau betrachtet, hatte er so mancher Terroristenkarriere eigenhändig ein Ende gesetzt. Was ihn anbelangte, sollte Godfrey Alain zur Hölle fahren. Auffällig war jedoch, daß es noch immer keine offiziellen Verlautbarungen zu Alains Anwesenheit auf diesem Planeten zu geben schien.

Er wußte jedoch, daß die Presse mit ihrer Meldung, es handele sich um einen »Unfall«, garantiert falsch lag. Terroristen starben nicht bei Unfällen. Sten fragte sich sogar mit einigem Stolz, ob vielleicht jemand von der Sektion Mantis Alain auf die Reise zu seinem revolutionären Schöpfer geschickt hatte.

Er gähnte noch einmal und scrollte weiter durch die Nachrichten, als er den Anruf erhielt. Der Ewige Imperator wollte ihn sehen. Sofort, wenn nicht sogar noch schneller.

Kapitel 8

Der Ewige Imperator war heute ein ganz anderer Mensch als der, mit dem Sten getrunken hatte. Er sah viele Jahre älter aus, sein Gesicht war eingefallen, und unter seinen Augen zeichneten sich dunkle Tränensäcke ab. Ein grauer Teint schimmerte unter der perfekten Bräune seines Gesichts durch. Vor allem war der Mann, den Sten betrachtete, hart und grimmig, ein Mann, der seinen Haß nur mühsam verbergen konnte. Sten rutschte unruhig auf seinem Stuhl hin und her; seine Nackenhaare sträubten sich. Etwas beunruhigte ihn zutiefst. Obwohl er nicht die geringste Ahnung hatte, was hier vor sich ging, hoffte er doch inniglich, daß es nicht aufgrund einer Verfehlung seinerseits geschah. Sten wollte alles andere als das Geschöpf sein, auf das der Imperator jetzt seine Aufmerksamkeit und seinen Zorn lenkte.

»Sie haben das gelesen«, sagte der Imperator unterkühlt und schob ihm einen Ausdruck über den Schreibtisch.

Sten warf einen Blick auf das Blatt. Es war ein Update zum Tod von Godfrey Alain. Verwirrt überflog Sten das Papier und bemerkte, daß es einige Details mehr enthielt, die die Geschichte jedoch eher ausmalten als neue Fakten beisteuerten. »Jawohl, Sir«, sagte er nach einigen Augenblicken.

»Sind Sie mit dem Hintergrund dieses Mannes vertraut?«

»Nein, eigentlich nicht, Sir. Ich weiß nur, daß es sich um einen Terroristen handelt, der uns schon seit einiger Zeit ein Dorn im Auge ist.«

Der Imperator schnaubte verächtlich. »Dann sind Sie schlecht informiert. Aber egal. Ich habe veranlaßt, daß Sie Zugang zu seinem Dossier bekommen. Sie können es sich nach unserem Gespräch ansehen. Ich will die Leute haben, die dafür verantwortlich sind«, sagte der Imperator. »Und ich will jeden einzelnen von diesen Heinis hier vor mir stehen sehen – nicht morgen, nicht übermorgen, sondern gestern.Und ich will sie in einem netten kleinen Paket geliefert bekommen, ohne Wenn und Aber. Haben wir uns verstanden, Captain? Ohne Wenn und Aber.«

Sten wollte gerade automatisch nicken. Doch dann hielt er inne – nein, er verstand überhaupt nichts. Sein Überlebenstrieb sagte ihm, daß es besser war, nicht so zu tun, als ob.

»Verzeihung, Sir«, sagte er schließlich, »aber ich verstehe so gut wie *nichts.* Vielleicht stehe ich ja auf dem Schlauch, aber was hat Godfrey Alain mit dem Captain Ihrer Leibwache zu tun?«

Das Gesicht des Imperators verzerrte sich vor Wut. Er wollte schon aufstehen, beruhigte sich aber wieder, holte tief Luft und blieb sitzen. Er hatte seinen Zorn wieder einigermaßen unter Kontrolle. »Sie haben recht, Captain. Ich mache den zweiten Schritt vor dem ersten.« Wieder holte er tief Luft. »Na schön. Ich werde es Ihnen erklären. Dieser ... Unfall hat uns alle unermeßlich getroffen. Und wenn Sie immer noch daran glauben, daß es sich um einen Unfall handelt, sagen Sie es gleich, dann habe ich nämlich den falschen Mann mit diesem Job betraut.«

Sten schüttelte den Kopf. »Nein, Sir, ich glaube nicht, daß das ein Unfall war.«

»Gut. Jetzt rasch ein paar Hintergrundinformationen. Ich muß Sie wohl nicht eigens daran erinnern, daß keines meiner Worte an Dritte weitergegeben werden darf. Zuerst sollten Sie wissen, daß Alain hier war, um sich mit mir zu treffen.«

Sten war überrascht. Der Ewige Imperator traf sich mit einem Terroristen? Das stand in krassem Gegensatz zur offiziellen Politik des Imperiums. Doch dann fiel Sten ein, wer die Politik des Imperiums bestimmte, und er hielt den Mund.

»Er war mit einem Vorschlag zu mir unterwegs – und ich bin sicher, daß es ein ernsthafter Vorschlag war, sonst hätte ich mich nicht so weit aus dem Fenster gelehnt –, ein Vorschlag, wie man unsere Probleme mit den Tahn entschärfen könnte. Einfach gesagt, schlug er eine Art Pufferzone vor. Er wollte seine Randwelten – unter meiner Ägide – zwischen die Tahn und das Imperium stellen.«

»Hätte ihn das nicht zum Verräter an seinem eigenen Volk gemacht?«

Der Ewige Imperator grinste Sten breit an. »Für die einen ein Verräter, für die anderen ein Patriot. So wie ich die Sache sehe, haben Alain und seine Leute es endlich in ihre Dickschädel hineinbekommen, daß sie diejenigen sind, die in jedem Fall am meisten Federn lassen müssen. Jedesmal, wenn die Tahn uns provozieren und wir zurückschlagen, sind die Revolutionäre diejenigen, die es abkriegen. Außerdem nehmen sie alle Schuld auf sich, ohne daß sie dafür entschädigt werden.«

»Deshalb hat er ein geheimes Treffen mit Ihnen verabredet?« Sten versuchte, die Lücken zu schließen. »Dann kamen ihm die Tahn auf die Schliche und haben kurzen Prozeß gemacht.«

»Nicht ganz so einfach. Ja, er wollte sich mit mir treffen. Zuvor jedoch mußte die Kontaktaufnahme über einen meiner besten diplomatischen Agenten erfolgen, einen Mann namens Craigwel.«

»Eine der unidentifizierten Leichen aus der Kneipe?« vermutete Sten.

»Genau. Und das wird auch so bleiben. Offiziell jedenfalls.«

»Andere Opfer in der Kneipe, von denen ich wissen sollte?«

Der Imperator zögerte lange. Dann schüttelte er heftig den Kopf.

»Sie kümmern sich nur um Craigwel und Alain. Die Sache

sollte folgendermaßen laufen: Nach dem Austausch der üblichen Losung sollten Alain und Craigwel in der Kneipe nach der Nische C fragen. Sie war bereits für sie reserviert und überprüft worden. Dort sollte Alain seinen Plan ausführlicher darlegen. Falls er Craigwel von seiner Ernsthaftigkeit hätte überzeugen können, wäre der nächste Schritt erfolgt: ein persönliches Treffen mit mir.«

»Doch dann kamen die Tahn ins Spiel«, sagte Sten.

»Kann sein. Ich wäre mir da aber nicht so sicher. Bei dieser Sache gibt es ungefähr fünf Parteien zuviel, und jede von ihnen hat Gründe genug, die Verhandlungen zu verhindern. Vielleicht waren es die Tahn. Vielleicht war es jemand aus unseren eigenen Reihen. Und wer weiß – vielleicht war es sogar einer von Alains eigenen Leuten. Aber genau das sollen Sie herausfinden.«

»Weshalb ich, Sir? Das alles hört sich eher wie eine Aufgabe für einen Polizisten an. Und das bin ich nicht. Verdammt, ich wüßte nicht einmal, wie –«

»Nein, Captain! Das ist *keine* Aufgabe für einen Polizisten. Die Situation ist viel zu heikel. Die Polizei betreibt bereits Nachforschungen. Sie wird offiziell einige Verdächtige festnehmen, und diese Leute werden öffentlich bestraft werden.«

Er beugte sich näher zu Sten herüber, um seiner nächsten Aussage mehr Gewicht zu verleihen.

»Diese Leute sind unsere Sündenböcke. Es ist mir völlig egal, wie schuldig sie sind, solange wir jemanden haben, den wir den Löwen der öffentlichen Meinung vorwerfen können. Denn das, was Sie herausfinden, bleibt womöglich für die nächsten hundert Jahre streng unter Verschluß.«

Jetzt fixierte er Sten mit einem eiskalten Blick.

»Habe ich mich unmißverständlich und klar ausgedrückt, Captain?«

»Jawohl, Sir.« Sten erhob sich. »Wenn das alles ist, Sir.« Er salutierte knapp.

»Ja, Captain. Das ist alles. Momentan jedenfalls.«

Sten machte kehrt und war schon draußen.

Kapitel 9

»Trinkt aus, *Cheenas*«, rief Dynsman, »heute geht alles auf meine Kosten.« Er schlug auf den Tresen, um den Barkeeper auf sich aufmerksam zu machen, und signalisierte ihm, daß er sechs weitere Humpen Narkobier mit Synthalk haben wollte. Seine Begleiter grölten zustimmend. Dynsman schaute fasziniert zu, als Usige, sein bester Kumpel aus der Gruppe, sich einen Literkrug schnappte, seinen Unterkiefer ausklappte und das ganze Ding hinunterkippte, ohne zu schlucken oder auch nur schwer zu atmen. »Genau, Usige, mein Freund. Runterschlucken und Platz schaffen für das nächste.«

Natürlich war es für Usige oder die anderen keine große Sache, einen Liter Narkobier mit einem Schluck herunterzustürzen. Ihre schuppigen Bäuche konnten zu fast jeder Proportion anschwellen, und das einzige äußerlich sichtbare Anzeichen von Trunkenheit bei den Psaurus war, daß sie eine etwas dunklere Lilafärbung annahmen.

»Ich kann euch sagen, *Cheenas*, heute beginnt für euren alten Kumpel ein ganz neues Leben. Zur Abwechslung hab ich mal Glück gehabt, und dabei wird's auch bleiben. Ich spüre es in den morschen Knochen.«

Usiges Grinsen umrahmte mehrere Reihen nadelspitzer

Zähne. »Ich will ja nicht neugierig sein, mein lieber Dynsman«, zischte er, »aber du wedelst da mit einem Packen Credits herum, der sogar für einen von uns verlockend wäre.« Er wischte mit einer Handbewegung über seine gelbäugigen Gefährten. »Dein Glück freut uns natürlich über alle Maßen, aber ...«

»Du willst wissen, ob ich euch daran beteiligen kann«, unterbrach ihn Dynsman.

»Das wäre nett, alter Kumpel. Wie du weißt, sind die Geschäfte in letzter Zeit ziemlich schlecht gelaufen.«

»Tut mir leid, mein Freund, aber das war eine Einzelnummer. Eine von der Sorte, von der wir alle träumen. In einigen Stunden hole ich mir den Rest meiner Bezahlung ab, und dann werde ich für den Rest meines Lebens nur noch kräftig feiern.«

Usige versuchte, seine Enttäuschung zu verbergen, was bei einem Psaurus nicht gerade eine leichte Aufgabe war: Das ganze Wesen fängt an zu glühen, wenn es sich ärgert. Dynsman fiel der Stimmungswechsel sofort auf. Er beugte sich zu seinem Freund hinüber und klopfte ihm auf die Pfote.

»Mach dir nichts draus. Dynsman vergißt seine *Cheenas* nicht. Vielleicht mache ich sogar ein Geschäft daraus, jetzt, wo ich so einen Haufen Credits habe. Genau, wenn ihr Jungs was richtig Saftiges auf Lager habt und noch eine Finanzspritze braucht, könnt ihr mich immer anhauen. Ganz niedrige Zinsen und vielleicht ein winzigkleiner Anteil, wenn sich die Sache wirklich lohnt.«

Usige nahm wieder eine normale Färbung an. Ihm war da eine Idee gekommen, die ihm ausnehmend gut gefiel. Die Zinsen für kriminelle Aktivitäten waren auf der Erstwelt nicht nur enorm hoch, sondern bei Nichtzahlung auch sehr schmerzhaft.

»Darüber sollten wir wirklich nachdenken, mein Freund. Laß uns später noch mal drüber reden. Inzwischen ...« Usige richtete sich zu seinen vollen zweieinhalb Metern Körpergröße auf und ließ seine fast armlange Zunge herausschnellen; ein Zeichen für die anderen, seinem Beispiel zu folgen.

»Im Gegensatz zu dir müssen wir noch für unsere Miete arbeiten gehen.«

»Was Nettes?«

»Nicht unbedingt. Nur eine kleine Lagerhalle.«

Dynsman seufzte verständnisvoll und schaute zu, wie seine Freunde aus der Kneipe hinausglitten und ihre langen, peitschenden Schwänze hinter sich herzogen. Dann warf er einen Blick auf die Uhr: noch über zwei Stunden bis zu seinem Treffen. Er hatte gehofft, daß Usige ihm Gesellschaft leisten würde, denn er haßte es, allein zu warten. Er war vor Ungeduld ganz kribblig, und – auch wenn er es noch nicht bemerkte – in seinem Hinterkopf klingelte immer noch eine winzige Alarmglocke.

Er bestellte noch einen Drink, drückte eine Creditmünze in den Newsvid und blätterte durch das Sportmenü. Angesichts des mageren Angebots unterdrückte er ein Gähnen. So kurz nach dem Imperialen Siegestag war noch nicht viel los, insbesondere, wenn man es darauf abgesehen hatte, eine Wette loszuwerden. Gelangweilt wechselte er zu den allgemeinen Nachrichten über. Dynsman hatte weniger als kein Interesse für die normalen Geschehnisse auf der Erstwelt. Aber wer weiß, vielleicht passierte ja etwas Spannendes in seinem Berufszweig. Er suchte das Menü nach einem Eintrag ab, der etwas mit Verbrechen zu tun hatte.

Er mußte nicht weit suchen. Die Schlagzeile mit dem Bombenattentat auf den *Covenanter* sprang ihm wie ein Holovid entgegen. Verdammt! Verdammt! Verdammt! Sein Auftrag war verdammt noch mal etwas Politisches gewesen! Dynsman kippte automatisch sein Glas Synthalk hinunter und wäre dann fast ebenso automatisch an seiner eigenen schlechten Laune erstickt. Er mußte hart dagegen ankämpfen.

Rasch ging er die Möglichkeiten durch. Offensichtlich mußte er sich mit dem Geldbündel in seiner Tasche zufriedengeben. War es noch genug, um sich ein geeignetes Versteck leisten zu können? Wie lange würde es dauern, bis seine Verfolger die Suche aufgaben? Dynsman stöhnte. Er kannte die Antwort. Die ganze Sache war so geschickt angelegt wie die mit Godfrey Alain. Die Suche würde niemals aufgegeben werden.

Es gab nur noch eine einzige Lösung, und der Gedanke daran erschreckte ihn fast so sehr wie der Gedanke an den Mann mit dem steinernen Gesichtsausdruck, der ihm bald auf den Fersen sein würde. Dynsman mußte die Erstwelt so schnell wie möglich verlassen.

Kapitel 10

Lieutenant Lisa Haines vom Morddezernat wollte jemanden umbringen. In diesem Augenblick wäre sie nicht besonders wählerisch gewesen, Hauptsache, die Methode war einigermaßen interessant, vorzugsweise eine, die etwas mit Garkochen zu tun hatte.

Und mit Verstümmelung, ergänzte sie, als der gepanzerte Gleiter mit dem Imperialen Farbstreifen auf der Kreuzung landete.

Der Mann, der kurz darauf aus dem Kampfgleiter kletterte, war jedoch keineswegs der mit Orden behängte Bürokrat, den sie erwartet hatte, seit ihre Vorgesetzten sie davon in Kenntnis gesetzt hatten, daß ihr bei diesem Fall ein Imperialer Verbindungsoffizier zugewiesen würde. Jetzt kam ein junger schlanker Mann auf sie zu, der nur die schmucklose braune Livree des Imperialen Hofstaats trug. Er schien sogar unbewaffnet zu sein.

Auf der Gegenseite nährte auch Sten seine Vorurteile nach bestem Wissen und Gewissen. Er nahm kaum wahr, daß die Frau ungefähr in seinem Alter sein mochte und er sie unter normalen Umständen wahrscheinlich sogar als attraktiv bezeichnet hätte. Sten war stinksauer. Er konnte sich noch immer nicht erklären, weshalb der Imperator ausgerechnet ihn auf diesen Fall angesetzt hatte, wo er doch weniger als nichts von der Vorgehensweise der Polizei oder gar der Aufklärung von Mordfällen verstand. Die meiste Zeit seiner Karriere hatte er auf der anderen Seite zugebracht.

Von frühester Jugend an haßte Sten die Bullen – angefangen von den Wachmännern der Soziopatrouille auf seiner stählernen Heimatwelt Vulcan, über die verschiedensten Typen, die er bei Mantis kennengelernt hatte, bis hin zu den Militärpolizisten, die auf den Freizeit- und Erholungswelten Ruhe und Ordnung aufrechtzuerhalten versuchten.

»Captain, äh, Sten?«

Das konnte er auch. »Äh, Lieutenant ... wie war noch gleich Ihr Nachname?«

»Haines.«

»Haines.«

»Ich nehme an, Sie wollen als erstes den Bericht lesen«, sagte Lisa und hielt ihm, ohne eine Antwort abzuwarten, den Tafelprojektor hin.

Sten versuchte so zu tun, als wüßte er, was die unterschiedlichen Formen und hingekritzelten Einträge bedeuteten, gab jedoch bald auf. »Eine kurze Einführung wäre mir lieber.«

»Zweifellos.«

20:43 Eingreiftruppe 7-Y meldete eine Explosion, kam um 20:47 vor Ort an, Gruppenkommandeur berichtete schwafelschwafel, Antwort schwafelschwafel, Krankenwagen, keine Verdächtigen, Beschreibung, blabla.

Sten schaute zu der Stelle hinüber, an der *Der Covenanter* gestanden hatte. Die gesamte Bodenplatte der ehemaligen Kneipe war in eine Art enormen Luftsack eingehüllt. An einer Seite, direkt an der Laufplanke, befand sich eine Luftschleuse.

»Bei jedem Mordfall«, erklärte Haines, »wird als erstes immer der Tatort gesichert. Wir bauen diese Blase um den Ort des Geschehens, pumpen den Sauerstoff heraus und ersetzen die Atmosphäre mit neutralem Gas, falls Sie die Details interessieren.«

»Ich interessiere mich sehr für die Details, Lieutenant.« Sten widmete sich erneut dem Bericht. Auf den zweiten Blick war er nicht verwirrender (aber auch nicht einfacher) als der Abschlußbericht eines militärischen Unternehmens. Sten las ihn noch ein drittes Mal.

»Soll ich Sie mal durchführen, Captain? Es ist ziemlich unappetitlich, nebenbei bemerkt.«

»Wenn mir schlecht wird, sag ich Ihnen sofort Bescheid.«

Die Blasenanzüge erinnerten ein wenig an enganliegende Taucheranzüge, mit der Ausnahme, daß die Bauchpartie mit einem großen, außenliegenden Beutel zum Sammeln von Beweismitteln ausgestattet war und sich die Brustpartie ungewöhnlich aufblähte, wodurch man in dem Anzug wie eine Masttaube aussah. Im Innern dieser Wölbung war ein kleines Metallbord, auf dem der Untersucher Notizen oder Beobachtungen festhalten konnte. Der Anzug war außerdem mit einem Rucksack versehen, in dem die Luftversorgung und der Batteriesatz untergebracht waren.

Sten verschloß seinen Anzug und folgte Haines durch die Luftschleuse in die Ruinen des *Covenanter.* Natürlich war es für Sten nicht das erste Mal, daß er sich an einem Ort aufhielt, an dem eine Bombe hochgegangen war; doch es war das erste Mal, daß er nicht versuchte, sich schleunigst aus dem Staub zu machen oder erwartete, daß jeden Augenblick die nächste Bombe detonierte. Er hatte schon vor Jahren gelernt, nicht mehr daran zu denken, daß die grauen, rosafarbenen oder gelben herabhängenden Fäden, schneckenähnlichen Partikel und Knochensplitter einmal zu einem Menschen gehört hatten. Sten versuchte sich zu orientieren. Dort ... dort war die Tür. Diese niedrige Erhebung mußte wohl die Theke gewesen sein Dort ... mußten sich ... die Sitzecken befunden haben.

In der Blase waren zwei weitere Polizisten emsig damit beschäftigt, Feuerlösch-Schaum von Wänden und Fußboden zu kratzen.

»Sie haben recht«, sagte Sten einlenkend. »Ziemlich unappetitlich.«

»Zwei davon«, sagte Haines mit belegter Stimme.

»Äh, wie bitte?«

»Captain, ich –« Haines verstummte, schaltete ihr Funksprechgerät aus, klickte auch Stens Einheit aus und kam mit ihrem Visier dicht an seines heran. »Diese Information ist streng vertraulich. Dieser Tatort ist dermaßen zerbröselt, daß wir nur mit sehr viel Glück überhaupt etwas Sachdienliches erfahren werden.«

»Wissen Sie, Lieutenant«, sagte Sten nachdenklich, »wenn Sie das bei offenem Mikro gesagt hätten, hätte ich sofort angenommen, Sie wollten sich ein Alibi verschaffen. Fahren Sie also fort. Ich weiß aber nicht, ob ich Ihnen folgen kann.«

Haines mußte eine Sekunde lang daran denken, daß der Verbindungsoffizier vielleicht doch nicht so unerträglich war, wie sie befürchtet hatte. »Der vorgeschriebene Handlungsablauf ist da ganz präzise, Captain. Wenn ein Polizist an den Tatort eines Mordes kommt, muß er zunächst die erforderlichen Maßnahmen ergreifen – nach dem Mörder Ausschau halten, ärztliche Versorgung anfordern, was auch immer. Der zweite Schritt besteht darin, die Mordkommission zu benachrichtigen. An diesem Punkt treten wir in Aktion. Aber genau das ist nicht geschehen.« Sie machte eine hilflose Geste mit dem Arm.

»Die Eingreiftruppe meldete den Vorfall kurz vor 21 Uhr gestern abend. Die Mordkommission wurde erst zehn Stunden später informiert!«

»Warum das denn?«

»Wenn ich das wüßte«, antwortete Lisa. »Ich kann nur Vermutungen anstellen.«

»Nur zu.«

»Unsere Eingreiftruppen halten sich für die allergrößten. Wenn die Imperiale Garde als erste am Tatort wäre, würde sie den Fall vermutlich auch selbst in die Hand nehmen wollen.«

Sten versuchte, sich an den Bericht zu erinnern. »Ist es normal, daß sich in dieser Gegend Einheiten der Eingreiftruppen aufhalten?«

»Eigentlich nicht. Es sei denn, es gibt Anzeichen für Aufruhr, oder um eine bestimmte Schiffsladung zu sichern. Oder wenn das Gebiet als besonders kriminell eingestuft wurde.«

»Und?«

»Der Sergeant sagte aus, seine Gruppe sei schon seit drei Wochen um die Rampen herumgeschlichen, ohne daß etwas vorgefallen sei.«

Eigenartig, wunderte sich Sten. Seit zwei Wochen war wegen des Imperialen Siegestages überall die Hölle los; es sah fast so aus, als habe man die Eingreiftruppe falsch eingeteilt. Wie auch immer, nach Stens Erfahrung wußten Polizisten schon immer sich von dort fernzuhalten, wo sie sich ernsthaft verletzen konnten. Trotzdem sollte man sich noch einmal genauer nach dem Einsatzplan der Eingreiftruppe erkundigen.

»Sehen Sie sich das an«, fuhr Haines fort. »Obwohl kein Brand ausgebrochen war, aktivierte dieser Sergeant die Feuerlöscher. Er und seine Leute gingen hinein. Drei Opfer. Tot, tot, tot. Also trampeln er und seine Leute während der nächsten zehn Stunden hier herum und spielen Detektive. Zum Beispiel ...«

Lisa zeigte auf den Bodenbelag hinab. »Dieser Latschenabdruck Größe vierundvierzig ist kein Hinweis – es ist nur der Stiefel eines Corporals der Eingreiftruppe, der sich genau in diese Blutlache stellen mußte.«

Sten kam zu dem Schluß, daß er Polizisten noch immer nicht sonderlich mochte, und schnitt ihr das Wort ab. »Na schön, Lieutenant, wir haben alle unsere Probleme. Was haben Sie bislang herausgefunden?«

Haines stimmte einen leiernden Singsang an: »Wir vermuten, daß es sich um eine Bombe handelte, wahrscheinlich schon vorher installiert. Keinerlei Hinweis auf die Art des Zünders oder Sprengstoffs. Die Bombenspezialisten sind bis jetzt noch nicht eingetroffen.«

»Auf die können wir verzichten«, sagte Sten spröde. »Davon verstehe ich selbst ein bißchen was.«

Er hatte bereits die Streifenbildung der Detonation an den Überresten der Kneipendecke entdeckt. Sten trug eine Leichtmetalleiter zum Mittelpunkt des Strahlenkranzes hinüber. Auch wenn er keine Ahnung vom standardisierten Handlungsablauf bei der Polizei hatte, wußte er doch mit Sicherheit jede Menge über alles, was mit lautem Knall in die Luft flog.

»Lieutenant«, sagte Sten und stellte sein Sprechgerät wieder an. »Möchten Sie vielleicht ein Aufnahmegerät mitlaufen lassen?«

Haines zuckte die Achseln. Der Imperiale Babysitter mußte sich also doch noch als Experte aufspielen; sollte er sich ruhig zum Deppen machen. Sie befolgte jedenfalls ihre Befehle.

»Die Bombe war in der Deckenbeleuchtung untergebracht. Wir haben ... das hier sieht wie Überreste der Schaltung aus ... der Sprengstoff war hochwertig ... und zielgerichtet. Die Sprengladung ging seitwärts und nach unten los und richtete nach oben nur wenig Schaden an. Ihre Bombenspezialisten müßten in der Lage sein, herauszufinden, ob es sich um einen Zeitzünder oder eine Fernzündung handelte. Ich vermute, daß sie per Fernzündung ausgelöst wurde.«

»Wir haben ein Team, das ringsum alles absucht.«

Sten kam von der Leiter herunter und widmete sich erneut der Streifenbildung. Sie nahm fast den gesamten Radius von 360 Grad ein. Aber nicht ganz. Sten summte vor sich hin und zog mit den Augen einen Azimut von diesem Bereich bis zur Wand.

»Vielen Dank, Lieutenant.« Sten ging zur Luftschleuse und direkt nach draußen. Dort streifte er den Anzug ab und entfernte sich ein gutes Stück von den geschäftigen Techs rings um die Blase.

Haines zog ihren Anzug ebenfalls aus und folgte ihm. »Sind Sie fertig mit dem Detektivspielen, Captain?«

»Ich werde es Ihnen erklären, Lieutenant Haines. Ich habe diesen Drecksjob am Hals und weiß nicht, was ich hier überhaupt soll. Das bringt mich auf hundertachtzig. Und warum brennt Ihre blöde Sicherung durch?«

Haines funkelte ihn düster an. »Item: Ich stecke im gleichen Dreck wie Sie. Ich bin Polizistin, eine sehr gute dazu. Also komme ich hierher und sehe mir an, womit ich es diesmal zu tun habe. Und dann kriege ich irgendeinen, einen ...«

»Schwachkopf?« bot ihr Sten mit einem halben Lächeln an. Allmählich fing er an, diese Frau zu mögen.

»Danke. Also einen Schwachkopf, der hier angetanzt kommt, irgend etwas erzählt und dann wieder im Palast verschwindet, um seine Medaille abzuholen. Ich sage Ihnen eines, Captain: Diesen Mist kann ich nicht brauchen!«

»Sind Sie fertig?«

»Momentan schon.«

»Schön. Lassen Sie uns irgendwo was essen gehen, dann bringe ich Sie richtig auf Trab.«

Das Restaurant befand sich dicht am Landefeld 17AFO. Abgesehen von durchsichtigen Schutzschirmen zwischen dem Feld und der Terrasse lag es im Freien. Es war ungefähr zur Hälfte mit Raumhafenarbeitern, Werftangestellten und Schiffsbesatzungen besetzt. Die Kombination eines Mannes in Imperialer Livree und einer Frau, die offensichtlich zu den Bullen gehörte, sicherte Sten und Haines absolute Ungestörtheit.

Das Mittagessen verlief nach Kantinenmanier. Die beiden holten sich Tabletts voller Essen, bezahlten und gingen zum anderen Ende der Speisezone. Beiden fiel auf, daß der andere reflexartig nach möglicherweise vorhandenen parabolischen Mikros Ausschau hielt; da lächelten sie sich zum erstenmal an.

»Bevor wir damit anfangen, Captain«, sagte Haines. »Möchten Sie über diese Sitzecke reden?«

Sten kaute, nickte und tat völlig unschuldig.

»Danke. Ich hatte auch schon herausgefunden, daß die Bombe zielgerichtet war. Genauer gesagt, halbzielgerichtet. Sie war so ausgerichtet, daß sie die ganze Bude zerfetzte – bis auf eine Nische.«

»Fein beobachtet, Lieutenant.«

»Frage Nummer eins: Diese eine Sitzecke, die nicht zerstört wurde, war mit so ziemlich jedem Anti-Abhörgerät ausgestattet, von dem ich je gehört habe. Gibt es dafür irgendwelche Erklärungen von, ich sage mal, ›Quellen ganz oben‹? Was hatte eine derartige Sicherheitsausrüstung in einer Kaschemme wie dieser zu suchen?«

Sten erklärte es ihr, verschwieg jedoch Craigwels Identität und Position als persönlicher Problemlöser des Imperators. Er hatte auch das Gefühl, daß der Lieutenant nicht unbedingt wissen mußte, daß Alain sich mit dem Imperator selbst treffen wollte. Ein Treffen mit einem Repräsentanten des Imperators mußte für sie ausreichen. Als er sie dahingehend aufgeklärt hatte, betrachtete er aufmerksam eine Gabel voll Kimchi und wechselte das Thema. »Was essen wir hier eigentlich?«

»Sehr toten Kohl von der Erde, Knoblauch und Kräuter. Es hilft, wenn man nicht daran riecht, bevor man es ißt.«

»Da Sie sich mit Bomben auskennen«, erkundigte sich Sten, »haben Sie vielleicht eine Erklärung dafür, weshalb kein Schrapnell verwendet wurde?«

Haines überlegte.

Sten wühlte in seiner Tasche und legte ein leicht abgeflachtes Kugellager auf den Tisch. »Die Ladung der Bombe war semidirektional. Um sicherzugehen, daß sie absolut alles innerhalb der Kneipe erwischte, hat der Bombenleger auch noch das hier mit Klebstreifen an dem Sprengsatz befestigt. Außer an der Stelle gegenüber besagter Sitzecke. Prog, Lieutenant?«

Haines kannte genug Militärslang, um die Frage zu verstehen. Sie schob ihr Tablett zur Seite, legte die Finger zusammen und fing an zu theoretisieren.

»Der Bombenleger wollte jeden in der Bar töten – außer dem-

oder denjenigen, die sich in dieser Nische aufhielten. Hätten Alain und Ihr Mann sich zum Zeitpunkt der Explosion in dieser Sitzecke aufgehalten, hätten sie wahrscheinlich einige schlimme Prellungen erlitten oder im schlimmsten Fall einige Knochenbrüche von der Druckwelle, habe ich recht, Captain?«

»Korrekt.«

»Der Bombenleger wußte über diese Sitzecke Bescheid ... und er muß gewußt haben, daß sich Alain an diesem bestimmten Abend genau dorthin setzen würde.«

Haines pfiff tonlos und trank ihr Bier aus. »Dann haben wir es also ganz sicher mit einem politischen Mord zu tun, Captain? Verdammt noch mal!«

Sten nickte griesgrämig, ging zur Theke und holte noch zwei Bier.

»Nicht einfach nur ein politischer Mord, sondern einer, der von jemandem begangen wurde, der über Alains Bewegungen genau unterrichtet gewesen sein muß, korrekt?«

»Sie haben recht – aber das kann mir den Tag auch nicht mehr versüßen. Mist, verdammter!« fluchte Lisa. »Diese beschissene Politik! Warum haben sie mir keinen netten Psychokiller gegeben?«

Sten hörte nicht zu. Er war mit seinen Überlegungen gerade einen Schritt weitergekommen. Unhöflich zog er den Tafelprojektor unter Haines' Armen hervor und fing an, ihn durchzublättern.

»Ein Attentat«, fuhr Lisa fort und wurde von Minute zu Minute deprimierter. »Das bedeutet, wir haben es mit einem Profikiller zu tun, und wer den angeheuert hat, ist wahrscheinlich unberührbar. Und ich kriege ein Revier am Nordpol zugeteilt.«

»Vielleicht auch nicht«, entgegnete Sten. »Hören Sie mal zu. Denken Sie an die Bombe. Sie sollte Alain also nur kurzfristig außer Gefecht setzen, richtig? Was wäre in diesem Fall aber geschehen?«

»Wer soll das wissen? Es ist ja anders gekommen!«

»Frage, Lieutenant: Warum tauchte ein Krankenwagen, der von unserem Sergeant noch nicht einmal angefordert worden war, innerhalb weniger Minuten am Tatort auf? Glauben Sie nicht, daß vielleicht –«

Haines hatte den Gedanken bereits zu Ende geführt. Ohne ihr Bier auszutrinken, rannte sie auf Stens gepanzerten Gleiter zu.

Kapitel 11

Das Port Soward Hospital glich auf eigenartige Weise der mehr als seltsamen Gestalt seines cnidarianischen Pförtners. Es war aus einem kleinen Notkrankenhaus gewachsen, das eigentlich nur für die Versorgung der Opfer von Raumschiffshavarien, Industrieunfällen und möglichen anderen Katastrophen im Umkreis von zehn Kilometern rund um Soward gedacht war. Doch ebenso, wie sich Unfälle und Katastrophen oft in rasantem Maß ausbreiten, so breitete sich auch das Soward Hospital immer weiter und unkontrollierter aus. Mal wurden hier Landeplattformen, die sogar Raumschiffe aufnehmen konnten, hinzugebaut, mal wuchs dort eine Strahlungsabteilung aus dem Boden, und an einer dritten Stelle entstand ein Flügel für nonhumanoide Patienten.

Das alles führte dazu, daß die Aufnahmeprozedur hier noch viel komplizierter war als in normalen Krankenhäusern ohnehin schon. Trotz Hochgeschwindigkeitscomputern, persönlicher

ID-Karten und anderer Verbesserungen entsprach der Zentralbereich des Hospitals einem beherzten Schritt in Richtung perfektes Chaos.

Sten und Haines warteten vor einer riesigen, kreisförmig angelegten Zentralauskunft, deren äußerer Rand Ordnern, Ablagen und dergleichen mehr vorbehalten war. Zum zweiten Kreis gehörte ein Computer, dessen Speicherkapazität sich durchaus mit dem eines Imperialen Militärcomputers messen konnte. In der Mitte schwamm der Pförtner, eine Kolonie intelligenter Polypen. Cnidarianer gehörten der Sorte von Lebewesen an, die als Individuen geboren werden und später, zum gegenseitigen Schutz, im wahrsten Sinne des Wortes zusammenwachsen, wie die Korallen. Die meisten von ihnen kamen jedoch nicht sehr gut damit zurecht. Derjenige, der sich direkt vor Sten befand – Sten nannte ihn für sich Polyp A – gurgelte wütend vor sich hin, entriß Polyp B einen wasserdichten Ordner, warf ihn auf die andere Seite zu – wie Sten vermutete – Polyp R hinüber, wischte die Fangarme von Polyp C von seinem eigenen Terminal herunter und wandte sich endlich den beiden wartenden Menschen zu. Seine »Stimme« war schrill genug, um ihren Teil zum allgemeinen Irrsinn beizutragen. Weißgekleidete Krankenhausangestellte steuerten Schwebe-Tragen vorüber, an den Wänden lehnten, lagen oder standen Patienten aufgereiht, daneben die jammernden oder weinenden Angehörigen.

»Sehen Sie, was hier los ist? Sehen Sie das?« Die Futtertentakel des Polypen ruderten wie wild gegen den Boden des Wassertanks.

»Polizei«, sagte Lisa trocken und hielt ihm eine Karte entgegen. Sie berührte die Karte mit dem Zeigefinger, woraufhin die »Marke« kurz aufleuchtete.

»Schon wieder ein Bulle. Heute ist wirklich wieder so ein Tag.

Erst kommt dieser Suffkopp an und blutet – wie ein angestochener Mensch eben. Natürlich sturzbetrunken. Natürlich sagt er kein Wort davon, daß er organisiert ist. Also schicke ich ihn in die Gruft. Woher soll ich denn wissen, ob er organisiert ist oder nicht? Hat einen richtigen Job und das alles, und jetzt habe ich hier diese ganzen Daten liegen. Wahrscheinlich ist er schon lange tot, bis ich mit dem Papierkram hier fertig bin. Und was haben *Sie* auf dem Herzen?«

»Gestern abend gegen 21 Uhr ist ein Krankenwagen gerufen worden.«

»Hier gibt es Tausende von Krankenwagen. Was war das für ein Einsatz?«

»Eine Explosion.«

»Es gibt alle möglichen Explosionen. Raumschiffe, Atomreaktoren, Häuser – alles explodiert. Wie soll ich *Ihnen* helfen, wenn *Sie mir* nicht helfen?«

Haines reichte dem Polypen den Ordner. Das Wesen tauchte kurz unter, nur der Tafelprojektor, den er mit einem Fangarm festhielt, blieb im Trockenen. Dann erschien hinter dem Wesen ein weiterer Fangarm aus dem Wasser und fing an, auf einer Tastatur herumzutippen.

»Richtig. Das war Ambulanz-Gleiter GE145. Kein Eintrag darüber, wer ihn angefordert hat. Da haben wir's mal wieder. Niemand kümmert sich darum, daß die Formblätter ordentlich ausgefüllt sind.«

»Wohin ist dieser Gleiter zurückgekehrt?« mischte sich Sten ein.

»Vielen Dank, Mann. Endlich jemand, der weiß, wie man eine ordentliche Frage stellt. Da er zu einem ... Getränkeausschank gerufen wurde ... es sei denn, jemand hat da wieder andere Daten eingegeben, dann müßte er ... in die Gruft.«

»Die Gruft?«

»Notaufnahme für Menschen aus dem nichtindustriellen Bereich.« Der Polyp zog eine Plastikscheibe vom Counter und drückte auf die Ecken. Sofort baute sich der Umriß des wuchernden Krankenhauskomplexes darauf auf. Nach weiterem Herumgefuchtel mit den Tentakeln erschien zusätzlich eine rote Linie, die sich durch die Korridore schlängelte.

»Sie befinden sich ... hier. Und sie möchten *dorthin*. Dort kann man Ihnen weiterhelfen. Eventuell.«

Sten hatte noch eine letzte Frage: »Warum wird es ›die Gruft‹ genannt?«

»Weil dort unsere – ich glaube, die richtige Bezeichnung ist Unterprivilegierten – hinkommen. Und wenn sie das nicht schon vorher waren, dann sind sie es spätestens, wenn sie in die Gruft eingeliefert werden.«

»GE145. Eigenartig«, wunderte sich der diensthabende Arzt. »Ich finde keinen Eintrag, wer den Gleiter gerufen hat; kam von außerhalb des Krankenhauses. Drei Leichen. Sie wurden hierbehalten, um die Autopsieergebnisse abzuwarten, Lieutenant.«

»Eine Frage, Doktor. Angenommen, die Ambulanz wäre mit lebenden Unfallopfern eingetroffen; was wäre dann geschehen?«

»Das hängt von der Art der Verletzung ab.«

»Explosion. Schock. Womöglich Frakturen«, sagte Sten.

»Ähm ... das geht normalerweise an ... lassen Sie mich mal nachsehen, wer letzte Nacht Dienst hatte ... Dr. Knox hätte sie gestern versorgt.«

»Wo finde ich ihn?«

»Lassen Sie mich nachsehen ... Ach, hat heute keinen Dienst. Tut mir leid.«

»War er denn oft hier im Krankenhaus?«

»Nein, ganz bestimmt nicht. Dr. Knox war keiner von uns. Er war ein Freiwilliger.«

»Haben Sie eine Kontaktnummer, über die Sie ihn erreichen können?« erkundigte sich Lisa.

»Die müßte eigentlich hier ... nein. Nein, auf seinem Bogen steht nichts vermerkt. Das ist aber ungewöhnlich.«

»Schon die zweite Ungewöhnlichkeit, Doktor. Ich würde gerne Ihre Akten über diesen Knox einsehen.«

»Tut mir leid, Lieutenant, aber ohne gerichtliche Anordnung darf ich auch Polizisten gegenüber ...«

Jetzt zog Sten seine Karte. »Ich stehe im Dienst des Imperiums, Doktor.«

Die Augen des Arztes wurden immer größer. »Sicher doch ... vielleicht da hinten, in meinem Büro. Wir können das Terminal dort benutzen. Geneviève? Würden Sie hier bitte für mich übernehmen?«

Zehn Minuten später wußte Sten, daß sie auf der richtigen Spur waren.

Besser gesagt, dadurch, daß es keine Spuren gab, wußte er, daß sie auf der richtigen Spur waren.

Knox, Dr. John, hieß es auf der nicht sehr aussagekräftigen Infokarte des Krankenhauses. Sten erfuhr sehr rasch, daß nirgendwo auf der Erstwelt ein Arzt mit diesem Namen gemeldet war. Trotzdem hatte ein »Dr. Knox« das Soward Hospital – entweder eine Person oder einen Computer – davon überzeugt, daß es ihn wirklich und rechtmäßig gab. Die hier vermerkte Privatadresse war ein erst kürzlich abgerissener Wohnblock. Seine Privatklinik entpuppte sich als Restaurant, das schon seit über zehn Jahren unter dieser Adresse existierte.

»Dieser Knox taucht also vor zwei Wochen aus dem Nichts

auf und meldet sich hier als Freiwilliger.« Sten blickte noch immer verwundert auf den Eintrag.

»Er war ein hervorragender Notfall-Chirurg«, sagte der Arzt. »Ich habe einige Patienten für ihn vorbereitet.«

»Wie sah er denn aus?«

»Groß«, sagte der Internist zögernd. »Einsfünfundachtzig, einsneunzig. Ziemlich schlank, fast dünn. Schätzungsweise siebzig Kilo schwer. Die Augen ... daran kann ich mich nicht mehr erinnern. Er war sehr stolz auf sein Haar. Es war grau und, wie er behauptete, natürlich; eine richtige Mähne.«

»Nicht schlecht«, kommentierte Haines. »Haben Sie schon mal daran gedacht, in den Polizeidienst zu wechseln?«

»Manchmal komme ich mir hier schon wie bei der Polizei vor.«

»Sie sagten, er sei ›eigentlich keiner von Ihnen‹ gewesen. Meinten Sie, weil er hier nur als Freiwilliger arbeitete?« fragte Sten.

»Nein. Äh ... Sie müssen wissen, daß wir hier so gut wie nie Mediziner mit allerhöchster Imperialer Ausbildung kriegen. Die Bezahlung, die allgemeinen Bedingungen, die Patienten, Sie verstehen. Wenn wir also einen Freiwilligen bekommen, der so gut ist wie Dr. Knox, tja, dann ...« Er unterbrach sich selbst: »Sein Zimmer!«

»Knox hatte ein Zimmer?«

»Natürlich. Bei unseren Zwei-Tage-Schichten hat jeder von uns hier ein Zimmer.«

»Und wo finden wir das?«

»Ich hole eine Karte von diesem Stockwerk.«

»Ein ziemlich zurückgezogener Typ, dieser Knox«, sagte Lisa. »Auf seiner Zimmerkarte steht, daß er weder Reinigungspersonal noch Putzrobots in Anspruch nehmen will. Vielleicht erfahren *wir* dort wenigstens etwas.«

Sten vermutete, daß sie nichts herausfinden würden, und wenn sie wirklich so wenig herausfanden, wie er befürchtete …

»Vier dreizehn.«

Lisa nahm den Paßstreifen von der Rückseite der Zimmerkarte.

»Jetzt aufgepaßt. Und bleiben Sie von der Tür weg.«

Sten untersuchte den Rahmen der Schiebetür Millimeter für Millimeter. Ein Stück über dem Boden wurde er fündig – ein kaum sichtbares graues Haar spannte sich über die Fuge zwischen Tür und Rahmen.

»Wir brauchen ein Spurensicherungs-Team. Ihr bestes. Aber eine Bombe ist da nicht drin. Trotzdem möchte ich, daß dieses Zimmer versiegelt wird, bis die Spurensicherung hier war.«

Lisa wurde wieder ärgerlich und salutierte knapp.

»Jawohl, Sir, Captain, Sir. Noch etwas?«

»Ach, verdammter Mist«, fluchte Sten. »Tut mir leid. Ich wollte mich nicht wie ein … wie ein …«

»Ein Bulle?«

»Genau. Wie ein Bulle aufführen.« Sten grinste.

Das Zimmer wurde in einen Ballon gepackt und dann vorsichtig geöffnet. Schließlich ging das Tech-Team hinein.

Die drei Spindars – ein Erwachsener, zwei jugendliche Exemplare – waren nicht gerade das, was sich Sten unter Spurensicherungs-Spezialisten vorgestellt hatte. Sobald das Zimmer aufgebrochen war und der Erwachsene sich im Schlafzimmer umsah, rollten die beiden Jugendlichen aus seinem Beutel heraus und fingen an, mit winzigen Puppeninstrumenten und Meßgeräten herumzuhantieren, die sie der Tasche entnahmen, die am Beutel des Erwachsenen angebracht war.

Ein ausgewachsener Spindar maß ungefähr zwei Meter in alle

Richtungen und war geschuppt wie ein Pangolin. Er überwachte die Tätigkeiten seiner Sprößlinge mit einem Verhalten, das man als milde Anerkennung bezeichnen konnte, sammelte die Instrumente mit einem dritten Greifarm wieder ein, kratzte sich nachdenklich am Bauch und ließ sich mitten im Zimmer auf den Hinterbeinen nieder. Das Geschöpf schnaufte dreimal prüfend und stellte sich dann als Techniker Bernard Spilsbury vor. Da man als Lebewesen ohne primäre und sekundäre Stimmorgane die Eigennamen der Spindar überhaupt nicht aussprechen konnte, gaben sie sich Menschennamen und hielten das für einen witzigen Einfall – Namen, die sie jeweils aus den Arbeitsgebieten aussuchten, in denen sie tätig waren.

»Äußerst ungewöhnlich«, schnaufte er. »Außerordentlich ungewöhnlich. Kann mich nur an einen ähnlichen Fall erinnern. Damals war mein geschätzter Kollege Halperin damit beauftragt. Höchst interessant. Möchten Sie mehr davon erfahren, solange meine jungen Protegés ihre Arbeit fortsetzen?«

Sten warf Haines einen Blick zu. Sie zuckte die Achseln, und Sten konnte sich denken, daß ein Spindar, wenn er erst einmal losgelegt hat, nicht mehr so leicht zu unterbrechen war.

»Es war weit draußen, auf einem Pionierplaneten. Ist mir momentan entfallen, welcher. Jedenfalls ein Paar Minenarbeiter. Haben sich über irgendwelche unbedeutenden Schürfrechte oder Gebietsgrenzen gestritten oder worüber sich Minenarbeiter sonst in die Haare kriegen. Der erste Arbeiter wartete, bis sein Kumpel in einen Anzug gestiegen war, schoß ihm dann ins Gesicht und stopfte die Leiche dann in den Antrieb, mitsamt dem Anzug.«

Einer der jungen Spindar hielt dem Elter ein Minidisplay unter die Nase. Zahlenkolonnen, die Sten absolut nichts sagten, rauschten darüber hinweg.

Der Sprößling zwitscherte auf, und der Alte grummelte vor sich hin.

»Das paßt ja«, sagte er dann und holte mit einem Vorderarm größere Instrumente aus der Tasche. Er entschuldigte sich und watschelte zum Bett hinüber, richtete sich halb auf und strich mit einer Sonde systematisch darüber hinweg. »Das wird ja immer sonderbarer.«

»Apropos sonderbar«, sagte Haines leise zu Sten. »Sie wollten doch wissen, was diese Eingreiftruppe ausgerechnet in dieser Gegend zu suchen hatte. Ich werde mich mal darum kümmern. Und – ich schulde Ihnen noch ein Bier, Captain.«

Sie lächelten sich an.

Bevor Sten noch irgend etwas sagen konnte, stand der Spindar wieder neben ihm. »Damit war natürlich ein Beweisstück aus dem Weg geräumt.«

»Haben Sie etwas gefunden?«

»Nein, nein. Ich meinte den Minenarbeiter. Um die Geschichte fortzusetzen: Er ließ die gesamte Atmosphäre des Schiffs entweichen, entledigte sich aller Habseligkeiten seines Kumpels und setzte in aller Ruhe seine Arbeit fort. Einige Monate später beim Verhör erklärte besagter Arbeiter, er sei allein unterwegs gewesen. Im Widerspruch zum Ladeverzeichnis des Raumschiffs behauptete er, es sei niemand bei ihm gewesen, sein Partner sei beim Abflugtermin nicht aufgekreuzt und er selbst sei zu faul gewesen, den Frachtbrief abzuändern. Und tatsächlich gab es keinerlei Anzeichen dafür, daß sich außer diesem Individuum ein weiteres Wesen an Bord aufgehalten hatte.

Halperin konnte jedoch beweisen, daß ein Mensch allein physisch nicht dazu in der Lage war, die fehlenden Schiffsrationen zu verbrauchen. Der Minenarbeiter widersprach ihm und beteuerte, er sei ein kräftiger Esser. Schade.«

Das war offensichtlich der Schluß der Geschichte des Spindar. Sten hätte es eigentlich besser wissen müssen, fragte jedoch trotzdem nach, was danach geschah.

»Die Planetenpatrouille auf den Pionierwelten ist ziemlich pragmatisch, um nicht zu sagen skrupellos. Sie kauften eine entsprechende Menge von Vorräten zusammen und setzten sie dem Verdächtigen vor. Er hatte dreißig Tage Zeit, um seine Unschuld zu beweisen. Überführung durch Übersättigung würden Sie so etwas wahrscheinlich nennen. Wirklich sehr schade.«

Wieder kramte der Spindar Instrumente hervor, schraubte sie an Verlängerungen und suchte damit die Decke ab. »Der Mann hatte sich schon am dritten Tag überfressen und starb. Ihr Menschen habt schon eine komische Rechtsauffassung.

Der Fall hier«, fuhr der Spindar fort und setzte sich wieder auf die Hinterläufe, »ist sogar noch eigenartiger. Sie hatten mich bereits gewarnt, Lieutenant, und ich kann Ihnen nur bestätigen, daß Sie es mit einer Riesenmenge an Nichts zu tun haben.«

Für Sten war das der erste Anhaltspunkt, der ihn auf die Spur des verschwundenen Dr. Knox bringen würde.

Kapitel 12

»Und was bringt Ihnen dieses Nichts?« wollte der Ewige Imperator wissen.

Der Imperator schien nicht mehr ganz so wütend zu sein, doch Sten hielt es für besser, seinen Bericht so kurz wie möglich vorzutragen. Solange er sich strikt an die Fakten hielt, dürfte er sich eigentlich keinen Ärger einhandeln.

»Dieser Knox wollte nicht, daß das Zimmer saubergemacht wurde. Meine Theorie ist, daß er selbst alles entfernen wollte, was auch nur die geringsten Hinweise auf seine wirkliche Identität geben könnte. Er war sehr erfolgreich; es gibt keine Spuren von alter Haut, keine Urinspuren im Bett, weder Schweiß noch Haarfett auf dem Kopfkissen. Außerdem fanden sich keine IR-Rückstände auf den Bettlaken.«

»Vielen Dank auch, Captain. Ich vermute, daß Sie und die Techs alle erdenklichen Methoden der Nullspurensicherung angewandt haben. Fahren Sie mit Ihren Erklärungen fort.«

Was Sten auch tat. Knox hatte das Zimmer nicht nur peinlich genau gesäubert, sondern auch hochentwickeltes Gerät zur Beseitigung *sämtlicher* Spuren seines Aufenthalts eingesetzt.

»Aha. Ihr Knox ist also mehr als Arzt und Chirurg.«

»Alles deutet darauf hin«, bestätigte Sten vorsichtig. »Haines – das ist die Polizistin, die mit dem Fall betraut ist – versucht gerade etwas über Ärzte herauszufinden, die sich in gewisser Hinsicht weitergebildet haben könnten.«

»Wenn Ihr Knox so gut ist, wie Sie sagen, Captain, dann vermute ich, daß es sich um einen Außenweltler handelt.«

»Haines überprüft sämtliche Einreisen auf der Erstwelt im letzten E-Jahr.«

»Da werden Sie wohl eine Niete ziehen, Captain.«

»Wahrscheinlich. Deswegen bearbeiten wir gleichzeitig Spur B – den Bombenleger.«

Der Imperator zuckte die Schultern. »Wenn Sie es schon mit einem Profi zu tun haben, warum sollte der Bombenleger nicht ebenso gesichtslos bleiben?«

»Weil der Bombenleger seinen Job« – Sten bremste sich gerade noch, bevor er »versaut« sagen konnte – »weil er einen Fehler gemacht hat.«

Der Imperator überlegte kurz. »Na schön. Bleiben Sie dran. Sonst noch etwas?«

Sten schüttelte den Kopf. Es hatte keinen Sinn, die geheimnisvolle Anwesenheit der Eingreiftruppe zu erwähnen, bevor Haines mehr Informationen zusammengetragen hatte.

»Eine Sache noch, Captain. Das geht nur Sie etwas an. Der Erste Sekretär der Tahn-Botschaft hat um ein Gespräch mit mir gebeten. Wir können uns wohl beide ausmalen, worum es in diesem Gespräch gehen wird. Es wäre mir wirklich äußerst recht, wenn ich ihm mehr erzählen könnte als: ›Wir wissen absolut überhaupt nichts!‹

Das ist alles, Captain. Sie können gehen.«

Kapitel 13

Sten fuhr über das Porenmuster-Feld an seinem Briefkasten und fischte geistesabwesend den Inhalt heraus. Der übliche Müll – die *Imperial Guard Times,* Das *Streitkräfte Journal,* die jüngste Beförderungsliste –, der sofort in den Entsorger wanderte. Einen Zettel, die Mahnung von seinem Uniformschneider, klemmte sich Sten hinter den Gürtel, und gerade, als er die kleine Klappe wieder schließen wollte, sah er noch etwas im Kasten stecken. Neugierig fummelte er es heraus.

Es war ein richtiger Papierumschlag, der per Hand an »Captain Sten, Imperialer Hofstaat« adressiert war. Sten riß den Umschlag auf, aus dem drei einzelne Papierstücke in seine Hand rutschten. Das erste war ein leerer Umschlag, das zweite eine dick eingravierte Papierkarte:

MARR & SENN
Würden sich freuen,
Sie anläßlich eines Abendempfangs
für
KAI HAKONE
begrüßen zu dürfen.

Antwort erbeten

Verwirrt starrte Sten auf die Einladung. Natürlich kannte er Marr und Senn als Imperiale Party-Ausrichter und inoffizielle Päpste des guten Geschmacks innerhalb der höfischen Gesellschaft. Bislang hatte er sie nur bei kurzen offiziellen Anlässen getroffen, war jedoch von ihrem hintergründigen Humor und ihrer Herzlichkeit stets sehr angetan gewesen. Jetzt fragte er sich, wie sie dazu kamen, einen kleinen Captain, auch wenn er Captain der Leibgarde war, zu einem offensichtlich hochrangigen gesellschaftlichen Ereignis einzuladen.

Die Erklärung dafür fand er auf dem dritten Blatt, das ebenfalls handgeschrieben war. Dort stand einfach: »Es wird allmählich Zeit, daß sich alte Freunde wiedersehen« und war mit »Sofia« unterschrieben.

Hmm. Sten wußte wohl, daß die Frau, mit der er bei einem seiner letzten Einsätze eine kurze, aber leidenschaftliche Affäre gehabt hatte, hier auf der Erstwelt lebte. Er selbst hatte dafür gesorgt, daß Sofia vor Ausbruch der Kampfhandlungen von Nebta wegkam. Doch seit er selbst auf die Erstwelt versetzt worden war, hatte er es halb absichtlich zu vermeiden gewußt, sich mit ihr in Verbindung zu setzen, weil er sich über seine Gefühle ihr gegenüber nicht mehr im klaren war.

Sten fand, daß er einen guten Ruf nötig hatte. Im Imperialen

Hofstaat war für inoffizielle Ratschläge für Offiziere der Großkämmerer zuständig. Seine Büros lagen nur wenige hundert Meter von den Geschäftsräumen des Imperators entfernt.

Der Großkämmerer, Flottenadmiral i. R. Mik Ledoh sah aus, wie sich jeder seinen Großvater gewünscht hätte. Als Sten seinen Dienst im Palast angetreten hatte, hatte er als Teil seiner routinemäßigen Überprüfungen natürlich auch den Lebenslauf und beruflichen Werdegang des Admirals eingesehen.

Vor einhundert Jahren war Ledoh im wahrsten Sinne des Wortes ein Feuerball gewesen. Während des Palafox-Aufstands hatte sein taktisches Kampfgeschwader Befehl erhalten, einer kleineren Planetenlandeaktion den Rücken zu decken. Unglücklicherweise hatte sich der Geheimdienst getäuscht: Der Planet wurde von einer Reihe hartnäckiger orbitaler Satelliten verteidigt.

Ledoh hatte die Umwandlung der Kampfschiffe in pilotengesteuerte Atomraketen angeordnet und dann den Angriff selbst angeführt. Er und drei andere Piloten schafften es, ihre Kapseln erfolgreich abzuwerfen.

In den nächsten Jahrzehnten stieg er zum Ersten Spezialisten für Planetenangriffe der Imperialen Flotte auf. Für einen Mann, der sich eigentlich auf Logistik spezialisiert hatte, kam die Beförderung ungewöhnlich rasch. Bei Ausbruch der Mueller-Kriege war Ledoh bereits Flottenadmiral.

Die Mueller-Kriege gehörten zu den undurchsichtigsten Konflikten des Imperiums, da die Schlachten simultan auf einem Dutzend verschiedener Planeten ausgefochten wurden. In diesen Kriegen kommandierte Ledoh die Landungen im Krais-System und eroberte das System in einem für seinen gewaltigen Blutzoll und seine Sinnlosigkeit bekannten Krieg mit minimalen Verlusten – minimal jedenfalls im Vergleich zur Verlustrate von fünfzig bis siebzig Prozent, die die anderen Schlachten forderten.

Nachdem der Frieden unterzeichnet war, setzte sich Ledoh für mehrere Jahre zur Ruhe und emigrierte dann auf die Erstwelt. Als der vorhergehende Großkämmerer in Erfüllung seiner Pflicht nach übermäßigem Genuß von geräuchertem Aal verstarb, fiel die Wahl seines Nachfolgers ganz automatisch auf Ledoh mit seiner Kampferfahrung und, was wichtiger war, seinen logistischen Kenntnissen.

Sten konnte sich nicht erklären, wie Ledoh es schaffte, die vielgestaltigen offiziellen und inoffiziellen Anforderungen eines Haushalts von der Größe einer mittleren Stadt zur Zufriedenheit aller zu jonglieren und dabei auch noch seine Gutmütigkeit zu bewahren. Sten war heilfroh, daß er sich lediglich um seine 150 Gurkhas zu kümmern hatte – und darum, daß der Imperator am Leben blieb.

Sten betrat Ledohs Büro und blieb dann stehen.

Ledoh, Colonel Fohlee, der Kommandierende Offizier der Prätorianer, und Arbogast, der Zahlmeister des Imperialen Haushalts, standen vor einem aktivierten Wandschirm.

»Colonel«, sagte Arbogast gerade, »ich habe nicht vor, mich in militärische Angelegenheiten zu mischen. Ich versuche einzig und allein die Anfrage von allerhöchster Stelle hinsichtlich der, ich zitiere, ›übermäßigen Desertionsrate‹ in Ihrer Einheit zu klären.«

»Was erwartet der Imperator denn, wenn man einen Haufen junger Soldaten mitten auf die Erstwelt kippt? Jede Jungfrau kann verführt werden.«

»Ein weiteres Gebiet, das nicht zu meinen Spezialitäten gehört«, konterte Arbogast. Er und Fohlee konnten sich ganz eindeutig überhaupt nicht ausstehen. Ledoh versuchte zu beschwichtigen.

»Allein in diesem Monat sind vier Soldaten desertiert, Colonel. Vielleicht sollten Sie die Auswahlkriterien Ihrer Prätorianer überprüfen.«

Fohlee wandte sich an Ledoh: »Dieses Argument bringt nichts, Admiral. Die Kandidaten für die Prätorianer werden von mir oder meinem Adjutanten persönlich geprüft.«

Arbogast kam Ledohs Antwort zuvor. »Es geht hier doch nicht um Schuldzuweisungen, Colonel. Aber Ihre Akten besagen eindeutig, daß allein im letzten E-Jahr fast vierzig Mann aus Ihrer Einheit verschwunden sind. Und keiner dieser Deserteure wurde gefaßt oder hat sich freiwillig gestellt. Der Imperator hat den Eindruck, daß da etwas schiefläuft.«

»Das ist mir selbst klar«, antwortete Fohlee. »Mein Stab widmet sich diesem Problem mit größter Dringlichkeit.«

»Vielleicht«, meinte Ledoh versöhnlich, »verlangen wir zuviel von den jungen Soldaten.«

»Vielleicht«, erwiderte Fohlee widerwillig. »Ich werde mich selbst darum kümmern.«

»Vielen Dank, Colonel. Ich werde dem Imperator also berichten, daß Sie persönlich die volle Verantwortung dafür übernommen haben.« Arbogast sammelte seine Dokumente ein, nickte Ledoh und Sten zu und verschwand in Richtung seines kaninchenbauartigen Aktensystems.

»Diese verdammten Schreibtischhengste«, grollte Fohlee, drehte sich um und erblickte Sten. »Captain!«

»Colonel Fohlee.«

»Ich versuche Sie schon den ganzen Tag zu erreichen.«

»Tut mir leid, Colonel«, erwiderte Sten. »Ich stehe zur Zeit unter Sonderbefehl.«

»Zweifellos«, schnaubte Fohlee überheblich. »Ich habe Ihre Truppe beobachtet, Captain. Ich rede nur ungern einem anderen Kommandeur in seine Geschäfte hinein, aber ich muß Ihnen mitteilen, daß mir scheint, als nähmen es einige Ihrer Soldaten mit dem äußeren Erscheinungsbild nicht allzu genau.«

»Die Gurkhas sind nicht gerade eine Hochglanztruppe«, pflichtete ihm Sten bei.

»Ich habe schon Soldaten der unterschiedlichsten Herkunft kommandiert und dabei die Erfahrung gemacht, daß es keinen gibt, dem man nicht die Grundregeln der militärischen Ordnung beibringen kann.«

Obwohl Fohlee nicht zu Stens direkten Vorgesetzten gehörte, war es ziemlich sinnlos, sich mit einem ranghöheren Offizier in Wortgefechte zu verwickeln.

»Ich danke Ihnen, daß Sie mich darauf hingewiesen haben«, sagte Sten förmlich. »Ich werde mich darum kümmern.«

Fohlee nickte betont militärisch. Von oben empfangen, nach unten austeilen. Er nahm sein Gewehr auf, salutierte vor Ledoh und schob sich an Sten vorbei auf den Korridor.

Ledoh wartete, bis der Klang der metallbeschlagenen Stiefelsohlen des Colonels auf den Fluren verhallt war; dann lächelte er Sten an. »Nun mal raus mit der Sprache, junger Mann. Wo drückt der Schuh?«

Sten starrte noch immer auf die Tür.

»Ärgern Sie sich nicht über den Colonel, mein Junge. Er knirscht nur ein wenig mit den Backenzähnen.«

»Ist mir schon klar. Aber was habe ich damit zu tun, wenn ihm seine Spielzeugsoldaten abhanden kommen?«

»Eifersucht.«

»Hmm?«

»Colonel Fohlee hat schwer damit zu kämpfen, daß der Ewige Imperator – so jedenfalls sieht es Fohlee – so wenig Vertrauen in seine Prätorianer setzt und statt dessen die Gurkhas mit seiner persönlichen Sicherheit betraut.«

Sten schüttelte ungläubig den Kopf. »Das ist doch – entschuldigen Sie bitte, Sir – aber das ist doch ziemlich kindisch.«

»Die Kleinheit des militärischen Geistes in Zeiten des Friedens sollte niemals überschätzt werden, junger Freund. Niemals. Aber welches Problem führt Sie zu mir?«

»Ein, äh, eher inoffizielles ... ein persönliches Problem.«

»Oh-ho.« Ledoh drückte auf einen Knopf an seinem Schreibtisch. Hinter Sten glitt die Tür zu, und das Licht mit der Aufschrift KONFERENZ leuchtete auf. »Uhrenvergleich?«

Sten warf einen Blick auf seinen Uhrenfinger. »Siebzehn Uhr fünfundvierzig.«

Ledoh seufzte zufrieden und zog ein Fläschchen aus seinem Schreibtisch. Kurz darauf standen auch zwei Zinnbecher daneben, und Ledoh gestikulierte mit der Flasche. »Leisten Sie mir doch ein wenig Gesellschaft bei der Vernichtung dieser Substanz, die unser Ewiger Destillateur hartnäckig Scotch nennt.«

»Äh, ich bin mir nicht ganz sicher, ob ich dienstfrei habe.«

»Kraft meines Hoheitsrechts als Großkämmerer erkläre ich Sie hiermit für dienstfrei.«

Sten grinste, als Ledoh die Gläser füllte.

»Ich habe keine Ahnung«, sagte Ledoh mit klagendem Unterton, »aus welchem Grund mich Seine Hoheit mit diesem üblen Gesöff beschenkt.«

Die beiden Männer tranken.

»Dann erzählen Sie mal, junger Mann.«

Sten reichte Ledoh die Einladung.

Ledohs Augenbrauen schoben sich fast unmerklich vor Erstaunen zusammen. »Beim Imperium, das ist ja die Höhe, junger Mann. Nicht einmal *ich* bin zu diesem Gelage eingeladen.«

Sten reichte ihm auch die persönliche Mitteilung.

»Aha, verstehe. Wer ist diese Sofia?«

»Äh, hm, eine junge Frau, die ... mit der ich ... liiert bin ... äh, war.«

»Plötzlich wird alles klar. Nehmen Sie noch einen Schluck, mein Sohn.«

Sten befolgte diesen Befehl.

»Zunächst mal muß ich Ihnen sagen, daß dieses Ereignis – laut Vid-Gerüchteküche – das wichtigste gesellschaftliche Ereignis der Saison ist.«

Sten wollte nicht gerade als Ignorant dastehen, aber – »Wer ist dieser Hakone?«

»Tststs. Unsere jungen Offiziere sollten mehr lesen. Er ist Schriftsteller. Sehr kontrovers und was so dazugehört. Schreibt im allgemeinen über das Militär, und zwar von einem, wie soll ich mich ausdrücken ... ziemlich eigenwilligen Standpunkt aus. Wäre der Ewige Imperator nicht der, der er ist, könnte man Hakones Werke ohne weiteres als Verrat hinstellen.«

»Damit wäre die Einladung erledigt.«

»Ganz falsch, junger Mann. Der Imperator ermutigt jede Art von Widerspruch – solange ihn niemand wirklich in die Tat umsetzt. Und wie Sie vielleicht nach dem Imperialen Siegestag bemerkt haben: Er mag es, wenn seine Offiziere frei denken.«

»Ich sollte also hingehen?«

»Ja, unbedingt. Exzellente Karriereaussichten und das alles. Trotzdem bleibt da noch ein Problem. Diese junge Dame ... Sofia.«

»Ja, richtig«, nickte Sten.

»Ohne Ihnen zu nahe treten zu wollen, mein lieber Sten, aber was empfinden Sie zur Zeit für diese Dame?«

»Ich weiß es nicht genau.«

»Dann haben wir wirklich ein Problem – abgesehen davon, daß unsere Gläser schon wieder leer sind. Oh, vielen Dank. Marr und Senn setzen auf einen, sagen wir mal, munteren Hofstaat. Deshalb umgeben sie sich auch stets mit einigen der begehrenswertesten heiratsfähigen Wesen des Imperiums.«

»Hoppla«, entfuhr es Sten, der beinahe seinen Scotch verschüttet hätte.

»Genau. Wenn diese Sofia Sie zu dieser Fete einladen kann, dann dürfte sie eine von Marrs und Senns bevorzugten guten Partien sein.«

Sten wollte seinen Ohren nicht trauen: »Sie glauben ...«

»Aber sicher, Captain. Sie werden bestimmt ebenfalls als hervorragende Partie eingestuft. Vermutlich stammt diese Sofia aus der Adelsschicht irgendeines weit entfernten Planeten und verfügt sogar über einigen Reichtum. Es ist gut möglich, daß gerade sie Wert darauf legt, jemanden zu heiraten, der die entsprechenden Heldenauszeichnungen an der Brust trägt, obendrein dem Imperialen Hofstaat angehört und, noch wichtiger, in noch recht jungem Alter für einen ziemlich wichtigen Kommandeursposten auserwählt wurde.«

»Ich gehe nicht hin!«

»Seien Sie nicht so rigoros, Sten. Denken Sie doch an die Einladungskarte. Hier steht ›Gast‹, oder? Die Antwort auf Ihr Problem ist einfach. Suchen Sie sich eine unglaublich reizende junge Dame aus Ihrer Bekanntschaft und führen Sie sie aus. Damit dürfte die Sofia-Situation angemessen entschärft sein.«

Sten kippte seinen Drink und schüttelte traurig den Kopf.

»Admiral, seit ich hier auf der Erstwelt bin, habe ich mich ausschließlich um meinen Job gekümmert. Ich kenne keine einzige junge Dame, geschweige denn eine unglaublich reizende.«

»In diesem Falle könnte es gut sein, daß der Imperator willens ist, wieder einmal den Brautvater zu spielen.«

Sten wurde ganz blaß.

Kapitel 14

Der Turm war ein schimmerndes Licht am Ende eines langgezogenen schmalen Tales. Ein A-Grav-Gleiter flammte über die Berge, fingerte mit den Landescheinwerfern in das Tal hinab und verharrte einige Sekunden auf der Stelle, während der Autopilot sich orientierte, bevor er auf den Turm zusauste und dabei dem Tal wie einer Straße folgte. Einige Augenblicke später folgten weitere A-Grav-Gleiter seiner Fährte, schwebten kurzzeitig über dem Tal und rasten dann ebenfalls auf den Turm zu.

Marr und Senn hatten die Hälfte ihrer Credits und den Großteil ihrer ultrakünstlerischen Seelen in den Turm investiert. Er verjüngte sich von einem breiten Unterbau zu einer schlanken Nadelspitze, auf der wie eine Vogelstange ein schmales Penthouse saß. Der Turm war aus allen erdenklichen metallenen oder kristallinen Materialien gefertigt, die auf angenehme Weise auf Licht reagierten. Bei ihrem eigenen Domizil hatten Senn und Marr nicht auf konventionelle Baustoffe zurückgegriffen, sondern ganz ihrem eigenen Geschmack gefrönt. Auch hinsichtlich Form und Größe waren die Materialien keineswegs alle gleich – hier konnte durchaus ein annähernd ovaler Brocken neben einem perfekten Rechteck plaziert sein. Was allein zählte, war Licht in allen seinen Erscheinungsformen. Rotes Licht, das von emotionalen Veränderungen intensiviert wurde; blaues vom Moschusgeruch der wilden Tiere des Tals; und alle anderen Primärfarben von der ständig sich verändernden Feuchtigkeit und Temperatur des Tals selbst. Einige Lichter wechselten ständig die Farbe; andere zeigten – sozusagen als die Baßnoten in diesem Farborchester – stundenlang den gleichen Farbton.

Für Marr und Senn war ihr Turm ein einfaches Zuhause, der Ort, an den sie sich zurückziehen konnten, wenn ihnen danach war. Als an diesem Abend die Gäste ankamen, leuchtete alles noch viel verrückter als in anderen Nächten, denn heute abend gaben sie eine ganz besondere Party.

Sten Hals war plötzlich voller schmirgelndem Schleim. Er konnte husten, soviel er wollte, er konnte sich nicht davon befreien, im Gegenteil, sein Hals schien sich nur noch mehr zuzuschnüren. Schlimmer noch, seine Ohren brannten, seine Zehen und Finger fühlten sich erfroren an, seine Zunge wie mit Plastik überzogen. Er versuchte herauszufinden, was er mit der atemberaubenden Frau anfangen sollte, die sich da an ihn drängte. Seine Arme zuckten links und rechts von ihrem Körper und konnten sich nicht recht entschließen, ob sie nach außen oder nach innen rudern sollten. Es tat nicht viel zur Sache, daß das Moschusparfum der Frau eigens zu dem Zweck entworfen war – und das obendrein sehr gut –, in jedem Männchen, das noch nicht länger als sechsundneunzig Stunden tot war, die pure Lust aufzustacheln. Schließlich legte er die Hände auf die schlanken Hüften der Frau, umarmte sie um der Höflichkeit willen und schob sie dann wieder von sich. »Äh ... freut mich, dich wiederzusehen, Sofia.«

Sofia trat einen Schritt zurück und schenkte ihm einen schmelzenden Blick. Sie betrachtete ihn mit, ja, mit sehr großem Wohlgefallen, dachte Sten, der sich wünschte, ein Mann könnte etwas Ähnliches wie Unterwäsche unter der hautengen Uniform eines Gurkha-Offiziers tragen.

Wieder drängte sie sich mit vollem Körperkontakt eng an ihn und flüsterte ihm ins Ohr: »Es ist schon so lange her, Sten, mein Liebster, daß ich ... daß wir ... du weißt schon.«

Allerdings. Sten wußte schon. Er konnte sich ziemlich gut erinnern, vielen Dank auch, und diese Erinnerungen waren ausnahmslos angenehmer Art. Das Problem lag eher darin, daß er Sofia kaum erkannt hatte, als sie heute abend auf ihn zugeeilt war. Nicht daß sie ein unangenehmer Anblick gewesen wäre, im Gegenteil. Doch in seiner Erinnerung hatte sich das Bild einer neunzehn oder zwanzig Jahre alten, selbstbewußten jungen Frau eingeprägt, mit kurzgeschnittenen Haaren und Augen, die alles, was sie sahen, in Frage stellten und neu beurteilten. Statt dessen stand jetzt eine mit allen Mitteln perfekt gestylte Frau vor ihm, mit einem glitzernden Haarwust, der in mehreren Stufen bis unterhalb ihres Hinterteils herabfiel. Und das war auch schon ihre einzige Bekleidung. Sofia war modisch nackt, nur hier und da bedeckte ein besonders markant gesetzter Farbtupfer ihre Haut. Und doch war es Sofia, in gewisser Hinsicht, Sofia mit den hungrigen, wissenden Augen.

Sten tat es plötzlich unsagbar leid, daß er sie bei Hof eingeführt hatte. »Du ... du siehst großartig aus, Sofia«, sagte er und versuchte erneut, sie sanft von sich zu schieben. Nicht daß er etwas dagegen gehabt hätte, eine nackte Frau in den Armen zu halten, doch er zog es vor, wenn nicht alle Welt dabei zusah.

»Wir haben uns soviel zu erzählen«, flüsterte Sofia und legte einen Arm um ihn. »Wir suchen uns ein ruhiges Plätzchen und unterhalten uns ein wenig.«

Sten hatte das Gefühl, sie führte ihn wie einen ungehorsamen kleinen Hund davon.

»Hier sind unsere Drinks«, hörte er die willkommene Stimme hinter sich. »Dieser niedliche kleine Robotdiener, den sie hier haben, ist wirklich ... oh ... äh ... Sten?«

Erleichtert drehte Sten sich um. Dort stand Lieutenant Lisa Haines mit leicht verwirrtem Gesichtsausdruck.

Mit den tauben, aber noch immer flinken Fingern des geborenen Überlebenskünstlers griff Sten nach dem rettenden Seil, das sie ihm zugeworfen hatte. »Lisa«, sagte er mit einer Stimme, die eine Spur zu hoch klang, »du kommst gerade richtig, um eine alte Freundin von mir kennenzulernen, Sofia Parral.«

Sofia blickte die fremde Frau kalt an. »Oh«, sagte sie mit plötzlich stählerner Stimme.

»Sofia, ich möchte dir Lieutenant Haines vorstellen. Sie ist äh ... ich meine, wir sind ... äh ...«

Lisa streckte Sofia die Hand entgegen. »Ich bin sein Gast – eine *neue* Freundin von Sten«, schnurrte sie. »Freut mich sehr, eine alte zu treffen. Wie ich den Captain kenne, bin ich sicher, daß wir sehr viel gemeinsam haben.«

Sofia ergriff mit unterkühlter Geste Lisas Hand und schüttelte sie. »Ja«, sagte sie. »Ganz bestimmt.«

Dann wandte sie sich wieder Sten zu. Frost glitzerte in ihren Augen. »Entschuldige mich bitte, Sten, aber ich kann jetzt die anderen Gäste nicht länger warten lassen. Vielleicht können wir uns später in aller Ruhe unterhalten.« Sie drehte ihm ihren reizenden Rücken zu und stakste davon. Sten war sich nicht ganz sicher, vor was ihn Lisa da gerade gerettet hatte, doch er war immens froh darüber. Geistesabwesend griff er nach einem der Drinks, die Lisa noch immer in der Hand hielt. Das Lächeln in ihrem Gesicht holte ihn wieder auf den Teppich zurück.

»Ich wußte gar nicht, daß du hier jemanden kennst, Sten.«

Er trank sein Glas aus und bemerkte, wie ihm das andere auch gleich in die Hand geschoben wurde.

»Na ja, den einen oder anderen schon.« Dann lachte er plötzlich gelöst. »Die eine jedenfalls kenne ich. Nur die eine. Und vielen Dank noch mal.«

Er sah Lisa anerkennend an. Sie hatte alle weiblichen Kurven an den richtigen Stellen und trug heute abend ganz polizeiuntypisch ein weißes Abendkleid, das sich sehr vorteilhaft an ihren Körper schmiegte. Sie nahm ihm die Gläser ab.

»Mal sehen, ob wir hiervon noch einen Nachschlag bekommen«, sagte sie. »Dann stürzen wir uns in die Party. Ich nehme an, daß uns keine weiteren Überraschungen bevorstehen, oder?«

»Nein. Keine Überraschungen mehr. Hoffe ich jedenfalls.«

Sten täuschte sich gewaltig. Nach wenigen Sekunden waren die Gläser wieder voll, Lisa hielt sich dicht neben ihm, ein Orchester fing zu spielen an, und auf der Tanzfläche war gerade noch genug Platz. Sten dachte, er könne bestimmt so tun als ob, vor allem, als das Orchester etwas anstimmte, das sogar Sten als langsamen Dreivierteltakt erkennen konnte.

Er verbeugte sich und führte Lisa auf die polierte Metallfläche. Das, so wurde ihm später klar, hätte der Schlüssel sein müssen.

Doch vorerst wiegte er sich sanft in Lisas Armen, bewegte die Füße über den Boden, und allmählich fing er an zu begreifen, weshalb Senn und Marrs Feste Superparties waren.

Als die Band die Melodie des Liedes noch einmal aufnahm, stellte jemand die Generatoren an. Die überraschten Tänzer wurden schwebend nach oben getragen und trieben seitlich zwischen den wechselseitig wirkenden Kraftfeldern der Generatoren.

Der Tanzsaal verwandelte sich urplötzlich von einem Tanzboden in einen Wirbel von zeitlupenhaft ablaufender Akrobatik.

Als Lisa an ihm vorüberschwebte und ziemlich verwirrt aussah, weil sich ihr Kleid mittlerweile um ihre Hüfte gewickelt hatte, war Sten mehr als dankbar für sein Training im schwerelosen Zustand. Er schwamm auf sie zu und ergriff ihre Hände.

Lisa erhob sich wieder, lächelte und beschränkte sich auf den traditionellen Kommentar: »Kann auch Zufall sein!«

Sten hatte keine Ahnung, wovon sie sprach, beschloß jedoch, die Gunst des Augenblicks zu nutzen.

Küsse im schwerelosen Raum schmecken nicht viel anders als unter normalen Schwerkraftverhältnissen, auch wenn die Speichelproduktion lebhaft zuzunehmen scheint.

Die Gunst des Augenblicks zu nutzen hieß auch, daß Sten die Beine leicht anzog und aus den Augenwinkeln beobachtete, wie eine reichlich benebelte Matrone in seine Nähe schwebte.

Sten stieß sich vorsichtig an ihr ab, so daß er und Lisa wieder hinunter in Richtung Tanzfläche trieben. Sie kamen am Rande des Feldes an, nah genug, daß Sten Lisa mit einer eleganten Pirouette hinaus auf den Bereich des Bodens bugsieren konnte, wo normale Schwerkraftverhältnisse herrschten. Von dort aus zog sie ihn aus dem McLean-Feld heraus.

»Nette Party«, kommentierte Sten.

»Mmm«, stimmte ihm Lisa zu. »Jetzt weiß ich wenigstens, daß Schwerelosigkeit Sie auf Touren bringt, Captain.«

»Ist heterosexuelle Liebe in ihren konkreten Ausbildungen nicht reichlich seltsam?« flüsterte Marr, der Lisa und Sten in ihrem langsamen Orbit aufmerksam beobachtete.

»In ihren Grenzbereichen, meinst du wohl«, korrigierte ihn Senn. »Sollen wir uns die für später aufheben?«

»Unbedingt. Wir sollten die beiden unter unsere Fittiche nehmen und – Sr. Hakone! Welche Ehre!«

Hakone hatte sich ihnen unbemerkt genähert. Jetzt nahm er einen Schluck aus seinem halbleeren Glas.

»Dürfte ich als Ehrengast den bisherigen Verlauf des Abends kommentieren?«

Senn riß seine leuchtend schwarzen Augen in gespieltem Erstaunen auf: »Stimmt denn etwas nicht?«

»Für eine Party, die mir zu Ehren gegeben wird«, sagte Hakone, »sehe ich hier viel zu viele Leute, die meine Knochen liebend gerne als Zahnstocher benutzen würden.«

»Wir haben unsere Einladungen verschickt, bevor Ihr neues Stück besprochen wurde, Sr. Hakone«, erwiderte Marr. »Wir konnten nicht wissen ...«

»Natürlich konnten Sie das nicht«, konterte Hakone trocken. »Sie beide gehören nicht zu der Sorte, die eine gelungene Party nach der Anzahl der aus ihr erwachsenen Duelle beurteilt.«

»Möchten Sie uns beleidigen?« zischte Senn.

»Kann schon sein.« Hakone gab sich unentschlossen. Er leerte sein Glas und angelte sich das nächste von einem vorübertreibenden Tablett. »Ich stelle mir jedenfalls bei einer netten Zusammenkunft eher eine Gruppe alter Freunde vor, die einiges gemeinsam haben. Offensichtlich gehen unsere Auffassungen in dieser Hinsicht auseinander.«

»Wenn wir gewußt hätten«, versuchte Marr besänftigend auf ihn einzuwirken, »daß Sie lieber mit einer Gruppe ehemaliger Soldatenkameraden zusammengesessen und Lügen über die Taten Ihrer längst vergangenen Jugend verbreitet hätten, wäre uns ein Arrangement in dieser Richtung selbstverständlich ein Vergnügen gewesen.«

Hakone ließ ein Lächeln über sein Gesicht kriechen. Der Schriftsteller war ganz in Schwarz gekleidet – enganliegende Hosen und ein weich fallendes Jackett. »Wie ich schon sagte, unsere Auffassungen gehen in dieser Hinsicht auseinander. Einen meiner Gäste würde ich jedoch liebend gern kennenlernen.«

»Haben wir Sie nicht mit allen bekannt gemacht? Oh, tut uns leid, das ist unser Fehler.«

»Ich meine ihn.«

Hakone deutete in Stens Richtung, der gerade sein Gefühl für die Schwerkraft mit einem vollen Glas wiederzuerlangen versuchte.

Marr warf Senn einen verdutzten Blick zu. Dann nahm er Hakone bei der Hand und führte ihn zu Sten hinüber.

»Captain Sten?«

Sten nahm gerade Anlauf, Lisa ein zweites Mal zu küssen, drehte sich jedoch sogleich um. Er erkannte seine beiden Gastgeber und, dank des Schnellkursus im Palastarchiv, auch den Ehrengast.

»Sr. Hakone.«

»Das hier ist ein junger Mann«, stellte ihn Marr vor, »von dem wir glauben, daß er es noch weit bringen wird. Captain Sten. Und?«

»Lisa Haines.« Wie die meisten guten Polizisten hielt es Lisa nicht für nötig, jedem sofort auf die Nase zu binden, welcher Tätigkeit sie nachging.

Hakone lächelte sie kurz an und schloß dann Lisa, Marr und Senn recht wirkungsvoll von der Unterhaltung aus. »Sie sind Kommandeur der Leibgarde des Imperators, wenn ich mich nicht irre?«

Sten nickte.

»Das muß eine sehr interessante Aufgabe sein.«

»Sie ist ... anders«, meinte Sten neutral.

»Anders? Was haben Sie denn vorher gemacht?«

Natürlich war es Sten nicht erlaubt, seine Tätigkeit als Mitglied der Sektion Mantis im Dienste des Imperators zuzugeben. Sein Lebenslauf wies für diesen Zeitraum Dienstjahre auf weitentlegenen Welten aus, entlegen genug, um die Doppelreihe bunter Metallstreifen zu rechtfertigen, die er sich mit weitaus gefährlicheren und schmutzigeren Einsätzen verdient hatte.

»Garde. Meistens weit draußen in den Pioniersektoren.«

»Es ist ungewöhnlich«, bemerkte Hakone, »daß jemand – bitte entschuldigen Sie – in Ihrem jugendlichen Alter für Ihren derzeitigen Posten ausgewählt wird.«

»Ich glaube, sie brauchten jemanden, der die vielen Treppen im Palast hinauf- und hinabsteigen kann, ohne einen Herzanfall zu bekommen.«

»Sie haben einen Mentor.« Hakone blieb hartnäckig.

»Wie bitte?«

»Schon gut, Captain. Darf ich Sie etwas frei heraus fragen?«

»Gern, Sir.«

»An Ihren Auszeichnungen sehe ich, daß Sie an Kampfhandlungen teilgenommen haben. Und jetzt sind Sie hier. Im Herzen des Imperiums. Gefällt Ihnen das, was Sie hier sehen?«

»Ich verstehe Sie nicht.«

»Ich vermute, daß Sie wie wir alle zum Militärdienst gekommen sind. Mit hohen Erwartungen. Man glaubt, einer bestimmten Sache zu dienen.«

»Vermutlich.« Sten wußte verdammt gut, wie er zum Militärdienst gekommen war – weil er sein Leben retten und so schnell wie möglich von dieser Fabrikwelt namens Vulcan wegkommen mußte.

»Wenn Sie sich umsehen« – Hakones mächtige Hand umriß die mit Juwelen behängten Höflinge, die sich mittlerweile auf der Party eingefunden hatten – »deckt sich das mit Ihren Erwartungen?«

Sten machte ein gewollt ausdrucksloses Gesicht.

»Finden Sie das alles nicht ein wenig, sagen wir mal, dekadent?«

Nicht im geringsten, hätte Sten antworten sollen. Nicht wenn man von einem Planeten kommt, auf dem kleine Mädchen und Jungen mit drei oder vier Jahren zur Sklavenarbeit gezwungen werden. Aber das war nicht die richtige Antwort. »Tut mir leid, wenn ich so schwer von Begriff bin, Sr. Hakone«, antwortete Sten statt dessen, »aber auf der Welt, von der ich komme, sind *Tiere* unsere bevorzugten Sexualpartner.«

Ein Anflug von Ekel huschte über Hakones Gesicht, doch dann erwiderte er: »Sie scherzen, Captain.«

»Nicht sehr gut.«

»Lesen Sie?«

»Wenn ich Zeit dazu habe.«

»Vielleicht können wir uns zu gegebener Zeit näher darüber unterhalten. Bis dahin würde ich Ihnen gerne einige meiner Bücher zukommen lassen. Nehmen Sie sie im Palast entgegen?«

Sten nickte. Hakone verbeugte sich förmlich und ging davon. Sten blickte ihm nach. Die Frage war, aus welchem Grund der Ehrengast mit ihm bekannt gemacht werden wollte. Und warum hatte er versucht, seine Spielchen mit Sten zu spielen? Der Abend gestaltete sich immer überraschender.

Die Party endete mit einer gedämpften Note. Sie hatte sich von einer Masse zusammengepferchter Egos zu einem Wirbel von Entschuldigungen und Verweisen auf andere Verpflichtungen aufgelöst. Sten und Lisa, die über wenig Erfahrung mit der High Society der Erstwelt verfügten, gehörten zum letzten Schwarm, der sich höflich verabschiedete.

Marr erwischte sie gerade noch, bevor sie die Pneumobahn zu ihrem Gleiter bestiegen. »Zu früh, meine Lieben«, rief er, »viel zu früh.«

Er nahm sie bei den Händen und zog sie wieder quer durch die Menge zurück. Sten versteifte sich. Soldaten und Katzen schauen sich niemals um. Die gleiche Anspannung spürte er in Lisas Fingern. Das wiederum machte ihn ruhiger, und er fühlte sich ihr sehr nahe. Ein gemeinsames Gefühl des Mißtrauens. »Wir müssen wirklich gehen, Marr«, sagte Sten. »Wir müssen beide morgen früh zum Dienst raus, es ist schon höchste Zeit –«

Marr unterbrach ihn mit einem Schluchzen. »Verdammter Dienst, wie Sie wohl sagen würden. Und was die Zeit betrifft, das ist nur etwas, das die Wissenschaftler erfunden haben, damit nicht alles gleichzeitig geschieht.«

Er zog sie weiter, heraus aus der Menge, in einen langgezogenen, pulsierenden gelben Flur. Sten zögerte erneut, doch dann spürte er, wie sich Lisas Finger anspannten, bevor sie ihn mit sich zog. Sie kamen um eine Ecke und standen vor einer dreifarbigen Abzweigung, von der aus Gänge in verschiedene Richtungen führten. Marr drängte sie nach links – blau – und Sten spürte nur anhand der Muskelbelastung der Waden, daß sie aufwärts gingen.

»Senn und ich haben ein Auge auf Sie geworfen«, sagte Marr. »Schon die ganze Party über. Sie sind beide nicht ganz am richtigen Ort, habe ich recht?«

»Tut mir leid«, entschuldigte sich Sten. »Ich kenne mich nicht so gut aus mit diesen ...«

Marr winkte ab. »Seien Sie nicht närrisch. Bei unseren kleinen Zusammenkünften geht es nicht um gesellschaftliche Nettigkeiten. Eigentlich erwarten die Leute normalerweise, daß wir gerade das Gegenteil davon bieten.«

»Oje«, sagte Lisa. »Ich wußte ja, daß ich etwas übersehen habe.« Sie blickte an sich hinunter und schaute ungläubig auf die zarte Gaze ihres Kleides. »Man kann da durchsehen, stimmt's? Hätte ich doch lieber ...«

Sten zog sie fester an sich und schnitt ihr das Wort ab.

»Ich glaube, er möchte uns etwas anderes sagen«, murmelte er.

Marr schien sich nicht um ihre Bedenken zu kümmern und

zog sie immer weiter, vorbei an Zimmern, die in verführerischen Farben leuchteten oder in unmögliche Abstufungen von Dunkelheit getönt waren. Sie mußten fast im obersten Stockwerk, in der Galerie, angekommen sein, und obwohl es den beiden Gästen nicht auffiel, beherbergte jeder dieser Räume ein kleines Vermögen an Kunstwerken. Aus den Türöffnungen quollen Wohlgerüche und Klänge hervor, höhnend, aufdringlich, doch Marr drängte sie weiter, wobei er die ganze Zeit über vor sich hin brabbelte.

»Das hier ist etwas Besonderes«, hörte Sten Marr sagen, »etwas, das nur Sie beide verstehen können. Sie werden sehen, ja, selbst erleben, weshalb Senn und ich unser Haus an dieser Stelle erbaut haben.«

Der Korridor erweiterte sich plötzlich und führte ins Freie, und Sten spürte eine weiche, parfümierte Brise auf der Haut.

»Sehen Sie«, sagte Marr, »sehen Sie doch.« Er machte eine Bewegung mit seiner kleinen, pelzigen Hand, dic alles ringsum miteinschloß.

Sie standen in einer Anlage, die man am ehesten als Dachgarten bezeichnen konnte. Seltsame, exotische Pflanzen hatten sich dicht neben ihnen in der Kühle der Nacht zusammengerollt, kauerten dort und umarmten ... was nur? Lisa, die sich ein wenig unbehaglich fühlte, drängte sich näher an Sten.

»Hier hindurch«, sagte Marr.

Und sie folgten ihm einen kurvenreichen, dunklen Pfad entlang. Es war fast so, als ginge man über eine lange Reihe von Blasen. Düfte und parfümiertes Licht umspielten sie ... zogen sie ... zogen sie ... und dann löste sich alles in einer neuen Annehmlichkeit auf. Ein Klang vielleicht, oder eine Kombination aus Klang und Licht und einem prickelnden Gefühl. Sten spürte, wie sich Lisas Körper in seinen Armen lockerte.

Dann schwoll der leise Klang der Violine an und brach plötzlich ab. Einen Augenblick spürte Sten nur noch die Rundung ihrer Hüfte. Marr ging wieder weiter, und während er redete, blickte Sten unwillkürlich nach oben.

»Es geschieht nur dreimal im Jahr«, sagte Marr. »Ein Kunstwerk, das man nur genießen, nicht erwerben kann.« Er zeigte auf den glasigen Schimmer, der den Dachgarten von der wirklichen Welt trennte.

Sten sah die vom Mondlicht herausgearbeiteten Kuppen der Berge; das Mondlicht schien in die Himmelskuppel hereinzusikkern. Sten verlagerte das Gewicht und spürte, wie sein Bein eine Blume streifte. Ein leichter Hauch von Parfum säuselte auf, und er spürte, wie Lisas Körper seine Haut überall dort, wo sie sich berührten, entzündete.

»Sehen Sie nur«, sagte Marr.

Sten und Lisa schauten zu. Der Einschnitt im Fels direkt unterhalb des Monds verdunkelte sich plötzlich. Die Schwärze wurde immer dunkler und dunkler, bis sie sich zu einer dichten, pulsierenden Kugel zusammenzog.

»Warten Sie ...«, raunte Marr. »Warten Sie ... warten Sie.«

Und dann explodierte diese Kugel aus Dunkelheit. Vor dem Mond der Erstwelt bildete sich ein geräuschloses Wüten unbändiger Gewitterwolken vor wie mit Kreide gemalten schwarzen Wirbeln. Dann fand sich das Farbenspiel in einem Lufttrichter zusammen, raste wie ein unwirklicher Wirbelsturm quer über das Tal und brach sich an den Hängen des gegenüberliegenden Berges.

Das konnten Sten und Lisa jedoch nicht sehen, denn alles, was sie beobachteten, war das breite, offene Ende des Luftwirbels, der über die Lichter des nächtlichen Himmels fegte.

Still und leise, wie es begonnen hatte, war plötzlich alles wieder vorbei. Sten bemerkte, daß er Lisa im Arm hielt. Die Kuppel über ihnen war erloschen, der Garten zu ihren Füßen in weiche Schatten verpackt. Sten sah Lisa an, ein schwacher Schimmer fast auf seiner Augenhöhe. »Ich ...«

Lisa legte einen Finger auf ihre Lippen. »Schsch«, flüsterte sie.

Er zog sie näher an sich und spürte, wie der Garten ringsum noch intensiver rauschte und murmelte.

Marr und Senn schauten zu, wie sich die beiden Liebenden unter der Kuppel umarmten. Als sie Lisas leises »Schsch« hörten, kuschelten sie sich im Bett enger aneinander.

Senn drehte sich zu Marr um und zog ihn an sich. »Es gibt nur eine Sache, die schöner als eine neue Liebe ist«, sagte er.

Marr drückte auf einen Schalter, und der Bildschirm wurde respektvoll dunkel. Er beugte sich über Senn. »Eine alte Liebe«, beendete er den Satz. »Eine sehr alte Liebe.«

Als Sten die Arme fester um Lisa schloß, konnte er sie fast unlieutenantmäßig erröten fühlen. Eine Hand auf seiner Brust schob ihn sanft ein Stück zurück. Und Sten sah, wie das weiße Kleid schimmernd zu Boden fiel. Dann gab es nur noch Lisa.

Kapitel 15

»Verdammter Versager«, zischte Lisa in Richtung des Leichnams. Sten hielt es nicht für unwahrscheinlich, daß sie, wären er und die Spindar-Techs nicht anwesend, ihn ein paarmal getreten hätte.

Kreuger, der ehemalige Chef der Taktischen Eingreiftruppe, grinste sie mit schwarzen, von Aasfressern zerbissenen und von den Zähnen zurückgezogenen Lippen an. Ein Arm war abgerissen und lag halbaufgefressen fast fünf Meter vom Körper entfernt am Rand des Abhangs.

»Ihr Menschen habt wirklich eigenartige Vorstellungen von Sport«, brummelte Spilsbury, während seine Nebenarme geschäftig auf einer kleinen Computertastatur herumtippten. »Welche Freude kann man wohl dabei empfinden, anderen Geschöpfen aufzulauern und sie abzuschlachten? Zu hoch für mich. Das ist einfach zu hoch für mich.«

»Manchmal schmecken sie ziemlich gut«, wagte Sten einen Versuch.

»Todesursache?« fragte Haines. Sie war nicht in der Stimmung für philosophische Diskurse. Der Anruf war nicht gerade im entscheidenden Moment gekommen, aber doch viel zu früh am nächsten Morgen, gerade als Sten und Lisa wach genug waren, um erneut das Interesse aneinander zu entdecken.

»Jagdunfall. Wir haben eine für Projektilwaffen charakteristische Einschußwunde. Außerdem gibt es keine Anzeichen für eine Austrittswunde. Also dürfte das Projektil noch im Körper stecken. Es wird nicht lange dauern, bis einer meiner Sprößlinge es für Sie herausgeholt hat. Jedenfalls würde ich als Todesursache einen Jagdunfall annehmen.«

»Paßt ja verdammt gut«, sagte Haines. Spilsburys Computer ratterte, und der Spindar reichte der Polizistin den Ausdruck.

»Todeszeit ... Todeszeit. Hier.« Haines ließ im Geiste die Zeit zurückspulen. »Ein Zyklus vor dem Bombenattentat.«

»Plus oder minus drei Stunden«, warf Spilsbury ein. »Die genaue Zeit wird uns gleich zur Verfügung stehen.«

Haines wollte etwas anderes sagen, und Sten dirigierte sie mit einem Kopfnicken von dem Tech weg. Sie gingen zum Rand des Abhangs hinüber.

»Wie Sie bereits sagten, Lieutenant. Es paßt verdammt gut.«

Da es zum erstenmal in ihrer Karriere vorgekommen war, hatte sich Haines schon gefragt, wie man jemanden anredete, mit dem man zusammenarbeitete und mit dem man gerade erst geschlafen hatte. Sie fand, daß Stens Rückgriff zur Formalität wohl die sensibelste Art war, damit umzugehen. »Bullen glauben nicht an Zufälle«, sagte sie.

»Ich auch nicht.« Sten versuchte, seine Vermutungen vorerst noch für sich zu behalten. Es gab sehr wohl Zufälle – zumindest hin und wieder.

Spilsbury kam hinter ihnen her gewatschelt und streckte ihnen einen Vis-Umschlag entgegen. »Hier ist das Projektil.«

Sten nahm den Umschlag. Das Projektil – eine Gewehrkugel – war offensichtlich aus einem ziemlich weichen Metall gefertigt und hatte sich derart pilzförmig verbreitert, daß seine Spitze doppelt so breit war wie das stumpfe Ende.

»Ich kann das Kaliber noch nicht genau bestimmen«, fuhr Spilsbury fort, »aber es handelt sich tatsächlich um eine Kugel, wie sie für die Jagd verwendet wird. Der Eintrittswunde nach sieht es so aus, als hätte der Mann sich bergab gewandt, bevor ihn die Kugel erwischte. Es ist wirklich ein Jammer, daß Ihr Menschen im Gegensatz zu schlaueren Geschöpfen mit so unpraktisch weichen Außenhäuten ausgerüstet seid.«

»Wirklich, jammerschade«, meinte Sten. »Lieutenant, haben Sie eine Ahnung, welche Art von Viechern in diesem Reservat gejagt wird?«

»Gefährliches Wild.«

»Und zwar welches?«

»Ich rufe gleich das Reservats-Center an.« Schon machte sie sich an ihrem Gürtelapparat zu schaffen.

Sten kaute an seiner Unterlippe. Haines wandte sich mit dem

Gerät am Ohr zu ihm um und fing an, die Liste der Jagdtiere, auf die sich dieses Reservat spezialisiert hatte, herunterzubeten. Zwei- oder dreimal mußte Sten bei einem besonderen Tier genauer nachfragen. Lisa führte die Liste zu Ende und wartete. Sten nickte ihr zu, und sie unterbrach die Verbindung.

»Gefährliches Wild«, sagte er. »Alles sehr effizient ausgestaltet.«

Lisa sah ihn verständnislos an.

»So effizient, wie der Tech eben schon sagte; haarig, geschuppt, gepanzert, wie auch immer. Alles Tierarten, die man wirklich jagen muß.«

Bei Haines war der Groschen noch immer nicht gefallen.

»Wenn man etwas Großes und Bösartiges aufhalten will, besonders etwas, das über eine gepanzerte Außenhaut verfügt, benutzt man eine große Kugel«, erklärte Sten. In seiner Karriere bei Mantis war ihm in Ausübung seiner Pflicht das eine oder andere große, bösartige Vieh begegnet. »Eine große Kugel aus einer schweren, sehr widerstandsfähigen Legierung«, fuhr Sten fort. »Schließlich will man nicht, daß sich die Kugel plattdrückt, wenn sie auf einen Hautpanzer trifft.«

Lisa nahm Sten den Umschlag aus der Hand. »Also würde man nicht ein so nettes weiches Geschoß wie das hier verwenden. Es sei denn, man ist hinter einem netten Tier mit einer weichen Haut her.«

»Wie etwa einem Menschen.«

»Mir gefällt das nicht, Captain. Das stinkt doch alles zum Himmel.«

Sten mußte ihr zustimmen.

»Wissen Sie, was meine Bosse sagen werden?« fuhr Haines fort. »Wenn ich ihnen berichte, daß Chief Kreuger in diese Verschwörung verwickelt war? Daß er einen Eingreiftrupp dort hingeschickt hat, weil er wußte, was passieren würde? Und daß er dann zum Lohn den halben Brustkasten weggeschossen bekam?«

Sten sah sie an und wußte, daß sich die Inspektorin vom Morddezernat nicht allein deswegen Sorgen machte. Wenn ein hoher Beamter aus der Führungsriege in die Sache verwickelt war, mußte er nicht unbedingt der einzige sein.

»Etwas sagt mir, daß der hier nicht der einzige Boß ist, dem kräftig auf den Schlips getreten wird«, sagte Sten.

»Verfluchter Mist noch mal. Mist, Mist, Mist, Captain. Kommen Sie, wir fahren zurück; vielleicht finden wir noch mehr, was uns den Tag so richtig versaut.«

Kapitel 16

»Dynsman ist unser verrückter Bombenleger«, sagte Lisa finster.

Sten fragte sich, weshalb sie sich nicht darüber freute, aber zunächst war es wichtiger, sich zu vergewissern, ob die Identifizierung durch die Polizei korrekt war. Er wußte, daß man dem Imperator besser mit leeren Händen als mit einem falschen Bericht entgegentrat. »Sind wir hier an einem *höchstwahrscheinlich* Verdächtigen dran, oder haben wir den elenden Sack festgenagelt?«

»Wir haben niemand festgenagelt, bevor er nicht gestanden hat. Aber ich weiß nicht, wer außer Dynsman dafür in Frage kommen sollte. Merke: Er ist der einzige professionelle Bombenleger auf der Erstwelt, der nirgends verzeichnet ist.«

»Wo verzeichnet man denn verrückte Profi-Bombenleger?« fragte Sten neugierig.

»Leute, die für ihren Lebensunterhalt Sachen in die Luft jagen, behalten wir ziemlich genau im Auge«, antwortete Haines. »Und da sie sich selbst ziemlich dezimieren, gibt es nie sehr viele von ihnen.«

»Wir nehmen an, daß der Bombenleger ein Einwohner der Erstwelt ist?«

»Wir müssen schließlich irgendwo anfangen – außerdem ist kein Außenweltler mit dieser Beschäftigung im letzten Jahr auf der Erstwelt angekommen.«

»Weiter.«

»Dieser Dynsman hat sich auf Versicherungsgeschichten spezialisiert. Er verwendet Militärsprengstoff.«

»Wie derjenige, der den *Covenanter* in die Luft gejagt hat.«

»Zweitens war dieser Clown noch nie in seinem Leben weg von der Erstwelt. Einige Zyklen, bevor es Alain erwischte«, fuhr Haines fort, »war Dynsman bei jedem Kredithai in der Gegend bis an die Augenbrauen verschuldet. Plötzlich war er flüssig und hat alle seine Schulden auf einen Schlag beglichen. Er hing mit den Psauri herum – um irgendwelchen Fragen zuvorzukommen: Das sind Westentascheneidechsen und noch mickrigere Westentaschengauner. Dynsman übernahm ganz überraschend die Rechnung und versprach noch weitaus größere Parties. Überraschenderweise machte er wieder jeden Zehnprozenter in Soward an. Da er überall seine Schulden bezahlt hatte, war er wieder kreditwürdig. Und plötzlich war er verschwunden.«

Sten ging noch einmal alle Informationen durch. Nachdenklich schlenderte er zur Reling von Lisas »Hausboot« hinüber und blickte auf den Wald hinunter.

Da Wohnungen auf der Erstwelt knapp waren und Neubauten strikt kontrolliert wurden, war man zu einigen ziemlich kreativen Lösungen gekommen. Lisa wohnte in einem dieser Häuser, deren Tugenden der Not entsprungen waren. Ihr Vermieter hatte einen Wald gepachtet, der gesetzlich nicht besiedelt werden durfte. Niemand hatte jedoch etwas von dem Gebiet über dem Wald gesagt. Also wurden hier große Hausboote wie McLean-Generatoren angeboten, die über den Baumwipfeln verankert waren. Die recht unterschiedlich konstruierten Behausungen erzielten Spitzenpreise, denn ihre Bewohner genossen absolute Privatsphäre und, mit Ausnahme bei Sturm, seltenen Luxus.

Innen bestand Haines' Hausboot aus einem einzigen großen Raum, der Küche und Naßzellen in kleineren Nischen am Heck verborgen hielt. Lisa unterteilte den Raum mit beweglichen Trennwänden, was ihr die Möglichkeit gab, das Zimmer mit minimalem Arbeitsaufwand jederzeit umzugestalten, wenn sie mal einen freien Nachmittag dafür opfern wollte.

Die Einrichtung erschöpfte sich in statischen Tapeten aus der Einzelstrich-Farbschule, plus niedrigen Tischen und vielen Kissen, die als Sessel, Sofas und Betten dienten.

Sten für sein Teil hätte ohne weiteres dort wohnen können, ohne etwas zu verändern. Doch jetzt brachte er wieder Dienstliches zur Sprache. »Du weißt noch mehr.«

»Mmhmm. Unser Freund Dynsman tauchte am Raumhafen auf und legte einen Wachmann um, der die Yacht eines reichen Pinkels bewachte. Zwei Minuten später war die Yacht weg.«

»Woher weiß Dynsman, wie man mit einem Raumschiff umgeht?«

»Du warst wohl zu lange beim Militär, Captain. Yachten werden für Leute mit mehr Geld als Grips entworfen. Man muß nichts anderes tun als eine Kurskarte in einen Computer zu schieben, den Rest erledigt das Boot. Die Yacht flitzte also davon, und Dynsman war weg von unserer guten alten Erstwelt.«

»Toll.«

»Genau. Ich habe sogar noch mehr. Ich weiß sogar, wohin Dynsman verschwunden ist.«

»Weshalb ziehst du dann so eine Schnute?«

»Die ist für die richtig miesen Neuigkeiten reserviert. Hintergrund, Sten. Als ich beim Morddezernat anfing, dachte ich mir, daß ich eines Tages bestimmt mal Files anlegen würde, die niemand zu sehen bekommen sollte. Deshalb bastelte ich einen Code in meinen Computer. Und aus lauter Hinterlistigkeit versah ich den auch noch mit einer Falle – falls ihn jemand zu knakken versuchte. Falls also jemand in meinen Daten wühlte, wüßte ich wenigstens Bescheid darüber.«

»Mist«, fluchte Sten, ging im Zimmer auf und ab und wartete, was als nächstes kam.

»Gieß mir einen ein. Richtig. Jemand war in meinem Computer. Jemand weiß alles, was ich herausgefunden habe.«

Haines kippte ihren Drink hinunter.

»Noch schlimmer, Baby. Ich habe die Spur des Eindringlings so gut es ging verfolgt. Captain: Wer auch immer meinen Computer geknackt hat, hält sich im Palast auf!«

Kapitel 17

»Ich glaube nicht, daß ich diesen Mist verdient habe«, sagte der Ewige Imperator vergleichsweise ruhig.

»Gewiß nicht, Sir«, pflichtete Sten ihm bei.

»Glückwunsch, Captain. Sie machen Ihre Arbeit wirklich ausgezeichnet. Sie können sich nicht vorstellen, wie leid es mir tut, daß ich Sie auf die Sache angesetzt habe.«

»Jawohl, Sir.«

»Weiter im Text«, fuhr der Imperator fort. »So wie Sie aussehen, haben Sie noch Schlimmeres auf Lager als nur einen Spion hier im Palast.«

»Richtig, Sir. Dieser Dynsman flog die Yacht so lange, bis der Treibstoff alle war, dann verließ er das Schiff.«

»Haben Sie eine Spur?«

»Lieutenant Haines' Bericht besagt, daß Dynsman in diesem Hafen – es war Hollister – umgestiegen ist und auf einem Trampschiff angeheuert hat.«

»Wie zum Henker hat er da überhaupt eine Anstellung gekriegt? Sie haben nichts davon erwähnt, daß dieser Drecksack über Raumerfahrung verfügt.«

»Das ist auch richtig so. Doch der Frachter ist, laut Lloyds, nicht allzu wählerisch. Er transportiert seltene Kraftstoffe mit einer sehr hohen Gewinnspanne.«

»Hmm. Fahren Sie fort.«

»Äh ... der einzige Zielhafen des Frachters war Heath, Sir.«

»Sie wissen wirklich, wie man jemandem Freude bereitet, Captain Sten.«

Heath war der Zentralplanet der Tahn-Welten.

»Captain, haben Sie getrunken?«

»Nein, Sir, noch nicht.«

»Dann fangen wir besser gleich damit an.« Der Imperator füllte die Schnapsgläser aus seiner Flasche mit dem Achtundneunzigprozentigen und trank das seine sofort aus.

»Captain, ich demonstriere Ihnen jetzt ein Beispiel von Kombinationsgabe à la Ewiger Imperator. Entweder (A) waren die Tahn für die Eliminierung Alains und« – der Ton des Imperators veränderte sich – »einiger anderer verantwortlich, und sie steuern diese ganze Operation noch immer, oder (B) diese Geschichte wächst sich allmählich zum beschissensten Alptraum überhaupt aus.«

»Jawohl, Sir. Ich weiß nicht, Sir.«

»Sie sind mir wirklich eine große Hilfe, Captain, ausgezeichnet, vielen Dank. Schenken Sie noch einmal nach, stehen Sie bequem und warten Sie auf weitere Befehle.

Ich beginne mit der Vermutung, daß ich Ihnen vertrauen kann. Sie sind viel zu jung und viel zu neu in diesem Job, als daß Sie in irgend etwas verwickelt sein könnten. Den Gurkhas vertraue ich ohnehin. Wo wir gerade von ihnen sprechen: Wie gut ist Ihr Subadar-Major? Limbu, richtig?«

»Es gibt keinen Besseren, Sir.«

»Ich möchte, daß Sie ihm die Leibwache übergeben. Sie sind abkommandiert. Ich möchte auch gleich ins Detail gehen, da ich mich noch aus Ihrer Mantis-Zeit lebhaft daran erinnere, wie ... freizügig Sie manchmal Befehle auslegen. Sie werden mir diesen Dynsman finden. Sie werden ihn unverletzt zurückbringen. Er muß dazu in der Lage sein, jede Frage, die ich mir ausdenken kann, zu beantworten. Ich möchte keine Rache, Captain, ich möchte Antworten. Habe ich mich deutlich genug ausgedrückt?«

»Jawohl, Sir.« Sten führte das Glas an die Lippen. »Ich brauche Unterstützung, Euer Hoheit.«

»Captain Sten, Sie führen Ihren Einsatzbefehl aus. Sie können dafür alles und jeden haben, ganz nach Belieben, bis hin zu einer Gardedivision, wenn Sie meinen, daß Ihnen damit gedient ist. Ich will diesen Dynsman haben!«

Kapitel 18

Die Gleittür schloß sich hinter Tarpy. Instinktiv bewegte er sich zur Seite, um eine Wand im Rücken zu haben, während sich seine Augen an das Halbdunkel gewöhnten. Seine Pupillen weiteten sich; jetzt konnte er auch über sich die Lichtflecken der Sterne und Raumschiffe erkennen.

Die Szene in der Halbkugel des Privatgemachs wechselte. Plötzlich war es taghell, eine Sonne schwamm in Nahaufnahme heran, und die Imperiale Landeflotte »hing« direkt darunter, über dem nur wenig größeren Punkt des Planeten.

Quer darüber bewegte sich der schwarze Kranbalken, auf den der Kontrollsessel des Privatgemachs montiert war, und in diesem Sessel konnte Tarpy Hakones Silhouette ausmachen.

Wieder veränderte sich die Szene. Jetzt glitten die Schlachtschiffe und die Truppentransporter über die Planetenoberfläche, die sich von einer Seite des Gemachs zur anderen erstreckte. Schlachtschiffe schwärmten aus, und ferngesteuerte Satelliten eröffneten das Feuer auf sie.

Aus der Hauptstreitmacht lösten sich fünf Schlachtschiffe. Ihre Yukawa-Triebwerke schoben sie in Richtung des Pols, während die Transporter sich auf die Landung vorbereiteten.

Tarpy ließ einige Schlachten an seinem geistigen Auge vorüberziehen. Als er die richtige gefunden hatte, kicherte er leise auf. Natürlich, Saragossa.

Er würde nie verstehen, warum Soldaten nicht von ihrer Vergangenheit loskamen. Für ihn waren die Schlachten, an denen er teilgenommen hatte, bedeutungslos. Alles, was sie ihm persönlich brachten, war eine Beförderung, vielleicht eine Medaille, und diese Befriedigung, die keiner je zugab: das Töten auf kurze Distanz.

Saragossa. Was Tarpy anging, war diese Schlacht nicht nur schon lange verloren, sondern sie gehörte auch zu denen, die man niemals hätte gewinnen können. Hakones Bemühungen, einen Schuldigen ausfindig zu machen, trugen keine Früchte. Aber er hatte sich selbst in diesem Gedankengespinst gefangen. Tarpy konnte es recht sein, solange die Rechnungen bezahlt wurden. Er kramte eine Zigarette heraus und zündete sie an, ohne sich darum zu scheren, die Flamme abzudecken.

Hakone sah den Widerschein auf einer Anzeige direkt vor sich und ließ den Sessel auf dem Stahlarm herumwirbeln. »Bist du das?«

Tarpy antwortete nicht. Dieser Unsinn ging nicht an ihn – keiner von Hakones Bediensteten durfte das Kampfgemach betreten. Deshalb mußte jeder, der hier auftauchte, derjenige sein, den Hakone erwartete.

Der lange Stützarm schwang herum und aus dem Kampfgemach heraus, dann senkte er sich immer weiter herab, bis er auf der Höhe des Vorzimmers angelangt war. Hakone kletterte heraus, kam auf Tarpy zu und streckte ihm die Hand nach einer 360-Grad-Kreisbewegung entgegen. Die »Schlacht« über ihnen verblaßte, als die Lichter im Gemach angingen. »Der Imperator hat uns allen einige Nachforschungen erspart«, sagte Hakone. »Wir haben jetzt eine Spur von dem Bombenleger, den unser Partner einsetzte.«

Er zog eine Handvoll Papiere aus der Brusttasche seines Overalls und reichte sie Tarpy. »Der Mann ist in die Tahn-Welten geflüchtet«, sagte Hakone.

Tarpy grinste dünn. »Es dürfte ihm schwerfallen, dort einen Fuß auf den Boden zu bekommen.«

»Dir stehen alle unsere Ressourcen zur Verfügung. Wenn du willst, kannst du auch einige unserer Prätorianer-Deserteure zur Verstärkung mitnehmen.«

»Spielt es eine Rolle, wie ich es erledige?«

»Keineswegs. Er ist ein kleiner Gangster, den es in eine gewalttätige Gesellschaft verschlagen hat. Da stellt niemand Nachforschungen an.«

Tarpy drückte auf den Exit-Schalter, und die Tür des Gemachs glitt auf.

»Was du noch wissen solltest«, fügte Hakone hinzu. »Der Imperator hat ihm ebenfalls einen Mann auf die Fersen gesetzt.«

»Muß ich mir deshalb Sorgen machen?«

»Nein. Ein unwichtiger Captain namens Sten. Ich habe ihn schon einmal getroffen. Ziemlich nachlässig für einen Soldaten des Imperiums.«

»Falls er mir aber in die Quere kommt?«

Hakone zuckte die Schultern. »Unsere Sache ist wesentlich wichtiger als das Leben eines kleinen Soldaten des Imperators, Tarpy.«

Tarpy trat über die Schwelle, ließ die Tür wieder zugleiten und war schon unterwegs.

Buch III

MOUTON

Kapitel 19

Sergeant Major Alex Kilgour, abkommandiert vom Hauptquartier Sektion Mantis, Stammeinheit 1. Sturmdivision der Imperialen Garde, warf einen abschätzigen Blick auf seine geschmackvoll lila und grün gesprenkelten Hosen und die weite Jacke; dann wanderte sein Blick über die gepflasterte Straße hinüber zum Schulhof. Dort drillte ein älterer Tahn-Offizier eine Horde Achtjähriger in einer Art Waffendrill. ›Wenn ihr die Kinder schon wie Hunde abrichtet, bevor der Krieg überhaupt losgeht‹, dachte Alex, ›solltet ihr vielleicht mal darüber nachdenken, nicht zu kämpfen.‹

Das Auf- und Abmarschieren, das er gerade beobachtete, war jedenfalls weit unten auf seiner persönlichen Haßliste angesiedelt, auf der es nicht gerade an Eintragungen mangelte. Solange er auf Sten wartete, ging er sie alle durch.

Es war nichts dagegen einzuwenden, für einen Spezialeinsatz abkommandiert zu werden. In letzter Zeit hatten sich jedoch immer wieder Gedanken über Moral und dergleichen in seinen Hinterkopf geschlichen. Er war jetzt schon lange genug bei Mantis, um zu wissen, daß die Uhr früher oder später zu ticken aufhören würde. Erst vor kurzem hatte Alex festgestellt, daß seine persönliche Uhr anfing, langsamer zu laufen.

Aber das, widersprach er sich energisch, war nicht der eigentliche Grund. ›Ich bin als Soldat zur Garde gegangen, und jetzt hat es mich als Zuhälter verkleidet auf diese komische Welt hier verschlagen. Eines schönen Zeitalters‹, versprach sich Alex hochheilig, ›wahrscheinlich wenn ich in den Ruhestand gehe, setze ich dem Imperator die ganze Geschichte vor. Der arme Kerl kann unmöglich wissen, was wir hier durchmachen.‹

Die komische Welt war Heath, der Zentralplanet der Tahn-Welten. Alex und Sten waren heimlich eingeschleust worden. Seitdem mäkelte Kilgour pausenlos an ihrer Tarnung herum – Sten hatte sich ausgedacht, daß man gut betuchte Zuhälter wohl nicht nach ihren Motiven befragte. Was auch immer sich Alex von einer langen Karriere erwartet hatte, die ihn immer wieder in bizarre Kulturkreise verschlug – Heath erwies sich als einer der Höhepunkte.

Die Kultur der Tahn bestand aus starren, streng voneinander getrennten Gesellschaftsschichten. An der Spitze standen die Kriegslords, eine politische und militärische Führerkaste mit Grundbesitz, die sich auf das Recht der Geburt und der Erbschaft berief. Unter ihnen standen die Lieutenants, die taktischen Anführer und Krieger. Dann folgte die Klasse der Kaufleute, und ganz unten waren die Bauern angesiedelt. Die Bauern erledigten die Drecksarbeit, angefangen vom Speeretragen im rasant anwachsenden Militär der Tahn bis hin zu landwirtschaftlichen Arbeiten und Dienerarbeiten in Haus und Hof.

›Das allein‹, dachte Alex wütend, ›bringt mich zur Weißglut. Aber diesen dämlichen Bauern scheint es noch nicht einmal etwas auszumachen, den anderen zu dienen.‹ Tausend Jahre früher hätte Alex Kilgour wahrscheinlich einen akzeptablen Revolutionär abgegeben.

›Abgesehen davon ist der Fraß hier nicht gerade das, was ein zivilisierter Magen zu sich nehmen sollte. Meeresalgen, Viecher, die auf der Erde herumkriechen, und jede Menge im Dreck verbuddelte Kohlehydrate sind keine Diät für einen Menschen.‹ Bei dem Gedanken mußte er heftig aufstoßen.

Da Alex jedoch nicht zu denen gehörte, die sich selbst das Leben unnötig schwer machten, tröstete er sich schon bald darauf mit der Gewißheit, daß wenigstens das Bier und der restliche Alk der Tahn stark genug waren und jederzeit zur Verfügung standen. In diesem Moment schlich sich Sten an ihn heran.

»Deine Mutter hat dich ja komisch angezogen«, bemerkte Alex trocken. Stens Garderobe war noch extremer ausgefallen als die von Alex – was in der Unterweltkultur von Heath »weniger auffällig« bedeutete. Sein knielanger, blousonartiger Kittel war orange-schwarz gestreift, das enganliegende Trikot darunter einfarbig schwarz. Man hatte Sten hoch und heilig versichert, daß diese Ausstaffierung der letzte Schrei bei den großen Fischen in der Halbwelt von Glücksspiel und Prostitution sei.

Sten antwortete auf Alex' Bemerkung lediglich mit einem Grunzen und sah ebenfalls zum Schulhof hinüber. Der Tahn-Krieger hatte einen Fehler in der Darbietung eines der Kinder entdeckt und putzte es jetzt erbarmungslos vor seinen Kameraden herunter. Sten bewegte kurz den Kopf, und die beiden Männer setzten sich in Richtung des Rotlichtbezirks, in dem sie Unterkunft gefunden hatten, in Bewegung.

»Hast du unseren irren Bombenheini schon gefunden?« fragte Alex.

»Ja.«

»Ach, Sten. Warum sagst du das nicht gleich? Ist was schiefgelaufen?«

»Noch schlimmer«, fing Sten wütend an. »Der verdammte Idiot hat es tatsächlich noch mal getan.«

Lee Dynsman war ein Idiot. Nachdem er das Schiff verlassen, ein Versteck, einen Drink, eine Frau und eine Mahlzeit gefunden hatte – wofür er den letzten Rest seiner Credits hinblätterte –, machte er in den Kaschemmen der Unterwelt Reklame für seine

Fähigkeiten als Sprengstoffexperte und ließ wissen, daß er für jeden Auftrag zu haben sei. Kurz darauf hatte ihn eine kleine Gangstertruppe mit großen Ambitionen angeheuert, um den Tresor einer Tahn-Bank in die Luft zu jagen. Wenigstens einmal in Dynsmans Karriere ging alles reibungslos über die Bühne: Die Sprengladung verwandelte die dicke Rückwand aus Stahl und Zement in einen Haufen Schutt. Die Gang schnappte sich die Beute, nahm Dynsman mit in ihr Versteck und füllte ihn bis zur feierlichen Besinnungslosigkeit ab. Da sie nicht auf den Kopf gefallen waren, wußten sie genau, daß die Tahn-Polizei (eine paramilitärische, für Sonderdienste von der Armee abgestellte Einheit) einen Sündenbock brauchte; sie denunzierten Dynsman.

»Unser kleiner Freund sitzt also im Knast«, schloß Alex.

»Noch schlimmer.«

»Langsam, langsam, alter Knabe, jetzt mach's mal nicht schlimmer, als es ist. Weiß du, Sten, als ich das Museum leitete, dachte ich schon darüber nach, den Dienst zu quittieren. Das Schloß meiner Mutter in der Provinz Ross Galen ist der schönste Flecken auf dem ganzen Planeten Edinburgh. Und das Schloß sitzt direkt oberhalb von einem Loch – Loch Owen. Anstatt mich hier mit diesen Barbaren herumzuärgern, könnte ich jetzt dort sein und es mir gutgehen lassen.«

»Halt endlich mal die Klappe.« Sten war nicht in der Stimmung für Alex' weitläufige Ausführungen. »Dynsman ist nicht im Gefängnis. Der Schwachkopf wurde deportiert.«

»Au weia.« Alex hatte begriffen.

»Dachte mir schon, daß du das gleich verstehst, du Abkömmling eines Clans von Kriminellen. Deportiert. Auf einen verfluchten Gefängnisplaneten.«

»Ich brauch was zu trinken.«

»Viele, viele Drinks«, stimmte ihm Sten zu. »Dabei können

wir uns überlgen, wie wir dem Imperator beibringen, daß es so gut wie unmöglich ist, Dynsman aus dem schlimmsten Straflager der Tahn herauszuholen.«

Als Alex eine Kneipe entdeckte, die gerade ihre dunstigen Pforten öffnete, war der Tag wenigstens einigermaßen gerettet. Die beiden Männer schwenkten seitlich um und marschierten direkt in die Spelunke hinein.

Kapitel 20

Auch Tarpy hatte Dynsman aufgespürt, obwohl seine Verkleidung für die Reise nach Heath nicht ganz so clever wie Stens Idee war. Er und die fünf Deserteure der Prätorianer gaben sich als Kampfteam auf Tournee aus. Da sie unangekündigt ankamen, wurden sie nicht sehr oft verpflichtet, was dem Killer und seinen Männern mehr als genug Zeit zur Suche nach dem verschwundenen Bombenleger verschaffte.

Tarpy ließ den Tee in seiner Tasse kreisen und wünschte sich, er hätte für den feierlichen Anlaß etwas Stärkeres zur Verfügung. Doch er hatte seine festen Regeln; Regeln, die seit fast fünfundsiebzig Jahren dafür sorgten, daß er noch am Leben war; Regeln, die er niemals brach. Eine der wichtigsten Regeln lautete: keine bewußtseinsverändernden Mittel während der Arbeit.

Er kippte den Tee hinunter und bedeutete seiner rechten Hand Milr, einem ehemaligen Corporal, fortzufahren.

Als Milr seinen Bericht weiter ausführte, verspürte Tarpy eine wohlige Wärme in seinem Bauch, die nicht nur vom Tee herrührte.

Es kam nicht oft vor, daß ihm Aufträge angeboten wurden, bei denen es nicht um Gewalt, Kampf und Blut ging, doch dieser Job hier schien allem Anschein nach nicht nur gutbezahlt, sondern auch einfach und schmerzlos zu sein.

Tarpy studierte das Fiche über den Gefängnisplaneten. Prähominid. Ausschließlich lebenslängliche Gefangene. Durchschnittliche Lebenserwartung der Gefangenen auf dem Planeten: fünf Jahre. Anzahl der Ausbrüche: Null.

Im Gegensatz zu den meisten Berufskillern glaubte Tarpy an ein altes Motto: Töte mit Freude. Er hatte den Spruch um eine Stufe verfeinert: Töte niemals, wenn es nicht sein muß.

Dynsmans Chancen, jemals wieder auf einen Planeten des Imperiums zurückzukehren, waren gleich null. ›Die Leute rennen ständig irgendwelchen Phantomen hinterher‹, dachte Tarpy, ›und keiner von ihnen hat je begriffen, daß sich die Götter immer um diejenigen kümmern, die mit dem Feuer spielen.‹

Tarpy erhob sich, zog das Fiche aus dem Lesegerät und ging zur Spüle des Hotelzimmers hinüber. Er wusch seine Tasse aus, öffnete einen Schrank, holte eine Flasche hochprozentigen Alkohols heraus und goß sich die Tasse voll. Dann fiel ihm Milr ein, und er schenkte auch ihm ein Glas ein. Milr trank es sofort aus, ohne sich über den unangekündigten Regelverstoß zu wundern.

»Suchen Sie das Team zusammen, Corporal.« Tarpy hatte ebenfalls ausgetrunken. »Wir fliegen mit dem nächstmöglichen Schiff zur Erstwelt zurück.«

Dynsman spielte jetzt keine Rolle mehr, ebensowenig wie dieser Imperiale Offizier. Tarpy beschäftigte sich in Gedanken bereits damit, wieviel er den Ex-Prätorianern auszahlen mußte, damit sie sich nicht betrogen fühlten.

Kapitel 21

Ein alter Witz auf Heath besagte, daß der Fluß, der sich durch die Mitte der Hauptstadt zog, der einzige Fluß sei, der jemals Feuer gefangen habe.

Er hatte tagelang in Flammen gestanden und die Bauten auf beiden Uferseiten radikal niedergebrannt. Doch auch nachdem das Feuer auf dem verdreckten Kanal endlich erloschen war, unternahmen die Tahnlords nichts, um das Gewässer zu reinigen – trotz ihrer lauten und wiederholten Beteuerungen, die Ursprünglichkeit und die Natur über alles zu lieben. Andererseits konnten die Kriegslords jederzeit in ihren makellosen Gärten umherwandern und dort ihre hyperstilisierten Tahn-Gedichte erschaffen. Die Bauern konnten ihretwegen Dreck fressen – wozu sie manchmal tatsächlich gezwungen waren.

Wenn man jedoch bedachte, daß sich die Viertel an den Flußufern der Großstädte überall glichen, konnte man das Feuer andererseits auch als kompromißlose Stadterneuerung werten – was wiederum nur hieß, daß innerhalb kürzester Zeit die gleichen Slums an der gleichen Stelle aus den Ruinen auferstanden.

Das *Khag* war dafür ein hervorragendes Beispiel: Die Kneipe lag nicht nur gleichermaßen dicht am Fluß wie auch am Raumhafen; hier gab es auch alles, was es sonst aus den verschiedensten Gründen nicht gab.

Bis auf die verschmierten Uniformen mit den in kniehohe Sumpfstiefel gestopften weiten Hosen paßten die beiden Männer am Tresen genau ins Bild. Sie waren bewaffnet, aber das waren fast alle im *Khag*. Ihre Waffen – Betäubungsgewehre, Schlagstöcke, Kampfmesser und Gasspray – hingen deutlich sichtbar an Sam-Browne-Gürteln aufgereiht. Ihre Stimmen waren laut, rauh und klangen halb betrunken. Keet, einer der beiden, schaute auf den Fahrkartenstapel vor ihnen auf dem Tresen.

»Der letzte Tag, Partner. Der letzte Tag.«

Sein Kumpan Ohlsn nickte. »Weißt du was, ich habe unser Problem gelöst, Mr. Keet.«

»Und Probleme haben wir mit Sicherheit genug.«

»Eigentlich nicht«, fuhr Ohlsn fort. Er befand sich in dem Stadium der Trunkenheit, das brillante Ideen ausschwitzte, und er war noch nüchtern genug, daß einige dieser Ideen sogar einen gewissen Sinn ergaben. »Unser Problem liegt darin, daß wir mittendrin stecken.«

»Versteh ich nicht.«

»Trink weiter. Wirst du schon noch verstehen. Wir hängen seit mehr als drei Planetenjahren da draußen herum, und was wollen wir mehr als alles andere?«

»Ab nach Hause!«

»Was zeigt, warum wir nicht zur Kriegerklasse gehören. Weil das blöd ist.«

»Du hast zuviel gesoffen.«

»Ach was. Hör doch mal zu. Dort draußen, da haben wir Macht, stimmt's? Wie oft schon hast du dort jemanden fertiggemacht, nur weil dir seine Nase nicht gefiel? Wie oft schon ist eine knackige Knacki in deiner Unterkunft aufgetaucht, die bereit war, so ziemlich alles zu tun, um ihre Situation ein bißchen zu verbessern?«

»Das gehört zum Job, Ohlsn.«

»Klar doch. Aber sieh dir doch mal uns beide an. Wir sind Bauern, oder nicht? Aber wenn wir unseren Dienst versehen, dann machen wir das besser als jeder Krieger und jeder Kriegslord, den ich kenne.«

»Aber das ist jetzt ein neuer Einsatz. Vielleicht greifen wir voll in den Dreck.«

»Komm schon, Mann. Denk mal drüber nach. Der Job ist der gleiche wie der, den wir schon seit Jahren abreißen. Wie könnte es uns beiden denn noch bessergehen?«

Keet überlegte. Ein Teil seiner Überlegungen drehte sich darum, wie und wann er die Literkaraffe voll Quill, die vor ihnen stand, in ihre Gläser umfüllen könnte.

Darauf hatten Sten und Alex gewartet. Sie saßen an einem kleinen Tisch, ungefähr drei Meter hinter den beiden Männern. Sten winkte, und die wohlweislich schon zuvor mit einem viel zu hohen Trinkgeld bedachte Bedienung stand kurz darauf neben ihm.

»Diese beiden dort«, sagte Sten. »Stellen Sie ihnen noch eine Runde vor die Nasen.« Er schob ihr mehr als genug Credits hin und blickte dann Kilgour an.

»Tja, finde ich auch«, bejahte Alex die ungestellte Frage. »Das sind unsere Jungs.«

Inzwischen stand eine neue Karaffe vor Keet und Ohlsn, und sie fragten die Kellnerin, wer sie ihnen spendiert hatte. Keet drehte sich um und sah Sten und Alex mißtrauisch an. Sten hob seinen Krug und grinste freundlich hinüber. Keet und Ohlsn wechselten einen Blick, überdachten ihr geschrumpftes Trinkbudget und kamen an den Tisch. Beide schienen nicht viel von Sten und Alex zu halten, die in ihren grellen Zuhälteranzügen auf den Stühlen lungerten.

»Ich lasse mir nicht gerne Alk von jemandem spendieren, den ich nicht kenne«, brummte Keet.

»Wir sind doch nur die Gebrüder Campbell«, sagte Alex beschwichtigend.

»Tatsächlich? Ich weiß auch, was ihr seid.«

»In unserer Branche zahlt es sich immer aus, wenn man ein wenig in die Werbung investiert«, meinte Sten. »Man kriegt keine Mädchen, wenn man nicht aussieht, als könnte man sie sich leisten.«

»Ich brauch keinen Zuhälter«, sagte Ohlsn. »Ihr müßtet mal sehen, was mit denen da draußen passiert.«

»Eine Erfahrung, auf die ich nach Möglichkeit verzichten möchte«, erwiderte Sten und goß ihre Gläser voll.

»Hör schon auf mit dem Scheiß«, sagte Keet. »Ihr wißt genau, was wir sind. Ihr gebt uns doch keinen aus, nur weil wir euch so gut gefallen.«

»Stimmt«, erwiderte Sten. »Wir haben ein kleines Problem.«

»Kann ich mir denken.«

»Wir dachten, daß wir uns vielleicht besser darum kümmern, bevor es passiert.«

»Laß mich raten«, sagte Keet. »Eine eurer Huren ist geschnappt worden, stimmt's? Und sie ist auf dem Weg nach draußen.«

»Der Mann ist der reinste Gedankenleser«, sagte Sten in gespieltem Erstaunen zu Alex.

»Du kennst die Regeln, *Chien*. Wenn sie einmal weg sind, kommen sie nie wieder zurück. Es sei denn als Leiche. Versucht also nicht, uns zu kaufen, damit ihr eure Schlampe retten könnt. Das gibt's nicht. Ist noch nie vorgekommen.«

»Wir sind nicht blöd«, sagte Alex.

»Warum seid ihr dann so spendabel?«

»Ihr müßt wissen, daß unsere Freundin ...«, fing Sten zögernd an. »Sie ist hübscher als 'ne Larve mit Froschbeinen. Aber sie ist nicht allzu helle. Sie ist losgezogen und an jemanden von da oben geraten.« Er deutete mit dem Daumen zur Decke. Das war das überall auf Heath gebräuchliche Zeichen für alle Klassen, die über der eigenen rangierten; oder der der Leute, mit denen man sich gerade unterhielt.

»Seine dritte Frau war nicht davon begeistert. Meine Freundin wurde als Hehlerin festgenommen.«

»Ziemlich hart.«

»Sie war wirklich eine Geldquelle«, seufzte Sten. »Deswegen würde ich es gerne sehen, wenn sich jemand um sie kümmert. Sie ist ein wenig empfindlich.«

Keet und Ohlsn sahen einander an.

»Wie stellt ihr euch das vor?«

»Wir suchen jemanden, der nach ihr sieht. Ich will nicht, daß sie auf der falschen Seite endet.«

»Ihr wollt, daß sie einer von uns unter seine Fittiche nimmt?«

»Du hast's erfaßt.«

»Das ist doch sinnlos. Was kümmert euch das überhaupt? Sie kommt sowieso nicht mehr zurück.«

»Es ist eine Investition, verstehst du? Din hat Schwestern, die auch mal größer werden. Und sie sind sogar noch süßer als sie. Wenn ich also die Familie beschütze ...«

Ohlsn grunzte selig. Wenn die Sache so aussah, war er dabei.

»Fein, *Chien*. Wir kümmern uns um sie. Aber was ist dabei für uns drin? Hier und jetzt?«

Alex zog ein Bündel Tahn-Credits aus der Tasche.

»Dreck, verdammter«, fluchte Keet. »Das hätte uns am Anfang unseres Urlaubs passieren sollen. Damit können wir die nächsten drei Plan-Jahre dort draußen so gut wie nichts anfangen!«

»Dann macht uns ein anderes Angebot.«

Keet zog den Packen mit den Fahrkarten hervor. »Hier steht, wir fliegen in acht Stunden ab. Das heißt, wenn ihr uns kaufen wollt, dann müßt ihr uns schon etwas bieten, das wir zwischen jetzt und dann erledigen können, und zwar etwas, das uns nicht zu sehr fertigmacht. Also bietet uns nichts in eurer eigenen ... Organisation an.«

»Wenn ein Mann ein bißchen Alk getrunken hat, kommt er recht bald auf noch ganz andere Dinge.« Ohlsn lenkte das Gespräch in die richtige Richtung.

Sten riß die Augen auf. »Tut mir leid, Männer. Ich stehe wohl auf dem Schlauch. Klar, kein Problem für uns.«

»Bruder«, fügte Kilgour hinzu. »Wir können ihnen alle möglichen Mädels besorgen. Aber wie es aussieht, wollen uns diese Gentlemen wirklich einen Dienst erweisen. Warum nicht Dins Schwestern?«

Keet leckte sich die Lippen. »Habt ihr sie denn schon?«

»Klar doch«, antwortete Sten. »Der Familie ist es egal. Die brüten sie aus wie Froschlaich, eins nach dem anderen. Sie warten, bis sie zehn sind, dann verkaufen sie die Gören. Wir hatten mal zwei von ihnen einen ganzen Monat lang. Zum Anlernen.«

»Dann sind wir uns einig«, sagte Keet. »Außerdem übernehmt ihr das Essen und die Getränke – und sorgt dafür, daß wir den Transport noch rechtzeitig erwischen.«

Die vier Männer strahlten einander an, und Sten winkte eine weitere Karaffe herbei, um das Abkommen zu besiegeln.

Als sie aus der Kneipe herauskamen, machte die salzige Luft Sten fast auf einen Schlag wieder nüchtern. Er hatte gerade soviel getrunken, daß er sich ernsthaft überlegte, ob er den beiden Männern in Grau mitteilen sollte, was gleich mit ihnen geschehen würde – und warum. Statt dessen fiel er einen halben Schritt hinter Keet zurück und ließ die Hand sinken. Er krümmte die Finger, und der gelockerte Muskel ließ das Messer zuverlässig in seine Hand rutschen. Dann nickte er Alex zu.

Alex wirbelte herum und schlug zu. Seine wuchtigen 3G-Muskeln trieben seine Faust mitten durch Ohlsns Brustkorb. Durch die zersplitterten Rippen traf der Schlag genau das Herz des Mannes.

Blut quoll aus seinem Mund, doch Ohlsn war tot, bevor er begreifen konnte, was da mit ihm geschah.

Keets Tod ging weniger drastisch, doch ebenso rasch vonstatten. Stens Messer drang in seine Schädelbasis ein und durchtrennte die Wirbelsäule.

Die alten Mantis-Reflexe gewannen wieder die Oberhand. Sten und Alex fingen die Leichname auf und legten sie behutsam auf dem Gehweg ab.

Rasch waren Waffen, Uniformen und Ausweise entfernt. Alex zog zwei beschwerte Schlafsäcke hinter einem Stapel Sperrmüll hervor, die sie vorher dort deponiert hatten, und schob die Leichen hinein.

Nur wenige Minuten nach ihrem Tod rutschten die beiden Männer ins Hafenbecken, wo sie spurlos versanken und sich rasch auflösten. Nach zehn Stunden würde von ihnen für die Gerichtsmediziner nur noch ein widerlicher Schleim übrigbleiben.

Alex rollte die Uniformen zu einem Bündel zusammen und klemmte es unter den Arm. »Bei den vielen Sünden, dich ich schon auf dem Gewissen habe«, wunderte er sich, »hätte ich nie gedacht, daß eines Tages auch einmal Verschmutzung eines Ozeans dazugehören würde.«

»Alex, hilf mir«, sagte Sten klagend.

»Sofort, alter Knabe, sofort. Bin gleich fertig.« Alex war tatsächlich in der winzigen Slumwohnung, die sie angemietet hatten, sehr beschäftigt. Er fütterte die ID-Karten, persönlichen Fotos und andere Habseligkeiten von Keet und Ohlsn in eins der wenigen Mantis-Werkzeuge, die er und Sten mitgebracht hatten. Die Maschine kopierte die ID-Karten und persönlichen Daten von den beiden Originalen und veränderte sie dann so, daß die Fotos und physischen Charakteristika von Sten und Alex auf den Dokumenten erschienen.

»Sergeant Major Kilgour, verdammt noch mal, ich bin noch immer Ihr Vorgesetzter!« Das letzte Foto hatte eine Aufnahme von Keet gezeigt, Arm in Arm mit einer Frau, die wohl die große Liebe seines Lebens gewesen war. Auf dem neuen Foto war Sten mit der sündhaften Geliebten zu sehen. Kilgour freute sich diebisch und drückte auf einen Knopf. Die Maschine fing an zu pfeifen, und in weniger als einer halben Minute verschwanden die Originaldokumente in ihrem Inneren und verwandelten sich zusammen mit dem Innenleben der Maschine selbst in einen nicht mehr zu analysierenden Klumpen Metallplastik. Jetzt erst drehte sich Alex um und sah nach, welche Probleme Sten hatte.

»Ich bin keine verdammte Näherin«, sagte Sten nachdrücklich. »Ich bin Captain der Imperialen Garde. Ich kann nicht nähen. Ich weiß nicht, wie man Uniformen passend macht, nicht einmal mit Nähkleber und diesem blöden Messer hier. Das einzige, was zuverlässig zusammenklebt, sind meine Finger.«

Kilgour schüttelte mitleidig den Kopf, goß sich einen mittlerweile außerdienstlichen Drink ein und betrachtete Sten mit traurigem Blick.

»Wie um alles in der Welt hast du es bloß geschafft, *beide* Hände aneinanderzukleben? Nicht mal meine alte Mutter würde sich bei einer so einfachen Aufgabe so ungeschickt anstellen.«

Bevor Sten sich die beste Möglichkeit überlegt hatte, ihn trotz seiner momentanen Behinderung zu schlagen, hatte Alex den Krug mit Alk über Stens Händen ausgeschüttet; der Nähkleber, den Sten ziemlich ungeschickt zum Abändern von Keets und

Ohlsns Uniform eingesetzt hatte, löste sich sofort auf. Der Krug wurde gleich wieder aufgefüllt und Sten gereicht, der ihn auf einen Zug austrank.

»Ah, du hast das Sprichwort wieder mal bestätigt«, bemerkte Alex weise, nachdem Sten ausgiebig gewürgt und sich die Tränen aus den Augen gewischt hatte. Er bedachte Kilgour mit einem vernichtenden Blick.

»So wie du nähst, so weinst du auch.«

Sten fand, daß Kilgour eindeutig über die Stränge schlug.

Kapitel 22

Dynsmans Muskeln beschwerten sich, als er die Beine automatisch gegen den glitschigen Sog des Wassers stemmte und durch die zurückweichenden Wellen watete. Er war noch nicht lange genug dabei, um zu wissen, wie man die unablässig wirkenden Kräfte des Meeres vorteilhaft zum Vorwärtsgehen einsetzte. Am Abend war es das gleiche, wenn die Küstensirene den Tag offiziell beendete. Dann hieß es gegen die Flut – oder vielmehr mit ihr – zu gehen und dabei die Balance nicht zu verlieren. Dynsman kämpfte immer noch dagegen an. Die Strafe dafür waren schlaflose Nächte, die ihm seine verspannten, krampfenden Beine bereiteten.

Dazu kam der messerscharfe Meeresboden mit seinen schartigen Steinen und Muschelschalen mit Rändern wie Rasierklingen, gegen die die dünnen Kunststoff-Stiefel an seinen Füßen kaum Schutz boten.

»Verflucht!« Nur ein winziger Fehltritt, schon schnitt eine

Muschel den nächsten kleinen Fetzen Fleisch aus Fuß oder Unterschenkel. Dynsman blieb stehen und stemmte sich gegen das Wasser, blickte sich um. Einen Augenblick lang schlug sein Herz wie wild. Er glaubte genau zu spüren, wie das Blut aus der kleinen Schürfwunde austrat. Dynsman dachte an all die schrecklichen Dinge, die in der Muschelbank nach Blut lechzten, und schüttelte sich.

Dann kämpfte er die Panik nieder und riß sich zusammen. Links und rechts von ihm schleppten sich jeweils vierzig andere Gefangene durch die wie mit trägen Flügeln schlagende Brandung. Sie bewegten sich vorsichtig durch das Wasser und hielten nach verräterischen Luftblasen aufgeschreckter Muscheln Ausschau.

Dynsman hatte in seinem ganzen Leben noch nie so hart gearbeitet, und er hatte auch noch nie so viel Angst gehabt. Er würde es jederzeit vorziehen, eine schlampig gebaute Bombe zu entschärfen als diese gerissenen Schalentiere zu jagen. Dynsman hatte einfach zwei linke Hände, schon früher, als er an den heiklen Mechanismen herumgefingert hatte, mit denen man alles Mögliche in die Luft fliegen lassen konnte; die sieben ihm verbliebenen Finger waren fast alle taub und ungelenk. Er hatte in seinem Beruf nur deshalb so lange überlebt, weil er möglichst vorsichtig gewesen war und ansonsten auf sein Glück vertraut hatte.

»Dynsman!« brüllte es vom Strand her. »Bring deinen Arsch wieder in die Reihe, sonst trete ich dir mit dem Stiefel bis zum Absatz rein!«

Das Gebrüll traf ihn wie ein elektrischer Schlag. Dynsman setzte sich sofort schwerfällig in Bewegung und hielt seinen Austernkolben einsatzbereit vor sich.

Wie die meisten Aufgaben auf Dru drehte sich auch die, mit

der Dynsman beschäftigt war, um ein äußerst exotisches, teures und tödliches Produkt. Diese zarte Muschel wurde in vielen Sonnensystemen ihres unglaublichen Geschmacks und ihrer sagenhaften Wirkung als Aphrodisiakum wegen gepriesen. Dabei handelte es sich um die mutierte Form eines zweischaligen Lebewesens, das durchschnittlich ein Kilo köstlichen Fleisches enthielt und von einer rasiermesserscharfen Schale von ungefähr einem halben Meter Durchmesser geschützt war.

Es hatte mehrere Jahrhunderte geduldiger Züchtung erfordert, bis die Mollusken die gegenwärtige köstliche Konsistenz erlangt hatten. Das Problem für den Jäger bestand nun darin, daß die gleichen Gene, die sie so groß und schmackhaft gemacht hatten, ihre Entsprechung in der überraschenden Mobilität der Tiere fanden. Die Wesen lebten vorwiegend im schlammigen Sand kühler Meere, in denen es vor Krill wimmelte.

Zur Nahrungsaufnahme öffneten sie ihre riesige obere Muschelhälfte wie einen Fächer und transportierten die Mikroorganismen in ihr Magen-Filtersystem. Die Muschel konnte weder sehen noch fühlen und orientierte sich in ihrer Umwelt hinsichtlich der Paarung oder drohender Gefahr mittels eines hochentwickelten Geruchssinns. Aus diesem Grund arbeiteten die Muscheljäger auch, entgegen aller Tradition, bei Ebbe. Theoretisch überlagerten die fauligen Gerüche von der Küste den Geruch eines nahenden Muscheljägers. Aber nur, bis der Jäger noch etwa einen Meter entfernt war. Dann nahm die Muschel ihn doch noch wahr, bekam Angst und grub sich tiefer in den Schlamm, wobei sie eine Perlenkette aufsteigender Blasen hinterließ. In diesem Moment fing sie der Jäger; oder, wie im Falle Dynsmans, er versuchte es zumindest.

Dynsman war wie alle anderen Jäger mit einem Austernkolben ausgerüstet. Er bestand aus einem Paar etwa anderthalb Meter langer Stangengriffe mit einer sehr scharfen Schaufelzange am anderen Ende, deren Greifschalen mit einer Feder versehen und wie ein Sieb durchlöchert waren. Der Kolben wurde stets in Bereitschaft gehalten, während der Jäger durch die Brandung watete und aufmerksam nach den Luftblasen aufgescheuchter Mollusken Ausschau hielt. Dann zielte man unter Berücksichtigung der Lichtbrechung durch die Wasseroberfläche auf den Punkt, an dem die Blasen gerade verschwunden waren, stieß die Schaufelzange genau im richtigen Moment in den Schlamm und löste den Federmechanismus aus. Dann wurde der Austernkolben an die Oberfläche gehievt, wobei Schlamm und Wasser durch das Sieb abflossen, und die Muschel in das Schaumstofffloß geworfen, das hinter dem Jäger angebunden war.

Dynsman war so schlecht bei diesem Job, wie man nur sein konnte. Nie konnte er den Ausgangspunkt der Blasen richtig bestimmen, und in jeder zweiten Schicht kippte er beim letzten Gang zum Strand sein Floß um. Das wiederum bedeutete, daß sein Brotkorb sehr, sehr hoch gehängt wurde, denn auf Dru hingen die Lebensmittelzuteilung und das gewährte Ausmaß an Luxus von der Leistung des Gefangenen ab. Nach nur einem Monat auf Dru standen Dynsmans Rippen in einem Winkel von ungefähr dreißig Grad von seiner eingefallenen Bauchdecke ab. Als wäre es mit dem langsamen Verhungern nicht getan, drückte der Grobian Chetwynd, der Oberschurke unter den Muscheljägern, Dynsman bei Gelegenheit sein Handgelenk in den Nacken und ließ ihn das vollführen, was Chetwynd »das Hühnchen« nannte.

Dynsman bewegte sich wieder langsam vorwärts und tastete mit den Füßen nach den einigermaßen ebenen Stellen auf dem Meeresboden. Plötzlich strebte eine Reihe Blasen der Oberfläche zu, und Dynsman wäre fast in Panik ausgebrochen.

Blind rammte er den Austernkolben nach unten und drückte auf den Auslöser. Eine Million Blasen stiegen auf, und Dynsman stieß ein fast schon hysterisches Lachen aus, als er den Kolben herauszog und eine riesige Muschel in der Zange hatte. Er löste den Federmechanismus und schleuderte das Tier auf das Floß. ›Na also‹, dachte er. ›Endlich hast du es kapiert.‹ Mit gestärktem Selbstbewußtsein watete er weiter. Doch schon kehrten die alten Zweifel und Ängste zurück. All die Geschichten, die er im Dorf gehört hatte, von allen möglichen Viechern, die nur darauf warteten, einen Anfänger anzufallen, der sich in falscher Sicherheit wiegte.

Dynsman hatte einen solchen Angriff noch nicht mit eigenen Augen gesehen, doch er hatte die Leichen gesehen, die Chetwynd und seine Spießgesellen an Land gezogen hatten. Angeblich gab es so einiges, wovor man sich in diesen Gewässern fürchten mußte, doch vor allem zwei Kreaturen bevölkerten die Erzählungen und die schweißtreibenden Träume der Gefangenen. Das zweitgefährlichste Lebewesen, das es ebenfalls auf die Muscheln abgesehen hatte, war die Muräne. Einer Schlange nicht unähnlich, bewegte sie ihren drei Meter langen Körper mittels unaufhörlich kontrahierender Muskeln durchs Wasser. Der Schwanz am Körperende diente dabei als Ruder – oder bei einem Angriff als Klammerarm.

Die Muräne hatte einen riesigen Kopf, dessen Unterkiefer ausgehakt werden konnte, was dem Tier wiederum erlaubte, sich in Beutestücke zu verbeißen, die weitaus größer waren als der Umfang seines schlauchartigen Körpers. Wie bei den meisten Tiefseebewohnern war auch das Fleisch der Muräne sehr fest und muskulös, was ihr eine für ihre Größe enorme Kraft verlieh. Augenzeugen zufolge hatte eine Muräne, nachdem sie sich in ein aus einem Boot heraushängendes Bein verbissen hatte, nicht nur das

Bein, sondern den ganzen Mann mitsamt dem Boot unter Wasser gezogen. Dynsman erinnerte sich immer wieder daran, daß die Muränen zum Glück nicht bei Ebbe auf Nahrungssuche gingen. Die Jäger sahen sich vor allem auf dem Rückweg vor, wenn die Wellen wieder gegen den Strand donnerten.

Am gefürchtetsten war jedoch der Gurion. Dieses *Ding* war stets hungrig und ständig auf Beute aus. Erst jetzt fiel Dynsman auf, daß er sich in hüfthohem Gewässer aufhielt, einer Tiefe, die der Gurion für die Jagd bevorzugte. Er hatte noch nie eines von diesen Viechern gesehen, und er legte auch keinen besonderen Wert darauf. Angeblich sahen sie aus wie die Seesterne auf der Erde, nur viel größer – der Körper maß ungefähr zwei Meter im Durchmesser. Auf ihren vielen Beinen konnten sie sich über drei Meter hohe Wellen aus dem Meer erheben. Ein Gurion konnte im Wasser so schnell rennen wie ein Mensch an Land. Man konnte ihnen also nicht entkommen. Ihre Außenhaut war fast obszön weiß und von dicken Knoten übersät. Mit den großen Saugnäpfen an ihren Beinen konnten sie sogar eine Muschelschale aufreißen; dann stülpten sie ihren Magen, der mit einer Reihe nadelspitzer Zähne besetzt war, nach außen über ihre Beute, packten das weiche Fleisch und stülpten den Magen wieder nach innen, wobei der noch lebende Beuteorganismus zugleich zerrissen und verdaut wurde.

Dynsman wollte niemals einem lebenden Gurion begegnen. Nach seiner Verbannung nach Dru hatte sich Dynsman schon des öfteren gefragt, ob er nicht besser damit gefahren wäre, sich der Justiz der Erstwelt zu stellen. Er hatte sich schon immer mißverstanden gefühlt, doch hier auf Dru waren seine Talente völlig nutzlos. Eigentlich hielt er sich für einen Menschen, der in jeder Gesellschaft irgendwie zurechtkam; er kannte keinerlei Vorurteile. Alles, was er wollte, war das tun, was er am besten konnte: Sachen in die Luft jagen – und sich nach getaner blutiger Arbeit mit ein paar guten Kameraden in einer Kneipe vergnügen.

Chetwynd hatte dem ein Ende bereitet. Dynsman machte nicht das Tahn-System für seinen gegenwärtigen Zustand verantwortlich. Er hatte einen falschen Schritt getan und war erwischt worden. Dynsman machte seine hinterhältigen Kumpane dafür verantwortlich. Was danach geschah, war eigentlich zu erwarten gewesen.

Chetwynd war nur einer der vielen Gefangenen-Bosse, die in den über Dru verteilten isolierten Dörfern das Szepter schwangen. Die Tahn, Faschisten, die sie nun einmal waren, hatten die Gefängniskolonie von Dru nur zu einem Zweck geschaffen: um Verbrecher einzusperren. Dabei machten sie keinen Unterschied zwischen politischen und kriminellen Gefangenen. Ob man eine Bank ausraubte oder ein Streikplakat hochhielt, das war für die Tahn das gleiche. Aber Faschisten oder nicht, sie waren auch sehr praktisch veranlagt. Wenn sie schon eine Gefängniswelt unterhielten, dann sollte die gefälligst für sich selbst sorgen, oder noch besser, Profit abwerfen.

In Dynsmans Gegend hatten die Tahn eine riesige Muschelfarm angelegt. Zwanzig Gramm Muschelfleisch brachten in der High Society der Tahn ein kleines Vermögen. Weiter im Inland rollten Moschus produzierende Pflanzen wie trockene Grasballen durch eine ausgedehnte Wüstenlandschaft. Da sie außerdem eine ätzende Säure verspritzten, wenn man sie aufhielt, wurde die Ernte mit dem Leben vieler Gefangener bezahlt. Insgesamt sorgten die über Dru verteilten Viehhöfe, Farmen und Minen auf Kosten so manchen »wertlosen« Lebens für die fetten Einkünfte nicht weniger Kriegslords.

Dynsman hatte das System bereits analysiert, bevor er zu Chetwynds Dorf transportiert worden war, und er hatte sich dazu entschlossen, am Leben zu bleiben. Ein Plan, der vielleicht funktioniert hätte – wäre nicht ein Kerl wie Chetwynd auf den Plan getreten.

Chetwynd war Arbeitsorganisator auf den Docks eines großen Raumhafens der Tahn gewesen. Seine Vergangenheit wies mehr als nur einen Mord, Raubüberfall oder Totschlag auf. Doch als er seine Arbeitskollegen wegen einiger neuer, obskurer Gewinnbeteiligungsklauseln zum Streik aufrief, riß den Tahn der Geduldsfaden. Sie legten ihm Handschellen an und versprachen ihm für die nächste Zukunft viele, viele leckere Muscheln.

Zu der Zeit, als Dynsman ankam, hatte sich der riesenhafte Chetwynd das Dorf bereits untertan gemacht. Er kleidete sich in die besten Gewänder, konfiszierte sämtliche Luxusgüter für sich und seine Schurkentruppe und hatte einen kleinen Harem aus gefangenen Schönheiten um sich geschart. Die Damen hielten sich, wie bei jeder Gelegenheit betont wurde, seines Charmes und seines Mutes wegen dort auf, und nicht aufgrund seines relativen Reichtums als Schlägerboß.

Dynsman kam unter die Fuchtel des Riesen, nachdem er vom Flitzer heruntergestoßen und Chetwynds Arbeitsgruppe zugeteilt worden war. Der große Mann hatte sich über ihn bereits anhand einer gestohlenen Kopie seines Laufzettels informiert. »Ein Bombenleger, hä?« hatte Chetwynd nachdenklich gesagt. »Du mußt der Blödmann sein, den ich die ganze Zeit über auf Heath gesucht habe.«

Chetwynd hatte Dynsman sofort zum Bombenbasteln eingeteilt. Natürlich standen ihm nicht die richtigen Materialien zur Verfügung, doch Dynsman strengte sich an, das Beste daraus zu machen, wobei er ständig damit angab, was er alles anstellen könne, wenn ihm nur die richtigen Werkzeuge und Grundstoffe zur Verfügung stünden.

Er fragte Chetwynd nie, wofür er die Bomben brauchte, da die einzig möglichen Ziele, die Wachen, tausendfach Vergeltung üben würden, wenn auch nur einer von ihnen einen Kratzer abbekam. Schließlich gelang Dynsman ein Wurfgeschoß mit doppeltem Zünder, der durch den Narkobieratem ausgelöst wurde, wie er für die Wachen auf Dru typisch war.

Leider verlief der Test etwas unglücklich. Das lag daran, daß Dynsman ein kleiner Fehler hinsichtlich des Pheromonzünders unterlaufen war; als Chetwynd eine Party anläßlich der ersten Detonation gab, löste Chetwynds neueste Gespielin die Bombe zu einem ungeplanten und absolut verfrühten Zeitpunkt aus.

Dynsman rechnete damit, sofort umgebracht zu werden. Statt dessen verprügelte ihn Chetwynd nur eine Weile und wies ihn dann, nach einer langen Unterredung mit seinem Schlägertrupp, der Hauptarbeitsgruppe für die Muschelernte zu. Als er jetzt so durch die Brandung watete und auf den Biß einer Muräne oder auf einen Gurion wartete, dachte Dynsman mit gemischten Gefühlen über seine Begnadigung nach.

Von links ertönte ein Ruf. Dynsman wirbelte herum und sah, wie die gesamte Abteilung der Arbeitsgruppe wie besessen auf die Wasseroberfläche einschlug und verzweifelt versuchte, den Strand zu erreichen. Ein zweiter Ruf ertönte zu seiner Rechten, und Dynsman wußte instinktiv, daß es zu spät war. Die anderen zogen sich bereits zurück, und er war völlig in seine Tagträume versunken und hatte alles um sich herum vergessen.

Er versuchte, seine Füße in Bewegung zu setzen, konnte sich jedoch nicht von der schrecklichen Faszination lösen und starrte auf die schwarzen Schatten, die durch das Wasser herangeschossen kamen. Muränen! Verdammt noch mal, tatsächlich Muränen. Irgendwie gelang es ihm doch, sich umzudrehen und die Knie auf und ab zu bewegen, doch gegen den Sog der Ebbe kam er so gut wie nicht voran. Sein Herz hämmerte, seine Muskeln schmerzten, und doch reichte es nicht aus; er spürte fast schon, wie die klaffenden Kiefer sich schnappend um seine Beine schlossen. Seine Beine, die sich so dünn und verletzlich anfühlten. Dann kam er ins flache Wasser, und die anderen zogen ihn an den Strand, wo er keuchte und lachte und sich vor Angst in die Hosen pinkelte. Sie ließen ihn in den Sand fallen und rannten zurück. Dynsman hörte einen Schrei und rollte sich zur Seite, um hinzusehen.

Chetwynd stand in der Brandung. Sein gewaltiger Körper stemmte sich gegen etwas, das mit schrecklicher Kraft an einem der Muscheljäger zerrte. Chetwynd hielt den Mann mit beiden Armen fest, und der Körper des Jägers wurde in raschen, schrecklichen Bewegungen hin und her geschüttelt. Der Mann schrie und schrie und schrie. Doch Chetwynd ließ nicht locker. Er zog immer weiter, und schließlich ließ das, was den Mann geschnappt hatte, los. Chetwynd wankte mit ihm an den Strand und brach dort unter dem Jubel der anderen zusammen. Dynsman selbst hätte fast vor Erleichterung geschrien – bis er einen Blick auf das Ding in Chetwynds Armen warf. Die Muränen hatten gewonnen. Unterhalb der Hüfte war nichts mehr vorhanden. Der Arbeiter grinste Chetwynd an, dann rollten seine Augen nach hinten und Blut schoß aus einem Mund.

Dynsman drehte sich zur Seite und übergab sich.

Kapitel 23

»Einer für dich, Mr. Ohlsn!«

»Schon gesehen, Mr. Keet!«

Von Stens Schlagstock ermutigt, hastete der Gefangene entlang der weißen Kreidelinie, die sich quer über den Hof des Lagers zog, auf Alex zu. Kilgour salutierte in der Art der Tahn mit der ausgestreckten flachen Hand und schob den Gefangenen dann aus dem Tor hinaus auf die Oberfläche des Planeten Dru. Er ließ das Tor wieder zuknallen, verriegelte es mit dem Dreifach-Printschloß und rannte dann im Laufschritt, mit angezogenen Knien, auf seinen Partner zu. Sie salutierten erneut und machten sich auf den Weg zu ihrer Unterkunft.

»Ich war schon alles mögliche für den Imperator, junger Freund«, sagte Kilgour gewichtig, »aber du zwingst mich in Rollen, die ich mir nicht einmal im Traum hätte einfallen lassen. Ich war nicht schlecht als Söldner, als wir uns mit diesen verrückten Talamein herumschlagen mußten. Aber diesmal muß ich erst den Zuhälter spielen und jetzt auch noch den Deppen. Meiner Mama würde das bestimmt nicht gefallen!«

Kilgour meckerte schon herum, seit er und Sten den Gefangenentransporter nach Dru bestiegen hatten. Niemand hatte sich nach ihren Ausweisen erkundigt. Offensichtlich konnten selbst die so sicherheitsbewußten Tahn sich nicht vorstellen, weshalb sich jemand auf einem Gefängnisplaneten wie Dru einschleichen sollte.

Was nicht hieß, daß das Leben eines Gefangenenwärters ohne Luxus war. Ein guter Prozentsatz der Luxuswaren von Dru blieb in den Maschen der Lagerverwaltung hängen. Natürlich gab es auch andere Annehmlichkeiten, denn die Gefangenen, die nach Dru unterwegs waren, lernten recht schnell, daß ihre Lebenserwartung deutlich stieg, wenn sie einwilligten, mit einem Wärter das Bett zu teilen.

Sten und Alex waren der Situation aus dem Weg gegangen, indem sie behaupteten, sie hätten im Urlaub mit derselben Frau geschlafen, die ihnen die gleiche Krankheit beschert habe. Leider sprach die Medikation nur sehr langsam an.

Ohlsn hatte recht gehabt – für die Männer und Frauen aus der Bauernklasse, die die Tahn gewöhnlich zum Wachdienst heranzogen, hatte das Leben so manche angenehme Seite.

»Sten, mein Junge«, flüsterte Alex vor der Sicherheitstür zu den Unterkünften der Wärter, »bist du sicher, daß wir hier nicht mehr zu erledigen haben als diesen verrückten Bombenleger einzusammeln? Wer hindert uns daran, selbst ein kleines Bömbchen mitten in diesem Lager zu installieren, bevor wir uns wieder davonmachen?«

»Gute Idee, Sergeant Major. Nein.«

Kilgour seufzte, und sie betraten ihr Quartier.

Alex wartete, bis die Maschine nicht mehr rotierte, dann hob er die Kunststoff-Klappe, nahm zwei Krüge Narkobier heraus und trug sie zu dem Tisch, an dem er und Sten sich niedergelassen hatten.

Alle Freizeiträume in den Unterkünften sahen gleich aus – pseudoluxuriös ausgestattete Räume, die sich in einer Imitation dessen versuchten, was die Vids von den Wohnungen der Kriegslords zeigten; mit einigen Zusätzen, wie beispielsweise den Narkobiermaschinen. Alex seufzte und nippte am Bier. Da er von einer freien Welt und dem Imperialen Militär kam, hatte er die zweifelhaften Freuden des Narkobiers noch niemals genossen.

Sten hatte auf Vulcan, seiner stählernen Heimatwelt, mehr als genug davon getrunken.

»Nicht nur, daß diese Tahn nicht richtig essen«, brummte Alex, »sie haben auch keine Ahnung von ordentlichem Bier.«

»Das ist auch kein richtiges Bier.«

»Genau. Selbst Kamel-Pisse ist besser als dieses Gesöff.«

»Es ist irgendein fermentiertes Getreide. Plus ungefähr fünf Prozent Opiate.«

Alex spuckte den Mundvoll, den er gerade genommen hatte, direkt wieder ins Glas zurück. »Du machst wohl Witze?«

Sten schüttelte den Kopf und trank. Das Zeug schmeckte sogar noch schlimmer als in seiner Erinnerung.

»Und was bringt das?«

»Du wirst zugedröhnt, was sonst. Außerdem löst es eine leichte körperliche Abhängigkeit aus. Es braucht ungefähr einen oder zwei Tage mit Schweißausbrüchen und Zittern, um davon loszukommen.«

»Wirklich hervorragend! Zuerst bin ich ein Zuhälter, dann ein Dämlack, und jetzt darf ich mich noch in einen Süchtigen verwandeln. Der Imperator hat keine Vorstellung davon, was ich hier durchmache!«

Sten stellte jedoch zufrieden fest, daß die Information Alex nicht davon abhielt, sein Glas auszutrinken. Alle weiteren Beschwerden wurden von einem lauten Gegröle unterbrochen, mit dem die anderen Wärter plötzlich zwei Neuankömmlinge begrüßten, ebenfalls zwei Wärter, die Sten und Alex in den drei Wochen hier auf Dru noch nie gesehen hatten.

»Die Furlough-Zwillinge!«

»Na, was hat euch das Losglück beschert?«

Die etwas ältere und drallere der beiden Frauen ließ mit einer Handbewegung Ruhe einkehren.

»Wollt ihr genau wissen, was los war? Na schön. Der verstorbene Gefangene, unser betrauerter Wieauchimmer – oder war es eine sie? – ist erfolgreich seiner Bestimmung zugeführt und recycelt worden.«

»Weg mit dem Schurken! Wen kümmert das schon?«

»Ich und Kay haben auf Heath eine neue Art des Zeitvertreibs entdeckt.«

Die anderen Wachen lauschten jetzt mit offensichtlich großem Interesse.

»Euch anderen fällt ja bei den Leichentransporten nichts anderes ein, als die Freizeitzonen aufzusuchen. Laßt euch sagen, es gibt wesentlich Besseres. Da die Flotte ausgebaut wird, gibt es dort jetzt jede Menge Rekruten. Das sind verdammt junge Kerle. Dürfen sich nicht von ihrem Standort entfernen. Ich und Kay, wir haben gleich rausgekriegt, daß sie Credits haben und niemanden, für den sie das Zeug ausgeben können. Ich kann euch flüstern, sie haben es für uns ausgegeben. Wir haben einfach von unserem Recht Gebrauch gemacht und uns im Militärlager rumgetrieben, im Freizeitzentrum.«

»Tolle Zeiten«, kicherte einer.

»Laßt euch eins sagen«, fuhr die Frau fort. »Dort waren die Zeiten noch viel besser. Die gehen mit dir ins Bett, weil sie wollen, nicht weil sie unbedingt müssen. Euch Frauen darf ich ein kleines Geheimnis verraten«, sagte sie mit einem gehässigen Seitenblick. »Auf diese Weise ist es … viel stärker. Außerdem zahlen *sie* einem alles!«

Ein Wachsergeant erhob sich und schwenkte feierlich seinen Krug. »Wir sind froh, daß ihr wieder bei uns seid. Hört sich ganz so an, als hättet ihr großartige Geschichten mitgebracht. Aber wenn die Lotterie sich beim nächsten Mal dreht und ihr wieder das große Los zieht, dann passiert ein Unglück. Das war nämlich schon das dritte Mal innerhalb von zwei Jahren, daß ihr zwei zurück nach Heath durftet.«

Sten und Alex blickten einander an. Sie mußten sich nicht weiter über die Angelegenheit verständigen, zapften sich frisches Narkobier aus der Maschine und gesellten sich zu der Gruppe, in der ein interessanter Streit aufzulodern schien.

Das einzige Problem, das Sten und Alex bislang noch nicht gelöst hatten, bestand darin, wie sie gemeinsam mit Dynsman, sobald sie ihn gefunden hatten, wieder von Dru wegkamen. Als erfahrene Mantis-Leute vertrauten sie darauf, daß es immer einen Weg gab, doch in den drei Wochen war ihnen noch keine Möglichkeit aufgefallen. Dru war von bemannten und unbemannten Wachschiffen umgeben. Der einzige Weg, auf den Planeten oder von ihm wegzukommen, lief über die Gefangenentransporter oder über die Robotfrachter, die die Luxusartikel ausflogen. Die Gefangenenschiffe wurden von starken Wachkommandos begleitet, und nicht einmal Sten und Alex fühlten sich dazu in der Lage, ein Schiff zu übernehmen, das von hundert Leuten bewacht wurde. An Bord der Robotfrachter herrschte ausnahmslos eine tiefgekühlte Atmosphäre aus reinem Stickstoff. Diese »Lotterie« hingegen klang recht interessant.

Sie stellte sich auch als sehr interessant heraus. Die Tahn waren sehr stolz auf Dru. Nicht nur, daß der Gefängnisplanet schwarze Zahlen schrieb, auch die Gefangenen wurden benutzt, sogar noch nach ihrem Tod.

Wie bei anderen Säugetieren produziert die Hirnanhangdrüse des Menschen unter Streß eine schmerzstillende Droge. Je größer der Streß, desto kräftiger wird die Produktion angeregt. Da die meisten Gefangenen auf Dru unter extremem Streß starben, waren ihre Körper mit der Droge vollgepumpt. Das Problem bestand darin, den Körper sicherzustellen und rechtzeitig einzufrieren, bevor der Zerfall einsetzte. Zwar starben ziemlich oft Gefangene auf Dru, doch die meisten unter Umständen, die ein Recycling ihrer Leichen unmöglich machte. Das war einer der Gründe, weshalb keiner der Gefangenen, die auf den Gefängnisplaneten geschickt wurden, jemals wieder auftauchte – außer in einem Leichensack.

Ein »guter« Körper, das fanden Sten und Alex schnell heraus, wurde direkt nach Heath geschickt. Die Verwertung fand aus zwei Gründen nicht auf Dru statt: einmal war es so gut wie unmöglich, entsprechend qualifizierte Techs zu finden, die sich in ein Höllenloch wie Dru verpflichten ließen, und zum anderen die Tatsache, daß der Extrakt des Sekrets aus der Hirnanhangdrüse wie alle Schmerzmittel ein wunderbares Opiat war. Wer von den Tahn-Kriegslords auf die Idee gekommen war, Gefangene zur Herstellung von Opiaten zu verwenden, war schlau genug gewesen, einer ohnehin schon problembelasteten Welt wie Dru nicht auch noch Zugang zu einem erstklassigen Rauschmittel zu verschaffen. Sobald genug Gefangene gestorben, rechtzeitig tiefgefroren und eingetütet waren, eskortierten zwei Wachleute die Leichen nach Heath. Das war – bis auf die normale Urlaubstour nach dreijährigem Dienst – der einzige Weg, Dru zu verlassen. Wer die Leichen begleiten durfte, wurde dabei mittels einer Lotterie ausgelost.

Am Ende des langen Abends schielten sich Sten und Alex zwar über das letzte von zu vielen Narkobieren an, doch immerhin hatten sie ihren Fluchtweg gefunden. Für Dynsman und für sich selbst.

Kapitel 24

Schritt eins war Alex' Geschichte. »Oje«, gähnte er gespielt. »Noch nicht einen Monat auf Dru, und ich kenne deine besten Geschichten schon.«

»Vielleicht hast du ja 'ne bessere, Ohlsn«, stichelte der Wachmann. Der untersetzte Schotte war bei den anderen Wärtern als origineller Charakter bekannt und hatte sich nicht zuletzt dadurch beliebt gemacht, daß er nichts dagegen hatte, die eine oder andere Runde auszugeben.

»Wenn ich schon zahle, kannst du gefälligst die Klappe halten und zuhören.«

Es wurde still.

»Ich erzähle eine Geschichte von der guten alten Erde, aus den Zeiten noch vor dem Imperator. Damals, als wir Schotten noch mit nackten Beinen über diese kleine grüne Insel rannten.

Doch schon damals, noch vor dem Imperator, gab es ein Imperium. Es nannte sich das Römische Imperium. Und weil sie so viel Schiß vor den kleinen Schotten hatten, bauten die Römer eine mordsgroße Mauer quer durch die Insel. Wir waren auf der einen Seite und sie auf der anderen.

Das Bauwerk hieß Hadrianswall.

Aber auch schon damals wurden Geschäfte gemacht. Natürlich gab es Tore in dieser Mauer, damit die Leute von einer Seite auf die andere marschieren konnten.

Und natürlich gab es Wachen an den Toren.

Am fraglichen Abend standen also zwei Mann an dieser Mauer Wache, Marcus und Flavius ...«

Schritt zwei war Sten.

Zunächst einmal mußten sie schnellstens Dynsman finden. Als dritten Punkt mußten sie einen Weg finden, wie sie die Lotterie manipulieren konnten.

Jede dieser beiden Aufgaben erforderte Zugang zu einem Terminal und somit zum Zentralcomputer des Gefangenenplaneten. Wärter durften keine individuellen Terminals besitzen, und die zur Verfügung stehenden Terminals wurden sorgfältig kontrolliert und gegen unbefugten Zugang mit einem Stimmencode gesperrt.

Sten hatte jedoch herausgefunden, daß die Spielmaschinen im Freizeitraum sehr hochentwickelte Geräte waren. Wenn ein Wärter an ihnen gewann, konnte er sich seinen Gewinn sofort in Narkobieren auszahlen lassen (dafür gab es eigens eine Ausgabe) oder sich die Credits direkt auf sein Gehaltskonto überweisen lassen. Wer verlor, dem wurde natürlich der entsprechende Betrag sofort abgezogen. Sten mußte diebisch grinsen, als er sah, daß es sich um die gleichen Maschinen handelte, mit denen er auf Vulcan aufgewachsen war – also genau die gleichen, die das Mantis-Team damals bei der Zerstörung der Fabrikwelt manipuliert hatte.

Während Alex die Wärter beschäftigte, schien Sten sich an einer dieser Maschinen die Seele aus dem Leib zu spielen. Dabei benutzte er die Maschine lediglich, um ihre Verbindung zum Zentralcomputer zu nutzen. Sein Werkzeug bestand aus einer Mikro-Bluebox, die sie als Musikautomat getarnt mit nach Dru geschmuggelt hatten, einer Hochleistungs-Energiequelle, die sie ebenfalls mitgebracht hatten, und seinem gelegentlich gegen die Maschine tretenden linken Fuß.

Sobald der Spielbildschirm aufflackerte, reagierte Sten. Er hämmerte auf die Tastatur und tastete sich aus dem System heraus. Dann eine Zugangsbeschränkung, lächerlich einfach. Er überlegte einen Augenblick und versuchte es dann mit einem anderen Code. Wieder einen Schritt weiter.

»... und dieser Marcus ist jetzt schon seit Jahr und Tag auf dieser kleinen Insel. Der arme Flavius hingegen ist erst seit einem Monat oder so dort, und der arme Kerl hat eine Mordsangst. Er kann das Essen nicht ausstehen, er kann das Wetter nicht ausstehen, und vor allem macht er sich wegen dieser Schotten ins Hemd.

›Mußt dir keine Sorgen machen‹, beruhigt ihn Marcus. ›Jeden Abend so gegen neun wirst du Schreien und Lärmen und ein schreckliches Getöse hören. Das sind nur die Schotten, wenn sie aus ihren Schnapsbuden herauskommen.‹

Aber Flavius macht sich natürlich Sorgen ...«

Auch Sten machte sich Sorgen. Er sah sich um. Alle Augen im Freizeitraum waren auf Alex gerichtet. Sten zog einen Mikrobohrer aus der Tasche und hielt ihn an die Rückseite der Maschine. Der Bohrer versank mit leisem Jaulen in der Blende. Sten verband den Anschluß am Bohrergriff mit einem Ausgang der Bluebox und drückte die ANALYSE-Taste. Die Bluebox summte geschäftig.

»... es ist also kurz vor neun, und dann fängt das Schreien und das Lärmen und das schreckliche Getöse an. Und tatsächlich, da kommt doch ein wilder Haufen Schotten die Straße hinab auf unsere kleinen Römer zu. Zottelhaarige, schmutzige Gestalten in Bärenfellen, mit großen Äxten und Breitschwertern bewaffnet.

Flavius weiß, daß er jetzt gleich sterben muß, hier auf dieser öden Insel, Lichtjahre von seinem herrlichen Rom entfernt, und deshalb fängt er an zu zittern.

Doch Marcus schaut nur auf diese schaurige Horde hinunter und grinst sein breites Grinsen.

›Schönen guten Abend‹, sagt er.

›Verfluchte Römer‹, tönt es von unten herauf, und jemand zieht ein Schwert aus der Scheide.

›Ihr seht heute abend mal wieder fabelhaft aus‹, tönt Marcus hinunter.

›Verfluchte Römer‹, ist die einzige Antwort, die er bekommt. Die Schotten kommen sogar noch näher heran, und Flavius kann bereits ihren stinkenden Atem riechen. Er ist ein toter Mann, das weiß er genau.

›Welch schöner Abend‹, fährt Marcus fort.

Wieder ertönt es von unten: ›Verfluchte Römer.‹

Flavius macht die Augen fest zu, weil er nicht mitansehen will, wie die Klinge ihm den Leib aufschneidet und das alles. Aber nichts geschieht. Diese gewaltigen Killermonster marschieren eins nach dem anderen durch das Tor.

Und Flavius ist noch immer am Leben.

Er kommt wieder einigermaßen zu sich, holt zweimal tief Luft, grinst Marcus an und sagt: ›Du hast recht, diese Schotten sind gar nicht so schlimm.‹

›Siehst du, Kumpel, du lernst es schon noch‹, erwidert Marcus. ›Aber wenn in einer Stunde ihre *Männer* mit dem Saufen fertig sind, dann könnte es eventuell ein bißchen Ärger geben.‹«

Wie immer, wenn Alex bei der Pointe einer seiner Geschichten angelangt war, herrschte verständnisloses Schweigen. Eine Stille, die nur von zwei Dingen unterbrochen wurde:

Die Spielmaschine zeigte den korrekten Code an. Sten war jetzt im Hauptcomputer.

Außerdem war sein Mikrobohrer wohl zu weit eingedrungen, denn das Zeichen AUSZAHLUNG blinkte, und ein Narkobier nach dem anderen fiel in den Ausgabeschacht. Kaum hatte Sten eilig die Bluebox und den Mikrobohrer ausgeschaltet, drehten sich die Wachleute schon wie ein Mann nach dem Rummsbums der Bierdosen um. Zwei Sekunden später hatte sich eine ansehnliche Delegation um den Ausgabeschacht versammelt.

»So ein verdammtes Glück«, sagte einer der Wachleute. »Ich spiele schon ein ganzes Jahr an dem blöden Ding herum, und das höchste der Gefühle waren mal zwei Biere. Seht euch das an!« Neben dem Zeichen AUSZAHLUNG wurden 387 Narkobiere angezeigt.

»Was zum Teufel soll ich mit dem ganzen Bier anfangen?« fragte Sten staunend.

»Mr. Keet, stellen Sie sich nicht dumm! Natürlich helfen wir Ihnen dabei, diese Biere auszutrinken, was, Leute?«

Sten und Alex wechselten einen Blick und machten sich auf einen sehr, sehr langen Abend gefaßt ...

Kapitel 25

Der kräftige Mann rekelte sich am Strand und blickte faul zu den Muscheljägern hinüber, die sich im Wasser abplagten. Ein halbes Dutzend Schönheiten lagerte rings um ihn und sonnte sich. Der Mann ließ es sich gutgehen, achtete jedoch darauf, daß er Chetwynd nicht aus den Augen verlor, falls dieser etwas von ihm wollte. Chetwynd bewegte sich kaum, als er den Flitzer hinter sich heransausen hörte. Und er tat so, als hörte er nicht, wie die Maschine ausgestellt wurde und Schritte über den Sand auf ihn zukamen.

»Chetwynd?«

»Was denn?«

»Steh auf, wenn ich mit dir rede.«

Chetwynd drehte langsam den gewaltigen Kopf und schaute dann mit gespieltem Erstaunen auf die beiden Wachmänner. Mit der gleichen trägen Langsamkeit stand er auf und nahm eine ironisch respektvolle Haltung an.

»Tschuldigung, Mister, hab gar nicht gewußt –« Er ließ seine Stimme in vorgeblicher Nervosität verklingen. »Wir waren nicht auf Besuch eingestellt.«

»Tut mir schrecklich leid, daß wir einem so wichtigen Straftäter wie dir Unannehmlichkeiten bereiten.« Sten versuchte, den Koloß einzuschätzen. Nur die Überheblichkeit in seinem Blick verriet Chetwynd. Alles andere war so demütig und respektvoll, wie es ein Wärter auf Dru von einem Gefangenen nur erwarten konnte. ›Ein sehr gefährlicher Mann‹, dachte Sten.

»Wir suchen einen Straftäter«, blaffte Sten.

»Da suchen Sie am richtigen Ort, Mister«, antwortete Chetwynd gedehnt.

Sten ignorierte die unterschwellige Aufsässigkeit. »Sein Name ist Dynsman.«

»Dynsman ... Dynsman...« überlegte Chetwynd. Dann ließ er seine Augen aufleuchten. »Richtig. Der Mann lebt noch. Wir haben hier einen Dynsman.«

»Wo?«

Chetwynd zeigte mit dem Finger auf einen Mann, der am Strand gerade damit beschäftigt war, ein flaches Boot sauberzumachen.

»Ein nutzloser Kerl, wenn ich mal so sagen darf, Mister. Kriegt kein einziges Mal sein Tagespensum zusammen. Ich würde ihn Töpfe schrubben lassen, wenn ich nicht Angst hätte, daß er uns bei seiner Schusseligkeit alle vergiften würde.«

Sten und Alex ignorierten Chetwynd und gingen mit vernehmlich knirschenden Absätzen quer über den Strand auf den Mann zu.

Dynsman konnte sie unmöglich herankommen sehen. Gerade als er den Kopf hob, packte ihn Alex am Genick und hielt ihn am ausgestreckten Arm in die Luft.

»Strafgefangener Dynsman?«

»Jaaaa, Mister.«

»Wir müssen mit dir reden, mein Freund.«

Alex schleuderte den kleinen Mann in das Boot, warf Sten einen Blick zu und kletterte hinter Dynsman her. Er nahm die Ruder auf, während Sten das Haltetau löste und sich ebenfalls hineinschwang. Alex ruderte unverzüglich aufs offene Meer hinaus.

»Ehrlich, Mister«, winselte Dynsman, »ich hab nichts getan ...« Dann, in einem Geistesblitz, deutete er mit einem Finger auf den am Strand entschwindenden Berg namens Chetwynd. »Er hat mich dazu *gezwungen*, die Bombe zu bauen!«

»Tatsächlich?« fragte Sten. »Du bist also ein Bombenleger, Dynsman?«

Dynsman packte helles Entsetzen. Vielleicht wußten sie ja gar nichts davon ... oh verdammt, wo hatte er sich da nur wieder hineingeritten?

»Erzähl uns doch ein wenig davon, mein Freund«, schlug Alex vor.

»Also ... wissen Sie ... er fragte mich ... und ich sagte, daß ich mich ein bißchen mit Sprengstoff auskenne ... und ...«

»Halt den Mund«, zischte Sten. »Dieser Chetwynd ist uns egal.«

Dynsman starrte Sten an, und allmählich dämmerte ihm, daß etwas Schreckliches geschehen würde.

»Erzähl uns lieber etwas über den *Covenanter*«, fuhr ihn Sten an.

»Mein Gott«, keuchte Dynsman.

Alex versetzte ihm einen leichten Stoß. »Blasphemie kann ich nicht dulden.«

»Egal«, sagte Sten. »Bringen wir ihn gleich um, dann ist es erledigt.«

Sten krümmte die Finger und ließ sein schmales, nadelspitzes Messer in seine Hand gleiten. Dynsman bemerkte es und fing vor Angst zu schwitzen an. »Ich wußte nicht, daß es was Politisches war. Ich mache nie was Politisches. Sie können alle fragen, die werden's Ihnen bestätigen. Ich bin nur ein ... nur ein ...« Er starrte Sten ins Gesicht und brach in Tränen aus. »Ich mach nichts Politisches«, schluchzte er.

Sten kam sich wie ein Kammerjäger vor.

»Worauf wartest du noch, Alex, wir haben den richtigen Mann. Mach ihn fertig, los!«

Alex nickte und griff in die Tasche seiner Uniform.

Dynsman schrie und stand halb auf. Es war das durchdringendste Geräusch, das Sten je gehört hatte – obwohl er schon so manchen in Todesangst ausgestoßenen Schrei gehört hatte. Dann erst wurde ihm klar, daß Dynsman nicht ihretwegen schrie.

Sten drehte sich um.

Das Ding rannte mit einer Geschwindigkeit von ungefähr fünfzehn Knoten auf das Boot zu und kam auf seinen dünnen Beinen so rasch näher, daß es fast aussah, als würde es auf der Wasseroberfläche laufen.

Dynsman stieß noch einen Schrei aus: »Ein Gurion!«

Alex versuchte verzweifelt, das schwerfällige Boot zu wenden, doch es hatte kein Kielschwert und drehte sich lediglich unkontrolliert um die eigene Achse. Sten schnappte sich eine lange Ruderstange, und gerade als die Kreatur sich zu ihrer vollen Größe aufrichtete und ihr widerwärtiges Magenmaul mit den blutigroten Venen ausstülpte, hörte er das Geräusch schäumenden Wassers hinter sich.

Was auch immer das war, er mußte es Alex überlassen; also rammte er die Stange mit voller Wucht direkt in das Maul des Gurion. Die Spitze der Stange splitterte und brach, stieß jedoch durch die Zahnreihen bis ins weiche Fleisch vor. Der Gurion heulte auf, setzte seinen Weg jedoch fort, hob das Boot in die Höhe und kippte es schwungvoll um.

Alex hatte noch weniger Zeit zum Reagieren als Sten. Eine Sekunde nach Dynsmans Schrei sah er, wie ein zweiter Gurion auf seiner Seite angriff. Er schlug mit dem Ruder nach ihm und spürte dann eine gewaltige Welle unter sich, der Himmel kam auf ihn herabgestürzt, dann schluckte er Wasser. Ein dicker Arm schlang sich um seinen Körper, preßte ihn zusammen und riß an seiner Uniform. Er versuchte, die Füße wieder unter sich zu bekommen – das Wasser war an dieser Stelle noch nicht sehr tief – und bemühte sich vergebens, das Tier irgendwo zu packen.

Sten hatte Angst, in das Maul des Gurion gezogen zu werden, und hackte mit seinem Messer nach dem Ding, das sich vor ihm bewegte; der Riß erstreckte sich quer über die empfindlichen Membranen des Gurionmagens. Plötzlich wurde Sten weggeschleudert. Er verdrehte den Körper mitten in der Luft und stürzte wieder ins Wasser. Er landete mit einer Rolle, und als er sich orientiert hatte, stand er im tiefen Wasser. Aus dem ersten Gurion schäumte ein Geysir aus Blut. Sofort verbannte Sten die Kreatur aus seinen Gedanken und sah sich überall nach Alex um.

Die Lungen des Schwerweltlers drohten zu platzen, doch es war ihm gelungen, mit einer Hand einen der vorderen Strahlenarme des Riesenseesterns zu packen und sich mit der anderen an einem der harten Zackenkämme festzuklammern, die sich über das Rückenteil des Gurion zogen. Andere Strahlen schlossen sich um ihn, Saugnäpfe packten seinen kräftigen Körper. Unter Wasser sah Alex das blutrote Maul, nur wenige Zentimeter von seinem Gesicht entfernt. Verzweifelt bäumte er sich dagegen auf; eine große Blase der wenigen ihm noch verbliebenen Luft schoß aus seinem Mund. Langsam, sehr langsam begann er, den fleischigen Strahl auf das Magenmaul des Gurion zuzubewegen. Als die Nadelzähne das sich ihnen nähernde Fleisch witterten, reckten sie sich ihm instinktiv entgegen. Schließlich rutschte die Spitze des Strahls mit einem letzten, kräftigen Stoß in die Maulöffnung.

Das hohe Jaulen hätte beinahe Stens Trommelfelle platzen lassen. Dann schoß der Gurion, der Alex gepackt hatte, fast vollständig aus dem Wasser, und Alex stieß sich mit den Beinen vom Körper der Kreatur ab. Der Gurion hatte einen seiner eigenen Strahlen in sein Magenmaul gestopft und kaute ihn herunter, wobei er vor Schmerzen kreischte, als seine Verdauungssäfte und Zähne sein Fleisch zerrissen. Das Tier verschlang sich selbst. Seine schreckliche Physiologie – insbesondere die peristaltische Bewegung seiner in mehreren Reihen angeordneten, nach innen gerichteten Zähne – verhinderte, daß es damit aufhören konnte.

Sten spürte, wie ihn etwas an der Seite anstieß, und er griff ins Wasser, um Dynsman herauszuziehen. Der Mann strampelte hysterisch; Sten suchte seine Halsschlagader, drückte zu, und nach einigen Augenblicken erschlaffte Dynsman. Sten begann, ihn Richtung Strand zu ziehen.

»Da sind noch mehr!« rief Alex.

Nicht weit von ihnen entfernt erhoben sich drei weitere Gurions aus dem Wasser und kamen auf sie zugerannt. Alex war jetzt bei Sten angekommen. Gemeinsam schnappten sie Dynsman am Kragen und wateten um ihr Leben.

Chetwynd und die anderen hatten den Kampf vom Strand aus

mit großem Interesse verfolgt. Chetwynd sah, wie die beiden Dru-Wärter den kleinen Scheißer Dynsman retteten. Träge blinzelte er zu einem der Boote hinüber. Auf ein Wort von ihm würden seine Leute die drei Unglücklichen aus dem Wasser fischen.

Sten konnte aus der Entfernung Chetwynds Gedanken lesen: die anderen Boote, die vor ihm am Strand lagen, viele Jäger und viele potentielle Waffen, die man einsetzen könnte. Noch bevor es geschah, wußte Sten, zu welchem Entschluß Chetwynd kommen würde.

Das Gelächter kam von tief unten und baute sich auf dem Weg durch seinen massigen Körper immer weiter auf. Chetwynd hatte noch nie etwas derartig Lustiges gesehen. Er brach vor Lachen zusammen und heulte förmlich vor Heiterkeit. Auch die anderen Gefangenen um ihn herum begriffen allmählich den grotesken Humor der Situation. Wenn sie ihnen nicht halfen, würden die Wärter sterben. Und es gab nichts und niemanden, der Chetwynd und seine Kumpels irgendeiner Schuld an ihrem Tod bezichtigen könnte. Die gesamte Küste dröhnte vor Gelächter.

Sten und Alex setzten zu einem letzten Spurt an, als das Wasser hinter ihnen aufschäumte und der erste Gurion heran war. Mit allerletzter Kraft hechteten sie die letzten Meter aus dem Wasser und dem Schlamm und brachen am Strand zusammen.

Sten lag lange Zeit reglos im Sand. Er hörte das Lachen ringsumher. Er wartete, schöpfte wieder Atem, hielt die Augen jedoch noch geschlossen. Schließlich trat wieder Stille ein. Er drehte sich auf den Rücken und blickte nach oben. Chetwynd grinste zu ihm herunter.

»Kann ich Ihnen irgendwie behilflich sein, Mister?« erkundigte er sich.

Sten schaute ihm direkt in die spöttischen Augen. Er spürte

das schmale Heft seines Messers in der Hand und dachte darüber nach, wie es wohl wäre, wenn ...

»Was ... Verdammt noch mal!« keuchte er statt dessen.

Der dringende Wunsch war verflogen, und jetzt verfiel Sten in zuckendes Lachen. Man mußte die Sache nur aus Chetwynds Perspektive betrachten.

Der Flitzer glitt über die kahle Landschaft. Alex saß am Steuer. Dynsman war fest zwischen ihnen eingeklemmt. Sie flogen zum Hauptquartier zurück. Als Dynsman aufstöhnte, warf Alex einen Blick auf ihn. »Der Kerl ist wirklich nicht umzubringen«, kommentierte er.

»Ich glaube, das kriegen wir noch hin. Gib mal her.«

Sten hielt Alex die geöffnete Hand entgegen; Alex wühlte in einer Tasche herum und zog eine kleine Spritze daraus hervor. Er reichte sie Sten, der sofort Dynsmans Ärmel hochschob. Der kleine Bombenleger öffnete die Augen, erblickte Sten und versuchte krampfhaft, sich aufzurichten. Sten hielt ihn mit hartem Griff unten und drückte die Nadel der Spritze gegen seine Haut.

»Träum süß, du kleines Arschloch«, sagte er und stieß die Nadel hinein.

Kapitel 26

Sten fand die Sache viel zu leicht. Der Variationschip im Zentralcomputer von Dru, der für die Ziehung bei der Lotterie für die Eskorte eingesetzt war, stellte sich als vorsintflutliches Teil heraus, dessen Zufallsgenerator nur von einem Sensor gesteuert wurde, der die Schwankungen in den Magnetfeldern der Sonne von Dru und der beiden anderen Planeten in diesem System maß.

Seine Wärterkollegen wurden nicht so leicht mit der Sache fertig.

»Das gibt's doch nicht, so ein verdammtes Glück aber auch«, wunderte sich einer von ihnen. »Noch nicht mal zwei Monate auf Posten, und schon erwischen sie den Transportjob.«

»Ah, so was schafft nur mein Partner, Mr.Keet«, wiegelte Alex ab.

»Der Kerl kann nicht Karten spielen, und er hat keine Ahnung, welches Vieh er sich beim Rennen aussuchen soll, aber wenn er auf irgend etwas setzt, dann hat er jedesmal verdammten Dusel!«

Der Sergeant ihrer Wachschicht war mehr als nur verärgert.

»Mr. Keet. Mr. Ohlsn. Ich finde es nicht richtig, daß ausgerechnet Sie beiden Neuzugänge hier auf Dru dermaßen Glück haben.«

»Jawohl, Sir«, sagte Sten. Er und Alex, in offizielles Grau gekleidet, standen in Habachtstellung vor dem Vorgesetzten.

»Merken Sie sich eins, meine Herren. Während Sie den Leichnam dieses Gefangenen zurück nach Heath begleiten, sorge ich hier dafür, daß der Fall untersucht wird.«

»Eine Untersuchung? Was soll denn untersucht werden?« fragte Alex erstaunt.

»Ihr … nennen Sie es einfach: ihr Glück. Ich gehe jedoch davon aus, daß Sie bei Ihrer Rückkehr nach Dru eine ziemliche Überraschung erwarten wird.«

»Jawohl, Sergeant«, warf Alex dienstbeflissen ein. »Wenn Sie uns das nächste Mal sehen, wird es einige Überraschungen geben.«

Bevor Alex fortfahren konnte, versetzte ihm Sten einen unauffälligen Tritt; die beiden salutierten, machten kehrt und traten ab.

Sobald das Robotschiff die Atmosphäre verlassen hatte, schaltete sich der Yukawa-Antrieb automatisch aus, und der AM_2-Antrieb für die interstellare Reise wurde angeworfen.

Alex und Sten hatten das versiegelte Cockpit bereits aufgebrochen und beugten sich über die Armaturen.

»Die Tahn sind nicht ganz so schlau, wie sie vielleicht denken«, meinte Alex. »Dieser Autopilot läßt sich so einfach umprogrammieren wie Schinken durch 'ne Gans.« Schon machte er sich an den gespeicherten Daten zu schaffen, um den Kurs des Schiffes zu ändern. »Sollten wir den armen Dynsman nicht doch auftauen?«

»Warum das denn?« fragte Sten. »Ein toter Schurke macht uns wenigstens keine Probleme.«

»Auch wieder wahr. Es reicht voll aus, wenn wir den Kerl zu unserem Rendezvous wiedererwecken.«

Das Rendezvous war mit einem Imperialen Zerstörer vereinbart, der sich gleich außerhalb des Tahn-Sektors herumtrieb; eine bestimmte Funksequenz diente als Erkennungssignal. Sobald Alex und Sten umgestiegen waren, würde das Robotschiff wieder auf seinen alten Kurs in Richtung Heath zurückgeschickt werden. Ein Stück Raumschrott würde allerdings verhindern, daß das Robotschiff seinen Zielort jemals erreichte.

»Wir haben unseren verrückten Bombenleger, wir sind am Leben, und wir sind gesund; was wollen wir noch mehr?«

»Einen gesunden, ordentlichen Drink«, schlug Sten vor und machte sich auf den Weg in die Aufenthaltsräume der Wärter. Vielleicht war ja jemand so umsichtig gewesen und hatte einen oder zwei Liter Alk eingepackt.

Kapitel 27

Das blaue Kontrollämpchen auf Ledohs Schreibtisch fing zu blinken an. Sofort beendete Ledoh die unwichtige Unterhaltung, die er gerade mit dem Imperialen Kommissariat geführt hatte, drückte auf den Knopf, der den Zugang zu seinem Büro verriegelte, und schaltete die KONFERENZ-Leuchtschrift an. Er begab sich zum Durchgang zu den Imperialen Gemächern, tippte mit den Fingerspitzen an und trat ein.

Als Ledoh ins Zimmer kam, hatte der Imperator seinen Sessel umgedreht und starrte auf den Paradeplatz hinaus. Auf seinem Schreibtisch standen zwei volle Flaschen, eine davon enthielt das Gesöff, das der Imperator Scotch nannte, die andere – Ledoh schüttelte sich, als er es erkannte – reinen medizinischen Alkohol.

Ohne sich umzudrehen grummelte der Imperator: »Möchten Sie einen Drink, Admiral?«

»Äh, nicht unbedingt.«

»Ich auch nicht. Was ist die schlimmste Sache, die sich heute ereignet hat?«

Ledoh überdachte die bisherigen Unannehmlichkeiten. »Der Erste Sekretär der Tahn-Botschaft gab seine Unzufriedenheit mit dem Verlauf der bisherigen Unterredungen bekannt.«

»Der Kerl glaubt, *er* ist unzufrieden?«

»Das ist noch nicht alles, Sir. Er hat seine Unzufriedenheit über die üblichen Kanäle den Tahnlords mitgeteilt. Ich, äh, habe hier ihre Antwort.«

»Machen Sie nur weiter. Ruinieren Sie mir den Tag vollständig.«

»Das Communiqué liegt auf meinem Schreibtisch, falls Sie den genauen Wortlaut hören möchten«, sagte Ledoh. »Nicht? Kurz gesagt möchten sich die Tahnlords in Anbetracht der Situation auf den Randwelten mit Ihnen treffen.«

»Ist das alles?«

»Nicht ganz. Nach dem Tod Alains sträuben sie sich dagegen, die Zusammenkunft hier auf der Erstwelt abzuhalten. Sie verlangen ein Treffen auf neutralem Boden, weiter draußen im Raum; des weiteren soll von beiden Seiten über die Sicherheitsvorkehrungen verhandelt werden. Das Treffen soll spätestens in einem Erstweltjahr stattfinden.«

»Mist, Mist, Mist. Sie springen mir direkt ins Gesicht.«

»Richtig, Sir.«

»Was ist mit den Krawallen auf den Randwelten?«

»Vier Hauptstädte überrannt. Keine Nachricht aus den Provinzstädten. Unterstützungseinheiten der Garde sind in Bereitschaft versetzt. Verluste? Eine vorsichtige Schätzung beläuft sich auf zwölftausend, auf beiden Seiten.«

»Wissen Sie was«, sagte der Imperator ganz ruhig, »es gab einmal eine Zeit, da dachte ich, jedes Problem, das sich mir in den Weg stellt, könne aus dem Weg geräumt werden – mit vernünftigen Argumenten, der Garde oder genug Alkohol. Wie es aussieht, habe ich mich da getäuscht, Admiral. Jetzt haben wir es offensichtlich wieder einmal mit einer solchen Situation zu tun. Ich fasse kurz zusammen. Passen Sie auf, ob Sie mit mir übereinstimmen: Fakt A: Die Tahn benutzen Alains Tod, um mich unter Druck zu setzen. Sie wollen, daß sich das Imperium aus den Randwelten zurückzieht. Korrekt?«

»Höchstwahrscheinlich«, antwortete Ledoh.

»Wenn ich mich zurückziehe, lasse ich damit die Siedler, die sich mit vollstem und blindem Vertrauen in mich und meinen

Schutz dorthin aufgemacht haben, in der Luft hängen. Das ist absolut unmöglich! Selbst wenn ich diese Hinterwäldler davon überzeugen könnte, ihren Kram wieder zusammenzupacken und sich woanders anzusiedeln.

Fakt B: Alains Dissidenten, die überhaupt nichts davon wissen können, daß eine Übereinkunft mit den Tahn womöglich bedeutet, daß sie sofort aufgelöst werden – oder zumindest alles, wofür sie die ganze Zeit gekämpft haben, hinfällig wird –, kommen ebenfalls nicht in Betracht. Korrigieren Sie mich bitte, Admiral.«

»Soweit ich es beurteilen kann, machen Sie keine Fehler, Sir.«

»Die einzige Lösung, die mir bleibt, liegt also darin, herauszufinden, wer Godfrey Alain umgebracht hat – und ich kann nur hoffen, daß es niemand aus dem Imperium war–, und mich dann mit diesen Tahn zu treffen. Auf ihrem Gebiet. Und einen Haufen Dreck zu schlucken. Ist das wirklich der einzige Ausweg?«

»Kein Kommentar, Sir.«

»Sie sind wirklich eine große Hilfe. Mahoney wäre bestimmt etwas eingefallen.« Der Imperator funkelte Admiral Ledoh an; dann entspannte sich sein wütender Gesichtsausdruck wieder. »Entschuldigung. Das war ein unfaires Argument. Ich meine nur, daß ich damals, als ich noch Raumschiffingenieur war, die Dinge ganz anders angegangen bin.«

»Das würde mich wirklich sehr interessieren.«

»Damals hätte ich sämtlichen erreichbaren Alk in mich hineingeschüttet und anschließend alle Beteiligten verprügelt.«

»Sehr humorvoll«, sagte Ledoh.

»Sie sind wirklich eine riesengroße Hilfe, Admiral«, zischte der Imperator, erhob sich und rauschte durch die Tür in seine Privatgemächer.

Bevor Ledoh den Raum verließ, stellte er die beiden Flaschen sorgfältig in ihre Vitrine zurück.

Kapitel 28

Der Gurion kam direkt auf ihn zu. Sein blutroter Magen streifte sein Gesicht und hinterließ eine Spur von Verdauungssaft, die sich durch die oberste Schicht seiner Haut brannte. Dynsman schrie vor Entsetzen und warf sich nach hinten. Aus dem Augenwinkel sah er, wie der Wachmann eine Stange ins Maul der Kreatur stieß, dann wurde das Boot vom Gewicht des Gurion und Dynsmans panischen Fluchtbewegungen umgeworfen.

Er sank bis auf den Meeresboden hinab. Er war total hysterisch, die Luft entwich aus seinen Lungen, und doch hatte er zu viel Angst, um wieder aufzutauchen. Blindlings griff er nach einem messerscharfen Auswuchs, spürte, wie die Kanten tief in seine Hände schnitten, und hielt sich trotzdem daran fest, solange er konnte. Er spürte die Turbulenzen im Wasser ringsumher, und er schmeckte den süßen, rostigen Geschmack von Blut. Etwas berührte ihn, und Dynsman schrie wieder auf und verlor das letzte bißchen Kontrolle über seinen Verstand. Wasser drang in seine Lungen ein; jetzt mußte er hinauf an die Oberfläche. Ein schneidender Schwall Luft empfing ihn. Dynsman sah, wie der Wachmann auf ihn zukam, eine blutige Masse tropfte von dem silbrigen Blitz in seiner Hand. Voller Panik schlug Dynsman nach dem Mann. Die Messerhand bewegte sich in Zeitlupe auf ihn zu. Dynsman war hilflos und sah in schrecklicher Faszination zu, wie das Messer in einer Öffnung an der Unterseite des Arms verschwand, dann legte sich die Hand über seinen Kopf. Ein plötzlicher, heftiger Druck zwischen Schulterblättern und Nacken, und Dynsman fühlte, wie er starb...starb...starb...

Sein Körper bäumte sich in den Halteriemen auf, die ihn auf

dem Tisch festhielten. Eine große Flosse bediente sachte einen Schieberegler, und sofort tröpfelte ein Beruhigungsmittel in seine Venen. Dynsmans Körper wurde wieder ganz ruhig.

Rykors Gesicht war ein Bild des Elends und des Bedauerns. Sie kaute an ihren tropfenden Barthaaren und strich sie dann mit einer eleganten Bewegung der Vorderflosse zur Seite. Rykor seufzte und lehnte sich in ihrem A-Grav-Sessel zurück. Der Robot-Mechanismus reagierte mit protestierendem Kreischen auf ihre enorme Körpermasse.

»Nicht ganz einfach, Sten«, sagte sie. »Der Mann spielt immer wieder das gleiche Erinnerungsmuster ab.«

Rykor gehörte zu den besten Psychologen des Imperiums, Spezialgebiet Imperiales Militär. Ihre zweite, öffentlich jedoch nie genannte Spezialität war die Durchleuchtung von Leuten für das Mercury Corps – den Geheimdienst der Garde – und für die geheimen Mantis-Teams. Gelegentlich übernahm sie auch ein besonderes Projekt, wie etwa das gerade stattfindende Scannen von Dynsmans Bewußtsein. Doch Dynsmans Bewußtsein war in einem Trauma gefangen und bestand darauf, die immergleichen Momente kurz vor seinem Beinahe-Tod zu wiederholen.

Sten betrachtete den bewußtlosen Bombenleger, der nackt und mit Tausenden von Sonden gespickt ausgestreckt vor ihm lag. Er hatte Dynsman diese Augenblicke jetzt schon ein dutzendmal nacherleben sehen, und bislang hatte der Attentäter außer der Gurionattacke nichts weiter preisgegeben. Sogar der Augenblick seines kurzen Erwachens auf dem Flitzer verwandelte sich sofort wieder in die schreckliche Gurion-Sequenz.

Sten erhob sich und ging zu Rykor hinüber. Sie streckte ihm in einer herzlichen Geste eine Flosse entgegen und umarmte ihn. »Du bist schon immer einer meiner ...ganz besonderen Lieblinge gewesen«, sagte sie gerührt.

Sten streichelte mit der Hand über ihren Schulterwulst.

Rykor riß sich von Dynsmans Phantasmagorien los. »Hast du immer noch dieses Messer im Arm?« fragte sie plötzlich.

Sten grinste nur und tätschelte sie freundschaftlich, um sie auf andere Gedanken zu bringen.

Als sich Rykor unversehens aufsetzte, seufzte der A-Grav-Sessel erneut. »Wir müßten tiefer gehen; den Trauma-Block durchstoßen.«

»Es ist wirklich wichtig«, sagte Sten. »Andere Menschen sind seinetwegen gestorben.«

Rykor nickte und lehnte sich entspannt zurück. Sie konzentrierte sich voll auf den Gehirnscanner und machte den Schieberegler weiter auf. Dynsman stöhnte.

Der Bildschirm über ihm wurde wieder lebendig. Zuerst in Schwarzweiß, dann bildete sich ein Wirbel bunter Streifen. Die Streifen fügten sich zu einem Bild zusammen. Zuerst war alles verschwommen, dann drohte einen Augenblick lang wieder der Gurion, zerfiel jedoch sofort zu einem hartnäckigen Muster aus gelben Linien. Sten sah zu, wie Dynsman sein Leben erneut durchlebte, in Farbe und mit allen Details.

Der hochgewachsene, schlanke Mann mit dem dichten grauen Haarschopf reichte ein Narkobier über den Tisch. Dynsmans Bildschirmhand nahm das Glas am Griff und zog es heran.

»Die nächste Runde geht auf mich«, hallte Dynsmans Stimme.

Der Mann lächelte Dynsman an. An den Empathie-Anzeigen des Monitors konnte Sten ablesen, daß Dynsman dem Lächeln nicht recht traute. Er hatte sogar erhebliche Angst.

»... falls Sie nichts dagegen haben, Dr. Knox«, fügte Dynsman mit leicht zitternder Stimme hinzu.

Der Gurion streckte einen langen Strahlenarm nach Dynsman

aus. Er schrie auf, als er spürte, wie sich das lange Band um seinen Hals wickelte –

»Stop!« Der Ruf kam von Sten.

Rykor warf einen Blick auf den erstarrten Horror auf dem Monitor und legte ihre Flosse auf den Gleitregler. Dynsmans Körper auf dem Tisch entspannte sich. Rykor wartete auf Stens Anweisungen.

»Knox«, sagte Sten. »Näher ran.«

Das Bild auf dem Monitor verwischte, als Rykor die Aufzeichnung zu Knox zurückspulte. Dort angekommen, schaltete sie auf Standbild. Sten betrachtete sich das Bild genau.

»Das ist unser Mann«, sagte er dann. »Auch die Beschreibung aus dem Krankenhaus paßt auf ihn. Was können wir sonst noch über ihn herausfinden? Geruch? Benutzt er ein bestimmtes Parfüm?«

Rykor rief weitere Daten ab. »Nein, da ist nichts«, sagte sie. »Was allerdings ziemlich ungewöhnlich ist – für einen Mann, der offensichtlich soviel Wert auf seine äußere Erscheinung legt.« Um ihre Aussage zu unterstreichen, zeigte sie mit dem Cursor auf sein sorgfältig frisiertes Haar.

»Eigentlich ist an diesem Mann überhaupt nichts dran«, sagte sie dann, »einmal abgesehen von seiner visuellen Erscheinung, die im Prinzip jedes Wesen ansprechen müßte. Geruch: keine Eintragung...Stimme: fest und bestimmt, sonst keine Eintragung...Auradruck...keine Eintragung...«

Sie drehte den Kopf verunsichert in Stens Richtung. »Dieser Mensch zeichnet sich durch nichts aus. Höchst verdächtig. Körperbewegungs-Signale...sprachliche Eigenheiten...kannst du alles vergessen. Nichts, nichts, nichts.«

Sten betrachtete das Standbild des Dr.Knox. Der Mann sah aus wie ein perfekter Scherenschnitt. Niemand, abgesehen von einem Superprofi, konnte derart zweidimensional wirken. Dann fiel Sten doch etwas auf: ein stumpfer gelber Fleck auf Knox' linker Hand.

»Näher ran, linke Hand«, sagte er zu Rykor.

Die Hand füllte den ganzen Bildschirm. Das stumpfe Gelb war ein Ring mit einem deutlich sichtbaren Emblem auf der abgeflachten Oberfläche. Sten starrte ungläubig darauf, obwohl er sofort wußte, worum es sich handelte. Das eingravierte Emblem war ein Fuß, leicht verlängert, mit dem Schwerpunkt der Darstellung auf der Ferse. Und auf der Ferse...

»Vergrößern«, sagte Sten.

Aus der Ferse wuchsen zwei Flügel.

Sten stöhnte auf und warf sich in seinen Sessel zurück. Wieder war alles noch viel schlimmer, als er es erwartet hatte.

Sogar Rykor war ein wenig überrascht und nieste laut. »Mercury Corps«, sagte sie und schnaufte durch ihre nassen Barthaare.

»Genau«, bestätigte Sten. »Und ich hoffe inständig, daß er ein Abtrünniger ist.«

Der Strahlenarm des Gurion legte sich um Dynsmans Hals, zog ihn näher. Dynsman spürte, wie seine Lungen kollabierten, und sah den letzten wertvollen Luftstrom explosionsartig aus seinem Mund entweichen. Und dann wischte eine Hand mit einem Messer – Stens Hand? – in sein Gesichtsfeld... und...

»Bis zum Schluß!« befahl Sten.

Rykors Flosse verharrte auf dem Schieberegler. Sie beobachtete Dynsmans Körper, der sich vor Qual in den Fesseln wand; er durchlebte den Schrecken wieder und wieder. Aus den Empathiedrüsen in ihren Augenwinkeln traten dicke Tropfen aus.

»Ich weiß nicht, ob ich das darf«, sagte sie.

»Tu es!« forderte Sten sie auf.

Bestürzt schob Rykor den Regler bis zum Anschlag. Der Gehirnscanner ging tiefer...

Die Holographie auf der einen Seite des Bildschirms, der Dynsmans Gehirn abbildete, zeigte den Umriß eines zusammengerollten Wurms. Auf dem Hauptteil seines Körpers bezeichneten zuckende Farben – Blau und Rot und Gelb – die Sektionen, die Sten und Rykor bereits untersucht hatten. Der Gurion war die einzige rote Stelle. Die blauen Punkte waren mit dünnem, kapillarem Rosa miteinander verbunden. Die blauen Stellen, die bereits berührt worden waren, blinkten ihnen entgegen.

»Wo?« drängte Sten. »Wo nur?«

Rykor studierte die Holographie. Eine schier unendliche Anzahl blauer Punkte lag noch vor ihnen... Empathie... Empathie...

»Dort«, schnaufte sie. Als sie die Stelle heranzoomte, weinte sie.

Das Bild der Kneipe, die einmal *Der Covenanter* gewesen war, füllte den Monitor aus. Die hellen Laserbuchstaben des Reklameschilds wurden von Nebelfetzen geschluckt, die vom nahegelegenen Raumhafen herüberwehten. Dynsman hatte keine Erklärung dafür, doch abends war es im Umkreis von mehreren Kilometern um den Raumhafen herum immer sehr neblig. Doch das hier war ein besonderer Abend. Er wartete auf...

»Das ist doch das allerletzte«, flüsterten Dynsmans Gedanken über die Bildschirmlautsprecher zu Sten und Rykor.

Dynsman fühlte sich so unsicher wie noch nie in seinem Leben. Plötzlich füllte die Großaufnahme einer Hand den Bildschirm. Die Stummel zweier fehlender Finger fielen sofort auf.

»Jetzt mach schon voran«, sagte Sten ungeduldig. Rykor drehte am schnellen Vorlauf.

Das Bild verschwamm, und dann beobachtete Dynsman, wie sich zwei Männer vor der Kneipe begrüßten.

Alain sah den Mann im Ingenieursoverall abschätzend an und fragte dann: »Ingenieur Raschid?«

Sten und Rykor sahen, wie die beiden Männer die Kneipe betraten, und kurz darauf geschäftige Hände, als Dynsman die Bombe scharf machte und die letzten Sekunden abwartete. Der Timer der Bombe verursachte kein Geräusch, doch Dynsman nahm das Ticken in seinen Gedanken wahr. Die Worte »Ingenieur Raschid« waren der Schlüssel. Dynsman hatte die Sekunden abgeschritten, die es brauchte, bis sie von Janiz begrüßt worden waren und sich in Nische C hingesetzt hatten.

Dynsman zählte innerlich die letzten Momente im Leben mehrerer Leute ab. Noch nicht jetzt... jetzt gleich... jetzt... und dann leuchtete der Scannerraum im Schein des gedämpften weißen Lichts, und eine ohrenbetäubende Explosion ertönte.

Dann verwandelte sich der Bildschirm wieder in das nach außen gestülpte Magenmaul des Gurion, das sich auf Dynsmans Gesicht zubewegte. Dynsman bäumte sich in den Halterungen auf und schrie erneut laut und voller Panik.

Rykor beobachtete ihn und fragte mit Tränen in den Augen: »Was soll ich nur mit ihm machen?«

Sten zuckte die Achseln. Rykor wischte sich die Tränen aus den Augen. Dann streckte sie die Flosse aus und zog den Regler wieder ganz nach unten. Dynsman wurde plötzlich ganz ruhig. Vielleicht zum erstenmal überhaupt in seinem Leben lag er ganz friedlich da.

»Glaubst du an Gespenster?« fragte Rykor.

Sten überlegte eine ganze Weile. »Vielleicht... aber nicht an seins.«

Rykor dachte kurz darüber nach und drückte dann die entsprechenden Knöpfe, die den Sessel anwiesen, sie wieder in ihr tröstlich angenehmes Salzwasserbecken zu entlassen. Kurz bevor sie mit einem lauten Platschen unter der Wasseroberfläche verschwand, hörte Sten sie sagen: »Du bist ein Optimist, Sten.«

Sten stellte sich vor, wie der Wassertank vor Gelächter dröhnte. Dann verließ er den Raum und fragte sich, was sie wohl damit gemeint haben mochte.

Kapitel 29

Sten verlagerte das Gewicht der umfangreichen Akte von einem Arm auf den anderen und wartete weiterhin geduldig am Eingang zur Werkstatt. Mit wachsender Verwunderung sah er zu, wie sich der Ewige Imperator über das seltsame, schachtelartige Objekt beugte, das er vorsichtig in der Hand hielt. Mit den Fingern der rechten Hand zupfte er an den Saiten, zunächst vorsichtig, dann mit größerem Selbstvertrauen.

Dabei sang der Imperator mit leiser, aber rauher Stimme:

»Now with this loaded blunderbuss
The truth I will unfold.
He made the mayor to tremble
And he robbed him of his gold…«

Eine Saite schnarrte gegen einen Bund, und der Imperator stieß ein enttäuschtes »Verdammt!« hervor.

Er schleuderte das Instrument mit lautem Scheppern und dem Nachhall eines Saitenakkords zu Boden. Einen kurzen Augenblick starrte er auf das Gebilde und schickte es dann mit einem Fußtritt auf einen Haufen ähnlicher Objekte in der Ecke. Erst jetzt nahm er Sten wahr. Seine Stirn legte sich gequält in Falten, doch das Gesicht wurde gleich wieder freundlicher. »Lassen Sie sich bloß nie darauf ein, eine Gitarre zu bauen!« grollte er.

»Das würde mir im Traum nicht einfallen, Sir«, erwiderte Sten und betrat die Werkstatt.

Sein Blick fiel auf den Stapel entsorgter Instrumente, dann sah er sich im restlichen Zimmer um. Hier und da hingen weitere Versuche an der Wand. Einige davon waren teilweise fertiggestellt, andere kaum mehr als ausgeschnittene Rückenteile. Überall lagen Hälse in verschiedenen Größen herum und vorgebohrte Leisten. Sten schnüffelte an den übelriechenden Dämpfen, die aus einem mit einer blubbernden Masse gefüllten Topf über einer offenen Feuerstelle aufstiegen.

»Entschuldigung, Sir, aber was ist eine Gitarre?«

»Ein Musikinstrument«, sagte der Imperator. »Zumindest behauptete das der verfluchte Teufel, der das Ding damals erfunden hat.«

»Aha, damit haben Sie sich also beschäftigt.« Sten nickte nachdenklich, hob eine der als unbrauchbar in die Ecke geworfenen Gitarren auf und betrachtete sie genauer. Er spähte durch die Saiten und das Loch in den Hohlkörper hinein.

»Ich sehe keinen einzigen Schaltkreis. Wie soll das Ding überhaupt funktionieren?«

»Nur unter allergrößten Schwierigkeiten«, antwortete der Imperator. Er stand auf, nahm eines der polierten Rückenteile von seinem Haken an der Wand, setzte sich wieder hin und legte es quer über die Knie. »Geben Sie mir mal das Schmirgelpapier.«

Sten sah sich um und fragte sich, was sein Boß wohl damit meinen könnte. Dann kombinierte er: Schmirgel. Rauh. Etwas zum Reiben. Er bückte sich, hob etwas von dem mit allen möglichen Dingen übersäten Boden auf und hoffte, daß es den Anforderungen entsprechen würde.

»Alles hängt vom Klangkörper ab«, sagte der Imperator. »Es hat etwas damit zu tun, wie sich der Klang an den Wänden des Kastens bricht. Leider hat sich damals niemand wirklich wissenschaftlich damit beschäftigt.« Er nahm Sten das Schmirgelpapier ab und fing an, die Innenseite des Kastens glattzureiben.

»Sie machten es nach Gefühl«, fuhr der Imperator fort. »Hier ein wenig weg, dort ein wenig…« Er rieb eine geschwungene Fläche entlang. »Und da noch ein wenig…« Jetzt schmirgelte er am Ansatz des Halses, wobei er immer wieder kleine Flecken entfernte, bei denen es sich offensichtlich um eine Klebemasse handelte.

Plötzlich stellte der Imperator das Arbeitsstück angewidert auf dem Boden ab. Sten fiel jedoch auf, daß er es diesmal vorsichtig auf einen dicken Teppich legte. Dem Imperator war Stens Blick nicht entgangen.

»Libanesisch«, sagte er, was wohl so etwas wie eine Erklärung sein sollte. »Ist besser, wenn Sie nicht wissen, was es gekostet hat.«

Dann sah er zu Sten auf. »Also gut«, sagte er schließlich. »Sie wollten einen Ort, an dem wir uns ungestört und unbelauscht unterhalten können. Hier ist er.« Seine Handbewegung umfaßte die Werkstatt, die mit antikem Werkzeug und obskurem Material vollgestopft war. »Der sicherste Ort, den ich habe. Ich lasse ihn täglich überprüfen.«

Sten lächelte schräg, nahm den dicken Ordner und ließ ein kleines, flaches Gerät herausgleiten. »Und ich habe ihn soeben nochmals überprüft, Sir«, sagte er und zeigte dem Imperator den Wanzendetektor.

Der Imperator sah ihn an. »Und?«

Sten hob die Gitarre auf, die der Imperator vorhin als Ausschuß weggeworfen hatte, und schüttelte den Kopf.

»Vielleicht lag es daran, daß die, äh, Gitarre gebrummt hat«, sagte er. »Tut mir leid, Euer Hoheit.«

Der Ewige Imperator dachte einen Moment lang darüber nach, ob er nicht besser beraten sei, einfach wahnsinnig zu werden. Schließlich grinste er Sten an, nahm eine große Greifzange und hob den Topf mit dem übelriechenden Zeug von der Feuerstelle. Dann trug er die Pampe mit einem Pinsel auf der Gitarre auf.

»Und?« Er blickte Sten an.

Sten überprüfte seinen Sniffer und schüttelte den Kopf. »Sauber.« Daraufhin öffnete er den Ordner und warf seinen Inhalt mit der Geste eines professionellen Kartenspielers quer über den Tisch. »Sind Sie bereit, Sir?«

Der Imperator blickte ihn durchdringend an. »Sie meinen, ob ich hart genug bin, um das durchzustehen?«

»Jawohl, Sir.«

Der Imperator hob den noch unfertigen Gitarrenkorpus wieder auf und fuhr mit der Handfläche über seine glatten Seiten. »Fangen Sie schon an.«

Sten zog ein Foto hervor. Ein Standbild vom Monitor des Gehirnscanners. »Das hier ist unser Mann.«

Der Imperator betrachtete die Aufnahme von Knox sehr genau. »Mr. Big«, sagte er trocken.

»Wenn Sie damit meinen, daß er der Drahtzieher hinter der ganzen Sache ist, muß ich Sie enttäuschen, Sir. Ich bezweifle es. Er war lediglich Dynsmans Kontrolleur. Zu unserem Glück war er mit dieser kleinen Rolle nicht zufrieden.« Sten reichte ihm ein zweites Foto.

Der Imperator sah die Aufnahme einer rechten Hand. Sofort fiel sein Blick auf das Emblem. »Mercury Corps!«

»Richtig, Sir. Doch damit nicht genug. Wir wissen inzwischen mit Sicherheit, daß dieser Mann – nennen wir ihn zunächst Knox – Arzt war. Das bedeutet, daß er womöglich ein beim Mercury Corps ausgebildeter Mediziner ist.«

»Ehemals oder derzeitig?«

»Wir hoffen auf ehemals, aber wir wissen es noch nicht. Lieutenant Haines kümmert sich gerade darum.«

Sten wartete eine Sekunde und beobachtete, wie der Imperator ruhig dasaß und mit dem Schmirgelpapier über das Holz kratzte. Dann griff der Imperator in eine flache Seitentasche seiner Hose und zog ein kleines Objekt heraus. Sten sah genauer hin. Es schien aus Metall zu sein, an seinem Ende gegabelt. Sein Boß bewegte es vorsichtig in der Hand hin und her und schlug es dann sachte gegen die Flanke des Instruments. Ein tiefer, summender Ton ertönte...mehrere Herzschläge lang. Der Imperator brachte ihn zum Verstummen, indem er das Metallteil gegen die Wange drückte.

»Der Klang«, sagte er, »stimmt noch nicht ganz. Fahren Sie fort, Captain.«

Sten atmete tief durch. Mit dem, was er jetzt sagen mußte, begab er sich auf gefährliches Terrain. »Darf ich offen sprechen, Sir?« Sten wußte, daß es eine ziemlich dumme Frage war. Niemand sprach offen mit einem Vorgesetzten. Aber er mußte die Gelegenheit beim Schopf packen.

»Schießen Sie los.«

»Ein großes Stück dieses Puzzles fehlt uns noch, und zwar genau das in der Mitte.«

»Was brauchen Sie, um es zu finden?«

»Eine ehrliche Antwort.«

»Enthält die Ihnen jemand vor?«

»Allerdings, Sir.«

Der Imperator wußte schon seit geraumer Zeit, worum es Sten ging, doch er spielte seine Spielchen gerne zu Ende.

»Könnte dieser Jemand ich selbst sein?«

»Ich fürchte ja, Sir.«

»Dann fragen Sie«, forderte ihn der Imperator auf. Seine Züge wurden seltsamerweise ganz weich.

Sten seufzte.

»Vielen Dank, Sir. Aber lassen Sie mich zuerst den Rest dieser Sache hier ausführen. Dann stelle ich Ihnen meine Frage.«

»Von mir aus, ganz wie Sie wünschen. Aber geben Sie mir den Kleber.«

Sten sah ihn verwirrt an, sah jedoch, daß der Imperator auf den übelriechenden Topf zeigte. Sten hob ihn auf und reichte ihn seinem Boß.

Der Imperator griff in ein staubiges Regal und zog einen kleinen Pinsel mit Holzgriff hervor. Den ließ er auf der Oberfläche der klebrigen Masse treiben und langte zwischen den Beinen hinunter zur Resonanzdecke der Gitarre. Nachdem er mit dem Fingerknöchel dagegen geklopft hatte, strich er mit der Stimmgabel darüber und lauschte angestrengt dem summenden Ton. Jetzt nickte er zufrieden. »Die hier könnte die richtige sein.«

Dann tauchte er den Pinsel tief in die heiße Mixtur zu seinen Füßen und fing an, den Kleber an den Rändern des Gitarrenkörpers aufzutragen.

»Zunächst einmal«, sagte Sten, »gab es eine Art Code-Satz, der das Bombenattentat auslöste. Jedesmal, wenn wir diese Sequenz abriefen, beschleunigten sich Dynsmans Lebensfunktionen um fast zwölf Schläge.«

»Wie lautete der Code?«

Der Imperator unterbrach seine Arbeit nicht, hörte jedoch aufmerksam zu. Er paßte den Deckel der Gitarre auf den restlichen Klangkörper und klammerte ihn fest.

Sten warf einen Blick auf seine Notizen. »Raschid«, sagte er dann. »Dynsman wurde aktiviert, sobald jemand den Namen Raschid aussprach. Um genauer zu sein, lautete der Code ›Ingenieur Raschid‹.«

Sten bemerkte nicht, wie sich das Gesicht des Imperators vor Wut verdunkelte. »Fahren Sie fort«, sagte der Imperator fast flüsternd.

»Außerdem ist da noch Nische C. Dynsman sollte die Bombe scharfmachen, wenn sich jemand nach Nische C erkundigte.«

»Halt«, unterbrach der Imperator den Bericht. Er sagte es zwar langsam, doch es war der deutlichste Befehl, der Sten jemals zu Ohren gekommen war. »Dann habe ich sie also umgebracht«, murmelte der Imperator vor sich hin. »Ich war es.«

»Sir?«

Anstelle einer Antwort zog der Imperator eine Flasche unter seinem Hocker hervor. Er nahm einen großen Schluck, schüttelte sich und reichte Sten die Flasche.

Sten zögerte noch und blickte seinen Boß an. Wenn es überhaupt einen Weg gab, zu diesem Mann vorzudringen, ob Imperator oder nicht, dann jetzt. »Ingenieur Raschid?« sagte der Imperator. »Ja. Das bin ich. Eine meiner vielen Verkleidungen, Captain. Wenn ich mich unter die Leute mischen will.«

Nach diesem Geständnis fügte sich für Sten plötzlich alles zusammen. »Sir, demzufolge müssen *Sie* das Ziel gewesen sein. Es hatte überhaupt nichts mit Godfrey Alain zu tun, auch nichts mit dem Gesandten, der sich mit ihm an Ihrer Stelle getroffen hat.«

Der Imperator lächelte traurig.

»Richtig. Er sollte sich als Ingenieur Raschid identifizieren. Statt an die Theke zu gehen, sollten sie Janiz nach der Nische C fragen.«

»Janiz?« fragte Sten. »Wer ist Janiz?«

Der Imperator winkte ab. Sten fügte seine Beweiskette Glied für Glied zusammen.

»Na schön. Die Sache sollte also folgendermaßen vonstatten gehen. Dynsman hatte die Bombe in Nische C installiert. Sie war so konstruiert, daß die Kneipe zerstört, die Schlüsselperson jedoch lediglich betäubt werden sollte. Also Sie. Der Rest ist einfach. Der Krankenwagen sollte Sie sofort zu Dr. Knox bringen.«

»Sie dachten, sie würden mich damit in ihre Gewalt bringen«, bestätigte der Imperator. »Diese blöden Idioten. Das ist alles mehr als einmal versucht worden.«

Er wollte noch einen Schluck aus der Flasche nehmen, schüttelte jedoch den Kopf, drückte den Korken hinein und schob sie wieder unter den Hocker. »Manchmal kann ich mich selbst nicht leiden«, sagte er. »Kennen Sie dieses Gefühl?«

Sten kam zu dem Schluß, daß er besser nicht darauf einging und lieber weiterdrängte. »Sir«, sagte er so vorsichtig wie möglich, »mir kommt es verdammt so vor, als hätten die Tahn mit der ganzen Sache nichts zu tun. Irgend jemand – vielleicht sogar einer Ihrer eigenen Leute – will Sie als Imperator ersetzen. Die Tahn wurden nur wegen Alain hineingezogen.«

Er wartete auf eine Antwort, doch der Imperator schwieg und hing seinen eigenen Gedanken nach. Sten fand, daß jetzt die Zeit gekommen war, die entscheidende Frage zu stellen: »Wer war sie, Sir?«

Der Imperator schlug seine alten, jungen Augen auf. »Janiz«, sagte er. »Einfach nur Janiz. Wir waren einmal ein Liebespaar. Ist schon einige Jahre her. Als ich das Gefühl hatte... Ist ja auch unwichtig, was ich damals fühlte! Ich hab ihr einige Geschichten aufgetischt. Was für ein toller Hecht ich sei und daß ich bald sehr reich sein würde. Und sie... sie... Meine Güte, mein Sohn, sie hat mir zugehört.«

»Aber Sie waren der Imperator«, sagte Sten leise.

Der Imperator schüttelte heftig den Kopf. »Aber nein. Ich war Ingenieur Raschid«, sagte er. »Ein Traumtänzer. Ein Lügner. Herrje, sie glaubte an mich. Ich ging ziemlich regelmäßig in die Stadt hinunter – so alle ein oder zwei Jahre. Ich gönnte mir die eine oder andere Beförderung, und schließlich war ich Captain Raschid, Madam. Captain Raschid.«

»Das ist aber schon sehr lange her«, vermutete Sten.

Der Ewige Imperator nickte. »Wir waren kein Liebespaar mehr. Aber wir blieben gute Freunde. Ich habe die Credits für die Kneipe aufgebracht. Ich war ihr sehr, sehr stiller Partner. Bis auf Nische C. Ich wies sie an, diese Ecke für mich freizuhalten und für Leute, die ich dorthin schickte. Dort ließ ich die besten Anti-Abhörsysteme in meinem ganzen Imperium installieren. Godfrey Alain war nicht der erste, mit dem ich ein Geheimtreffen in dieser Kneipe arrangierte. Schon eigenartig, was man für seine alten Lieben so alles tut...«

Er dachte einige Augenblicke nach und zog dann die Flasche wieder unter dem Hocker hervor. Er nahm einen kleinen Schluck, um den Kopf klarzubekommen. »Was raten Sie mir, Captain?«

Sten erhob sich. »Wir wissen jetzt, daß irgendwo eine undichte Stelle ist, Sir.« Er stand auf und ging auf und ab. »Wir müssen alles dichtmachen. Jemand hat es offensichtlich darauf angelegt, Sie zu töten, Sir.«

Ein seltsames Lächeln huschte über das Gesicht des Imperators. Er wollte etwas sagen, behielt es dann aber doch für sich.

Sten wünschte, er hätte seine Gedanken in diesem Moment ausgesprochen. Was hielt er denn noch immer vor ihm zurück?

»Sie sind also das Ziel. Wir wissen nicht, mit wie vielen Verschwörern wir es zu tun haben. Also dürfen wir niemandem trauen. Ich folge weiterhin der Spur dieses Knox. Und Sie, Sir…«

»Ja, Captain? Wie soll ich mich Ihrer Meinung nach verhalten?«

Sten stutzte und glaubte schon, zu weit gegangen zu sein.

Der Imperator hob mehrere Finger in einem angedeuteten Salut. »Machen Sie sich um mich keine Gedanken, Captain«, sagte er. »Ich bin absolut in Sicherheit. Obwohl ich mir manchmal wünsche…« Der Ewige Imperator hob seine letzte zur Seite geworfene Gitarre auf. Er beugte sich tief über den hölzernen Klangkörper und entlockte den Saiten eine komplizierte Akkordfolge.

Selbst für Stens ungeübte Ohren hörte es sich ziemlich gut an. Es klang außerdem wie eine Aufforderung, sich zu entfernen.

Kapitel 30

Kai Hakone rieb die Handflächen gegeneinander, und die Tabakblätter bröselten auf das darunterliegende Blatt. Vorsichtig sprengte er etwas Wasser auf das Blatt, rollte es um die Tabakbrösel herum und knickte die Enden der Röhre ein. Als er damit fertig war, betrachtete er den Stumpen voller Zufriedenheit und tauchte ihn in ein Glas, das fast bis zum Rand mit Cognac von der Erde gefüllt war. Er schnitt ein Ende ab, zündete den Stumpen mit Hilfe eines hölzernen Stifts an und lehnte sich zufrieden um sich blickend im Sessel zurück. Er befand sich in einem Séparée in einem der exklusivsten Clubs der Erstwelt, das er von Überwachungsgeräten hatte säubern lassen. Hier konnten er und seine Freunde sich ohne größere Umstände treffen.

Die anderen Männer in diesem Raum – es mochten an die fünfzig sein – waren in Hakones Alter oder älter. Industrielle, hohe Offiziere im Ruhestand, Unternehmer, die sich auf ihren Lorbeeren ausruhen konnten. Für einen Außenseiter rochen sie nach Reichtum, doch für Hakone stanken sie nach Tod.

Andererseits war dieser die Nase beleidigende Geruch – wie Lamm oder verbranntes Schweinefleisch – der Geruch seines Lebens und seiner Arbeit.

Manche Leute werden durch ein einziges Erlebnis geprägt.

Hakone war einer von diesen Leuten.

Fast von Geburt an hatte er fliegen wollen. Ins All fliegen. Die Welt, in die er geboren wurde, war recht wohlhabend, insbesondere seine Eltern. Seine Mutter hatte eine großartige Idee gehabt: Es müßte möglich sein, ein Geschäft zu eröffnen, das die Kunden betraten, in einer Kabine Maß nehmen ließen und sich dann ein bestimmtes Muster aussuchten, das in wenigen Minuten direkt auf sie zugeschneidert wurde. Diese Idee hatte die Hakones sehr reich und sehr zufrieden gemacht.

Für das Verlangen ihres Sohnes, hinauszuziehen, brachten sie kein Verständnis auf, stellten sich ihm jedoch auch nicht in den Weg. Und so wurde aus Kai Hakone ein Lieutenant und Kommandeur eines Aufklärers, gerade rechtzeitig zum Ausbruch der Mueller-Kriege.

Hakone hatte sich sämtliche Lektionen der Akademie zu Herzen genommen. Er setzte alles daran, seine achtunddreißig Mann auf dem winzigen Raumschiff zu führen, zu inspirieren und ihnen ein guter Vorgesetzter und Freund zu sein. Doch sein Aufklärer wurde als Abrufreserve für die Landung auf Saragossa bestimmt. An jenem Tag wurden fünf Imperiale Schlachtschiffe vernichtet, ebenso wie der Großteil der 7. Gardedivision in den Transportschiffen. Unter den Millionen Toten, die ins Vakuum des Weltraums geblasen wurden oder endlos auf den Planeten hinabstürzten, befanden sich auch die achtunddreißig Männer und Frauen von Hakones Schiff.

Sein Aufklärer wurde nach und nach vernichtet, in Fetzen gerissen von Sprengköpfen, Lasern und schließlich von Projektilwaffen. Lieutenant Kai Hakone war der einzige Überlebende. Man befreite ihn aus den Überresten des Schiffs und setzte seine Psyche erst allmählich wieder zusammen.

Nach dem Ende der Mueller-Kriege fand es der Imperator recht passend, alle diejenigen, die den Dienst in den Imperialen Streitkräften quittieren wollten, zu entlassen. Kai Hakone war plötzlich ein junger Zivilist mit einer mehr als angebrachten Abfindung, ohne den Wunsch, auf seinen Heimatplaneten zurückzukehren, und mit dem Geruch des Todes in der Nase.

Dieser Geruch hatte ihn seiner gegenwärtigen Karriere als Schriftsteller zugeführt.

Sein erstes Vid-Buch – ein Roman über das Erwachsenwerden inmitten des barbarischen Gemetzels – schlug wie eine Bombe ein. Sein zweites, eine nüchterne Analyse der Mueller-Kriege, wurde ein Bestseller; es wurde zehn Jahre nach Kriegsende veröffentlicht, gerade rechtzeitig für eine revisionistische Neubeurteilung. Von diesem Zeitpunkt an galten alle grimmigen und leicht morbiden Arbeiten Hakones als Veröffentlichungen eines großen Künstlers.

Sein sechstes Werk, eine Rückkehr zum Sachbuch, war eine nüchterne Darstellung dessen, was bei der Schlacht um Saragossa schiefgelaufen war, und vertrat den skandalösen Standpunkt, daß der junge Admiral vor Ort lediglich als Sündenbock für die Verfehlungen des Imperators selbst hatte herhalten müssen. Die Kernaussage war natürlich in sorgsam gewählte Worte verpackt, um jedem Verdacht auf politische Einmischung vorzubeugen.

Doch es war, wie Hakone sehr wohl wußte, ein weiterer Wendepunkt seiner Karriere. Aus diesem Grund saß er auch in diesem Club der Reichen, roch die Leben reicher Leute und fühlte sich wie ein Gespenst beim Bankett. Doch Hakone verdrängte diesen Gedanken ebenso wie seine immer wiederkehrende Frage danach, was wohl aus Kai Hakone geworden wäre, wenn die Schlacht um Saragossa sich als grandioser Triumph herausgestellt hätte.

Er trommelte mit den Fingernägeln auf die Tischplatte, und sofort wurde es still im Raum.

Wieder ließ er seinen Blick über die fünfzig im Zimmer versammelten Männer schweifen. Wäre Hakone klüger oder etwas analytischer gewesen, hätte ihm auffallen müssen, daß keiner der ehemaligen Militärs mehr als einen Generalsstern auf der Schulterklappe hatte, daß die versammelten Industriellen ihre Firmen allesamt von ihren Vorfahren geerbt hatten und daß die Unternehmer zu der Sorte gehörten, die sich hauptsächlich mit undurchsichtigen Geschäften in den Randzonen des Imperiums abgaben. Doch es liegt wohl in der Natur des Verschwörertums, nicht allzu viele Fragen zu stellen.

»Gentlemen«, fing er an, und seine ruhige Stimme stand in eigenartigem Gegensatz zu seiner bärenhaften Erscheinung. »Gentlemen, bevor wir anfangen, darf ich Sie noch einmal daran erinnern, daß dieser Raum auf alle bekannten elektronischen Abhörmechanismen überprüft wurde, ebenso auf mechanische Aufnahmegeräte. Wir können uns also völlig offen unterhalten.«

Ein Mann erhob sich. Hakone kannte ihn als Saw Toyer, der

seinen Reichtum mit der Herstellung von Uniformen für die Garde immens vergrößert hatte.

»Es ist viel Zeit vergangen, Sr.Hakone«, sagte er anklagend. »Wir – und damit spreche ich wohl für alle Anwesenden – haben mehr als großzügig gegeben. Wir hofften darauf, daß nach dem Imperialen Siegestag etwas... etwas geschehen würde. So, wie Sie es versprochen haben. Statt dessen ist nichts geschehen. Jedenfalls nichts für uns alle Sichtbares. Wenn ich nicht so überzeugt hinter der Sache stünde, würde ich mich jetzt fragen müssen, ob meine Credits nicht in einem schwarzen Loch verschwunden sind.«

»Das ist doch der Zweck unserer Zusammenkunft«, antwortete Hakone. »Ich möchte Sie darüber informieren, was geschehen ist.«

Hakone hätte näher ins Detail gehen können: daß der Versuch, den Imperator zu betäuben und zu kidnappen, fehlgeschlagen war; daß es dem Attentäter gelungen war, von der Erstwelt zu fliehen; daß sein Kontrolleur, ihr Agent Doktor Har Stynburn alias Dr.Knox verschwunden war; daß alle Unwägbarkeiten dieser Verschwörung entweder aus dem Weg geräumt worden waren – etwa durch die Ermordung des Chefs der Taktischen Eingreiftruppe – oder sich selbst aus dem Weg geräumt hatten. Er wußte jedoch, daß der Schlüssel zum Erfolg darin lag, die Geldleute niemals mit kleineren Problemen zu beunruhigen.

»Phase eins ist, wie Sie gesagt haben, fehlgeschlagen. Aber, und auch das dürfte Ihnen nicht entgangen sein, sie ist fehlgeschlagen, ohne daß der Imperator Verdacht geschöpft hätte – bis auf die Tatsache, daß er einen seiner Leibwächter mit der Untersuchung des Falls beauftragt hat. Wir haben jedoch, wie versprochen, keinerlei Spuren hinterlassen. Trotzdem gibt es noch ein Problem. Unsere gewohnte Informationsquelle ist versiegt. Wir werden jetzt nicht mehr über die nächsten Schritte des Imperators unterrichtet.«

Hakone drehte seinen Stumpen im Cognac, zündete die Zigarre erneut an und wartete, bis sich das empörte Gemurmel gelegt hatte. ›Diese Hosenscheißer‹, dachte er. ›Diese Männer haben nie gelernt, daß es immer noch einen Kilometer gibt, den man zurücklegen muß. Aber du hast schon vor langer Zeit gelernt‹, antwortete seine optimistische Seite, ›daß man sich stets auf die eigenen Reserven verlassen muß.‹

Erneut sorgte Hakone mit seinem Klopfen für Ruhe. Als die Angst im Zimmer fast greifbar wurde, schwoll auch das Gemurmel an. Hakone benetzte einen Finger im Cognacschwenker und ließ ihn um den Rand des Glases kreisen. Das hohe Jaulen brachte den Aufruhr endlich zum Verebben.

»Ich danke Ihnen«, sagte Hakone. »Was geschehen ist, ist geschehen. Doch jetzt die guten Nachrichten. Unser Koordinator ist von der Entwicklung der Dinge überaus angetan.«

»Wie das denn?« Es war nicht auszumachen, woher die hämische Frage gekommen war.

»Weil trotz unserer Aktionen und trotz der Reaktion von seiten des Palastes keinerlei Unterbrechungen aufgetreten sind.«

»Und was unternehmen wir als nächstes? Sollen wir uns Löcher suchen, in die wir uns verkriechen können?« Das war Ban Lucery gewesen, einer der wenigen Industriellen, denen Hakone Respekt entgegenbrachte.

»Selbstverständlich nicht. Unser Koordinator – dessen Entscheidung ich vollauf unterstütze – hat angeordnet, daß wir zu Phase zwei dessen, was wir Operation Zaarah Wahrid genannt haben, übergehen. Beruhigen Sie sich, Gentlemen. Die Tage dieser unerträglichen Imperialen Kontrolle sind gezählt. Phase zwei kann auf gar keinen Fall schiefgehen.«

Kapitel 31

Die kleinen Männer zogen die Stämme mit langen Haken aus dem Teich und schoben sie in die Kettenwinde; dann setzte sich der Betrunkene hin, lehnte sich an einen Stapel geschälter Stämme und grölte. Naik Rai und Subadar-Major Chittahang Limbu sahen voller Genugtuung zu.

Sten schaltete seinen Modellbaukasten ab, und die Gestalten lösten sich in Nichts auf, obwohl er sicher war, daß sein Trunkenbold Zeit genug hatte, um noch einmal kräftig an der Flasche zu nuckeln.

»Das ist nicht gut«, sagte Naik Rai. »Wer soll Sie daran erinnern, welche Socken Sie tragen sollen?«

»Sind Sie sicher, daß das stimmt?« wiederholte Limbu auf gurkhali.

»Verdammt noch mal!« fluchte Sten. »Ich bin mir überhaupt nicht sicher, Subadar-Major. Ich weiß nur, daß ich aus dem Imperialen Dienst abkommandiert worden bin. Ich weiß nur, daß Sie das Kommando über die Gurkhas übernehmen sollen. Und ich weiß nur, wenn Sie mir Schande machen, Subadar-Major, dann geht Ihnen nicht nur der Arsch auf Grundeis, wofür ich eigenhändig sorgen werde!«

Limbu prustete laut los, salutierte dann jedoch. »Captain, ich habe keine Ahnung, was sich hier momentan abspielt. Aber ich habe so ein Gefühl, daß wir uns so bald nicht wiedersehen werden.«

Sten zog verächtlich die Oberlippe hoch. »Vielen Dank für Ihr Vertrauen, Chittahang. Aber dieses Gefühl können Sie sich sonstwo hinschieben. Sie können gehen.«

Die beiden Gurkhas salutierten und waren auch schon verschwunden. Sten packte weiter seine Siebensachen. Es klingelte erneut, und Sten drückte auf den Türöffner.

Draußen stand Lisa. Sten fiel auf, daß sie einen Wanzendetektor bei sich trug – eingeschaltet. Die Tür fiel hinter ihr ins Schloß, und Sten entschied, daß das Protokoll in dieser Situation als erstes einen ausgiebigen Kuß vorschrieb.

Als sie sich voneinander lösten, lächelte ihn Lisa an. »Alles ist völlig gaga.«

»Mach keine Scherze«, antwortete Sten. »Du hörst dich schon an wie der Ewige Imperator.«

»Du packst?«

»Ich muß mich schon wieder verabschieden. Ich siedle um in unser Versteck.«

»Nein«, sagte Haines und kam wieder auf den Punkt. »Ich meine, du gehst diesmal wirklich. Du und dein klobiger Freund.«

»Mmhmmm.«

»Wir haben unseren berühmten Dr.Knox gefunden.« Haines warf ein Fiche auf Stens Tisch.

»Erzähl doch mehr davon.«

»Dr. John Knox heißt eigentlich Har Stynburn; wurde aus dem Mercury Corps rausgeworfen. Das Urteil des Kriegsgerichts trägt das Siegel: ›Nur dem Geheimdienst zugänglich‹.«

Sten verspürte eine Woge der Erleichterung. Wenigstens hing niemand drin, der zur Zeit aktiv im Dienst des Imperiums stand.

»Es sieht ganz so aus, als wäre Dr. Stynburn, dessen Ansichten schon immer recht militant gewesen waren, einem Befriedungsteam als Mediziner zugewiesen worden. Es ging um irgendeinen Planeten – die Details sind auf dem Fiche–, den das Imperium nicht so recht unter Kontrolle kriegen konnte. Die Eingeborenen dieses Planeten wollten eigentlich nichts«, sagte Lisa. »Außer Stahlwaffen. Dr. Stynburn sorgte dafür, daß die Speerspitzen und so weiter stark radioaktiv waren. Beschäftigt ihr euch eigentlich immer mit derlei Aufträgen?«

»Hör schon auf, Lisa.«

»Tut mir leid, aber ich komme aus einer ganz anderen Ecke. Wie auch immer, die Eingeborenen kratzten ab – die weiblichen jedenfalls, denn der Planet war ein Matriarchat. Da die Lebenserwartung der Eingeborenen sehr kurz war, konnte Stynburns Team bei seiner Abreise vermelden, daß der Planet für die Besiedlung gesäubert sei. Leider sang jemand wie ein Kanarienvogel, und Dr. Stynburn wurde vors Kriegsgericht gestellt.«

Inzwischen hatte Sten das Fiche in sein Sichtgerät auf dem Schreibtisch geschoben und hörte Haines nur noch mit halbem Ohr zu.

»Degradiert. Keine Haftstrafe... verdammt... sie hätten ihn verbannen sollen... hat sich herumgetrieben... keinen Eintrag über folgende Arbeitsverhältnisse...« Er schaltete das Gerät ab und blickte Lisa an.

»Keinerlei Vermerke«, sagte sie. »Aber wir haben ihn gefunden. Er befindet sich nicht mehr auf der Erstwelt.«

»Wo ist er?«

»Er versteckt sich auf einem Planeten namens Kulak.« Haines reichte Sten noch ein Fiche.

»Wie hast du ihn so schnell gefunden?«

»Nachdem du uns darauf aufmerksam gemacht hast, daß unser Dr. Knox ein wenig egozentrisch sein muß, fragte ich mich, ob er nicht vielleicht dumm genug ist, seine Karriere weiterzuverfolgen, anstatt möglichst unauffällig unterzutauchen. Und siehe da: Dr. Block – sein neuer Name ist William Block – ist der Vertragsmediziner auf Kulak.«

Sten fütterte auch dieses Fiche in seinen Betrachter, überflog die allgemeine Beschreibung und wechselte mehrfach die Gesichtsfarbe von Weiß nach Grau und wieder zurück. »Ich hätte bei Mantis bleiben sollen«, murmelte er vor sich hin. »Dort müßte ich nur ab und zu in einen Schlamassel springen, wo die Chancen nicht schlechter als zehntausend zu eins stehen. Aber ich müßte mich nicht für dumm verkaufen lassen.«

»Hast du schon mal was von Kulak gehört?«

Sten hielt sich nicht länger mit der Erklärung auf als nötig. Kulak war ein kleiner Planetoid mit giftiger Atmosphäre und tödlicher Umgebung, der ungefähr zwischen dem Ende der Galaxis und Nirgendwo lag. Das einzig Interessante an ihm war die Tatsache, daß es dort kristalline Lebensformen gab, die wie Pflanzen wuchsen. Eines dieser kristallinen Metalle war unglaublich leicht, aber weitaus härter als jedes herkömmliche Metall im gesamten Imperium. Seine chemischen Eigenschaften und eine Beschreibung waren auf dem Fiche enthalten.

Sten war die Substanz jedoch auch so vertraut. Er selbst hatte das Messer, das in seinem Arm versteckt war, damals im »Höllenwelt«-Sektor, der Strafabteilung Vulcans, aus genau diesem Material angefertigt. Der Arbeitssektor – Areal 35 – war exakt Kulaks Umgebung nachempfunden gewesen, bis hin zu der Tatsache, daß sämtliche Arbeiter, die dahin verdammt wurden, dort auch umkamen.

Und jetzt verlangten sie von Sten, daß er nach Areal 35 zurückkehrte. Er war so erschrocken wie noch nie in seinem Leben.

Sten konzentrierte sich und las weiter. Nach seiner Entdekkung war Kulak von der Entdeckungsfirma verlassen worden. Jahre später wurde der Planetoid von unabhängigen Bergleuten wiedereröffnet, zähen Männern und Frauen, die fest entschlossen waren, ihr Leben auf Kulak aufs Spiel zu setzen. Da Kulak nicht gerade ein Wunschplanet war, hatten sie sofort zugegriffen, als sich die Möglichkeit bot, einen echten Arzt anzuheuern, noch dazu einen, der bereit war, sich für zwei E-Jahre zu verpflichten. Da viele dieser Bergleute selbst auf der Flucht vor der Gerechtigkeit des Imperiums waren, interessierte sich niemand dafür, was Dr. Block – Har Stynburn – vorher getan hatte. Hochverrat rangierte auf Kulak ungefähr auf der gleichen Stufe wie Verweigerung der Zahlung von Alimenten.

Sten hatte sich wieder einigermaßen im Griff und zog das Fiche heraus. »Ja«, sagte er, »ich habe schon von Kulak gehört.«

»Draußen steht ein Kampfschiff bereit«, erwiderte Haines. »Das Ziel ist geheim, sogar der Pilot kennt es nicht. Ich habe dafür gesorgt, daß die nötigen Schutzanzüge an Bord sind.«

Keine der Antworten, die Sten sofort in den Sinn kamen, schien ihm passend – und dann kam Kilgour durch die Eingangstür gedonnert und tippte wütend auf ein Fiche.

»Mein lieber Sten«, polterte er, »du errätst nie, wohin uns dieses Wahnsinnsmädel schicken will.«

»Doch.«

»Entschuldigung, Lieutenant, hab Sie im Moment gar nicht gesehen.«

»Macht nichts, Sergeant. Ihr furchtloser Vorgesetzter sieht auch nicht viel glücklicher aus als Sie.«

»Sten, müssen wir das wirklich annehmen? Können wir nicht einfach ein kleines Bataillon Gardisten hinschicken, um diesen Hund abzuholen?«

»Damit er wieder wegläuft?«

»Schon gut, alter Freund. Ich glaube, da ist was Wahres dran. Nicht viel, aber ein bißchen schon. Aber was sollen wir jetzt tun?«

»Wir geh'n die Sache einfach wie der Rote Rory an«, erwiderte Sten trocken.

»Mach dich nicht über meine Art zu reden lustig«, sagte Alex. »Sonst hetz ich dir meine Mutter auf den Hals.«

Sten drehte sich um und machte sich wieder ans Packen.

Kapitel 32

Jill Sherman war das einzige Gesetz auf Kulak. Die Kulak-Kooperative hatte Sherman beauftragt, für irgendeine Art von Ordnung in dem einzigen Kuppeldorf zu sorgen, das als Basislager für die Bergleute diente. Jill war mindestens so niederträchtig wie jeder andere dieser Arbeiter, doch sie war ein gutes Stück schlauer als die meisten, und sie legte hinsichtlich der Ausübung ihrer polizeilichen Macht eine von allen begrüßte Laissez-faire-Haltung an den Tag. Sie kannte nur drei Regeln: keine Waffen, die die Kuppel selbst gefährden könnten; kein Falschspiel; jeder Arbeiter bekommt einen ehrlichen Anteil an seinen Kristallen.

Für Sherman kam das Angebot, auf Kulak das Gesetz zu vertreten, gerade recht, nachdem ihr vorheriger Auftrag ziemlich spektakulär geworden war. Sie hatte als Vize-Polizeichef auf einem Planeten gearbeitet, der von permanenten Aufständen und Krawallen geplagt wurde, was recht verständlich war, wenn man bedachte, daß dieser Planet nur von Minderheiten besiedelt war, die allesamt versuchten, beim Kampf um die Herrschaft den jeweils etwas weniger vom Glück Begünstigten den Fuß in den Nacken zu drücken. Schließlich hatte Sherman den Eindruck, sie habe genug Aufstände miterlebt, und zündete eine Mini-Atombombe. Die Explosion radierte nicht nur die gerade regierende Partei vollständig aus, sondern brachte Sherman auch eine Reihe unangenehmer Klagen an den Hals: Mord, Mißbrauch der Amtsgewalt und versuchter Völkermord.

Sie warf einen Blick auf Stens Empfehlungsschreiben und musterte dann die beiden Männer, die noch immer mit der Übelkeit nach der Landung zu kämpfen hatten.

»Dr. Block hat bei uns hervorragende Arbeit geleistet. Warum zum Teufel sollte ich euch beiden Imperialen helfen, ihn wieder abzuholen?«

»Ich möchte den Steckbrief nicht noch einmal vorlesen«, sagte Sten müde, »aber da sind diese kleinen Anklagepunkte wie Verrat, mehrfacher Mord, Verschwörung, Flucht vor den Behörden – Sie wissen, was ich meine. Das Übliche eben.«

»Wir sind hier auf Kulak, mein Freund. Uns ist *scheißegal,* was jemand früher in der Zivilisation angestellt hat.«

»Mädel«, setzte Alex an, »vielleicht können wir Ihnen ein Schlückchen spendieren und in aller Ruhe…«

»Das reicht, Sergeant«, schnitt ihm Sten das Wort ab. Dabei vollführte sein Magen noch immer Purzelbäume, denn die atmosphärischen Gegebenheiten auf Kulak hatten dem Kampfschiff bei der Landung schwer zu schaffen gemacht. »Ihr arbeitet hier aufgrund eines Erlasses des Imperiums. Dieser Erlaß könnte aufgrund eines einzigen Funkspruchs von mir aufgehoben werden, außerdem wäre in diesem Fall sofort Unterstützung von seiten des Imperiums hierher unterwegs. Wollen Sie die Dinge so weit eskalieren lassen, Sherman?« Hätte ihm nicht die Übelkeit die Kehle zugeschnürt, wären Sten wahrscheinlich andere Worte eingefallen, um seinen Standpunkt zu verdeutlichen. Höchstwahrscheinlich hatte er einen Fehler begangen, was sich auch an Alex' unterdrücktem Stöhnen ablesen ließ.

»Tut mir leid, äh, Captain, richtig? Sie finden Dr. Block im C-Sektor, die Büros mit den 60er Nummern.«

Sten nickte schroff, nahm Alex am Arm und war bereits auf dem Weg nach draußen. Damit beging er seinen zweiten Fehler.

Sherman wartete natürlich nur, bis sich das Doppelschloß an der Tür zu ihrem Büro verriegelt hatte, und hing auch schon an der Kom-Anlage.

Sogar die Straßen in dieser überdachten Stadt waren primitiv. Ihre Temperatur wurde überwacht, und sie waren mit einem atembaren Sauerstoffgemisch geflutet, doch das hinderte die Kondensation im Innern der Kuppel nicht daran, ständig Nebel zu bilden, herabzuregnen und für einen permanenten Dreckzustand zu sorgen.

»Das hast du ganz schön versiebt«, murmelte Kilgour, als er mit Sten durch den Matsch watete. »Dieses Mädel war wirklich beeindruckend. Hättest du mir ein Stündchen Zeit gelassen, ich hätte sie so weit gekriegt, mir aus der Hand zu fressen.«

Sten knurrte Alex an – wahrscheinlich, weil er Angst hatte. Angst vor diesem Planeten, Angst vor den Dingen, die er aus seiner Vergangenheit wieder heraufspülen würde, und Angst vor den vielen schrecklichen Möglichkeiten, hier zu sterben, so wie er es damals im Areal 35 erfahren hatte.

Womöglich jagten ihm auch die Anzüge, die sie jetzt trugen, Angst ein. Auf Kulak trugen alle Anzüge, sogar innerhalb der Kuppel, es sei denn, dringende körperliche Bedürfnisse verlangten eine Abweichung von der Regel. Die Anzüge waren durchaus interessante Konstruktionen: geräumig, gepanzert und so schwerfällig, daß sogar ein athletischer Mann wie Sten darin watscheln mußte. Ein Grund für ihre Schwerfälligkeit war, daß jedes einzelne Segment über ein Abschaltelement verfügte.

Wurde eine bestimmte Stelle des Anzugs beschädigt, konnte sein Träger dieses Segment abschalten – wobei das entsprechende Körperglied sofort amputiert und verschweißt wurde.

Sten hatte jedenfalls soviel Angst wie schon seit Jahren nicht mehr.

Dr. Har Stynburn/Dr. John Knox/Dr. William Block war von Sherman vorgewarnt worden. Hastig legte er seinen Anzug an und bewaffnete sich mit dem üblichen langen, gemein gekrümmten, beinahe schwertgroßen Messer und einem »Erntewerkzeug«.

Für die Ernte eines »reifen« Brockens des Metalls, das außerhalb der Kuppel wuchs, brauchte ein Arbeiter eine Spatenkanone – eine mit beiden Händen zu bedienende Flinte mit Federmechanismus, die einen ungefähr einen Meter langen Speer mit einem rasiermesserscharfen und 25 Zentimeter breiten Schaufelblatt am anderen Ende abfeuerte. Die Geschwindigkeit des abgefeuerten Spatens betrug 500 Meter pro Sekunde, was ihn zu einem recht gefährlichen Werkzeug machte.

Stynburn hatte mit einem Angriff gerechnet, wenn auch nicht von seiten des Imperiums, sondern eher von einem von Hakones Lieblingsschurken. Letztlich war es ihm aber egal, denn er fand es absolut legitim, daß bei einer mißlungenen verdeckten Operation hinterher sämtliche Spuren beseitigt wurden. Genau aus diesem Grund hatte er die Erstwelt verlassen.

Und aus diesem Grund befand sich die Rückwand seines Büros auch direkt an der Außenwand der Kuppel, aus diesem Grund hatte er als innere Bürotür eine zusätzliche Luftschleuse anbringen lassen.

Stynburn verschloß sein Visier und überprüfte die Anzeigen. Keine Lecks. Er ließ die Atmosphäre seines Büros in die Kuppel entweichen und legte eine Hand auf einen Knopf. Er war bereit. Sein Blick wanderte zu einem Monitor, auf dem das Vorzimmer seines Büros zu sehen war.

Als die Tür aufging und die beiden Männer hereinkamen, zögerte er keine Sekunde.

Seine Hand senkte sich auf den roten Knopf. Sofort wurden die Rückwand des Büros und die äußere Schutzwand der Kuppel von einer Explosion nach draußen gesprengt und rissen dabei Stynburn auf die Oberfläche von Kulak hinaus.

Selbst im angrenzenden Raum spürte Sten den dumpfen Knall, mit dem die Restluft aus dem inneren Büro entwich. Instinktiv schlossen er und Alex die Helme und warteten ab.

Die Anzeigen, die es hier in jedem Zimmer und in jedem Büro gab, schwankten kurzzeitig und pendelten sich dann wieder ein.

»Unser Freund ist ausgegangen«, sagte Alex über Helmfunk.

Sten antwortete nicht. Er hatte das Büro auf der Suche nach der nächsten Luftschleuse schon wieder verlassen.

Die matschige Straße vor dem Bürogebäude war jetzt voller Bergarbeiter. Sherman führte sie an. Sten blieb stehen und klappte sein Visier auf.

»Wir sind zu dem Schluß gekommen«, verkündete Sherman unumwunden, »daß ihr euer Gesetz habt, und wir haben unseres. Wir brauchen einen Arzt. Wir haben einen Arzt. Und wir werden ihn hierbehalten.«

Sten fielen nicht besonders viel Drohungen ein, die wirklich angebracht waren.

»Wir stellen uns allen Konsequenzen«, meinte Sherman. »Falls es überhaupt welche geben sollte.«

»Soll das heißen, Mädel«, warf Alex mit traurigem Tonfall ein, »daß ihr nicht die Absicht habt, uns von hier wegzulassen?«

Sherman nickte.

Stens Anzug war im großen und ganzen ein Duplikat des Modells, das die Arbeiter und Sherman trugen. Da er jedoch im Auftrag des Imperiums hergestellt worden war, verfügte er über die eine oder andere Besonderheit, von der Sten hoffte, daß keiner der Anwesenden sie bereits kannte.

Er nahm einen rechteckigen Behälter vom Gürtel. Während sich sein Visier schloß, schraubte er den Verschluß des Containers ab. Ein dünner, sichtbarer Sprühnebel zischte heraus, und Sten schleuderte den Behälter mitten zwischen die Arbeiter. Dann stellte er seinen Helmfunk auf volle Lautstärke, rief: »Gas! Das ist ein ätzendes Gas!« und lief selbst davon. Einige Sekunden lang waren die Arbeiter damit beschäftigt, sich vor dem fauchenden und zischenden Behälter in Sicherheit zu bringen; dann rannten sie verwirrt auf der Straße herum und fragten sich, wo Alex und Sten geblieben waren.

Als Shermans im Anzug eingebauter Analysator anzeigte, daß der Behälter nicht mehr enthielt als einen Reservetank Atemluft – die nur aus Platzgründen als Flüssigkeit transportiert wurde–, standen Sten und Alex bereits vor einer Schleusentür.

»Och«, maulte Alex, während er Sten in die innere Kammer schob, »ich will gern derjenige sein, der die nachdrängenden Horden an der Brücke aufhält.«

Bevor Sten ihm antworten konnte, sprang Alex zurück und betätigte den Verschlußmechanismus, was Sten keine andere Wahl ließ, als dort draußen allein nach Stynburn zu suchen.

Alex drehte sich um, und da kam auch schon der Mob wie ein wildes Tier auf ihn zugestoben. »Na, was jetzt?« rief er ihnen entgegen. »Wer will der erste sein?«

Der erste war ein Arbeiter, der seine Kollegen und Alex um

mehrere Köpfe überragte. Alex blockte seinen Schlag ab und holte selbst aus. Der Block zerschmetterte die Panzerung am Armteil des Anzugs des Angreifers, und der Schlag beförderte das Monster mitten in die Menge zurück. Kulak war eine Welt mit vergleichsweise geringer Schwerkraft – und Kilgour war ein Schwerweltler. Der Mob kam näher heran, und die Situation wurde brenzlig.

Einigermaßen brenzlig, da die Messer, die die meisten Arbeiter bei sich trugen, im Inneren ihrer Anzüge steckten und sie auch nicht genug Platz hatten, um ihre Spatenkanonen abzufeuern – jedenfalls nicht, ohne dabei das Risiko einzugehen, mit den Geschossen die nahe Kuppelwand zu durchschlagen.

Demnach stellte sich Alex-von-der-Luftschleuse auf eine zünftige Prügelei ein. In jeder anderen Gesellschaft hätte man so etwas ein Massaker genannt, doch auf Kulak war es kaum mehr als eine Schlägerei, von der man noch einige Jahre reden würde, bis alle Beteiligten entweder gestorben waren oder mit einem kleinen Vermögen unter dem Arm den Planeten verlassen hatten.

Und es gab nichts, was Alex mehr liebte als eine zünftige Prügelei. In Bewegung sah er aus wie ein schwer gepanzerter Ball, der immer wieder vom Schleuseneingang abprallte, auf ein genau anvisiertes Ziel traf und wieder in die Ausgangsposition zurücksprang, ein gepanzerter Ball, der verwirrenderweise halbvergessene und schreckliche Gedichtzeilen zitierte.

»Da sprach Horatius, der Kühne,
Der Krieger vor dem Tor:
Ein jeder, der sich wagt hervor,
Kriegt jetzt oder später
kräftig was aufs Ohr.«

Das Ohr war in diesem Fall das zerschlagene Visier eines Arbeiters und eine beinahe tödliche Gehirnerschütterung. Alex hatte keine Zeit, den Mann fallen zu sehen, denn schon packte er einen Arm, der eine Eisenstange schwang, und schlug mit der gleichen Stange dem nächsten Minenarbeiter in den Magen, woraufhin dessen Druckanzug explodierte.

»Auf Asturs Kehle Horatius
drückt kräftig seinen Schuh ...«

Der entsprechende Minenarbeiter gurgelte ins Jenseits.

»Und drei- und viermal sticht er zu ...«

Ihr müßt mir die dichterische Freiheit schon nachsehen.

»Bevor er die Klinge wieder herauszieht.«

Die Arbeiter zogen sich zurück, um sich neu zu formieren. Alex drehte seinen Anzug auf volle Sauerstoffversorgung und wartete.

Der Mob, von dem nur noch etwa die Hälfte Interesse am Kampf signalisierte, schien zu zögern.

»Da keiner von ganz vorne
Des Angriffs Führer wollte sein;
Brüllten hinten die: ›Los, vorwärts!‹
Und vorn fingen sie an zu schrein.«

Das war zuviel. Die Arbeiter drängten auf breiter Phalanx vorwärts. Eine Phalanx funktioniert nur so lange, bis jemand aus der ersten Reihe ausbricht. Alex warf sich flach in den Straßenmatsch und rollte auf die heranstürmenden Minenarbeiter zu. Die erste Reihe stolperte und ging zu Boden, wodurch sie wirkungsvoll die Luftschleuse blockierte. Inzwischen lief Alex im Rücken der Angriffswelle Amok. Der Rammbock seines Helms war ebenso wirkungsvoll wie seine Füße und Fäuste. Der Mob geriet ins Wanken, drehte um und rannte die schmalen Durchgänge davon, bloß weg von Alex.

Kilgour richtete sich wieder einigermaßen her, drosselte die Luftzufuhr des Anzugs und öffnete sein Visier. Schwer atmend wartete er, bis sich die Euphorie und das Adrenalin etwas verflüchtigt hatten.

»An diesem oder jenem Ort,
Wo's jeder sehen kann,
Steht Alex stolz in Socken und Kilt,
Wie selten nur ein Mann.
Und drunter steht geschrieben
Tief gemeißelt in den Stein
Wie mutig er die Brücke
Hat verteidigt ganz allein.«

In der Hoffnung auf ein angemessenes Publikum blickte Alex um sich. Doch da war niemand mehr – die Opfer der Schlacht waren entweder endgültig hinüber, schrien nach einem Arzt oder krochen schleunigst davon. Was Alex nicht viel ausmachte.

»Das war ein Gedicht«, erläuterte er allen, die es vielleicht interessierte, »ein Gedicht, das ich als kleines Kind auf den Knien meiner Mutter und an anderen trinkfreudigen Orten gelernt habe.« Besorgt warf er einen Blick auf die Schleusentür. »Wenn du dich jetzt beeilen und diesen Doc rasch schnappen könntest, dann wäre es sogar drin, daß wir uns von hier verdrücken, bevor diese Blödmänner merken, daß ich keine Brücke, sondern nur eine Schleuse verteidige…«

Der Staub bestand aus Metallspänen, die durch den außerhalb der Kuppel wabernden gelben Nebel geblasen wurden. Sten warf einen kurzen Blick auf die aufgesprengten Rückwände von Stynburns Räumen und folgte dann den Fußstapfen im Staub.

Sie führten im Abstand von zehn Metern hinauf in etwas, das man hätte Hügel nennen können, wenn es nicht ständig pulsiert hätte, angeschwollen und wieder in sich zusammengefallen wäre.

Die Spur führte um einen Felsbrocken herum. Da er sich auf den Boden konzentrierte, wäre Sten fast vor Schreck gestorben, als der Auswuchs auf dem Brocken plötzlich aufbrach, Blüten trieb und explosionsartig »keimte«.

Die Fußstapfen zogen sich am Rande dieser Hügel entlang, dann hinunter in ein sich weitendes Tal und verliefen dann parallel zu einem Fluß aus flüssigem Metall.

Zu leicht, warnten Stens Gedanken. Sten versuchte, in dem gelben Dunst etwas zu erkennen, die rasch verwehenden Spuren auf der anderen Seite des Tals wieder hinaufzuverfolgen; dort verschwanden sie in einem knospenden Gesteinsfeld. Sten kreiste um den letzten Fußabdruck, suchte den Punkt, wo die Spur weiterführte, wobei er seine ausgestreckten Arme benutzte, um die ungefähre Entfernung zu bestimmen.

Er sah nach oben. Unterhalb des Gesteinsfelds befand sich eine kleine Grotte. Der Wind hatte den Metallstaub auf dem Boden noch nicht wieder verweht, und Sten erkannte Fußspuren, die aus der Spalte heraus und wieder hinunter zum Fluß führten.

Er bewegte sich vorsichtig in die Grotte hinein. Nach drei

Schritten schrillten seine Alarmsysteme, und der alte Witz fiel ihm wieder ein: »Woran erkennt man einen Mann vom Mercury Corps? An seinen Spuren. Er geht immer rückwärts.« Sten drehte sich umständlich in seinem Anzug um, gerade als Stynburn sich aus seinem Hinterhalt am Rande der Grotte auf ihn stürzte.

Stynburns Schlag mit der Spatenkanone zielte auf Stens Visier, doch Stens angezogene Beine katapultierten Stynburn über ihn hinweg und warfen ihn in den Sand.

Als Sten sich aufgerichtet hatte, feuerte Stynburn bereits die Spatenkanone auf ihn ab. Instinktiv drehte sich Sten, der die Bewegung aus dem Augenwinkel wahrgenommen hatte, zur Seite, um ein so kleines Ziel wie möglich abzugeben; es war reiner Zufall, daß sein gepanzerter Arm die Flugbahn des Speers kreuzte und das Geschoß seitlich ablenkte.

Jetzt standen sich zwei Männer in Anzügen, die sie in aufgeblasene humanoide Karikaturen verwandelten, in einer Arena voller Metallstaub gegenüber, der von einem gelben Wind ständig aufgewirbelt und verweht wurde.

Stynburn schaltete seinen Helmfunk ein. »Wer sind Sie? Mit wem habe ich es zu tun?«

Sten hatte keine besondere Vorliebe für dramatische Auftritte. »Captain Sten. Im Dienst Seiner Imperialen Majestät. Ich habe einen Haftbefehl, Dr.Stynburn.«

»Sie haben einen Haftbefehl«, erwiderte Stynburn. »Ich habe den Tod.«

»Der steht uns allen früher oder später bevor«, antwortete Sten und suchte einen Angriffspunkt.

»Ich will Ihnen etwas sagen, Captain – Sten, richtig?«

»Doktor, Sie hören sich wie ein Mann an, der sterben will. Ich möchte, daß Sie am Leben bleiben.«

»Am Leben«, sagte Stynburn nachdenklich. »Warum denn? Offensichtlich ist alles schiefgegangen. Oder vielleicht doch nicht.«

Stens Augen weiteten sich. Es war nicht das erste Mal, daß er einem scheinbar Wahnsinnigen gegenüberstand, und Stynburns Worte wiesen genau darauf hin.

»Schiefgegangen? Was ist denn schiefgegangen?«

»Sie wollen mich zum Reden bringen, habe ich recht?«

»Selbstverständlich.«

»Captain, Sie müssen wissen, was ich einmal gewesen bin.«

»Mercury Corps«, sagte Sten. »Genau wie ich.« Er bewegte sich auf die linke Seite des Mannes zu.

»In einer anderen Welt, zu einer anderen Zeit hätten wir bestimmt Freunde werden können.«

Sten richtete sich absichtlich auf, als würde er darüber nachdenken. »Da haben Sie recht«, sagte er grübelnd. »Wäre gut möglich gewesen. Eigentlich habe ich immer Arzt werden wollen.«

»Aber wie gesagt, zu einer anderen Zeit«, fuhr Stynburn fort. Sten merkte, daß der Mann ein Spielchen spielte.

»Ich hätte besser sagen sollen, daß ich zwei Tode bereithalte. Ihren und meinen.«

»Dann sind Sie an der Reihe, Doktor.« Sten stellte sich in die Position für einen Nahkampf im Raumanzug.

»Nicht auf diese Weise, Captain. Sie werden sterben. Hier und jetzt. Aber ich werde Ihnen etwas sagen. Niemand soll unwissend sterben. Ich gebe Ihnen eine Erklärung. Und die lautet Zaarah Wahrid.«

Sten schaltete seinen Recorder ein, dann wurde ihm klar, daß Stynburns Erklärung sich in diesen beiden Worten erschöpfte. Er sah, wie sich der Mann in seinem Anzug eigenartig verrenkte.

Mehrere Jahre Mantis-Ausbildung hatten Sten so einiges über die vielfältigen Methoden gelehrt, mittels deren sich ein Mann umbringen kann; er wußte sehr wohl, daß Stynburns Verrenkungen nichts anderes waren als sein Versuch, die Schultern ruckartig nach hinten zu ziehen. Sten war schon in Bewegung. Mit einem Satz hechtete er hinter einen abwechselnd wachsenden, dann wieder schrumpfenden Felsen und hoffte, daß das lebende Mineral ihm genügend Schutz bieten würde...

Die erste Explosion war nicht sehr heftig. Die Bombe, die zwischen Stynburns Schulterblättern implantiert war, erwies sich als wenig effektiv. Die stärkere Explosion war die der Sauerstoffatmosphäre in Stynburns Anzug, die wie ein Feuerball durch die Grotte schoß.

Und dann war nichts mehr zu hören als das Heulen der Windböen in Stens Außenmikrophonen. Er stand auf und warf einen Blick auf die kläglichen Überreste des Anzugs auf dem staubigen Boden.

»Zaarah Wahrid«, dachte Sten, als er wieder zu sich kam. Wenigstens ein Anhaltspunkt. Doch schon beschlich ihn das Gefühl, daß ein Anhaltspunkt nicht genug sein würde.

Er machte sich auf den Rückweg und fand die Kuppel mit Hilfe seines Helmkompasses.

Als allererstes mußte er Alex auftreiben. Falls er noch am Leben war, dürfte das nicht allzu schwer sein.

Die nächste und weit gefährlichere Aufgabe bestand darin, dem Imperator mit völlig leeren Händen unter die Augen zu treten.

Buch IV

DECLIC

Kapitel 33

Das *Blue Bhor* war ein zweistöckiges, weitläufiges und unübersichtliches Gebäude, das sich am Ufer des Wye entlangzog. Es war vor fast einem Jahrhundert erbaut worden und diente damals in erster Linie den Fischern aus der Umgebung und den Kleinbauern aus dem Wye-Tal als Kneipe und Treffpunkt. Das liebliche Tal war von sanft ansteigenden, hier und da mit wuchtigen Steinblöcken durchsetzten Hängen eingefaßt, die sich zu nicht sehr hohen, graublauen Berggipfeln emporschwangen. Es war ein Ort, an dem man ein bescheidenes Leben als Fischer fristen konnte oder ein verdrießliches Leben als Bauer auf einem Stück Land, das mehr Steine als Kartoffeln abwarf. Und doch konnte es ein zufriedenes Leben sein, denn an diesem Ort war es noch möglich, in Ruhe und Frieden eine Familie zu gründen und Kinder großzuziehen.

Dann wurde die Gegend von den Sportlern der Erstwelt entdeckt. In jeder Saison strömten Unmengen von Menschen in das Tal, um die schwer zu fangenden Goldaugen zu angeln, die sich vor allem in diesem Abschnitt des Flusses aufhielten. Neue Straßen wurden gebaut, viele neue Geschäfte sprossen wie Pilze aus dem Boden, und dort, wo einst nur vereinzelte Höfe gestanden hatten, wurde sogar eine Stadt, das Städtchen Ashley-on-Wye, aus dem Boden gestampft.

Im gleichen Maße wie das ganze Tal boomte auch das *Blue Bhor*. Es hatte als einzelne, nicht sehr schicke Kneipe mit einem bescheidenen Fremdenzimmer darüber angefangen. Jetzt erweiterte ein Eigentümer nach dem anderen den kleinen Gasthof, um den steigenden Bedürfnissen gerecht zu werden – und verkaufte dann möglichst gewinnbringend. Schließlich beherbergte das *Blue Bhor* unter seinem Dach zwei Kneipen, eine improvisierte Küche von der Größe eines ganzen Hauses und mehr als ein Dutzend Fremdenzimmer, alle mit Kamin und jedes in einem anderen Stil gehalten. Da bislang jeder Eigentümer des *Blue Bhor* ein Zimmer, eine Veranda oder einen Kamin hinzugefügt hatte, war es an diesem Tag nichts Besonderes, daß mehrere Lastgleiter vor das *Blue Bhor* geschwebt kamen und dort Material und Arbeiter abluden.

Die Bauarbeiter wurden von dem neuesten Eigentümer, einem gewissen Chris Frye, begrüßt und herumgeführt. Er war ein großer, schlanker Mann, der sich am liebsten nur um seinen eigenen Kram kümmerte. Frye hatte das Gasthaus mit seinem Entlassungsgeld vom Militär bezahlt, und seitdem war es nicht recht vorangegangen. Sein größtes Problem bestand darin, daß er mehr als großzügig war und viel zu oft die Rechnung für Leute, die er gern mochte, selbst übernahm. Am liebsten war ihm, wenn er die Kneipe schließen und zum Angeln gehen konnte, denn die einzigen Leute, mit denen er wirklich gut zurechtkam, waren die Fischer – ernsthafte Fischer wie er selbst einer war, die selten Geld hatten und ihre Rechnungen meistens anschreiben ließen.

Frye war kurz davor gewesen, den Laden hinzuschmeißen, das *Blue Bhor* zu verkaufen und den Rest seines Lebens angeln zu gehen, als Sten auftauchte. Sten und Frye kannten einander nur vom Hörensagen. Schon beim ersten Zusammentreffen waren sie einander sympathisch, wie es nur zwei alten Kämpen der Sektion Mantis möglich war.

Frye hatte während der letzten Jahre seiner militärischen Karriere bei der Sektion Mantis die Umstrukturierung des Lupus-

Clusters – aus der fanatisch-religiösen Kultur der Talamein-Jünger wurde ein von den zotteligen Bhor mit lockerer Hand geführtes Handelssystem – geleitet. Er hatte so manchen Tag bei den Bhor verbracht und so manchen Krug Stregg zu Ehren der Bärte ihrer Mütter und der gefrorenen Arschbacken ihrer Väter mit ihnen geleert. Er hatte auch Tausende von Geschichten gehört, wie es dazu gekommen war, daß die Bhor den Lupus-Cluster beherrschten. Die meisten dieser Geschichten waren schier unglaublich. Und alle liefen auf den gleichen Ursprung hinaus: einen jungen Mann namens Sten. Sten, darin waren sich alle einig, sei der größte Trinker, Kämpfer und Liebhaber in der Geschichte der Bhor gewesen. Außerdem mochten sie den kleinen Stinker – obwohl er eigentlich ein Mensch war.

»Die ganze Zeit, als ich dort war«, gestand Sten Frye, »hatte ich nur zwei Frauen, ehrlich, und ich habe jede Schlacht verloren, bis auf die letzte.«

»Die entscheidende«, bemerkte Frye.

»Kann schon sein«, sagte Sten, »aber trotzdem hatte ich die ganze Zeit über den Kopf in der Schlinge. Herrje, man kann mit den Bhor nicht trinken, ohne Ausnüchterungspillen zu schlukken, und selbst dann konnte ich nach jeder Party am nächsten Morgen kaum kriechen.«

Frye hielt Sten für einen ziemlich netten Kerl. Natürlich war er nur ein verdammter Lügner von Mantis, der sich als der *richtige* Sten ausgab, denn das einzige, was er von der Legende von Sten glaubte, war, daß sie von vorn bis hinten erstunken und erlogen war. Wer wollte schon mit diesem makellosen Kerl trinken, mit dem die Bhor ständig angaben? Also hatte Frye einfach nur gegrinst, als Sten sich vorstellte, und beschlossen, daß er den Decknamen ohne dumme Bemerkungen akzeptieren würde. Frye war fest davon überzeugt, daß *Sten* aus mindestens fünfzig verschiedenen Leuten zusammenphantasiert war. Bei Mantis passierten solche Geschichten.

Nach einer langen Nacht der Gastfreundlichkeit nach Art des Hauses – und das hieß gigantische Platten mit frischem Fisch, Wild und Beilagen – hatten sie ein Abkommen geschlossen. Das *Blue Bhor* sollte Stens und Haines' Versteck für die gesamte verdeckte Operation sein. Außerhalb der Feriensaison war die Tarnung beinahe perfekt. Frye schloß das Gasthaus, um zu renovieren, wie alle anderen Eigentümer vor ihm auch. Um die Kosten der teuren Reparaturen möglichst niedrig zu halten, wurden die Arbeiter bei ihm untergebracht und verköstigt.

Die Abmachung erwies sich für beide Seiten als äußerst vorteilhaft. Damit die Tarnung perfekt war, mußten sie den alten Schuppen wirklich renovieren. Nicht nur das, auch die Rechnungen für die Zimmer und das Essen wurden bezahlt, falls einmal ein neugieriger Steuerprüfer seine Nase in die Bücher stecken würde. Das erlaubte Haines, eine recht große Mannschaft von Spezialisten mitzubringen und auf den Fall anzusetzen. Außerdem konnte sie, gut versteckt zwischen dem Baumaterial, soviel Ausrüstung mitbringen, wie sie brauchte.

Das Abkommen bescherte Frye sein bestes Geschäftsjahr überhaupt, besonders, da die ganze Sache außerhalb der Saison über die Bühne ging. Er überlegte sich sogar, ob er bei den vielen Credits, die Sten auf sein Konto packte, nicht doch ein paar Jahre länger bleiben sollte. Die Fischer aus der Umgebung konnte er damit noch jahrzehntelang unterhalten.

Haines kam in die Hauptkneipe und ließ sich auf einem Hokker nieder. Hinter ihr entlud die letzte Gruppe Arbeiter den letzten A-Grav-Gleiter. Sie schnüffelte an ihrem Vorarbeiter-Overall und rümpfte die Nase. »Ich rieche, als ob ich schon zwei Wochen tot wäre.«

Frye wischte noch einmal demonstrativ mit dem Spüllappen über die glänzende Holzoberfläche seiner Theke, schnappte sich ein hohes Glas, ließ ein Bier aus dem Zapfhahn hineinschäumen, baute sich dann direkt vor ihr auf, beugte sich über den Tresen und schnüffelte ebenfalls lautstark in Haines' Richtung. »Ich finde, es riecht wesentlich besser«, grinste er. »Weniger nach Polizei und mehr nach echtem, ehrlichem Schweiß!«

Haines schenkte ihm einen eisigen Blick und kippte einen ordentlichen Schluck Bier hinunter. Das versetzte sie in bessere Laune, besonders, als Frye noch einmal nachfüllte. »Sie mögen Bullen nicht besonders, was?«

Frye schüttelte den Kopf. »Welcher sensible Mensch mag schon Bullen?«

Haines dachte einen Moment lang darüber nach und lachte dann kurz auf.

»Stimmt«, sagte sie. »Selbst die Bullen mögen keine Bullen. Deshalb bin ich beim Morddezernat gelandet. Wenn man seinen Job richtig erledigt, will niemand etwas mit einem zu tun haben.«

Fryes Antwort wurde von lauten Schritten unterbrochen, und als sie zur Tür sahen, erblickten sie einen grauhaarigen Mann in abgewetzter Kleidung und altmodischen Angelstiefeln. Er schleppte eine offensichtlich reichlich antiquierte Angelausrüstung mit sich herum.

»Die Bar ist geschlossen«, rief ihm Frye entgegen.

Der Mann stand einfach da und spähte in den Raum hinein, als müßten sich seine Augen nach dem hellen, sonnendurchfluteten Licht des Wye-Tales erst an das Zwielicht im Innern gewöhnen.

»Ich sagte, die Bar ist geschlossen«, wiederholte Frye.

»Wegen Renovierung«, ergänzte Haines.

Der Mann schüttelte den Kopf, schlurfte langsam zur Theke

herüber und ließ sich auf einem Hocker nieder. »So eine schlechte Angeltour hab ich seit Jahren schon nicht mehr erlebt«, sagte er. »Ich brauche ein Bier.«

Mit diesen Worten schob er einige Credits über die Theke. »Ein großes kühles – oder nein, geben Sie mir gleich einen ganzen verdammten Krug!«

Frye schob die Credits wieder zurück. »Sie haben mir nicht zugehört, Mister. Ich sagte bereits, die Bar ist geschlossen. Wir renovieren.«

Der Mann zog die Stirn kraus. »Tja, aber wegen eines Bieres laufe ich nicht bis nach Ashley.« Sein Blick fiel auf Haines' eiskaltes Glas. »Sie hat eins bekommen, also schenken Sie aus. Geben Sie mir auch eins. Ich zahle den doppelten Preis! Der Zapfhahn funktioniert doch, was stellen Sie sich so an?«

Haines spürte ein Prickeln im Nacken. Ihre Hand glitt in die Tasche ihres Overalls, wo eine kleine Waffe versteckt war. Dann glitt sie vom Hocker herunter, machte ein paar Schritte zur Seite und behielt damit sowohl den Mann als auch die Tür im Auge. »Mister, ich rate Ihnen zuzuhören, wenn man Ihnen etwas sagt«, flüsterte sie. Sie deutete mit dem Kinn auf seine Ausrüstung. »Die Kneipe hier ist geschlossen. Nehmen Sie Ihren Kram und gehen Sie wieder.«

Sie bemerkte, daß Fryes Hand unter der Theke verschwand.

»Ach ja«, sagte der grauhaarige Mann. »Und was ist, wenn ich mich weigere?«

Dann langte er lässig über die Theke, schnappte sich Haines' Bier und trank es in aller Ruhe aus. Er knallte das Glas auf den Tresen und blickte die beiden wieder an. Haines hatte inzwischen ihre Pistole gezogen.

»Lieutenant!« bellte eine Stimme hinter ihr.

Als sie Stens Stimme hörte, drehte sie sich halb um, behielt den unverschämt grinsenden Alten jedoch im Blickfeld. Ganz unerwartet nahm ihr Sten die Waffe aus der Hand.

Haines war drauf und dran, Sten energisch zur Rede zu stellen, doch als er sie links liegen ließ und vor dem heruntergekommenen Angler in Habachtstellung ging, blieb ihr der Mund vor Staunen offen stehen.

»Tut mir leid, Euer Hoheit«, sagte Sten, »wir haben Sie nicht vor morgen erwartet.«

Haines' Kinn klappte bis zum Ansatz ihres Busens hinunter.

»Kein Problem«, sagte der Mann. »Ich dachte, ich schaue einfach ein bißchen eher vorbei und gehe ein wenig angeln. Schau mich mal um.«

Sten ging hinter den Tresen und zapfte dem Mann ein Bier, das der Angler auch prompt mit einem Zug leerte. Er wandte sich an Haines und zwinkerte ihr zu.

»Lieutenant Haines«, setzte Sten an, »darf ich Ihnen den–«

»Der Imperator«, krächzte Haines. »Der verdammte Ewige Imperator!«

Der Imperator verneigte sich. »Zu Ihren Diensten, Madam.«

Sten mußte Haines am Ellbogen stützen, als der hartgesottene Lieutenant vom Morddezernat spürte, wie ihr die Knie einknickten.

»Zaarah Wahrid.« Der Imperator ließ die Worte genüßlich über die Zunge rollen, spielte damit herum und durchforstete sein Gedächtnis nach diesem Begriff. Dann schüttelte er den Kopf. »Sagt mir nichts. Sonst hat er nichts verraten?«

Sten seufzte. »Leider nicht, Sir. Tut mir leid, aber die ganze Geschichte war schon von Anfang an ein Schuß in den Ofen.«

Er zog sein Bier näher an sich heran und schob es gleich wieder weg. »Sir, ich glaube, es wäre das beste, wenn ich –«

»*Aufgeben*?« donnerte der Imperator. »Ich stecke bis zum Hals im Dreck, und Sie wollen mich sitzenlassen?«

»Bei allem Respekt, Sir«, hakte Sten nach. »Ich habe bei diesem Auftrag in jeder Hinsicht das in mich gesetzte Vertrauen enttäuscht.«

Der Imperator wollte gerade wieder dagegenwettern, doch Sten hob die Hand und forderte sein Recht als freies Individuum, jeden Job nach Gutdünken zu kündigen. »Ich habe nichts anderes zuwege gebracht, als eine Unmenge von Credits für absolut Null Informationen zu verpulvern. Was wir bislang herausgefunden haben, sind einige Annahmen und jede Menge Gerüchte.

Ich habe Stynburn erwischt. Toll. War ein Riesenaufwand. Es dauert vielleicht zwei Jahre, bis sich diese Minenarbeiter wieder beruhigt haben, und ich komme mit einem Spruch zurück, von dem keiner jemals etwas gehört hat. Wenn das ein Mantis-Auftrag gewesen wäre, hätten Mahoney oder Sie mir den Kopf abgerissen und den Rest auf Eis gelegt.«

Der Ewige Imperator dachte einen Augenblick nach. Ob er es des Effektes willen tat, oder ob er wirklich eine schlimme Zukunft für Sten in Betracht zog, würde der junge Captain niemals erfahren. Schließlich schnaubte er verächtlich. Dann streckte er Sten sein Glas entgegen. Er sollte es mit dem besten Stoff füllen, den Frye zu bieten hatte.

»Ich bin da, wo ich jetzt bin«, sagte er, »weil ich meine Entscheidungen rasch treffe und sie durchziehe, ganz egal, wie schäbig der farbenprächtige Umhang in Wirklichkeit auch sein mag. Hin und wieder habe ich dabei in den Dreck gegriffen, doch meistens gewinne ich. Werfen Sie einen Blick in die historischen Archive, wenn Sie nicht glauben, daß sich die kleinen Egotrips, die ich mir erlaube, auf Dauer auszahlen.«

Sten beschloß, daß jeder Kommentar hinsichtlich der »kleinen Egotrips« alles andere als diplomatisch sei. Statt dessen leerte er sein Bierglas, holte tief Luft und beugte sich dann nach vorn. »Also gut. Dann bitte ich um Ihre Befehle, Sir.«

Der Imperator zögerte für eine Nanosekunde, in der er überlegte, wieviel er diesem Mann da vor ihm wirklich anvertrauen sollte. Als er jedoch sah, wie Sten ihn beobachtete und dabei genau wußte, weshalb er zögerte, wagte der Imperator den Sprung nach vorn.

»Es funktioniert folgendermaßen«, sagte er. »Die Tahn haben es schon seit langem auf ein Treffen mit mir abgesehen. Meine Ratgeber warfen stets in die Waagschale, daß keine Macht von wirklichem diplomatischem Gewicht das ominöse Tahn-System je anerkannt, geschweige denn sich mit ihnen an einen Tisch gesetzt hat.«

»Aber«, sagte Sten, »ich habe den Eindruck, daß Sie einem Treffen nicht abgeneigt sind.«

»Es muß sein«, seufzte der Imperator. »Ich habe versucht, sie hinzuhalten. Wenn sie sich mit meiner exaltierten Persönlichkeit unterhalten möchten, dann werde ich mich vielleicht einverstanden erklären, vielleicht auch nicht. Es käme der ultimativen Anerkennung dieser Kriegslords gleich. Damit handele ich mir endlose Probleme mit dem Rest des Imperiums ein. Schließlich kann der Ewige Imperator nicht nach der Pfeife jedes Hinz, Kunz und ET tanzen! Mein Imperialer Mythos steht zur Disposition. Und das, Captain, hat nichts mit Ego zu tun, es ist der Klebstoff, der die ganze Kiste zusammenhält.«

»Also werden Sie sie noch länger hinhalten«, sagte Sten.

Der Imperator lächelte. »Ist das nicht das A und O der Diplomatie? Entweder Hinhalten oder Krieg.« Er zuckte die Achseln. »Einige meiner hochdotierten Anwälte würden dem wahrscheinlich widersprechen, aber ich fand es immer wesentlich besser, vor Gericht zu ziehen als in einen Krieg.«

Er trank sein Bier aus und stand auf. »Und ich glaube, ein Krieg mit den Tahn wäre alles andere als ein Kinderspiel.«

Der Ewige Imperator wandte sich zum Gehen. Dann blieb er stehen und grinste Sten mit seinem herzlichsten Grinsen an. »Mir wäre es wirklich lieber, ein paar wehrlose Schwächlinge an der Hand zu haben, denen ich die Schuld in die Schuhe schieben und die ich anschließend abservieren könnte!«

»Wie lange können Sie noch taktieren?« wollte Sten wissen.

»Mir bleibt immer weniger Zeit«, antwortete der Imperator. »Ich möchte, daß Sie bis zur letzten Minute am Ball bleiben.«

Sten nickte. »Ich finde unseren Mann, Sir.«

»So ist es recht. Sie finden ihn ganz bestimmt.«

Dann nahm der Ewige Imperator seine Angelausrüstung und stürmte zur Tür hinaus. Sten sah ihm nach. Eine Sekunde lang fragte er sich, was wohl mit dem jungen Captain Sten geschehen würde, sollte er versagen.

Selbst wenn es sich um eine Mantis-Operation gehandelt hätte, wäre das Versteck, das Sten, Alex und Lieutenant Haines sich mit dem *Blue Bhor* ausgedacht hatten, eine an ein Wunder grenzende Sache gewesen. So arbeiteten hier beispielsweise Spezialisten aus mehreren Abteilungen zusammen, was normalerweise fast unter allen Gegebenheiten unmöglich gewesen wäre. Selbst der Zyniker Alex zeigte sich vom reibungslosen Zusammenspiel beeindruckt.

Sicherheit war natürlich oberstes Gebot. Sten und Alex brauchten einige als solche erkennbare Schlägertypen zum Schmierestehen, falls sich jemand über Gebühr für die Aktivitäten im alten Gasthaus interessieren sollte.

Sie spürten also einige alte Kollegen von Sektion Mantis auf, die entweder auf Erholungsurlaub waren oder alten Krankheitsurlaub aufbrauchten. Diese Leute stellten niemals dumme Fragen. Entweder sie lächelten und küßten dich ab, oder sie schlitzten dir kaltlächelnd die Kehle auf.

Als nächstes kamen das Polizeipersonal und die Imperiumsleute. Haines hatte ihre Polizisten handverlesen und nur diejenigen ausgesucht, die für ihre Verläßlichkeit bekannt waren.

Das Versteck funktionierte so, daß die Sicherheitsleute draußen patrouillierten und Haines' Leute drinnen das Regime führten, wobei es gelegentlich zu Gefühlsausbrüchen kam, wenn Sten oder Alex ihre Ansprüche geltend machten. Die drinnen versammelten Talente standen sich leider oft gegenseitig im Weg. Es handelte sich bei fast allen Beteiligten um Polizisten, doch waren sie ausnahmslos Superspezialisten. Ihr Talent deckte alle Sparten ab, vom Hacker bis zum richtigen Computertech, vom Archivar bis zum Abhörspezialisten. Alle waren sie kluge, vertrauenswürdige Leute und obendrein Freunde von Haines.

Eins mußte Sten ihnen neidlos zugestehen: Sie waren verdammt gut. Immerhin hatten sie zuerst Dynsman und dann Stynburn aufgespürt.

Und wie sie die Sache angingen, war wirklich sehenswert. Hätte Mantis eine vergleichbare Operation durchgeführt, hätten mehrere Hochleistungscomputer bei der Suche Millionen von Dateien durchforstet. Das große Problem auf der Erstwelt bestand darin, daß alles, sobald es geballte Arbeitsmacht symbolisierte, unweigerlich nach allen Richtungen vernehmbare Signale aussandte. Außerdem war die Erstwelt die Zentrale der intergalaktischen Spionage, inklusive der Vermögen, die für Industriespionage ausgegeben wurden.

Aus diesem Grund hatte Liz Collins, die Chefin der Computertechs der Polizei, vorgeschlagen, sich mit fünfzig kleinen Computern auszurüsten, von denen jeder den IQ eines fünfjährigen Kindes hatte. Dann hatten sie und ihre Mitarbeiter alle Geräte miteinander vernetzt, wodurch ihnen ein System zur Verfügung stand, das auf der Erstwelt seinesgleichen suchte. Wichtiger noch: Die Art und Weise, wie sie verbunden waren, erlaubte ihnen, in Informationssysteme einzudringen und sie wieder zu verlassen, ohne Spuren zu hinterlassen. Als Nebeneffekt hatte Liz das System so eingerichtet, daß es die Energieversorgung anzapfen konnte. Ein konstanter Monitor/Feeder klinkte sich wie ein Einbrecher in die Versorgungsquellen ein und zweigte immer nur so viel ab, wie das ganze System zum Arbeiten brauchte, aber nicht genug, als daß sich der Diebstahl dramatisch auf der fremden Rechnung bemerkbar gemacht hätte.

Alex fand obendrein, daß Liz Collins eine Frau war, die er gerne näher kennenlernen würde. Sie war nur wenig größer als er und mit Kurven an all den Stellen ausgestattet, die Alex so sehr mochte, einmal ganz abgesehen von ihren durchtrainierten Muskeln. Alex geriet förmlich in Ekstase, als er sie zum erstenmal traf, während er das *Blue Bhor* herrichtete. Ein A-Grav-Gleiter hatte sich am Flußufer festgefahren. Bevor Alex zu Hilfe eilen konnte, beugte sich Liz hinunter, zog den Gleiter mit bloßer Muskelkraft aus dem Schlamm und brachte ihn wieder auf den richtigen Weg ohne Bodenkontakt. Alex konnte sich diese wohlgeformten, kraftvollen Arme sofort um seinen eigenen Schwerweltlerkörper geschlungen vorstellen. Es war schon lange her, fiel ihm bei dieser Gelegenheit auf, daß er wirklich *umarmt* worden war.

Collins hatte das Masterterminal des Computerverbunds im größten Raum des *Blue Bhor* installiert, der King Gilly's Suite. Alex spazierte herein und versuchte, nicht gleich den wilden

Mann zu markieren und nicht permanent auf ihr apfelförmiges Hinterteil zu stieren. Von dort an aufwärts wurde ihre Figur deutlich schmaler, um dann – er mußte sich mit der Zunge über die trockenen Lippen fahren – zu den herrlichsten Schultern und den allen Säugetieren eigenen vorderen weiblichen Strukturen zu erblühen. Es war genau der Anblick, der einen echten Schotten wissen ließ, was er da unter seinem Kilt trug. Liz war die schönste Frau, die Alex je gesehen hatte.

Sie drehte sich vom Bildschirm weg und warf Alex einen Blick zu, der sein Herz zum Schmelzen brachte. »Dürfte ich mich an diesem Drink beteiligen? Es müßte demnächst etwas von der Verbindungsstelle reinkommen.«

Alex hätte alles in der Welt mit ihr geteilt.»Bin selbst grad nicht so durstig, Mädel«, krächzte er. »Na, wie sieht's denn bislang so aus?«

Liz widmete sich wieder ihrem Computer und tat sehr beschäftigt. »Momentan haben wir zwei Hauptsuchmuster laufen. Das erste ist das schwierigste.«

»Zaahrah Wahrid?«

»Stynburns letzte Worte. Bis jetzt sind wir noch nirgendwo auf eine Bedeutung gestoßen, egal wo wir auch suchen. Und damit meine ich wirklich *überall*. Wir haben schon einige tausend Sprachen abgeklappert, jede Enzyklopädie, religiöse Traktate, einfach alles.«

»Könnte es vielleicht –«

»Geben Sie sich keine Mühe. Wir haben alle Möglichkeiten abgedeckt. Das Problem liegt darin, daß ›alle Möglichkeiten‹ zugleich jede Menge Zeit bedeutet; selbst mit dieser Anlage.« Dabei lächelte sie stolz zum Masterterminal ihres Computersystems hinüber.

Alex schmolz dahin. Er wünschte nur, er wäre der Computer.

»Mädel«, sagte er, »meinen Sie nicht, daß es an der Zeit ist, Ihrem Geist mit ein bißchen Hopfensaft ein wenig Ruhe zu gönnen?«

Er lehnte sich lässig auf den Tisch mit dem Bildschirm und mußte sich zurückhalten, damit er sie nicht beherzt um die runde Taille faßte. Liz lächelte ihm über die Schulter zu, und Alex kam es vor, als würde das ganze Zimmer erstrahlen. Jedesmal, wenn sie ihr rares Lächeln offenbarte, machte sein Herz einen Satz, und auf seinem runden, geröteten Gesicht erschien ebenfalls ein engelhaftes Lächeln.

»Ich glaube, da kommt jetzt tatsächlich etwas rein«, sagte sie. Alex warf einen Blick auf die Buchstaben und Zahlen, die über den Monitor huschten. Nachdem er seine Gedanken für die rasch wechselnden Angaben freigemacht hatte, sah er plötzlich klarer.

»Sieht ganz so aus, als hätten Sie den verstorbenen Dr. Stynburn im Fadenkreuz.«

Liz nickte begeistert. Wenn sie im Jagdfieber war, liebte Alex sie nur noch mehr.

»Genau! Sehen Sie sich das an. Er hat ungefähr ein halbes Dutzend Pseudofirmen aufgezogen. Alle auf Pionierwelten mit einem gut funktionierenden Bankensystem. Jedesmal, wenn er einen neuen Job oder einen neuen Beratervertrag annahm, ließ er ihn über eine dieser Adressen laufen.«

»Ein kleiner Steuerflüchtling also.«

»Sie haben es erfaßt. Obendrein einer mit einem narrensicheren System. Als Doktor weiß man sich eben zu helfen.«

Alex räusperte sich vernehmlich und brachte sich wieder einigermaßen in die Wirklichkeit zurück. »Die zweite Suche gilt also vermutlich Stynburn?« fragte er.

Liz nickte. »Auch damit vergeuden wir nur Zeit, und zwar aus einem anderen Grund. Statt zuviel haben wir zu wenig Daten. Der Kerl kannte so ziemlich jeden Trick des Mercury Corps.«

»Dann hatten Sie bereits selbst an die Sache mit den Scheinfirmen gedacht«, sagte Alex voller Bewunderung.

Liz errötete. »Ich hielt es für einen kleinen Geniestreich.«

Alex konnte sich kaum zurückhalten. Fast hätte er ihr die Schulter getätschelt. Aber was, wenn sie es falsch aufgefaßt hätte? Oder richtig? Oder... Er versuchte, an etwas anderes zu denken, nicht mehr an die wirbelnden Buchstaben auf dem Bildschirm. Er räusperte sich erneut. »Gibt es noch etwas, Mädel?«

Liz reichte ihm einen kleinen Stapel Ausdrucke. »Ich bin mir nicht ganz sicher, aber seit ich die hier reinbekommen habe, kribbelt es pausenlos in meinem kleinen Polizistenhirn.«

Alex blätterte sie rasch durch. Es handelte sich um Berichte über vier Tote. Alle vier hatten zwei Dinge gemeinsam. Es waren Unfälle, und zwar sehr bizarre; und sie hatten sich alle in der Umgebung des Palastes ereignet. Alex überprüfte den ersten Toten: Opfer weiblich, hoher Blutalkoholspiegel; am eigenen Erbrochenen erstickt; leichte Schürfwunde am Hals. Er las vom Namen der Frau weiter zu ihrer Geschichte. Eine Deserteurin der Prätorianergarde. Alex hörte es weit hinten in seinem Kopf klingeln. Rasch blätterte er die anderen Berichte durch, und plötzlich sprang ihn die Antwort förmlich an. »Sie hatten recht, Mädel. Ihr Polizeisinn hat Sie nicht getäuscht.«

Dann zeigte er ihr den roten Faden, der alle diese Fälle miteinander verband.

»Jeder dieser Toten war bei der Regierung angestellt.« Jetzt fiel es auch Collins auf. »Ex-Regierungsangestellter, Ex-Tech, Ex-Museumswächter. Und allesamt mit –«

»– direkten Verbindungen in den Palast«, beendete Alex den Satz für sie.

Liz sank auf ihren Stuhl zurück und stieß einen erschöpften Seufzer aus. »Mord. Mord. Mord. Mord. Verdammt noch mal.«

Und dann, gerade als der ganze Raum in tiefer Verzweiflung zu versinken drohte, fing der Bildschirm rot zu blinken an. Liz sprang sofort auf und starrte auf den Monitor. Nach Tausenden von Computerarbeitsstunden blinkte ihr jetzt das erste wichtige Ergebnis entgegen. Endlich hatten sie Stynburns ausgefuchste Scheinfirmen geknackt.

»Herrje noch mal«, flüsterte Alex. »Dieser Drecksack hat für Kai Hakone gearbeitet.«

Kapitel 34

»So eine habe ich noch nie zu Gesicht bekommen«, sagte Kai Hakone. »Dürfte ich sie mir genauer ansehen?«

Sten reichte ihm die Marke, die ihn als Sonderbevollmächtigten des Imperiums auswies. Das Emblem des Imperiums, das auf Stens persönliches Porenmuster und seine Pulsfrequenz abgestimmt war, blinkte auf, als Hakone sie entgegennahm, interessiert betrachtete und dann wieder zurückgab.

»Ich habe zwar keine Ahnung, weshalb Sie mich aufsuchen, Captain, aber Ihr Erscheinen kommt mir durchaus gelegen.«

»Tatsächlich?«

Hakone wollte gerade antworten, doch seine Worte wurden vom Heulen eines Triebwerks abgeschnitten, als knapp einen halben Kilometer über ihnen ein Raumschiff beschleunigte.

Hakones Anwesen lag auf dem größten Hügel oberhalb Sowards, des größten Raumhafens der Erstwelt, und war ursprünglich als Zweitwohnsitz eines Raumfrachterkapitäns erbaut worden, der es später als Alterssitz nutzen wollte.

Leider erreichte der Kapitän sein wohlverdientes Rentenalter nicht ganz, weil er den taktischen Fehler beging, den Oberhäuptern einer primitiven Kultur bunte Glasperlen anzubieten, obwohl sie ausdrücklich an scharfen, spitzen und tödlichen Objekten interessiert waren. Da die meisten Leute, und erst recht diejenigen, die sich eine Villa auf der Erstwelt leisten konnten, für den Krach und die Geschäftigkeit eines nahe gelegenen Raumhafens nicht viel übrig hatten, war Hakone an einen recht preisgünstigen Pachtvertrag für das Anwesen herangekommen. Seither hatte er die Inneneinrichtung fertiggestellt und das Haus nach seinen eigenen Vorstellungen erweitert, wozu das halbkugelförmige Kampfgemach im hinteren Teil des Hauses gehörte.

Der Yukawa erstarb, und das Schiff entfernte sich in der atemlosen Stille des AM_2-Antriebs. »Ich höre gerne das, worüber ich schreibe«, erklärte Hakone achselzuckend, während er Sten ins Haus hinein begleitete. »Ist es noch zu früh für einen Schluck, Captain?«

»Die Sonne steht schon am Himmel, oder nicht?«

Hakone lächelte und führte Sten durch die großzügig angelegte Empfangshalle und das noch größere Wohnzimmer bis in seine Privatgemächer.

Hakones »Höhle« – Büro und Schreibbereich – war im Stil einer alten Bibliothek auf der Erde eingerichtet, allerdings mit einigen Neuerungen. Vid-Tapes, Berichte, sogar gebundene antike Bücher säumten die zwanzig Meter hohen Wände. In der Mitte des Zimmers stand ein großer flacher Tisch. Damit hörte auch schon jede Ähnlichkeit mit einem Zimmer der Erde des zwanzigsten Jahrhunderts auf; auf dem Tisch reihten sich mehrere Computerterminals, und das Leitersystem, das den Zugang zu den Regalen gewährleistete, war vollautomatisiert.

An einem Ende des Raums befand sich Hakones Bar. Sie erstreckte sich über die volle Wandbreite. Sten überflog die Flaschen, und Hakone lud ihn mit einer Handbewegung ein, seine Wahl selbst zu treffen.

»Haben Sie vielleicht, äh, Scotch?«

Hakone sprang sofort darauf an: »Sie teilen den Geschmack des Imperators!« sagte er, griff nach einer Flasche und füllte zwei Gläser halbvoll.

Sten setzte das Glas an die Lippen und setzte es wieder ab. Auch Hakone hatte kaum getrunken. »Sie sagten, ich komme gelegen, Sr.Hakone. Wie darf ich das verstehen?«

»Ja, ich wollte mich ohnehin mit Ihnen in Verbindung setzen, Captain.« Hakone winkte Sten zu einer Couch hinüber. »Haben Sie vielleicht mein Maskenspiel gesehen? Das, das am Vortag des Imperialen Siegestages aufgeführt wurde?«

»Leider nicht. Ich hatte Dienst.«

»Wenn man nach den Kritikern gehen will, hatten Sie vielleicht Glück. Wie auch immer, ich befinde mich momentan zwischen zwei Projekten. Doch dann stieß ich auf etwas wesentlich Interessanteres. Haben Sie gewußt, daß noch nie jemand eine Geschichte des Imperialen Palastes geschrieben hat?«

Sten schützte Unwissen vor, schüttelte den Kopf und nippte an seinem Glas.

»Nicht nur über das Gebäude, sondern auch über die Leute, die dort angestellt sind«, fuhr Hakone fort, offensichtlich vom Enthusiasmus des Schriftstellers beseelt.

»Eine interessante Idee.«

»Das dachte ich auch. Genau wie meine Verleger. Sie mochten besonders die Idee, die dort Beschäftigten zu porträtieren. Ich möchte die Geschichte der Leute erzählen, nicht die von Steinen und toter Technologie.«

Sten wartete ab.

»Wie Sie wissen«, fuhr Hakone fort, »bin ich in erster Linie Militärhistoriker. Ich habe, frei herausgesagt, meine eigenen Quellen. Als ich dieses Projekt ins Auge faßte, habe ich also zuerst Informationen über die im Palast angestellten Leute eingeholt. Aus diesem Grunde, Captain, war ich auch so erpicht darauf, Ihnen auf der Party bei Marr und Senn vorgestellt zu werden. Sie sind ein ganz besonderer Mensch, Captain Sten.«

Sten machte einen ernsthaft interessierten Eindruck.

»Ist Ihnen bekannt, daß Sie der jüngste Mann sind, dem jemals die Führung der Imperialen Leibwache anvertraut worden ist?«

»Admiral Ledoh hat es mir gesagt.«

»Das macht Sie für mich überaus interessant, und deshalb habe ich mich auch um Ihren militärischen Werdegang gekümmert. Ich habe mich einfach gefragt, warum man ausgerechnet Sie auserwählt hat.«

Sten lächelte nicht einmal. Er wußte, daß seine gefälschte Akte absolut hieb- und stichfest war. Nur das Mantis-Hauptquartier, der Imperator selbst und General Ian Mahoney wußten über Stens wahre militärische Karriere Bescheid.

»Ihre Akte ist absolut perfekt. Keinerlei Verfehlungen während der Zeit als Offiziersanwärter. Offizierspatent dann und dann, alle Sonderausbildungen mit herausragenden Ergebnissen abgeschlossen, sämtliche Vorgesetzten beurteilen Sie mit dem höchsten Lob, dann folgen die erforderlichen Heldentaten für die erforderlichen Medaillen.«

»Manche Leute haben eben Glück.«

»Ehrlich gesagt, Captain, ist das ein bißchen zuviel Glück.«

Sten trank aus.

»Captain Sten, was würden Sie sagen, wenn ich behauptete, Ihr ganzer militärischer Werdegang ist nur Tarnung?«

»Wenn ich nicht im Auftrag des Imperiums unterwegs wäre

und die Umstände mir mehr Freiheiten gewährten, würde ich Ihnen entweder einen Drink oder eine Nasentransplantation ausgeben.«

»Ich wollte Sie nicht beleidigen, Captain. Ich will damit nur andeuten, daß Sie Ihren derzeitigen Posten höchstwahrscheinlich früheren Aktivitäten entweder im Mercury-Corps oder in der Sektion Mantis zu verdanken haben.«

Sten schützte Begriffsstutzigkeit vor. »Mercury-Corps? Tut mir leid, Hakone. Ich bin nie beim Geheimdienst gewesen, und von Mantis habe ich noch nie etwas gehört.«

»Diese Antwort habe ich erwartet. Ich scheine Ihnen zu nahe getreten zu sein. Lassen Sie uns das Thema wechseln. Was führt Sie zu mir?«

Hakone füllte die Drinks nach.

»Sie haben einmal einen Dr. Har Stynburn beschäftigt«, sagte Sten, der es auf dem direkten Weg probierte. Hakone reagierte tatsächlich und unbestreitbar, indem er den Pfropf der Alkoholkaraffe auf den Fußboden fallen ließ.

»Verdammt! Was hat dieser Irre jetzt schon wieder angestellt?«

»Schon wieder? Sr.Hakone, ich muß Sie darauf hinweisen, daß diese Unterhaltung aufgezeichnet wird. Sie haben das Recht, einen Berater, einen Anwalt und eine medizinische Kontrollinstanz hinzuzuziehen, um sicherzugeben, daß Sie unter keinerlei Einfluß stehen, sowohl physisch als auch pharmakologisch.«

»Vielen Dank für die Warnung, Captain. Aber dessen bedarf ich nicht. Dr. Har Stynburn hat tatsächlich für mich gearbeitet, über einen Zeitraum von vier Monaten hinweg – Erstwelt-Monaten. Am Ende dieses Zeitraums habe ich ihn entlassen, und zwar, wie ich hinzufügen darf, ohne Sonderzahlungen und ohne Empfehlungen.«

»Fahren Sie fort, Sr.Hakone.«

»Mein Haushalt besteht normalerweise aus zwischen fünfzig und dreihundert Personen. Es ist mehr als angenehm, einen Arzt im Haus zu haben. Das war der eine Grund, aus dem ich Dr. Stynburn ursprünglich eingestellt hatte.«

»Der eine Grund?«

»Der zweite Grund lag darin, daß er, wie ich selbst, ein Kriegsveteran ist. Er diente während der Mueller-Kriege, in der Schlacht um Saragossa.«

»So wie Sie.«

»Ah, Sie haben meine Akte durchgelesen.«

»Selbstverständlich. Weshalb haben Sie ihn entlassen?«

»Weil ... sicherlich nicht, weil er uneffizient oder inkompetent gewesen wäre. Im Gegenteil, er ist ein herausragender Arzt. Aber er ist ein Mann, der in der Vergangenheit befangen ist.«

»Würden Sie das bitte näher erklären?«

»Er wollte von nichts anderem als seiner Militärzeit reden. Und darüber, wie sehr er sich verraten fühlte.«

»Verraten?«

»Wissen Sie, daß er aus der Armee geworfen wurde? Er war davon überzeugt, daß er die Anweisungen des Imperiums exakt erfüllt hatte und daß er genau deswegen als Sündenbock hingestellt wurde.«

»Das Imperium praktiziert keinen Völkermord, Sr.Hakone.«

»Stynburn war anderer Meinung. Wie auch immer, seine Obsession ging mir schon bald auf die Nerven, deshalb zog ich es vor, ihn nach Auslaufen seines ursprünglichen Vertrags zu entlassen.«

Sten wollte noch eine Frage nachschieben, hielt sich jedoch zurück. Hakones Augenlider waren geschlossen.

»In der Vergangenheit befangen, sagte ich, richtig?« Hakone

trank sein Glas leer. »Das muß Ihnen eigenartig vorkommen, Captain – nachdem Sie meine Bänder durchgegangen sind. Klinge ich nicht ganz genauso?«

»Ich bin kein Historiker, Seigneur.«

»Was halten Sie vom Krieg, Captain?«

Stens erster Impuls – ausgemachte Dummheit – war etwas, von dem er annahm, daß Hakone es nicht hören wollte. Also schwieg er.

»Jemand hat einmal geschrieben«, fuhr Hakone fort, »der Krieg sei die Achse, um die sich das Leben dreht. Ich glaube, das ist die Wahrheit. Und für einige von uns ist ein einziger Krieg diese Achse. Für Dr. Stynburn – und, um ehrlich zu sein, Captain, auch für mich – war das Saragossa.«

»Wie ich schon sagte, ich bin kein Historiker.«

Hakone nahm die zwei Gläser vom Tisch, holte die Karaffe aus der Bar und ging auf eine nahe gelegene Tür zu.

»Ich könnte es Ihnen erzählen, Captain, aber ich will es Ihnen zeigen.«

Die Mueller-Kriege, die bereits ein Jahrhundert vor Stens Geburt stattgefunden hatten, waren der klassische Beweis für Stens Definition des Krieges. Der Mueller-Cluster war zu rasch besiedelt worden, und er lag zu weit vom Imperium entfernt. Das Ergebnis war fehlende Unterstützung von seiten des Imperiums, ungenau definierte und geschützte Handelsrouten und offenkundige Ignoranz von seiten der Imperialen Bürokratie, die diese Welten zu verwalten hatte.

Und dann Krieg. Ein Krieg ganz unterschiedlicher Welten, die unter einem Banner kämpften, das die Aufschrift »Alles, bloß nicht das verdammte Imperium« hätte tragen können. Als der Imperator erkannte, daß sich der Mueller-Cluster von einem

Schneeball in eine rasende Lawine verwandelt hatte, war es zu spät für eine andere Antwort als die Garde.

Doch die Überdehnung des Imperiums hatte auch das Militär erfaßt. Die Schlachten wurden zum größten Teil zur falschen Zeit am falschen Ort und gegen die falschen Gegner geschlagen.

Noch heute mußte der Imperator, wenn er sich zu übermütig fühlte, nur sein eigenes Logbuch der Mueller-Kriege durchsehen, um sich auf den richtigen Level von Humanität zu bringen. Von allen Katastrophen, die sich ereigneten, bevor der Mueller-Cluster einigermaßen mit der Knute zur Ruhe gebracht werden konnte, stellte Saragossa die schlimmste dar.

Auf Saragossa hätte niemals eine Invasion stattfinden dürfen. Man hätte diese isolationistische Kultur so lange ignorieren sollen, bis sich die Saragosser selbst um Anschluß an das Imperium bemüht hätten. Statt dessen schickte man eine Großflotte plus die 7. Gardedivision los. Eigentlich hätte die Invasion ohne größere Probleme vonstatten gehen müssen, da es sich um die Landung auf nur einem Planeten handelte, der zu seiner Verteidigung lediglich einige Low-Tech-Satelliten zur Verfügung hatte.

Doch die Operation kippte alsbald in einen Alptraum um.

Die Großadmirale, die den Angriff befahlen, hätten sich fragen sollen, warum die ursprünglichen Geheimdienstberichte sieben kleine Monde um Saragossa meldeten, die Landungstruppen der bevorstehenden Invasion jedoch nur einen davon orten konnten. Aber niemand wunderte sich darüber, und deshalb mußte fast eine Million Menschen sterben.

Der Landungsplan lautete auf totalen Einsatz, und so wurden die Transporter der Garde mit ihrem schweren Geleitschutz – fünf Imperiale Schlachtschiffe – bis dicht an die Ionosphäre herangebracht, bevor sich das Geheimnis der fehlenden Monde lüftete.

Man hatte sie sehr vorsichtig explodieren lassen, damit die Fragmente in der Umlaufbahn des Planeten blieben. Sodann wurde jedes dieser Fragmente, das größer als ein Baseball war, mit Saragossern bemannt, die weniger am Leben hingen als an der Vorstellung, das Imperium von ihrem Planeten fernzuhalten. Man muß sich vorstellen, eine Landungstruppe durch einen Asteroidengürtel zu manövrieren, der zurückschießt.

Das erste Schlachtschiff wurde bereits in einer Entfernung von drei planetaren Einheiten durchlöchert und manövrierunfähig geschossen. Der kommandierende Admiral – Flottenadmiral Rob Gades – verließ das Schiff mit dem verbliebenen Rest seiner Besatzung und befand sich auf dem Weg zu einem anderen Kommandoschiff, als er mitansehen mußte, wie seine vier anderen Schlachtschiffe in Stücke gesprengt wurden.

Zu diesem Zeitpunkt war es längst zu spät, die Truppentransporter zurückzurufen. Noch bevor sich die Schiffe in ihre Landungskapseln auflösen konnten, waren die meisten von ihnen bereits zerstört. Die Landungskapseln, denen es trotzdem gelang, in die Atmosphäre einzutauchen, konnten sich ohne die geplante Rückendeckung nur wenige Sekunden im wütenden Abwehrfeuer von der Planetenoberfläche halten.

Zu diesem Zeitpunkt, erläuterte Hakone Sten, während er die Raumschiffe durch das Kampfgemach schob, wurde auch sein eigener Aufklärer vernichtet. Das Ende der Schlacht hatte er nicht mehr mitbekommen. Sie wurde durch Admiral Gades' Befehl *sauve qui peut* – Rette sich wer kann! – beendet. Ein Drittel der Angriffsflotte konnte sich von Saragossa zurückziehen.

»Ein Drittel, Captain«, sagte Hakone und schaltete die Projektion im Kampfgemach aus. »Wir verloren über eine Million Mann. Ist das nicht genug für eine Achse?«

Sten erinnerte sich an die Livies, denen er sich bei der Grundausbildung unterzogen hatte; dort hatte er den heldenhaften Tod des Gardisten Jaime Shavala nacherlebt. Seit dieser Zeit hatte er beschlossen, daß er kein verstärktes Interesse daran verspürte, an einer größeren Schlacht teilzunehmen. Doch er ignorierte dieses dumpfe Gefühl aus dem Bauch und wählte die sichere Antwort der Dummheit: »Ich weiß nicht, Sr.Hakone.«

»Vielleicht wissen Sie es wirklich nicht. Aber vielleicht verstehen Sie jetzt besser, weshalb ich Dr. Stynburn in meine Dienste genommen habe. Er ist durch die gleiche Hölle wie ich gegangen.«

Sten hatte mit Interesse verfolgt, daß Hakone im Kontrollsessel fast die halbe Karaffe Scotch geleert hatte.

»Wissen Sie vielleicht, was damals mit Admiral Gades passierte, Captain?«

»Keine Ahnung.«

»Für seinen – und hier zitiere ich das Urteil des Kriegsgerichts – Rückzug im Angesicht des Feindes wurde ihm das Kommando entzogen, und er mußte zurücktreten. Halten Sie das für fair?«

»Fair? Ich weiß nicht, was fair ist, Sr.Hakone.« Sten nahm Haltung an. »Vielen Dank für die Information, Seigneur. Sollten wir weitere Fragen haben, darf ich auch dann mit Ihrer Kooperation rechnen?«

»Aber sicher«, sagte Hakone.

Sten war versucht, einen Joker auszuspielen und Hakone ganz direkt zu fragen, ob ihm die Worte Zaarah Wahrid etwas sagten, schaltete jedoch den Recorder ab, nickte und ging auf den Ausgang zu.

Wäre er einige Sekunden früher gegangen, hätte er eventuell einen von Hakones Männern dabei erwischt, wie er eine winzige Plastik-Kapsel an der Unterseite von Stens A-Grav-Gleiter befestigte.

Hakone verließ das Kampfgemach und begab sich in die Bibliothek. Dort wartete Colonel Fohlee auf ihn und blickte ihn eindeutig verstimmt an.

»Sie glauben, ich irre mich«, sagte Hakone.

»Warum haben Sie ihm das alles erzählt, verdammt noch mal? Er ist der Schnüffler des Imperators!«

»Ich habe gesucht, Colonel.«

»Was denn?«

»Wenn er auch nur ein Jota Verständnis gezeigt hätte – einen Funken dessen, was wirklich zählt–, hätten wir ihn vielleicht zu einem von uns machen können.«

»Statt dessen haben Sie Ihre Zunge spazierengeführt und absolut nichts erreicht!«

»Colonel! Sie gehen zu weit.«

»Entschuldigung, Sir.«

»Ich habe herausgefunden, daß wir diesen Captain Sten nicht erreichen können. Ich habe einen Tracer an seinem A-Grav-Gleiter anbringen lassen. Setzen Sie ein Team der Deserteure auf ihn an. Verfolgen Sie den Gleiter, bis wir herausgefunden haben, wo sich das Versteck befindet, von dem aus er seine Nachforschungen betreibt. Dann töten Sie diesen Captain Sten. Das ist alles!«

Fohlee stellte erstaunt fest, daß er automatisch salutierte, dann machte er kehrt und ging hinaus. Er fragte sich nicht einmal, wieso er derartig auf die Kommandostimme eines Mannes reagierte, der schon fast hundert Jahre keine Uniform mehr getragen hatte.

Kapitel 35

Im abgedunkelten Raum leuchtete nur der Vid-Schirm. In einer Ecke hielt der Computer sein Ziel fest: die Worte ZAARAH WAHRID. Über den Rest des Schirms schoben sich immer neue Zeilen mit immer neuen Informationen. Momentan ging der Computer davon aus, daß die Worte ein kommerzielles Produkt bezeichneten, und durchsuchte das Imperiale Patentbüro bis zurück zur Zeit der Gründung dieser Einrichtung.

Liz Collins, die Jägerin, versuchte, den Blick nicht vom Schirm zu nehmen, damit ihr auch nicht der geringste Hinweis, die unwahrscheinlichste Querverbindung entging. Ihre Augen folgten jeder Zeile und sprangen dann in die nächste, die vom unteren Bildrand heraufgescrollt kam. Zur Zeit ging sie einen Katalog mit Haushaltsrobots durch, von denen die meisten schon seit einem Jahrhundert oder länger nicht mehr hergestellt wurden.

Sie mußte kämpfen, um die Gedanken nicht von der Arbeit abschweifen zu lassen. ›Wach bleiben, meine Liebe‹, sagte sie sich. ›Wenn du das hier für langweilig hältst, dann warte mal, was als nächstes kommt.‹ Als der Schlußstern auftauchte und kurz darauf eine noch schlimmere Kategorie angekündigt wurde, stöhnte sie auf: Verteidigung.

Der Lufthauch hinter ihr zeigte an, daß jemand zur Tür hereingekommen war. Leise Schritte näherten sich. Als sie sich umdrehte, sah sie Alex mit zwei herrlich kalten Bieren in der Hand.

»Ein kleiner Schluck gefällig, Mädel?« fragte er leise. »Ich störe doch nicht, oder?«

»Aber sicher, vielen Dank.« Sie meinte das Getränk. Als sie

Alex' enttäuschtes Gesicht sah, korrigierte sie ihre Aussage. »Ich meinte nein. Nein, ich meinte… richtig gedacht: Ich könnte gut einen Schluck verkraften.«

Sie schaltete den Computer auf Automatik, stellte den Suchalarm ein und erhob sich dann von ihrem Stuhl, um Alex ein Glas aus der Hand zu nehmen. Sie nahm einen kleinen Schluck und schaute ihn dann empört an: »Das ist nicht nur Bier!« Sie mußte grinsen, und erst dann fiel ihr das Schnapsglas am Boden des Glaskruges auf.

»Ein kleiner Beschleuniger«, erklärte Alex. »Bier mit einem kleinen Single-Malt-Scotch bringt die Lebensgeister wieder in Schwung.«

Liz nahm einen langen, genüßlichen Schluck. »Mmm, das kommt gerade richtig.«

Sie ging hinüber zu der mit Fell überzogenen Couch, setzte sich hin, schlug die Beine übereinander und zog den Uniformrock über die Knie. Als sie Alex' sehnsüchtigen Blick auf die Stelle, an der gerade ein Streifen Oberschenkel verschwand, bemerkte, hielt sie inne. »Ach herrje.« Sie klopfte mit der flachen Hand auf den Platz neben sich. Als erwachte er aus einem tiefen Traum, schüttelte Alex den Kopf, ging die paar Schritte zur Couch hinüber und ließ sich zögernd neben ihr nieder. Voller Interesse betrachtete er die gegenüberliegende Wand, um ja nicht Liz' Blick zu begegnen.

»Also«, sagte er schließlich, »glauben Sie wirklich, daß wir dieses Zaarah-Dingsbums finden?«

Liz schwieg und nahm lediglich einen weiteren Schluck aus ihrem Glas.

»Ich meine, jetzt haben Sie sich schon Ihren hübschen… Entschuldigung, jetzt arbeiten Sie schon so viele –«

»Alex«, unterbrach ihn Liz flüsternd.

Er drehte den Kopf zur Seite und sah sie zum erstenmal, seit er den Raum betreten hatte, direkt an. »Was denn, Mädel?«

»Müssen wir uns wirklich unterhalten?«

»Aber nein, Mädel.«

»Na denn ...«

Jetzt hatte auch Alex verstanden. Er neigte sich zu Liz hinüber, um sie zu umarmen, und dann spürte er, wie ihn ihre muskulösen und trotzdem weichen Arme umschlangen. Langsam sanken sie tiefer in das Polster der Couch.

Diesmal kümmerte Liz der Streifen Oberschenkel nicht mehr, der immer breiter wurde, als ihr Rock nach oben rutschte, immer höher und...

Von ihnen unbemerkt hatte der Bildschirm rot zu blinken angefangen. Geduldig und schweigsam pulsierte die Botschaft in den stillen Raum: Ergebnis... Ergebnis... Ergebnis...

Auf dem Monitor stand:

EINTR: JANES, Historische Verzeichnisse. SCHLACHTSCHIFF: ZAARAHWAHRID (*Flower*-Klasse – 14 Modelle hergestellt).

Der Eintrag verzeichnete die Abmessungen des Raumschiffs, die erforderliche Besatzung und Bewaffnung, seinen Stapellauf sowie einen Abriß der Geschichte, die mit der Information endete, daß die *Zaarah Wahrid* ihre illustre Karriere als Flaggschiff der Invasion von Saragossa während der Mueller-Kriege beendet hatte. Das Schiff wurde völlig zerstört und büßte 90 Prozent seiner Besatzung ein...

Glücklicherweise lasen die Liebenden diesen Eintrag erst mehrere Stunden später. Denn wieder einmal hatte sich ein Kreis geschlossen. Die *Zaarah Wahrid* war ein Schiff, das nicht mehr existierte.

Kapitel 36

Sten steuerte den A-Grav-Gleiter von Hakones Anwesen weg und ging auf Kurs zum Imperialen Palast, von Soward aus auf dem direkten Weg über Fowler.

Als er die Stadtgrenze hinter sich gelassen hatte, ließ er den Gleiter auf 50 Meter sinken. Bis dahin tat er genau das, was Hakone vorausgesagt hatte; als nächstes würde er zum Versteck in Ashley-on-Wye fliegen.

Doch mehrere hundert Leute, wären sie nicht bereits verschieden, hätten Kai Hakone davor warnen können, Sten und seine Handlungen vorauszuberechnen.

Der A-Grav-Gleiter sah zwar aus wie die üblichen Imperialen Dienstfahrzeuge, doch genau das war er nicht. Dem Mann, der den Tracer angebracht hatte, hätte zumindest die ultramoderne Funkausrüstung auffallen müssen.

Während Sten die Steuerung des Gleiters auf Automatik gestellt hatte und das Gefährt in geringer Höhe über den Bäumen kreisen ließ, überprüfte er das Fahrzeug und sich selbst auf Wanzen. Bei 22.3 Hz fing sein Detektor wie ein läufiger Banth zu schnurren an. Sten nahm den Richtungsanzeiger aus der Halterung und beugte sich über den Gleiter hinunter. Es dauerte nur wenige Sekunden, bis er die Tracereinheit gefunden hatte.

Sten setzte sich wieder hinter die Kontrollen und ließ sich die verschiedenen Möglichkeiten durch den Kopf gehen. Rasch traf er seine Entscheidung, wechselte wieder auf manuelle Steuerung und stieg auf 1000 Meter hinauf. Dann schlug er einen neuen Kurs ein, direkt auf das Große Südmeer zu. Auf dem Kompaß lag es um etwa 80 Grad von seinem wirklichen Zielort, dem

Blauen Bhor, entfernt. Sten wußte nicht, weshalb man ihm einen Tracer angehängt hatte, doch er wollte das Blatt ausreizen, zumindest ein paar tausend Kilometer weit.

So lange mußte er nicht warten.

Stens Entfernungsradar blinkte und zeigte an, daß ein Objekt sich mit großer Geschwindigkeit von hinten näherte. Er drehte sich um und spähte durch das Fernglas des Gleiters.

Von den kleinen Veränderungen abgesehen, war Stens A-Grav-Gleiter ein gewöhnlicher Kampfgleiter: zehn auf fünf Meter, angetrieben von einem McLean-Generator, Platz für vier Leute, ohne Dach oder andere Aufbauten. Bei dem Objekt, das da auf ihn zukam, handelte es sich ebenfalls um einen Standard-Kampfgleiter des Imperiums, aber ungefähr doppelt so groß wie Stens Gleiter und für eine Kampfgruppe von ungefähr zwölf Mann gedacht.

Sten zählte sechs Mann im Gleiter, der sich ihm mit einer Geschwindigkeit von etwa 60 Kilometer pro Stunde näherte. Er wollte ihnen ihre Aufgabe nicht allzu schwer machen und drosselte die eigene Geschwindigkeit etwas. Der Gleiter hinter ihm wurde ebenfalls langsamer.

›Taktisch denken‹, schoß es Sten automatisch durch den Kopf. ›Sie verfolgen mich nur. Auftrag: das Versteck finden und... sechs Mann an Bord... mich ausschalten.‹

Sten schüttelte den Kopf und schloß den doppelten Sicherheitsgurt.

Er schob den Steuerknüppel auf volle Kraft voraus und schaltete den eingebauten Doppler-Radar aus. Bei normalen Kampfgleitern war er immer angestellt und sorgte dafür, daß kein Pilot, wie dämlich oder betrunken er auch sein mochte, bei Regen, Nebel oder in dichtem Rauch irgendwo gegenknallte. Doch Stens Gleiter war ein Sondermodell.

Eine weitere Veränderung schaltete sich an, die ebenfalls auf dem narrensicheren Doppler-Radar basierte. Sie fixierte sich auf den herannahenden Mannschaftsgleiter und zeigte eine Annäherungsgeschwindigkeit von 80 Kilometern pro Stunde an. Sehr langsame Reaktion, fand Sten.

Bevor der Pilot des Gleiters bemerkte, was Sten vorhatte, riß Sten den Steuerknüppel nach hinten, schob ihn sofort wieder auf Mittelstellung und zerrte ihn dann bis fast in seinen Schoß zu sich heran. Standard-Kampfgleiter waren mit dieser Möglichkeit nicht ausgerüstet. Das mochte auch der Grund dafür gewesen sein, weshalb der Pilot des Mannschaftsgleiters mit offenem Mund staunend zusah, wie Stens Gleiter steil nach oben zog, einen perfekten Immelmann vollführte und sich dann direkt auf die Verfolger stürzte.

Sten sah, wie sich Angst, Panik und hektische Bewegung im anderen Gleiter breitmachten, als er im Sturzflug auf ihn hinunterstieß. Der Pilot des Mannschaftsgleiters drosselte die Geschwindigkeit und ging tiefer, gerade noch rechtzeitig, um Stens offensichtlichem Kamikaze-Angriff auszuweichen.

Der Gleiter begann zu schaukeln und fing sich wieder. Luken glitten auf, und Raketenwerfer wurden sichtbar, die sofort Feuer, Rauch und vier Luft-Luft-Raketen ausspuckten.

Sten hatte seinen Kampfgleiter bereits auf den Kopf gestellt. Während die Schwerkraft an seinem Gesicht zog, drückte er mühsam mit gekrümmten Fingern auf den Knopf für die Ablenkraketen.

Die Signalkugeln rauschten mit bunten Phosphorflammen davon. Gehorsam hängten sich die wärmegeleiteten Verfolgerraketen hinter die Leuchtspuren. Die vier Raketen, die gleichzeitig explodierten, verursachten einen höllischen Knall, heftig genug, um den Mannschaftsgleiter einen Augenblick außer Kontrolle geraten und die fünf Passagiere nach den Haltegriffen greifen zu lassen. Und dann kam Stens Kampfgleiter aus dem Rauch herausgeschossen. Der Pilot des Mannschaftsgleiters geriet in Panik und ließ seinen Gleiter um die eigene Achse wirbeln. Wieder zu spät, denn Sten war jetzt direkt über ihm.

Und dann passierte das, womit die sechs Schurken wohl am wenigsten gerechnet hätten. Sten schaltete seinen Kampfgleiter auf Parallelfahrt, schnallte seine Sicherheitsgurte los und sprang einfach von seinem Gleiter in den anderen Gleiter hinunter.

Noch in der Luft drehte er sich, ließ das Messer aus dem Unterarm herausschnellen und sah sich gleichzeitig nach einer Landemöglichkeit um.

Er landete auf dem ersten Mann. Stens Absätze zerschmetterten seinen Brustkorb. Dann ging Sten sofort in die Knie, um dem Kolbenschlag einer Willygun zu entgehen, sprang wieder auf und stieß dem zweiten Mann die ausgestreckten Finger durch die Augenhöhlen ins Gehirn. Der Leichnam war noch nicht ganz zusammengesackt, da wirbelte Sten bereits herum. Sein Messer blitzte über das Handgelenk des dritten Mannes. Die Hand fiel herab, und aus dem Gelenk sprudelte Blut über den ganzen Gleiter. Der Mann starrte auf den pulsierenden Strahl, stolperte und fiel ins Nichts.

Sten registrierte nicht einmal, daß er völlig automatisch reagierte; er sah nur, daß ein Mann mit einem langen Kampfmesser der Garde auf ihn losging, fing den Hieb mit seiner eigenen Kristallklinge ab – und zerschnitt die Stahllegierung einfach. Der vierte Mann hatte nicht mehr genug Zeit, um angemessen auf dieses Phänomen zu reagieren, bevor Stens stählerner Stiefelabsatz nach oben schoß und ihm den Schädel zertrümmerte.

Als die Luft zu knistern begann, warf sich Sten flach zu Boden und schlitterte über das geriffelte Metall des Gleiterbodens. Die

Projektile aus der Willygun zischten über ihn hinweg. Sten warf sich nach vorn, doch sein Fuß rutschte in einer Blutlache unter ihm weg.

Er fing den Sturz ab, und seine Messerhand zuckte in einer blitzschnellen Bewegung aus dem Handgelenk nach vorn. Das geschleuderte Messer erwischte den fünften Mann direkt unterhalb des Gürtels und durchschlug dann seine Wirbelsäule. Der lebende Leichnam stolperte in wilden Zuckungen rückwärts und fiel über den Piloten des Gleiters, der gerade versuchte, sich loszuschnallen.

Sten rutschte in den Kopilotensitz, zog die Beine an und sprang auf.

Inzwischen hatte sich der Pilot freigekämpft und war aufgestanden. Sten ging auf ihn los, wobei er eigentlich beabsichtigte, ihn gefangenzunehmen und zu befragen.

Doch der Pilot warf einen Blick auf den blutbesudelten Sten und den blutigen Metallsplitter seines Messers, schrie auf und warf sich über die Bordwand des Gleiters.

Sten wollte ihn noch festhalten, doch er kam zu spät. Er sah nur noch, wie die schreiende Gestalt immer kleiner wurde und auf die Parklandschaft unter ihnen zuraste.

Sammeln... sammeln... das Nichtdenken verflüchtigte sich, der Kampfrausch verebbte, und Sten fluchte in sich hinein. Atmen... atmen... Er setzte sich hin und achtete nicht auf das Blut, das über den Boden des Gleiters rann.

Jetzt setzte auch die Vernunft wieder ein. Sten blickte auf die vier toten Männer. Haines konnte bestimmt etwas über sie herausfinden, befand ein Teil seines Bewußtseins. Das ist nicht so wichtig, sagte ihm ein anderer Teil. Du glaubst doch nicht an Zufall. Du hast Hakone aufgesucht. Er hat dir etwas vorgespielt. Und auf dem Rückweg versuchte dich jemand umzubringen.

Mit Hilfe des Imperialen Haftbefehls könnte Sten Hakone sofort festnehmen lassen und mit allen zur Verfügung stehenden Mitteln – einschließlich eines Gehirnscans – herauszufinden versuchen, welche Querverbindungen zwischen Hakone, den Verschwörern und dem Attentat auf den Imperator bestanden.

Doch diese Lösung war zu einfach.

Sten hegte den starken Verdacht, daß jemand, der so im Rampenlicht stand wie Kai Hakone, unmöglich der Drahtzieher hinter einer derartigen Attacke sein konnte.

Kapitel 37

Nebel waberte um das schwarzglänzende Schiff, das fast das gesamte Landefeld bedeckte. Lichtkegel beleuchteten die Ladeluken, in die Männer und Frauen alle möglichen Ausrüstungsgegenstände verfrachteten, bevor sie selbst an Bord gingen.

Das Landefeld wurde in den Registern der Erstwelt als Notlandeplatz für Kampfschiffe der Imperialen Flotte geführt, tatsächlich wurde es jedoch vom Imperator ausschließlich für Starts und Landungen genutzt, die nicht unbedingt auf jedem Vid-Schirm erscheinen mußten.

Auch das Schiff selbst war ziemlich obskur. Dem Eintrag im Schiffsregister zufolge trug es den Namen *Normandie* und war als Imperiales Passagierschiff konstruiert worden. Ein luxuriöses Hochgeschwindigkeits-Linienschiff, das nach seiner dritten Reise eingemottet wurde.

Von außen gesehen, wirkte die *Normandie* wie ein herkömmliches Linienschiff, doch sie war nur zu einem einzigen Zweck gebaut worden – als inoffizielles Raumschiff des Imperators, sei es für geheime Missionen oder für Vergnügungsfahrten. Sie war wie ein Zerstörer der Imperialen Flotte bewaffnet, und ihre Triebwerke entsprachen denen eines Kreuzers.

Dabei benötigte die *Normandie* dank neuester Computertechnik noch nicht einmal hundert Mann Besatzung. Viel mehr hätten allerdings an Bord auch gar keinen Platz gefunden, denn den größten Teil der Innenräume der *Normandie* beanspruchten die Gemächer des Imperators. Versetzbare Schotts und Zwischendecks garantierten dafür, daß der Imperator von einer Privatparty für sich und eine Besucherin bis hin zu Imperialen Gipfeltreffen jede Art von Gesellschaft auf dem Schiff empfangen und versorgen konnte.

Da das Schiff offiziell nicht existierte, war es nicht auf die vorgeschriebenen Abfertigungsformalitäten angewiesen. Im Notfall konnte die *Normandie* die Identität des einen oder anderen ihrer Schwesternschiffe annehmen.

Sie war wahrscheinlich das größte Geheimnis, das jemals *konstruiert* wurde.

»Marr, du bist mir vielleicht eine Mimose. Hier gibt es keinerlei Verschmutzung.«

»Du redest so, wie du es verstehst«, schniefte Marr. »Und ich sage dir trotzdem: Ich kann den Gestank des Antriebs riechen.«

Marr und Senn waren wahrscheinlich die einzigen Caterer in der Geschichte des Imperiums, die auch höchste Sicherheitskontrollen ungehindert passieren durften.

Sie standen in Höhe des schlanken Mittelteils der *Normandie* und sahen zu, wie ihre Vorräte über ein Förderband im Bauch des Schiffes verschwanden.

»Na schön, dann gibt es hier eben Verschmutzung. Ich glaube deinen empfindlichen Nasenlöchern. Das macht aber den Fischen nichts aus. Sie sind in ihren Bassins und stehen nicht hier draußen herum und holen sich den Tod.«

»Ich mache mir ernsthaft Gedanken darüber«, sagte Marr, »ob diese Tahn etwas gegen unser Essen einzuwenden haben. Willst du etwa für das Scheitern dieser Konferenz aufgrund von Verstopfung verantwortlich sein?«

Ihr frühmorgendliches Kichern verstummte, als Subadar-Major Limbu herangeschlendert kam. Der Gurkha-Offizier war in vollem Kampfdress, komplett mit Willygun und Kukri, der in der dafür vorgesehenen Scheide auf dem Rücken steckte. Er salutierte. »Diese Fische sind doch nicht etwa für meine Leute?« erkundigte er sich.

»Nein, bestimmt nicht, Chittahang. Ich habe genug Dall, Reis und Sojasteak eingepackt, um jeden von euch Naiks in den Ballon zu verwandeln, zu dem Sie sich offensichtlich entwickeln möchten.«

Chittahang blickte automatisch auf seinen Bauch hinunter und entspannte sich dann wieder. »Ah. Sehr gut. Aber ich möchte Ihnen ein Geheimnis verraten. Diese Kugel rührt nicht von meinem Bauch her. Ich mußte leider einige meiner anderen Organe mit dem Gürtel nach oben schnallen.« Er grinste, zwinkerte und widmete sich wieder seiner eigentlichen Aufgabe, die Einschiffung seiner Männer zu überwachen.

»Marr, glaubst du, daß wir aus diesen kleinen Braunen jemals schlau werden?«

»Wahrscheinlich nicht.« Marr drehte sich um und kommentierte: »Unser furchtloser Anführer ist angekommen.«

Fünf große A-Grav-Gleiter kamen neben der *Normandie* zum Stehen. Leute stiegen heraus.

»Sieh mal, ist das dort neben dem Imperator dieser Fettwanst Sullamora?« zischte Senn. »Warum wurde er denn eingeladen?«

»Ich bin nicht der Imperator, mein Liebster, aber da er ein Imperialer Handelsmann ist, vermute ich, daß es mit den Handelsrechten gegenüber diesen Tahn zu tun haben muß – Senn, bist du wirklich sicher, daß wir auf alles vorbereitet sind?«

Kurz nachdem das Treffen mit den Tahn verabredet worden war, hatte man Senn und Marr mit der Beschaffung der Vorräte beauftragt. Sie hatten sich sofort darangemacht, sich über die geschmacklichen Vorlieben der Tahn zu informieren, insbesondere die ihrer Lords. Zum Glück standen im vierzigsten Jahrhundert noch ausreichend Vid-Bänder über exotische Küche zur Verfügung. Sie hatten alles eingepackt, angefangen bei zarten Salzkrebsen über Stärke bis hin zu den Gemüsearten, die noch immer angebaut wurden. Außerdem einige Überraschungen, da jeder Küchenchef davon überzeugt ist, daß er jede Mahlzeit durch einige spezielle Zutaten wesentlich verbessern kann.

Jetzt knallten Stiefelabsätze auf dem Stahlbeton des Landefelds, und das Kontingent Prätorianer kam im Laufschritt aus dem Sicherheitsareal herausgetrabt. Colonel Den Fohlee ließ sie Aufstellung nehmen, durchzählen und dann im Paradeschritt an Bord marschieren.

»Haben wir auch genug?« fragte Marr ängstlich.

»Wir haben genug! Wir haben genug Stärke und Proteine dabei, um diese hundertfünfzig Prätorianer ein Jahrtausend lang glücklich zu machen; und die dreißig Gurkhas; und die Besatzung, die obendrein ihre eigenen Rationen hat. Wer weiß schon im voraus, was der Imperator haben will, dann Sullamora... Ich habe seinem Koch die Rezepte für seine Leibgerichte abgeluchst. Schließlich bleibt immer noch genug für die Tahn übrig, selbst wenn sie damit ihre sämtlichen verhungernden Herden füttern wollen. Wir sind auf *alles* vorbereitet, mein Liebster.«

»Ja, schon, aber was sollen *wir* – du und ich – essen?«

Gerade als Senns Membrane sich alarmiert zusammenzogen, ertönte der Gong der Bordanlage.

Die letzten Vorräte wurden an Bord geschafft, und die Luken des Schiffs schwangen zu. Die A-Grav-Flitzer verließen das Landefeld. Schon fing der Yukawa noch lauter zu zischen an, und die *Normandie* erhob sich in die Luft.

Etwas weiter draußen im All würde sie sich mit einem Zerstörer-Geschwader und einem Kreuzer treffen. Diesen Imperialen Raumfahrern war nichts weiter mitgeteilt worden, als daß sie ein Schiff zu einem bestimmten Zielort begleiten sollten, unterwegs dafür zu sorgen hatten, daß dem Schiff nichts zustieß, und es dann wieder an seinen Ursprungsort zurückzubringen hatten. Sie hatten keine Ahnung, daß sich der Imperator an Bord dieses Schiffes aufhielt, und sie wußten auch nicht, daß das Treffen mit den Tahnlords die einzige Möglichkeit war, einen möglichen intergalaktischen Krieg zu verhindern.

Kapitel 38

Die Gruppe saß schweigend um den riesigen Tisch herum, der mittlerweile zu Fryes Klagemauer geworden war. Handfeste Niedergeschlagenheit hatte sich breitgemacht. An einem Ende des Tisches spielte Haines gelangweilt mit ihrem Miniscreen herum. Ihr gegenüber saß ein auffallend stiller Alex. Er blickte finster zu Liz hinüber, die einige letzte Befehle in ihre nicht wegzudenkende Verbindung mit dem Masterterminal eingab.

Sten kam mit einem Stapel Ausdrucke herein und sah sich einer Reihe erwartungsvoller Blicke ausgesetzt. »Nein«, sagte er sogleich. »Ich habe auch nichts... aber vielleicht habe ich so etwas wie eine verrückte Plattform, von der wir uns alle noch einmal aufschwingen können.«

Daraufhin kam etwas Leben in die anderen Anwesenden. Sten verteilte die Blätter. »Damals als Anfänger habe ich mir eine Sache gemerkt: Wenn du dich verrannt hast, mach eine Liste mit den Dingen, die du bereits weißt. Und eine zweite mit denen, die du noch herausfinden willst.«

Er grinste seine Leute gequält an. »Jedenfalls sieht man auf diese Weise immer sehr beschäftigt und wichtig aus.«

Gemeinsam gingen sie Stens Liste durch. Alle Tatsachen waren peinlich genau festgehalten worden:

1. Der ursprüngliche Plan bestand darin, den Imperator zu ermorden. Alle Informationen deuten auf eine weitverzweigte Verschwörung hin.

2. Die Verschwörung ist noch immer im Gange. Warum hätten sich wohl sonst diese mysteriösen Todesfälle rund um Soward ereignet, deren Opfer alle ehemalige Prätorianer oder Palastangestellte waren? Aus welchem Grund erfolgte der Angriff auf Sten? Auch er wurde von ehemaligen Prätorianern ausgeführt, von denen die meisten Deserteure waren. Unterpunkt: Innerhalb des letzten E-Jahres sind mindestens vierzig Prätorianer spurlos verschwunden.

3. Alles deutet darauf hin, daß jemand aus dem Palast in die Verschwörung verwickelt ist. So wurden die Computersysteme des Palasts mehrfach von außen angezapft, doch die Spuren dieser Aktionen führen alle wieder in den Palast zurück und versikkern dort.

4. Zusammenfassung: Die Verschwörung ist noch immer im Gange und der Imperator nach wie vor ihr Zielobjekt.

»Als Polizistin wäre es mir bedeutend lieber«, warf Haines ein, »wenn das Zielobjekt irgendwo in Sicherheit wäre.«

»Zumindest dieses Problem ist gelöst«, sagte Sten. »Der Imperator hat die Erstwelt verlassen. Ich darf euch nicht sagen, wo er sich jetzt befindet, aber er ist absolut sicher und von vertrauenswürdigen Beratern und Sicherheitsleuten umgeben.«

Alex atmete erleichtert aus. »Gott sei Dank«, sagte er. »Keine verfluchten Römer.«

»Weiß der Imperator darüber Bescheid, wie tief wir hier im Dreck sitzen?« erkundigte sich Liz.

»Nein«, antwortete Sten. »Wir haben absolute Funkstille vereinbart. Ich kann ihn nur im Notfall erreichen. Zu diesem Zweck besteht vom Palast aus eine Verbindung.«

Sie warteten noch einen Moment, doch als er nicht mehr Informationen preisgab, lasen sie weiter.

5. Kai Hakone ist offensichtlich einer der Hauptverschwörer. Hinweise dafür sind Stynburn und die vielen anderen Verbindungen zur Schlacht um Saragossa. Außerdem wurde Sten direkt nach seiner Befragung des Verdächtigen angegriffen.

6. *Zaarah Wahrid* ist eine weitere Verbindung zur Schlacht um Saragossa. Frage: Was hat ein schon lange vernichtetes Schiff mit der Verschwörung zu tun?

7. Komplikationsfaktor: Hakone hat keinerlei Verbindungen zum Palast. Er ist ein bekannter Gegner des Imperators und dort nicht gern gesehen.

»Wann nehmen wir diesen Drecksack endlich fest, mein Freund? Ich nehm ihn dermaßen in die Mangel, daß wir in nullkommanix herausgefunden haben, was wir wissen wollen.«

»Keine Chance, Alex«, sagte Sten. »Um dieses Ding zu entschärfen, müssen wir alle gleichzeitig hochnehmen. Insbesondere denjenigen, der sich im Palast aufhält.«

»Wenn wir Hakone jetzt auffliegen lassen, können wir den Rest vergessen«, stimmte Haines ihm zu.

Sie senkten die Köpfe und lasen den Rest:

8. Sollten wir die Archive überprüfen, um mehr über Saragossa herauszufinden? Könnte es weitere verborgene Zusammenhänge geben?

»Haben wir noch ein Jahr Zeit?« fragte Liz trocken. »Ich kenne keinen Computer im ganzen Imperium, der diese Suche schneller bewältigen könnte.«

»Dann lassen wir es eben sein«, antwortete Sten.

»Ist das alles?« wollte Haines wissen.

»Ja«, erwiderte Sten. »Bis auf Hakone.«

»Ich bin gerade an ihm dran«, warf Liz ein und zeigte auf ihren Monitor.

»Was für eine dumme Bemerkung für eine Expertin«, sagte Sten zu Liz.

Liz lachte leise auf. »Wenn alles schiefgeht«, sagte sie, »arbeitet der Dumme mit dem Computer.«

»Er muß irgendwo ein Hauptquartier haben«, sagte Sten. »Hakone kann nicht in seinem Haus nach Belieben Verschwörer ein und aus gehen lassen, und er trifft sich mit ihnen auch nicht an zugigen Straßenecken.«

»Ein Ferienhaus?« schlug Haines vor.

»Irgendwo, vielleicht in einer zurückgezogenen Gegend?« ergänzte Liz.

Sie gab bereits einen Suchauftrag mit dem Namen des Besitzers ein. Dazu benutzte sie das gleiche Programm, das sie schon zusammengebastelt hatte, um Stynburns Firmenlabyrinth zu durchdringen.

»Der Kerl ist ein Militärfanatiker«, sagte Alex. »In dieser Ecke kommen wir ihm ziemlich sicher auf die Schliche. Wo er schon sein verdammtes großartiges Werk über die Mueller-Kriege geschrieben hat–«

Bevor er den Satz beenden konnte, erschien die Antwort auf dem Bildschirm. Alex war mit seiner Vermutung ziemlich dicht drangewesen.

»*Zaarah Wahrid*«, lautete der Eintrag auf dem Monitor. »Register Nr. KH173. Liegeplatz 82. Nähere Beschreibung erwünscht?«

»Aber klar doch«, rief Sten. Liz tippte bereits den entsprechenden Befehl ein.

Kai Hakone war der Eigentümer der kleinen und schon ziemlich betagten Raumyacht *Zaarah Wahrid*, die in einem Privathafen nur knapp einhundert Kilometer vom Versteck untergestellt war.

»Klinken Sie sich in den Computer des Schiffes ein«, befahl Haines aufgeregt.

»Nicht so schnell, Lieutenant«, sagte Liz. »Was ist, wenn der Bordcomputer präpariert ist?«

»Sie hat recht«, meinte Sten. »Wir sind jetzt schon zu weit, um die Dinge unnötig zu überstürzen.«

»Ich frage den Computer, ob das Schiff überholt werden muß«, schlug Liz vor. »Reine Routine.« Die Antwort kam prompt und war negativ.

»Gut. Jetzt etwas Offizielles, aber Unverdächtiges.«

»Wann hat das Schiff zuletzt den Hafen verlassen?« schlug Sten vor.

Liz ließ die Finger über die Tastatur tanzen. »Vor etwas über einem Jahr. Aber ich kann das Logbuch durchsuchen. Nichts Auffälliges. Nur die Oberflächeninfos. So schnell schaltet sich die *Zaarah Wahrid* nicht ab.«

Das kleine Schiff ließ die Logbuch-Einträge durchlaufen, während Liz vorsichtig das eine oder andere Suchprogramm in sein Bordsystem schmuggelte – wobei sie sich stets aus der Schußlinie hielt und wie eine elektronische Fliege mal hierhin, mal dahin summte.

»Seht euch das mal an.«

Liz hatte die Leistungsfähigkeit des Bordcomputers analysiert.

»Diese kleine Schüssel verfügt über einen Computer, der groß genug ist, um ein Linienschiff zu steuern!«

»Wozu braucht eine so kleine Yacht einen so großen Computer?« wunderte sich Haines.

»Oh – oh ... oh, oh, oh. Hörst du auf, du verdammte kleine *Zaarah Wahrid*!« Liz schaltete rasch ab. »Außerdem ist das Ding mit mehr Fallen bestückt, als du Bier trinken kannst«, sagte sie an Alex gewandt. »Wenn ich noch länger drinbleibe, fängt es womöglich noch an, bestimmte Files zu löschen.«

Sten sank erschöpft im Stuhl zusammen. »Ist das alles, was Sie herausfinden konnten, Liz?«

»Nein, ich habe ihn dazu gebracht, mir seinen Code zu verraten.« Sie kritzelte etwas auf einen Zettel.

Sten erhob sich. »Komm, Alex. Ich glaube, wir sollten jetzt ein wenig Hausfriedensbruch begehen.«

Sie gingen auf die Tür zu.

»Äh, Captain?« rief ihnen Liz hinterher.

»Ja?«

»Vielleicht sollten Sie noch etwas anderes wissen.«

»Was denn?«

»Die *Zaarah Wahrid* hat eindeutig eine Bombe an Bord. Sieht nach einem ziemlich dicken Ding aus.«

»Danke.«

»Keine Ursache.«

Sten und Alex schlichen hinaus.

Kapitel 39

Die winzige Hauptkabine paßte zu dem ebenso winzigen Flitzer. Obwohl das Raumboot nur von begrenztem Wert war, hatte jemand irgendwann einmal die aus Kunststoff mit Holzmaserung bestehenden Fußböden und Wände ebenso aufgemöbelt wie die Einbauschränke aus dunklem Ebenholz. Inzwischen wirkte das Boot jedoch sehr verwahrlost. Überall lagen Kleidungsstücke herum, und alles war mit verdreckten Konservendosen übersät; der derzeitige Bewohner hielt es anscheinend nicht für nötig, sie in das Abfallsystem zu werfen.

Tarpy lag mit geschlossenen Augen und einem kleinen Lächeln auf dem Gesicht ausgestreckt auf seiner Koje. Er hatte sich mit einer Unmenge Katzen mit höchst zweifelhaftem Stammbaum umgeben, die man in einem anderen Zeitalter als Straßenkatzen bezeichnet hätte. Tarpy nannte sie Raumhafenkatzen, und er hielt sie in allen Größen und Farben. Er streichelte die weichen Körper, die ihn unter sich zu begraben drohten, und überwachte träge die Vorgänge auf der *Zaarah Wahrid*, einer Rostbeule, die kaum einen Steinwurf entfernt abgestellt war.

Unter seiner linken Schulter maunzte etwas, und Tarpy erhob sich gerade weit genug, daß ein Kätzchen darunter hervorkriechen konnte. Das Kätzchen gesellte sich zu mehreren anderen, die sich bereits an Mamas Zitzen gütlich taten. Mama residierte permanent auf Tarpys Bauch.

Nur die Katzen hielten Tarpy noch bei Verstand. Nichts, absolut nichts hatte sich in der Umgebung der *Zaarah Wahrid* abgespielt, seit er hier seinen Beobachtungsposten bezogen hatte. Auf der anderen Seite der *Zaarah Wahrid* hatte er Verstärkung stationiert, doch er beschränkte den Kontakt mit ihnen auf ein Minimum. Er hielt sie alle für Schwachsinnige, deren einziger Wert in ihrer Bereitschaft bestand, klaglos an Ort und Stelle zu sterben. Bei den langen Wachschichten zog Tarpy die Gesellschaft seiner Katzen vor.

Jetzt spürte er ein leises Klingeln im Ohr und hörte ein entferntes Piep-Piep-Piep. Tarpys Herz fing sofort zu rasen an, und er befahl seinem Puls, sich zu beruhigen. Endlich passierte etwas!

Vorsichtig löste er sich von den Katzen und setzte sich auf der Pritsche auf. Er stellte den Überwachungsmonitor an und suchte das Gelände rings um den Liegeplatz des Schiffes ab.

Der Yacht-Raumhafen war ziemlich einfach zu überwachen. Er sah aus wie ein zwei Kilometer hoher Baum aus Metall mit vielen Ästen. Der Stamm des Baumes war Läden, Restaurants, Instandsetzungsfirmen und Treibstoffdepots vorbehalten. Die Zweige hatte man in privat registrierte Liegeplätze unterteilt, in denen von kleinen Eierschalen bis hin zu Yachten, die an die Größe von Linienschiffen heranreichten, alles mögliche untergebracht war.

Nur auf einer Seite der *Zaarah Wahrid* sah Tarpy eine Bewegung. Er vergrößerte den Bildausschnitt genau in dem Moment, als Sten und Alex aus dem Schatten eines weiter oben angedockten Schiffes traten und unschlüssig auf die Yacht zuschlenderten. Tarpy grinste, als er sie erkannte, und drückte auf den Summer, um seine Schlägertruppe zu alarmieren.

Er stand auf und schlüpfte in seinen Waffenharnisch, dann schlich er zur Tür und wartete einen Augenblick. Tarpy warf einen Blick auf die offenen Dosen auf dem Fußboden. Es lag noch mehr als genug da, um seine Freunde bei Laune zu halten, bis der Auftrag erledigt war.

Die Tür glitt auf, und Tarpy verschwand nach draußen.

Alex warf noch einen prüfenden Blick über die Liegeplätze. Niemand zu sehen. Nicht einmal ein Tech trieb sich hier herum. »Laß uns gehen, mein Freund. Das Ding ist so sauber wie der Donnerbalken der Königin.«

Sten ging direkt auf die hinter einer Klappe verborgene Tastatur zu und fing an, den Code einzugeben, den Liz ihm notiert hatte. Nachdem er die ersten drei Ziffern gedrückt hatte, wartete er, bis der Computer sie überprüft hatte und ihn aufforderte, die nächste Zahlengruppe einzugeben. »Sei auf der Hut, Alex. Ich habe keine Ahnung, was uns auf der anderen Seite erwartet.«

Alex nickte und sah sich noch einmal genau um. Fast bevor er die Bewegung sah, spürte der Schwerweltler, wie sich seine Muskeln zusammenzogen und ihm ein Schauer den Rücken hinunterlief. »Wir haben Gesellschaft bekommen«, zischte er und entfernte sich rasch vom Schott der Yacht.

Sten wirbelte gerade noch rechtzeitig genug herum, um zu sehen, wie eine Gestalt von einem Container zum anderen huschte. Alex und Sten warteten einen Herzschlag, zwei, dann drei, wobei sie eine Deckung suchten und fanden; dort zogen sie leise die Willyguns aus ihren Pistolenhalftern und hielten sie schußbereit in der Hand.

»Dort!« flüsterte Alex.

Sten wandte langsam den Kopf. Tarpy trat allein aus seiner Deckung heraus.

»Kann ich dir helfen, Kumpel?« fragte Tarpy gedehnt und kam auf sie zu. Sten fiel auf, daß seine Lässigkeit überspielen sollte, daß er geschickt und professionell in einem Halbkreis auf sie zukam. Er bewegte sich mehr seitlich als geradeaus.

»Der Treibstofftank«, flüsterte Sten Alex zu.

Alex nickte. Auch er sah jetzt, daß Tarpy sich auf einen riesigen Versorgungsbehälter zubewegte, der ihm bei Bedarf hervorragend als Deckung dienen konnte. Links und rechts waren jetzt schleichende Schritte zu hören. Tarpys Spießgesellen gingen in Position.

»Ein paar kleine Ratten«, sagte Alex.

»Wie viele?«

»Vier, vielleicht fünf.«

Sten empfing den näherkommenden Feind mit einem Grinsen. »Hast du auch einen Namen, Freund?«

»Tarpy, falls es jemanden interessiert.«

Sten nickte nur und grinste weiter sein dämliches Grinsen. »Hast du was mit dieser Rostschüssel zu tun?«

»Kann schon sein«, antwortete Tarpy. »Das heißt, wenn du was damit vorhast, dann schon.«

»Möglicherweise«, sagte Sten. »Mein Partner und ich sehen uns nach was Billigem um. Etwas, das wir selbst flottmachen können.«

Tarpy lächelte träge zurück. »Das ist schon richtig, an dem Schiff hier muß noch einiges gemacht werden«, sagte er zustimmend. »Vorher mußt du dich aber mit dem Eigentümer in Verbindung setzen. Seine Erlaubnis einholen und solche Sachen.«

»Jetzt!« rief Alex.

Sten brachte seine Willygun in Anschlag und gab mehrere Einzelschüsse auf Tarpy ab, wobei er sich zu Boden fallen ließ, über eine Schulter abrollte und hinter einem Haufen Altmetall wieder auf die Füße kam. Eine Salve klatschte gegen den Schiffsrumpf hinter ihm, und fast im gleichen Moment hörte er einen Schmerzensschrei.

»Ich hab recht gehabt, Kumpel«, rief Alex von der anderen Seite herüber. »Es waren wirklich fünf Ratten. Jetzt noch vier.«

Tarpy hatte sich mit einem Satz in Sicherheit gebracht. Die Vermutung, daß es sich um einen Profi handelte, hatte sich bestätigt. Sten sah sich nach den anderen um.

Unter sich hörte er das Klappern von Stiefeln auf Metallplatten. Er spähte durch die Lücke zwischen der *Zaarah Wahrid* und der A-Grav-Bucht hindurch. Direkt unter dem Schiff lag eine große und sehr teure Yacht. Einer von Tarpys Ganoven wollte sich von unten an Sten heranschleichen. Es war wie beim dreidimensionalen Schach. Der Feind konnte von allen Seiten kommen, zusätzlich von oben und unten. Sten gab Alex ein Zeichen. Er sollte die linke Flanke übernehmen, Sten die rechte. Zuerst mußten sie sich um die Muskelprotze kümmern und Tarpy noch ein wenig warten lassen.

Er hörte einen dumpfen Schlag, als Alex die zehn Meter zum nächsten Liegeplatz hinuntersprang. Über Sten hing eine Leiter, die zur nächsten Ebene hinaufführte; sie war bis auf halbe Höhe mit einer gebogenen Metallverkleidung gegen den Wind geschützt. Sten ging zwei Schritte zur Seite, sprang dann auf die Leiter und kletterte rasch nach oben. Er hoffte inniglich, daß keiner der Angreifer in Schußposition stand. Als er die Stufen hinaufeilte, lief ihm ein widerliches Kribbeln den Rücken hinunter und wieder hinauf.

Fast sofort erblickte er das Hinterteil des ersten Mannes, der sich vorsichtig vor einem angedockten A-Grav-Flitzer vorbeischob. Der Mann wollte sich offensichtlich von oben an Sten heranschleichen. Sten schoß ihm durch die Gedärme.

Dann pirschte er weiter und hielt nach dem nächsten Ausschau, wobei er wußte, daß er damit wahrscheinlich Tarpys Plan folgte. Ihren schwerfälligen Schleichmanövern nach zu urteilen, waren Tarpys Helfer sehr wahrscheinlich keine ausgebildeten Soldaten. An Tarpys Stelle würde sie Sten als Schutzschild verwenden; Kanonenfutter für ihn und Alex. Dadurch behielt Tarpy das Geschehen unter Kontrolle und konnte selbst Zeit und Ort für sein tödliches Eingreifen bestimmen.

Sten hörte direkt über sich ein Flüstern. Er spähte zu dem Laufsteg hinauf, auf dem sich leise Schritte noch ein Stück weiterbewegten. Tarpy? Das hielt Sten für unwahrscheinlich. Er wartete, bis die Schritte verstummten. Wer immer das war, er stand direkt neben einem Treibstoffbehälter. Aus dem Behälter führte ein Schlauch zum angedockten Raumschiff, und Sten konnte gerade noch die eckigen Kanten eines Robots erkennen, der die Kontrollen des Treibstoffbehälters bediente. Die Schritte bewegten sich noch ein paar Meter weiter. Der Mann über ihm ging in Position.

Den Hafenbestimmungen zufolge durfte sich während der Treibstoffaufnahme niemand an Bord des Schiffes befinden. Sten zielte auf den Behälter und hoffte, daß der Eigentümer der Yacht ein gesetzestreuer Bürger war. Dann zog er den Abzug durch.

Flammen schossen in alle Richtungen durch die Nacht. Sten sprang einen Schritt zur Seite und ließ sich wieder zur *Zaarah Wahrid* hinunterfallen. Nach dem Aufprall rollte er sich in Erwartung von Gegenfeuer instinktiv zur Seite. Als er auf die Füße kam, fiel etwas Schwarzes, Verkohltes, ohne einen Ton von sich zu geben, an ihm vorbei in die Tiefe; ein schwarzes Ding mit einem klaffenden roten Loch anstelle eines Mundes.

Noch leicht benommen von dem Sturz, schritt Sten auf dem Anlegesteg weiter, nach vorn zum Bug der *Zaarah Wahrid*. Vorsichtig schaute er sich um und sah, wie sich Alex durch ein Gewirr zusammengerollter Stahltrossen schlich. Alex erblickte ihn ebenfalls sofort und reckte den Daumen nach oben. Er hatte sich um die beiden anderen kleinen Ratten gekümmert. Sten spürte ein Stechen in der rechten Hand, und als er hinschaute, sah er einen dünnen Blutstreifen daraus hervortreten. Jemand mußte ihn während des Kampfes erwischt haben. ›Erstaunlich, wie wenig man während eines Adrenalinstoßes spürt‹, dachte Sten. Er wechselte die Willygun in die andere Hand und hob die Rechte, um an der Wunde zu saugen.

Dabei dachte er die ganze Zeit an Tarpy. Irgendwie war er sicher, daß sie noch immer das Spiel der Profis spielten. Er wußte, daß sich Tarpy irgendwo versteckt hielt und nur auf den richtigen Moment wartete. Schlich er hinter Alex her?

Da sah Sten, wie sich der Gesichtsausdruck seines Freundes veränderte, und im gleichen Moment spürte er, daß jemand hinter ihm war. Er wirbelte herum und versuchte, die Willygun hochzureißen, wobei ihm einfiel, daß er sie in der falschen Hand hielt. Noch im Drehen krümmte er die Finger, versuchte verzweifelt, sich fallen zu lassen...

Tarpy hatte ihn. Er sah den Mann namens Sten direkt vor sich. Der kräftige Mann, Alex, stand in gleicher Linie hinter ihm. Ein perfekter Schachzug, dachte Tarpy, als er den Abzug betätigte. Der erste Schuß würde Sten auslöschen, und dann mußte er nur noch durchziehen, um gleich danach den kräftigen Mann auszulöschen.

Da verspürte Tarpy eine ungekannte Kälte in sich. Es war eine schreckliche, schwächende Kälte, die von seinen Schulterblättern auszugehen schien und sich rasch im restlichen Körper ausbreitete. Die Knie knickten unter ihm weg, und er versuchte, nicht ohnmächtig zu werden.

Tarpy sah hinab und erblickte sein eigenes Gewehr, das neben Sten lag. Eine Hand packte das Gewehr, ihre Finger schlossen sich im Reflex um den Abzug, und das Gewehr spuckte Feuer.

Tarpy fragte sich, wessen Hand das Gewehr hielt. Er hörte das Geräusch surrender Fliegen um sein Gesicht. Tarpy hob die Hand, um die Fliegen zu verscheuchen. Und dann sah er seinen eigenen Arm, aus dem hellrotes Arterienblut spritzte.

›Oh‹, dachte Tarpy, während er fiel. ›Es ist *meine* Hand, die das Gewehr hält.‹

Sten starrte den Leichnam an, der eben noch Tarpy gewesen war. Er zog die Finger zweimal zusammen, und das Messer glitt wieder in seine Sehnenscheide. Er fühlte Alex' Anwesenheit hinter sich und ließ sich von ihm auf die Füße helfen.

Dann sah er Alex an: »Ist dir klar, daß er uns beide hatte?«

Alex drückte ihn sanft und schob ihn dann voran, zum Code-Schloß der *Zaarah Wahrid*. »Da hast du recht, alter Freund. Aber irgend jemand mußte es ja irgendwann mal versuchen, oder?«

Die Eingangstür der Yacht klapperte mit einem lauten, metallischen Quietschen auf. Sten wartete kaum ab, bis sie ganz offen war, und tauchte hinein. Alex blieb hinten und stand Wache.

Das Innere des Schiffes war eine ausgeschlachtete Hülle, ein großer Haufen wertloser Technik und herausgerissener Kabel, die nirgendwohin führten. Sten schob sich langsam durch die ehemalige Hauptkabine zum Platz des Piloten. Obwohl er keine versteckten Minen entdecken konnte, wurde Sten klar, daß dieses Fahrzeug niemals wieder benutzt werden sollte.

Er überprüfte die Türen zum Pilotenraum. Er konnte nichts Gefährliches entdecken, spähte um die Ecke – und riß vor Staunen die Augen weit auf.

Jemand hatte mit einem Laser das gesamte Armaturenbrett herausgeschnitten. An seiner Stelle befand sich ein riesiger Computer. Im Gegensatz zu allem anderen hier an Bord glänzte er vor Makellosigkeit. Sogar jetzt summte ein winziger Reinigungsrobot auf seiner Routinetour über die Hauptkonsole. Er versprühte einen feinen polarisierten Nebel und saugte dann sämtliche Staubpartikel weg.

Sten stellte sich vor die Konsole. Er hatte nicht die geringste Ahnung, wodurch die Bombe ausgelöst wurde. Was ihn weit eher interessierte, war: wann. Sten war der Meinung, daß das Ding mit einem Timer ausgerüstet war. Das war nur logisch, wenn man einen Unfall vermeiden wollte, der außerdem noch sämtliche Informationen des Computers vernichten würde.

Seine Finger huschten über die Tastatur: ATTENTION! ZAARAHWAHRID! Der Bildschirm flammte auf. IDENTITÄT? Sten zögerte und setzte dann auf sein Glück: HAKONE. Der Computer verdaute. Schließlich zeigte sein Bildschirm an: BEREIT, HAKONE.

Sten seufzte erleichtert. So weit, so... Und weiter hämmerte er ohne zu zögern auf die Tastatur. Es bestand immerhin die Möglichkeit, daß eine verzögerte Antwort des Bedieners die Bombe auslöste. DATEIEN AUFLISTEN. Der Computer machte sich an die Arbeit und rief endlose Datenbanken auf. Zuerst konnte sich Sten keinen Reim darauf machen, doch dann bemerkte er, daß es eine Liste von Verzeichnissen war, Hunderte davon, die sich ständig wiederholten, immer wieder auf den Bildschirm gescrollt kamen. Sten versuchte sich auf die Überschriften zu konzentrieren. Schließlich kam ein Eintrag WAHRIDKOMITEE, DETAILS auf den Monitor.

Sten jagte den Cursor hoch, fror den Eintrag ein und tippte DETAILS ANGEBEN ein.

Der Schirm blinkte zweimal, und schon glitten Namen und Zahlen über die leuchtende Fläche. Außerdem erschien noch etwas anderes. Fünf Großbuchstaben bildeten ein Wort oder einen Namen, der in der rechten unteren Ecke blinkte. GADES!GADES!GADES! Immer wieder, pausenlos. GADES!GADES!GADES!GADES!

Sten erstarrte. Die Bombe war ausgelöst worden. Offensichtlich forderte ihn die Schrift auf, einen Code einzugeben, um sie zu deaktivieren. Er hatte keine Vorstellung davon, wie er das anstellen sollte. Also tat er die logischste Sache überhaupt. Logisch, wenn man nicht unbedingt großen Wert auf das eigene Leben legte.

Er starrte auf den Bildschirm, konzentrierte sich so intensiv wie möglich auf die schimmernden Namen und Zahlen und anderen Details.

Eine Alarmsirene tutete los. Die Bombe mußte jeden Augenblick hochgehen, doch Sten blieb noch immer dort stehen und saugte alles auf, was sein Gedächtnis behalten konnte. Das Tuten wurde leiser und verwandelte sich in eine unwesentliche Störung in seinem Hinterkopf. Er las weiter und weiter.

Hinter sich hörte er ein eigenartig knurrendes Geräusch, eine riesenhafte Hand umfaßte seinen Körper und hob ihn in die Höhe. Er konnte nur noch den Wirbel der Daten sehen, während ihn jemand in wilder Hast durch das Schiff trug.

Kaum waren sie zur Tür hinaus, blendete ihn ein greller Lichtblitz.

Alex blieb für den Bruchteil einer Sekunde vor einem großen Ladecontainer stehen. Dann warf er Sten fünf Meter durch die Luft. Sten spürte, wie er flog, und sah, wie ihm auf der anderen Seite der Boden entgegenstürzte.

Eine gigantische Explosion erschütterte das ganze Areal und machte ihn taub.

Der Knall brachte ihn jedoch auch mit einem Schlag wieder in die Wirklichkeit zurück. Irgendwie lag Alex plötzlich neben ihm.

Sein Freund erhob sich langsam und klopfte sich den Staub aus den Kleidern. Aus der Ferne erklang Sirenengeheul. Alex half Sten auf die Füße. »Ich muß dringend mal mit dir reden, mein Freund«, sagte der Schotte, »und zwar über deine häßliche Angewohnheit, uns beide umbringen zu wollen.«

Kapitel 40

Hakones Anwesen sah wie eine Militärbasis aus. Uniformierte Männer beluden A-Grav-Gleiter mit schweren Waffen, stiegen auf, und die Gleiter schwenkten in Kampfformation herum.

Bei den Uniformierten handelte es sich nicht um Ex-Soldaten, denn sie wurden noch immer in den Listen des Imperialen Militärs geführt. Es waren Deserteure der Prätorianer, die man zum Überlaufen überredet oder verführt hatte und die inzwischen seit vielen Monaten schmutzige Aufträge für die Verschwörer erledigten.

Jetzt freuten sie sich, wieder in Uniform zu sein – und in Aktion. Hakone hätte nach all den Jahren eigentlich freudig erregt sein müssen, denn jetzt war es endlich soweit!

Aber wie die meisten Dinge im Leben passierte es zur falschen Zeit. Obwohl Haines und Collins davon überzeugt waren, daß jede Verbindung zur *Zaarah Wahrid* unterbrochen worden war, hatte noch eine Alarmverbindung bestanden. Hakone wußte sofort, daß das Schiff explodiert war.

Hakone war nicht wahnsinnig, und er rühmte sich der Fähigkeit, eine Situation sofort richtig einschätzen zu können. Die *Zaarah Wahrid* war nicht mehr, sowohl was die Computerdaten als das Schiff selbst betraf. Bevor er etwas unternehmen konnte, mußte er den Befehl des Koordinators der Verschwörung abwarten – ein bestimmtes Signal von der *Normandie*. Doch die Dinge hatten sich geändert, denn der Koordinator konnte ihn von Bord der *Normandie* aus nicht mehr erreichen.

Kurzentschlossen übernahm Hakone die Befehlsgewalt und setzte seine Leute in Bewegung. Schließlich war der Tod des Imperators gewiß; schlimmstenfalls mußten seine Leute die Stellung eine Zeitlang erbittert verteidigen.

Hakone zwang sich zur Heiterkeit. Schon viel zu lange hatte er seiner Neigung zum Grübeln nachgegeben. Als er die Stufen hinuntereilte, rauschte gerade sein persönlicher Kampfgleiter heran und hielt am Fuße der Treppe.

»Sie kennen den Weg, Sergeant.«

»Um so besser, nach all diesen Jahren«, antwortete der ergraute Ex-Prätorianer. Der Gleiter hob ab und schoß davon. Die anderen ringsum versammelten A-Grav-Gleiter folgten ihm, wobei sie sich zu einem Angriffskaro formierten. Die kleine Streitmacht zischte über den Raumhafen von Soward hinweg.

Kapitel 41

Der Pilot überprüfte Abstandsschirm und Radar und grunzte zufrieden. Er betätigte einige Regler, dann schwang der Pilotensitz auf seinem Kranarm von den Konsolen weg in den Raum zurück, wo er seinen Insassen auf dem Deck absetzte. Der Pilot löste die Gurte, erhob sich und berührte einige Kontrollen, woraufhin sich der riesige Hauptmonitor aufhellte.

Lichtjahre von dem Pulsar entfernt zeigte sich ein grelles Strahlen, das auf allen Instrumenten sichtbar wurde. Der Tahn-Pilot vernahm ein ungehaltenes Murmeln der vor ihm stehenden Lords, löschte dann den Schirm und verneigte sich. »Wir befinden uns auf den angegebenen Koordinaten. Wir haben die Imperialen Schiffe auf dem Schirm. Das Zusammentreffen wird innerhalb der nächsten zehn Schiffsstunden erwartet.«

Lord Kirghis erwiderte die Verbeugung des Piloten, bevor er und die anderen Anführer der Tahn schweigend die Brücke verließen.

Der Pulsar – in den Sternenkatalogen als NG467H vermerkt – war die dritte Option, die dem Imperator von den Tahn für das Treffen vorgeschlagen worden war. Es war die einzige, die für ihn in Frage kam. Der Imperator wußte, daß der Pulsar absolute Funkstille von seiten aller Parteien garantierte. Wenn also nicht schon im voraus ein Hinterhalt arrangiert worden war – eine Möglichkcit, dic das Imperium im Vertrauen auf seine überlegenen Ortungsgeräte ausschloß – war keine Überraschung zu erwarten, wenn man einmal von den Wünschen und Forderungen der Tahn absah.

Außerdem hatte der Imperator einen Trumpf im Ärmel. Durch den technologischen Vorsprung des Imperiums war er den Tahn eine Nasenlänge voraus und hatte eine komplexe Funkverbindung zum Palast einrichten lassen. Er hoffte inständig, daß diese Verbindung während des Gipfeltreffens zum Einsatz kam.Allerdings nicht von seiner Seite, sondern von Sten. Sollte Sten den Hauptverschwörer ausfindig machen, der für den Tod

Alains verantwortlich war, würden sich die Verhandlungen weitaus einfacher gestalten.

Die *Normandie* und ihre Begleitschiffe hatten die nahende Tahn-Flotte schon seit Stunden auf den Schirmen. Verantwortlich dafür war ein Geheimnis, das im Imperium so streng wie kaum ein anderes gehütet wurde. Der Imperator kontrollierte nämlich nicht nur den Treibstoff AM_2, er wurde vor dem Verkauf obendrein »kodiert«. Nur die Schiffe des Imperiums waren mit unmarkiertem Treibstoff ausgerüstet. Alle anderen flogen mit modifizierter AM_2. Auf diese Weise konnte jedes fremde Schiff von den Imperialen Spähschiffen schon aus vielen Lichtjahren Entfernung ausgemacht und grob identifiziert werden.

Die Tahn-Schiffe beispielsweise zogen auf dem Weg zum vereinbarten Treffpunkt einen violetten Schleier hinter sich her.

Der Imperator schaltete den Monitor in seinen Privaträumen aus, blickte Ledoh ernst an und atmete mehrere Male tief durch. »Es geht also los.«

Kapitel 42

»Bist du endlich fertig, Klein-Sten?« erkundigte sich Alex leise. Sten hustete und erhob sich von der Liege. Zu schnell: Seine Eingeweide krampften sich wieder zusammen, und sein Mägen drehte sich um.

»Kleiner Tip, mein Freund«, fuhr Kilgour fort. »Wenn du spürst, wie so ein kleiner, pelziger Ring hochkommt: schnell wieder runterschlucken, das ist dein Spundloch.«

Sten erholte sich einigermaßen. Alles schien stabil zu sein. Er spülte sich den Mund aus und blickte Kilgour an. »Ich werde mich an Ihr Mitgefühl erinnern, Sergeant Major. Bei Ihrem nächsten Fitness-Bericht.«

Er wankte in den großen Hauptraum des *Blue Bhor*, ließ sich jedoch sofort in den nächstbesten Stuhl fallen, als die Welt um ihn herum wieder anfing, sich zu drehen.

Von der anderen Seite des Raums sah ihn Haines besorgt an, und auch Rykor streckte den Kopf mit den langen Barthaaren über den Rand des Beckens.

»So ein Gehirnscan ist nicht sehr lustig. Könnte mir denken, daß du jetzt nichts trinken willst.« Alex goß die Gläser für Collins, Haines und sich selbst ein und streckte auch Rykor den Krug hin, die jedoch den Kopf schüttelte.

»Was haben wir herausgekriegt?« stöhnte Sten. Weniger als zwei Stunden, nachdem die *Zaarah Wahrid* in die Luft geflogen war, hatte Sten sich widerwillig Rykors Gehirnscan unterzogen – so wie sie es zuvor bei Dynsman getan hatten.

»Wir haben eine vollständige Liste sämtlicher Verschwörer«, antwortete Rykor.

Erleichtert stöhnte Sten auf.

»Ich muß mich korrigieren. Wir haben eine Liste sämtlicher Unterverschwörer.«

Haines fluchte. »Nur die kleinen Fische. Aber wer sitzt ganz oben?«

»Das wissen wir doch schon«, warf Sten ein. »Kai Hakone.«

Rykor schnaubte durch ihren Schnurrbart. Wahrscheinlich war sie der Ansicht, ein gischtiger Schwall Salzwasser sei auch eine Art von Beileid. »Da irrst du dich.«

Alex setzte dem Schweigen ein Ende: »Verfluchte Römer!«

Plötzlich fühlte sich Sten viel besser – oder viel schlechter. Er pirschte sich an die Karaffe heran und schüttete sich drei kräftige

Schlucke in den Rachen. Sofort fing sein Magen wieder zu revoltieren an, und Sten mußte alles daransetzen, damit ihm nicht wieder übel wurde.

Haines murmelte etwas und starrte auf ihren sorgfältig gezeichneten Verschwörungsplan.

»Es gab eine direkte Verbindung vom Schiff zum Palast, ebenso einen Fühler, der in Ihren Daten herumschnüffelte, Lieutenant«, fuhr Rykor fort. »Leider war die Palastverbindung kein Glied in der Informationskette, wie Sie dachten, sondern das Befehlszentrum.«

Sten wollte laut losplatzen, hielt jedoch an sich. »Rykor! Logikkontrolle!«

»Wie du willst.«

Sten zwang seinen Verstand dazu, logisch zu denken. »Wenn Rykor recht hat, dann müssen wir uns zuerst den Kerl im Palast schnappen, bevor wir die kleinen Fische fangen.«

»Richtig.«

»Aber wir haben momentan nicht den blassesten Schimmer, wer das sein könnte. Deshalb müssen wir uns Hakone packen und ihn ausquetschen.«

»Falsch«, meinte Rykor. »Es gibt möglicherweise einen Hinweis. Und da Hakone ziemlich weit oben sitzt – müssen wir da nicht außerdem annehmen, daß alle unsere Verschwörer sofort verschwinden, wenn wir ihn hochnehmen, und den Palast wie die ausgeräucherten Kakerlaken verlassen?«

»Korrigiert.« Sten reagierte sofort. »Welchen Hinweis haben wir, Rykor?«

»Die Computerbombe.«

»Gades.« Sten erinnerte sich an den Namen, der auf dem Monitor der *Zaarah Wahrid* geblinkt hatte.

»Sprich es noch einmal aus, diesmal jedoch mit der Betonung

auf der ersten Silbe«, forderte ihn Rykor auf. Haines, Collins und Alex probierten es erfolglos, doch Sten war der einzige, der es wissen konnte. Hakone hatte diesen Namen benutzt, als er ihm von der Schlacht um Saragossa erzählt hatte.

Rykor gönnte sich die kleine Freude unterzutauchen, als Sten gerade ein Licht aufging, doch bevor er etwas erklären konnte, tauchte sie wieder auf und fuhr fort: »Punkt zwei: Die Verschwörer waren eine Spur zu – gerissen; ich glaube, du hast dieses Wort dafür benutzt. Sie konnten der Versuchung nicht widerstehen, ihren kleinen Unternehmungen bedeutungsvolle Namen zu geben. Punkt drei: Alle diese Leute sind durch die Schlacht um Saragossa miteinander verbunden.«

»Collins«, raunte Sten. »Der Name lautet Gades. Er war der Admiral bei Saragossa. Ich brauche seine Akte, alles über ihn. Lebt der Kerl überhaupt noch? Ist das etwa der Clown, den wir suchen?«

Collins war bereits zum nächsten Terminal unterwegs.

»Achten Sie auf die Querverweise, Sergeant«, sagte Haines und folgte ihr. »Kann gut sein, daß das Dokument vermint ist.«

Da Stens Magen momentan keine Saltos mehr schlug, hatte er den Eindruck, sich einen weiteren Drink verdient zu haben.

Alex ging mit respektvoller Miene zu Rykors Bassin hinüber. »Wenn du schon nix trinken willst, Mädel, kann ich dir vielleicht eine andere kleine Belohnung bringen? Vielleicht 'nen leckeren Fisch?«

Rykor bäumte sich auf, ihre Flossen kamen weit aus dem Wasser heraus, schlugen zusammen und sandten einen Wasserschwall quer durch den Raum. Einen Augenblick dachte Sten schon, sie leide an krankhaften Zuckungen.

»Sergeant Kilgour!« stieß Rykor hervor, als sich die Wogen einigermaßen geglättet hatten. »Ich dachte all die Jahre über, ihr

Menschen hättet überhaupt keinen Sinn für Humor. Aber Sie sind richtig!«

»Alex«, säuselte Sten und legte einen Arm um seinen Sergeanten. »Endlich haben wir jemanden gefunden, der deine Witze versteht. Bei deinem nächsten Auftrag gehst du als Walroß.«

Leider erwies sich Stens erhoffte Lösung als Trugschluß.

Admiral Rob Gades war sehr, sehr tot, gestorben von eigener Hand – drei Jahre, nachdem ihn ein Imperiales Kriegsgericht wegen des Debakels von Saragossa seines Postens enthoben hatte.

Obwohl Gades' Rückzugsbefehl erwiesenermaßen ein Drittel der Invasionsflotte vor der Vernichtung bewahrt hatte, war die Imperiale Flotte ebensowenig wie der Imperator selbst in der Stimmung, sich die Erklärung eines Verlierers anzuhören. Obwohl ihn das Verfahren davor bewahrte, degradiert und zu einem Strafbataillon versetzt zu werden, reichten die Aussagen zu seiner Entlastung nicht aus, um ihn im aktiven Dienst zu belassen.

Mit seinem Entlassungsgeld kaufte er sich in einem Pioniersystem einen kleinen Planetoiden, den er ziemlich luxuriös ausstattete. Dann blieb er von der Bildfläche verschwunden. Die Besatzung des Postschiffs, das dreimal im Jahr die Planetoiden anflog, fand die Leiche; sechs Monate, nachdem sich Gades in sein Paradeschwert gestürzt hatte.

Die Saragossa-Episode war der einzige dunkle Fleck in seinem Leben. Er war einer der jüngsten Offiziere im Admiralsrang gewesen, selbst wenn man die Beförderungswelle im Verlauf der Mueller-Kriege berücksichtigte.

Sohn eines Imperialen Raumoffiziers… hervorragende Leistungen während der Ausbildung… mit dem Mindestzugangsalter zu einer Militärakademie zugelassen… viertbester Abschluß seines Jahrgangs… Einsatz und Dienst auf mehreren Kampfschiffen, Flottenzerstörern, Adjutant eines prominenten Admirals, Zweiter Kommandant eines Kreuzers, Kommandeur einer Zerstörer-Flottille, Generalstabsschule, militärischer Verbindungsoffizier bei drei wichtigen diplomatischen Missionen, Kommandant eines neu in Dienst gestellten Schlachtschiffs, und dann Admiral.

»Ein wahres Glückskind, abgesehen von der letzten Minute«, stellte Alex fest.

Sten nickte nur.

»Tststs«, macht Rykor erstaunt. Durch die robbenartige Struktur ihres Schädels hörte es sich eher wie abfälliges Schnalzen an, aber die Absicht war trotzdem allen klar.

»Ihr zwei enttäuscht mich. Mahoney sagte mir, daß ihr–« Rykor wollte schon »Mantis-Soldaten« sagen, besann sich jedoch eines Besseren, da sie nicht wußte, wieviel Haines und Collins darüber wußten, »daß ihr zwei an so etwas wie Glück nicht glaubt.«

Sten blickte Alex an.

»Wir haben wohl etwas übersehen.«

»Genau. Die kleine Krabbenfresserin weiß was. Gönnen wir ihr den kleinen Triumph!«

Rykor schwelgte einige Sekunden in der von ihr erzeugten Hochspannung, bevor sie fortfuhr: »Wer hat wohl Gades bei dieser hochexklusiven Militärschule empfohlen? Wer gab einem gewissen Admiral den Tip, daß ein gewisser Lieutenant Gades einen hervorragenden Adjutanten abgeben würde? Wer schlug ihn für das Flottillenkommando vor? Wer schanzte ihm diese – ich glaube, ihr würdet sagen ›fetten‹ – diplomatischen Sonderaufträge zu? Das war eine bestimmte, immer die gleiche Person.«

Sten scrollte durch Gades' Akte und las die Unterschriften unter all diesen Empfehlungen und Anfragen.

»Großer Gott«, flüsterte er tonlos.

Der Rang und sogar die Unterschrift veränderten sich über die Jahre, doch der Name blieb immer der gleiche. Mik Ledoh. Imperialer Großkämmerer – der Mann, der dem Imperator am nächsten stand!

»Jetzt wissen wir also, wer an der Spitze dieser Verschwörung steht, oder?«

»Aber warum denn Ledoh? Was zum Henker hatte er denn mit Gades zu schaffen?«

Rykor klappte ihr eigenes Computerterminal auf. BEFEHL: VERGLEICHE LEDOH UND GADES, ALLE KATEGORIEN, ALLE ÄHNLICHKEITEN ANZEIGEN.

Schließlich stieß der Computer darauf.

Im Muster der Gene …

Königsmord entspringt oft aus kleinen Ursachen – klein zumindest für diejenigen, die nicht direkt davon betroffen sind. Philipp von Mazedonien starb, weil er lieber öffentlich Sodomie betrieb, anstatt sich auf die straffreie private Variante zu beschränken; Charles I. hätte seinen Kopf wohl behalten können, wenn er sich einigen kleinen Kaufleuten gegenüber etwas höflicher benommen hätte; Trotzki hätte seine Schriften etwas weniger giftig verfassen sollen; Mao III. vom Panasiatischen Imperium hätte gewiß länger gelebt, wenn er sich nicht ausgerechnet die Töchter seiner hochrangigen Minister als Bettgespielinnen ausgesucht hätte; und so weiter.

Admiral Mik Ledohs Bestrebungen, den Ewigen Imperator zu beseitigen, entsprangen ähnlich nichtigen Anlässen. Ledohs erster Diensteinsatz im Bereich der Logistik verpflanzte ihn als Versorgungsoffizier auf eine entlegene Raumbasis des Imperiums.

Die Basis befand sich sogar noch außerhalb der Grenzen des damaligen Imperiums. Obwohl sie weit draußen im Nichts lag, war sie wenigstens auf einem idyllischen Planeten angesiedelt, einer Welt voller tropischer Inseln, Sonnenschein und angenehmem Klima. Da die Basis nur dazu diente, Patrouilleneinheiten zu versorgen, war es den Soldaten ausdrücklich erlaubt, ihre Ehefrauen oder Ehemänner mitzunehmen.

Die Patrouillenflüge und Patrouillenversorgungs-Aufträge dauerten jeweils ziemlich lange. Ein Aufklärer war normalerweise mindestens vier Monate unterwegs; zum Ausgleich wurde die Besatzung mit angemessener Freizeit entschädigt.

Für die Soldaten und Raumfahrer, die auf dieser tropischen Welt stationiert waren, gab es außer der Versorgung und Instandhaltung der Aufklärungsflotte nicht viel zu tun. Gelangweilte Männer und Frauen finden jedoch die wundersamsten Methoden, um sich Ärger zu bereiten. Ledoh, damals ein gutaussehender Lieutenant, verfiel auf eine wahrhaft klassische – er verliebte sich in die Frau eines Vorgesetzten.

Die Frau war eine seltsame Mischung aus Abenteurerin, Romantikerin und Realistin. Nachdem ihre Affäre schon zwei Monate andauerte, und zwei Wochen vor der Rückkehr ihres Mannes von einem langen Patrouillenflug, nach dessen Beendigung er versetzt werden sollte, teilte sie Ledoh mit, daß sie beschlossen hatte, schwanger zu werden. Voller Staunen hörte sich der junge Offizier ihre weiteren Entscheidungen an: Sie wollte das Kind behalten; sie liebte Ledoh und würde ihn nie vergessen; sie würde unter keinen Umständen ihren Mann, der gerade auf dem Sprung zur großen Karriere war, wegen eines jungen Versorgungsoffiziers verlassen.

Die erste richtige Liebesaffäre ist immer ein harter Brocken für einen jungen Mann. Dieser Frau gelang es jedoch, die Erinnerung daran für Ledoh noch schlimmer zu gestalten. Er sah sie nie wieder, doch er wußte immer, wo sie sich aufhielt – sie und sein Sohn.

Der Ehemann der Frau brannte früh aus und wurde einer der vielen alkoholseligen Veteranen, wie sie auf jedem Aufklärer zu finden sind. Damals hoffte Ledoh noch, daß sie vielleicht... Doch sie hielt treu zu ihrem Mann. Ledoh blieb nichts anderes übrig, als die Hand über seinen Sohn und dessen Karriere zu halten. Um so mehr freute er sich, daß der Junge schon von jungen Jahren an in die Fußstapfen seines »Vaters« trat. Ledoh sorgte für die nötigen Empfehlungen.

Als Rob Gades die Militärakademie mit Auszeichnung abschloß, schaute ein stolzer Mik Ledoh von den Besucherrängen aus zu. Er schaffte es jedoch nicht, sich Gades zu offenbaren, auch später nicht.

Eines Tages würde es soweit sein, redete er sich ein. Eines Tages würde er einen Weg finden und es ihm erklären.

Diesen Tag hielt er für gekommen, als Gades zum Admiral befördert wurde.

Doch dann brachen die Mueller-Kriege aus. Ledoh mußte die Landung im Krais-System planen und durchführen, was ein brillanter militärischer Erfolg wurde – im Gegensatz zum Einsatz seines Sohnes, der nach dem Debakel von Saragossa seines Kommandos enthoben wurde.

Ledoh protestierte vergeblich gegen die Entscheidung der Kommission. Zu diesem Zeitpunkt wollte er seinen Sohn aufsuchen und ihm sagen, was geschehen würde: daß die ganze Sache früher oder später mit nüchternen Augen gesehen und revidiert werden würde.

Aber er fand nie die richtigen Worte. Sein Sohn starb, bevor sie ihm einfielen. Selbstmord.

Zwei Wochen nach der Nachricht von seinem Tod reichte Ledoh zum Entsetzen der Imperialen Raumflotte seinen Rücktritt ein. Da die Landung auf Krais einer der wenigen Lichtblicke im Verlauf der gesamten Mueller-Kriege war, stand Mik Ledoh damals kurz vor seiner Ernennung zum Großadmiral.

Selbst dann hätte die Verschwörung vermieden werden können, wenn jemand Ledohs Verbindungen zu Gades geahnt hätte. Doch Mik Ledoh hielt sich an die dumme alte Militärregel, die besagte: »Sich niemals beschweren, sich niemals erklären.«

Männer, die den Großteil ihres Lebens in einer Gemeinschaft verbracht haben, kommen meist nicht gut mit dem Rückzug aus dem Berufsleben zurecht. Ledoh erging es nicht anders. Der Ruhestand gab ihm nur die Gelegenheit, lang und breit über sein Schicksal nachzugrübeln, und das Grübeln führte ihn zu dem Schluß, daß die Schuld am Tod seines Sohnes, überhaupt die Schuld an der Degeneration, die er nach den Mueller-Kriegen im ganzen Imperium bemerkte, und mithin die Schuld an seinem eigenen Unglück der Ewige Imperator selbst trug.

Kai Hakones sechstes Vid-Tape, das auf der Grundannahme basierte, Admiral Rob Gades sei in Wirklichkeit ein Held gewesen, den man als Sündenbock geschlachtet hatte, zündete den Sprengsatz.

Der Rest paßte hervorragend zusammen: die Nutzung alter Seilschaften, um aus dem Ruhestand in die Vertrauensposition im Imperialen Hofstaat zu wechseln, die Anwerbung des ehrgeizigen Colonels Fohlee, seine Freundschaft mit Hakone, bis hin zum Aufbau des krakenartigen Netzwerks der Verschwörung. Jedem Historiker, dem erlaubt gewesen wäre, nähere Untersuchungen über die Vorgänge dieses Jahres auf der Erstwelt anzustellen, hätten die Zusammenhänge auffallen müssen.

Statt dessen hockten zwei Polizistinnen, zwei Soldaten und

eine walroßartige Psychologin in einem Zimmer über einer ländlichen Gastwirtschaft und starrten auf zwei Anzeigen auf einem Computermonitor: Vater und Sohn.

In einem Zeitalter, in dem Transplantationen ganzer Gliedmaßen so alltäglich wie Transfusionen geworden waren und ein Mediziner die entsprechenden Faktoren kennen mußte, um einer Gewebeabstoßung vorzubeugen, wurden von jedem Militärangehörigen automatisch auch die Genmuster registriert, so wie tausend Jahre vorher ganz selbstverständlich die Blutgruppe erfaßt wurde.

Schließlich erhob sich Sten müde, löschte den Bildschirm, dachte kurz an einen Drink und entschied sich mit Bedauern dagegen.

»Neue Befehle an die Gruppe«, sagte er. »Haines. Ich muß eine schlagkräftige Streitmacht zur Verfügung haben. Kai Hakone muß sofort festgenommen werden. Imperialer Haftbefehl. Sobald er in Gewahrsam ist, schnappen Sie sich alle anderen Verschwörer auf Rykors Liste. Achten Sie darauf, daß sie in Einzelhaft kommen.

»Sergeant Kilgour.«

»Sir!«

»Wir statten dem Palast einen Besuch ab.«

Sten und Alex waren bereits unterwegs. Sie mußten sich unbedingt Zugang zur einzigen Funkverbindung mit dem Imperator verschaffen.

Kapitel 43

Eigentlich hätte es bei Sten klingeln müssen, sobald er und Alex die Tore von Arundel im Laufschritt passiert hatten. Doch die Tatsache, daß die beiden Prätorianer am Tor anstelle ihrer normalen Karnevalskostüme in voller Kampfmontur waren, fiel ihm einfach nicht auf. Sonst gab es keinerlei Anzeichen für eine Revolte. Überall flitzten Angestellte umher, in den Ecken unterhielten sich flüsternd Würdenträger – der ganze Palast erschien völlig normal.

Jedenfalls bis zu dem Moment, in dem Sten und Alex aus dem Fahrstuhl in das Stockwerk hinaustraten, auf dem die Privatgemächer des Imperators lagen. Alex hatte als erster den Eindruck, daß etwas nicht stimmte.

»Captain«, sagte er. »Wo sind eigentlich deine Gurkhas?«

Jetzt fiel es auch Sten wie Schuppen von den Augen.Diejenigen Gurkhas, die der Imperator nicht mit auf die Reise genommen hatte, hätten eigentlich auf den Gängen patrouillieren müssen. An ihrer Stelle sah man überall Prätorianer im vollen Kampfanzug der Garde.

Die Erkenntnis kam reichlich spät, denn schon kamen vier Prätorianer mit Willyguns im Anschlag aus einem Alkoven hervor und schnurstracks auf sie zu.

»He, Kumpels«, rief ihnen Alex entgegen, »ich glaube, ihr macht da einen kleinen Fehler.«

Und dann trat Kai Hakone in Uniform aus dem Büro des Großkämmerers. Er nickte den beiden höflich zu. »Captain Sten, Sie stehen unter Arrest.«

Kapitel 44

NG467H war ein Mahlstrom blendenden Lichts und heulender Interferenzen, die die beiden Flotten, die im Energiegewitter des rasch rotierenden Pulsars hingen, voneinander abschnitten.

Die *Normandie* und das Schlachtschiff der Tahn kreisten antriebslos in ihren Umlaufbahnen, umschwirrt von Versorgungs- und Begleitschiffen. Da der Pulsar konventionelle Navigationsmethoden unmöglich machte, manövrierten die Schiffe mit Hilfe von Wahrscheinlichkeitsrechnungen, deren Ergebnisse auf die Kontrollschirme projiziert wurden; die entsprechenden Berechnungen wurden von Computern durchgeführt, die normalerweise nur zur Navigationsausbildung und bei simulierten Schlachten benutzt wurden. Die Kommunikation zwischen den Schiffen fand entweder mittels Botenschiffen oder Nachrichtentorpedos statt.

Alle Piloten, ob Tahn oder Imperiale, waren natürlich erfahrene Navigatoren, was das Manövrieren nach Instrumenten anging; so dicht an NG467H waren die meisten Instrumente jedoch nutzlos. Deshalb mußten die Kreuzer aufgrund von in ihren Computern abgespeicherten Daten (und deren Projektionen) zwischen den aufgedunsenen Kolossen der *Normandie* und des Tahnschiffs umherflitzen, wobei sie hofften, daß keiner der häßlichen Riesenpötte seine Umlaufbahn veränderte; die Zerstörer und Botenschiffe flogen unendlich variable Patrouillen, für die sie einen zentralen Planpunkt trigonometrisch von den drei am nächsten gelegenen Sternen aus berechneten – und die Daumen drückten.

In unmittelbarer Nachbarschaft zu NG467H herrschte das

ultimative Nichts, und die beiden Leviathane mit ihren Pilotfischen und Schiffshaltern waren so blind, als bewegten sie sich in der schwarzen Tiefe eines bodenlosen Abgrunds.

Buch V

DIE ROTE MESSE

Kapitel 45

Sten lag auf seiner Koje und ging Prognosen durch.

Nach ihrer Festnahme war Alex fortgeschleppt worden, um den Gurkhas im Kerker Gesellschaft zu leisten. Sten hingegen erhielt zu seiner größten Verwunderung nur den Befehl, sich bis auf weiteres in seiner Unterkunft aufzuhalten. Nach einiger Überlegung schien dieser Schachzug nicht unsinnig – jedenfalls dann nicht, wenn man ihn aus Hakones Perspektive betrachtete.

Hakone dachte offensichtlich über die nächsten und naheliegenden Züge hinaus.

Trotzdem fand Sten, der schon mehr als einen Staatsstreich mitgemacht hatte, daß Hakone die Sache nicht konsequent genug anging. An Hakones Stelle hätte er Alex, die Gurkhas und sich, Sten, sofort erschießen lassen und sich über entsprechende Erklärungen später Gedanken gemacht.

Sten war zwar wie alle anderen imperiumstreuen Offiziere in sein Quartier befohlen worden, doch Stens Zimmer waren sorgfältig nach Waffen durchsucht worden, und drei bewaffnete ehemalige Prätorianer standen davor Wache. Stens einzige wirkliche Waffe war das Messer in seinem Arm, das bislang noch nicht entdeckt worden war.

Stens Überlegungen brachten ihn rasch zu dem Schluß, daß er höchstwahrscheinlich bald sterben würde. Er hatte bereits seine mehrschichtigen Karten des Schlosses überprüft, doch das nächste Zimmer, das an die Passagen und geheimen Durchgänge grenzte, war etwas über fünfzig Meter entfernt.

Das Fenster zog Sten nicht einmal in Betracht, da er annahm, daß Hakone unten im Hof etliche versteckte Scharfschützen postiert hatte, die nur darauf warteten, daß Sten diesen Ausgang benutzte.

›Weiter nachdenken, Sten. Nimm entgegen aller Wahrscheinlichkeit an, daß du zur Tür hinauskommst, die drei Wachen überwältigen und dann in den Bauch des Palastes gelangen kannst.

Dann direkt zum Funkraum, der einzigen Verbindung zur *Normandie*. Angenommen, du hast Zeit genug, eine Warnung an den Imperator abzusetzen; angenommen, die Warnung erreicht ihn sogar; angenommen, Ledoh fängt sie nicht ab.

Das klingt alles ziemlich unwahrscheinlich.

Aber nur mal angenommen, Junge, nimm es einfach mal an. Was passiert dann?

Dann passiert folgendes: Hakone bringt dich um. Dann kehrt der Imperator (wenn alles gutgeht) zurück, nimmt seinen Palast wieder in Besitz und verleiht dir eine Medaille.

Ein dicke, fette Medaille.‹

Sten war noch nie scharf auf das Galaktische Kreuz gewesen; schon gar nicht, wenn es posthum verliehen wurde.

Er pfiff seine Gedanken zurück. Verflixt nochmal, es war schon unmöglich, aus der Zelle herauszukommen.

Eine Faust donnerte gegen die Tür. Sten kam sofort auf die Beine.

»Zurück an die hintere Wand, direkt gegenüber der Tür!«

Sten gehorchte.

»Stehen Sie an der Wand?«

»Ja.«

»Wir machen gleich die Tür auf. Wenn ich Sie nicht gleich sehe, werfe ich eine Handgranate ins Zimmer.«

Die Tür ging auf. Dahinter stand ein Mann, den Sten inzwischen als seinen Oberaufseher einschätzte; in der Hand hielt er seine Granate. Die anderen beiden Wachen standen mit schußbereiten Willyguns schräg hinter ihm.

Und hinter ihnen stand Kai Hakone.

Sten rührte sich nicht von der Stelle, als die Wachen hereinkamen und sich mit einem Sicherheitsabstand links und rechts von ihm aufbauten. Erst dann trat Hakone ein.

»Captain Sten, auf ein Wort?«

Sten grinste. In dieser Angelegenheit hatte er mehr als nur ein Wort zu sagen.

»Draußen. Geben Sie mir Ihr Wort als Offizier der Garde?«

Sten zog kurz in Betracht zu lügen, verwarf den Gedanken jedoch gleich wieder. Er hatte nach wie vor einen Auftrag zu erledigen. Die Tatsache, daß er sich im Palast befand, machte seine Durchführung sogar ein wenig wahrscheinlicher. »Nein.«

»Das dachte ich mir«, erwiderte Hakone, und vier weitere Wachen betraten den Raum. »Trotzdem würde ich mich gerne mit Ihnen über die neue Situation unterhalten.«

Sten konnte sich ohne große Anstrengung vorstellen, daß der Imperator, falls er diese Geschichte überlebte und zurückkehrte, einen ziemlich heftigen Anfall bekommen würde. Seine Gärten waren zerwühlt, und überall hoben die Prätorianer Gräben oder Stellungen für Boden-Luft-Raketen aus. Hakone schien diese Aktivitäten gar nicht wahrzunehmen.

Die sieben Prätorianer marschierten in Karoformation um Sten und hielten dabei ihre Waffen unverändert im Anschlag.

Auch das ignorierte Hakone. Als der endlich zur Tat geschrittene Denker schien er unter einem fast zwanghaften Erklärungsbedürfnis zu leiden. »Hätten wir gleich mit Phase eins Erfolg gehabt, wäre alles wesentlich einfacher gewesen.«

Sten gierte als leidenschaftlicher Geheimdienstler fast ebenso zwanghaft nach mehr Informationen.

»Phase eins, Sr. Hakone? Mir fehlen noch einige Teile des Puzzles. Sie wollten den Imperator mit der Bombe betäuben, richtig? Anschließend sollte er ins Krankenhaus von Soward gebracht werden, wo sich Dr. Knox um ihn gekümmert hätte. Was hätte Ihnen das gebracht?«

»Der Imperator zieht sich nach dem Imperialen Siegestag traditionell eine oder zwei Wochen aus der Öffentlichkeit zurück. Während dieser Zeit hätten wir ihn rekonditioniert.«

»Um wessen Befehlen zu gehorchen?«

»Denen Ledohs und anderer Personen, die erkannt haben, daß das Imperium wieder auf den richtigen Kurs gebracht werden muß.«

»Aber jetzt wollen Sie ihn töten?«

»Die Notwendigkeit ist ein grausamer Herr.«

Sten zuckte innerlich zusammen. Hakone konnte doch nicht wirklich in diesen Klischees denken!

»Er stirbt also. Warum haben Sie den Palast eingenommen?«

»Wenn der Imperator erst einmal tot ist und wir das Zentrum der Imperialen Kommunikation kontrollieren, kann keine falsche Nachricht mehr ausgestrahlt werden.«

»Wer sollte das auch tun?«

Hakone lächelte und verzichtete auf eine Antwort.

»Und wer, Hakone, wenn ich fragen darf, soll dann als Ihr Sündenbock herhalten?«

»Natürlich die Tahn.«

»Glauben Sie nicht, daß deren Delegierte mit einer eigenen Version ihrer Geschichte aufwarten? Und daß man ihnen nicht weniger Gehör schenken wird?«

»Nicht, wenn sie ebenfalls ausgelöscht wurden.«

Stens Pokerface bröckelte. »Sie sprechen von einem Krieg.«

»Langsam, Captain. Wer interessiert sich schon für Manöverkritik, wenn der Krieg noch nicht einmal ausgebrochen ist? Und ein Krieg ist genau das, was dieses Imperium braucht, um seinen Wasserkopf loszuwerden. Außerdem wäre damit die Tahn-Frage in einem Aufwasch vom Tisch.«

»Wann soll das geschehen?«

»Wir haben keinen genau ausgearbeiteten Zeitplan. Die Prätorianer und ich sollten den Palast erst in drei Tagen einnehmen. Ihre Entdeckung der *Zaarah Wahrid* zwang uns dazu, vorzeitig zu handeln. Die tatsächliche Hinrichtung des Imperators wird Admiral Ledoh entscheiden.«

»Glauben Sie wirklich, daß dieses Komitee, oder wie Sie es nennen, das Imperium leiten kann?«

»Warum nicht? Zwanzig Köpfe sind ganz offensichtlich etwas schlauer als ein einziger, oder sehen Sie das nicht so?«

Sten hätte mit der auf der Hand liegenden Antwort kontern können: ›Nein, denn jede Junta macht sich eher früher als später selbst den Garaus, indem sie sich aus Mißgunst und Neid im Kampf um den allerobersten Platz eigenhändig dezimiert.‹ Stattdessen schlug er einen anderen Weg ein.

»Zwanzig Köpfe, die das Geheimnis von AM_2 nicht kennen.«

»Glauben Sie wirklich an diesen Hokuspokus, Captain?«

Von wegen Hokuspokus! Sten hatte genug Zeit mit dem Imperator verbracht, um zu wissen, daß der Mann diesen Trumpf wirklich im Ärmel hatte!

»Ich kann nicht glauben, daß nur ein Mann – ein einziger Mensch – AM_2 kontrolliert. Die Antwort wird sich irgendwo in seinen Unterlagen finden.«

Sie spazierten weiter. Sten schwieg jetzt und wartete auf das Angebot. Es kam prompt.

»Der eigentliche Grund, aus dem ich mich mit Ihnen unterhalten wollte«, fuhr Hakone schließlich fort, »ist die Tatsache, daß es nach diesem... Zwischenfall fraglos weitergehen wird. Alles wird wieder in geregelten Bahnen verlaufen. Wir könnten Sie gut gebrauchen.«

»Sie persönlich oder für Ihr Komitee?«

»Natürlich für uns alle. Ich würde mir jedoch ausbedingen, daß Sie nur mir Bericht erstatten.«

Sten verkniff sich ein Grinsen. Hakone fing bereits jetzt an, Leute zusammenzusuchen, die ihm den Rücken freihielten. Der Mann glaubte nicht einmal seinen eigenen Theorien. »Wie lautet meine neue Arbeitsplatzbeschreibung?«

»Sie dürfen Ihre gegenwärtige Stellung behalten. Aber ich – ich meine wir – würden Sie des öfteren für besondere Geheimaufträge freistellen.«

»Sie vergessen dabei, daß ich einen Eid geleistet habe. Auf den Imperator.«

»Zählt dieser Eid denn noch, wenn es den Imperator nicht mehr gibt?«

»Angenommen, ich sage nein?«

Hakone fing an zu strahlen und betrachtete Sten ganz genau. »Belügen Sie mich etwa, Captain?«

»Aber sicher.«

Hakones Lächeln veränderte sich geringfügig, als er den Wachen ein Zeichen gab.

»Sie sind ein sehr vorsichtiger Mann, Captain. Lassen wir die Dinge so auf sich beruhen, wie sie sind. Sie bleiben in Ihrem Quartier, bis Sie anderweitige Nachrichten erhalten. Vielleicht sollten wir uns nach dem Tod des Imperators noch einmal unterhalten.«

Sten verneigte sich und folgte dann den Wachen zu seiner Unterkunft. Im Augenblick interessierte ihn Hakone nicht; ihm war eine Möglichkeit eingefallen, wie er sich aus seinem Gefängnis befreien konnte – ein Weg, der ihm immerhin eine Chance von zehn Prozent ließ, das folgende Debakel zu überleben.

Damit standen seine Aussichten weit besser als sonst bei Mantis.

Kapitel 46

Lord Kirghiz ignorierte das Murren der anderen Tahn-Lords, rückte sich in dem ungepolsterten Schleudersitz des Beiboots zurecht und schnallte sich an. Nachdem der Kopilot Kirghiz' kurzes Nicken empfangen hatte, zischte er dem Piloten einige Befehle zu, und der Leichter löste sich von dem Tahn-Schlachtschiff. Er flog in einem kleinen Bogen auf die *Normandie* zu.

Kirghiz legte weniger den Stoizismus an den Tag, der eines die Kriegerklasse der Tahn beherrschenden Mannes würdig gewesen wäre, als eine Besorgnis, die weit über die Bedenken hinausging, wie unwürdig es war, sich von einem Truppentransporter befördern zu lassen. Zunächst einmal hatte sich ohnehin nur ein Drittel des Tahn-Rats mit dem Gipfeltreffen einverstanden erklärt, und seine Widersacher waren die eifrigsten Imperiumsgegner in der Pro-Kriegsfraktion der Tahn-Lords.

Kirghiz' Macht über den Tahn-Rat war höchst wacklig und basierte lediglich auf einer sehr unsicheren Übereinkunft zwischen einer Mehrheit der unterschiedlichen Tahn-Fraktionen. Er wußte nur zu gut, daß sich während seiner Abwesenheit die Zusammensetzung des Rats vollkommen ändern konnte.

Schlimmer noch waren die Forderungen, die er an diesem ersten Tag des Gipfels zu überbringen hatte. Einige davon waren wirkliche Bomben, Forderungen, die der Imperator, wie Kirghiz nach langen Jahren als Diplomat und Unterhändler der Macht wußte, überhaupt nicht annehmen *konnte*.

Sie waren so unverschämt, daß Kirghiz an des Imperators Stelle das Treffen sofort abbrechen würde.

Er betete zu allen Göttern, an die er eigentlich gar nicht glaubte, daß der Imperator wirklich der vollendete Politiker war, als der er galt, und die Forderungen als das erkannte, was sie waren: nicht mehr als billige Effekthascherei für die Tahn-Bauern und die Bauern-Mentalität derjenigen Lords, die sie vorgeschlagen hatten. Denn falls die Unterredungen erfolglos verliefen, sah Kirghiz keine andere Alternative mehr als Krieg zwischen den Tahn-Welten und dem Imperium.

Keiner seiner Computer konnte den Verlauf eines solchen Krieges prognostizieren, doch alle zeigten unmißverständlich ein Ergebnis: am Ende dieses Krieges wären die Tahn-Welten wirtschaftlich ruiniert, egal ob sie als Sieger oder Verlierer daraus hervorgingen.

Da Kirghiz ein Tahn war, ein Tahnkrieger und ein Tahn-Lord, *dachte* er nicht einmal an die andere Konsequenz, die ein Scheitern der Verhandlungen nach sich ziehen würde – die Gewißheit, daß er selbst wegen Hochverrats abgeurteilt und hingerichtet werden würde, sollte er ohne ein Abkommen zurückkommen.

Kapitel 47

Falls er den Ausbruchsversuch überleben sollte, was ziemlich unwahrscheinlich war, wollte Sten unbedingt daran denken, jemandem die Kosten für seinen Miniholoprozessor auf die Rechnung zu setzen. Denn seine Hobbymaschine würde todsicher dabei draufgehen.

Der Holoprozessor war dafür ausgelegt, die virtuellen Abbilder sehr kleiner Figuren, Maschinen oder Dioramen zu erzeugen – ein Kubus von insgesamt kaum mehr als einem Meter Seitenlänge.

Jetzt hatte Sten, seine Unfähigkeit, was Elektronik anging, verfluchend, sämtliche Sicherungen des Holoprozessors durch Hochleistungsdrähte aus seinem Rasierschrank ersetzt. Dann hatte er den Speicher des Prozessors nach einem möglichst schrecklichen Untier durchsucht, bis er schließlich lachend die Beschreibung des wunderbaren Gurion eingab, dessen Bekanntschaft er und Alex kurz zuvor gemacht hatten.

Anschließend wurde der Miniprozessor einige Meter vor der Tür aufgestellt. Sein Startschalter war ausgebaut und ruhte jetzt als Fernbedienungselement unter Stens Fuß.

Sten nahm die von den Wachen verlangte Position ein, direkt gegenüber der Tür, und überlegte sich einige billige Ausflüchte. Krank? Nicht einmal ein Prätorianer war so dumm, um darauf hereinzufallen. Hunger? Noch schlimmer. Dann kam ihm die Erleuchtung. Er warf ein Vid-Tape gegen die Tür, was einen gehörigen Knall ergab.

»Was soll das?« ertönte die mißtrauische Stimme der Wache.

»Ich bin jetzt soweit.«

»Wofür?«

Sten antwortete mit einer Mischung aus Erstaunen und Empörung: »Für Sr.Hakone selbstverständlich!«

»Wir haben keinen Befehl.«

»Sie müssen doch gehört haben, daß mir Hakone direkt nach unserem Treffen sagte, ich solle mich mit ihm in Verbindung setzen.«

»Uns hat er nichts davon gesagt.«

Sten ließ das Schweigen für sich arbeiten.

»Außerdem hat er Befehl gegeben, daß ihn bis auf weiteres niemand stören darf.«

»Kai Hakone«, sagte Sten, »befindet sich im Imperialen Kommandobunker. Ich glaube, er würde sich sehr gerne mit mir unterhalten.«

Jeder Sergeant kann einen einfachen Soldaten ins Bockshorn jagen, ebenso wie jeder Captain jeden Sergeanten ins Bockshorn jagen kann. Jedenfalls lief es damals so, als Sten Dienst im Feld hatte. Er hoffte nur, daß sich daran nicht allzuviel geändert hatte.

»Ich muß mich zuerst beim Wachoffizier vergewissern«, antwortete die von Selbstzweifel gefärbte Stimme.

Dann drang ein dumpfes Gemurmel durch die Tür, das Sten hoffnungsvoll als Unterredung interpretierte und hauptsächlich aus ›Ja, Hakone macht immer solche Geschichten, uns hat wieder keiner was gesagt, das paßt ja gut, und worüber sollen wir uns den Kopf zerbrechen, bringen wir ihn eben zu dieser Kommandozentrale‹ bestand. Dann wieder die lautere Stimme: »Stehen Sie hinten an der Wand?«

Sten streckte die Hände aus. Ja, er stand, eindeutig unbewaffnet, an der gegenüberliegenden Wand. Der Wächter betrachtete ihn durch das eigens dafür angebrachte Guckloch, bevor er die Tür entriegelte und öffnete. Kaum war er, flankiert von seinen

Kollegen, drei Schritte im Zimmer, da baute sich der Gurion über dem Holoprozessor auf und marschierte schnurstracks auf die Wachen zu.

Sie reagierten sofort, indem sie die Waffen hochrissen und im Reflex durchzogen, woraufhin große Stücke aus der Deckenverkleidung weggefetzt wurden.

Stens Reaktion erfolgte nicht weniger prompt: Er rollte flach auf den Holoprozessor zu, kam dicht hinter dem sich bereits selbst zerstörenden Gerät hoch, machte mit dem Messer in der ausgestreckten Hand einen großen Satz nach vorn und stieß die Klinge tief in die Brust des vorderen Wachmanns.

Er nutzte den Widerstand des Körpers, um seinen eigenen Schwung abzubremsen; rasch zog er das Messer wieder heraus, Blut spritzte durch das Zimmer, mitten durch den sich rapide auflösenden Gurion. Sten wirbelte herum. Seine linke Hand traf krachend auf die Schläfe des zweiten Mannes, während seine rechte das Messer auf – und durch – Wache Nummer drei schleuderte. Knorpel und Knochen knackten und brachen in Wache Nummer zwei, und Sten stand bereits wieder in Angriffsposition, bevor die drei Leichen auf dem Fußboden aufschlugen.

Ohne viel Zeit mit Selbstbeweihräucherung zu vergeuden, eilte er den Flur hinab in Richtung der Katakomben des Palastes.

Auch Kilgour blieb nicht untätig.

»Verfluchte Römer!« brüllte er in den Korridor hinaus. »Eure Mütter haben's mit Schafen getrieben, mit Ziegen sogar! Mit Hunden! Wahrscheinlich sogar mit Campbells!« Von den Wachen vor seiner Zelle kam keine Antwort.

Alex zog sich von dem vergitterten Fenster zurück und blickte die 120 Gurkhas, die mit ihm die riesige Gemeinschaftszelle teilten, entschuldigend an.

»Das gibt's doch nicht!«

Kilgours Plan, wenn man ihn denn so nennen wollte, bestand darin, die Wachen so lange zu beschimpfen, bis sie in die Zelle kamen, um ein paar Kniescheiben zu zerschmettern. Trotz der Bewaffnung der Wachen hoffte Alex darauf, daß ihm und den 120 drahtigen braunen Männern die Flucht gelingen würde.

Havildar-Major Lalbahadur Thapa lehnte sich neben ihm an die Wand. »In Gurkhali«, bot er hilfreich an, »könnten sie es noch mit einem Schamhaar probieren.«

Alex lachte auf: »Das ist wohl die dümmste Beleidigung, die ich seit Jahren gehört habe.«

»Ist sie denn dümmer, Sergeant Major, als jemanden einen Campbell zu nennen – was immer das sein mag?«

Ohne Vorwarnung glitt plötzlich eine Anzahl eigentlich festgemauerter Steine zur Seite, und Sten lehnte lässig an der gegenüberliegenden Wand. »Sergeant Major, ich konnte Ihre große Klappe durch den ganzen Palast hören. Wenn Sie jetzt bitte mit dem Gequatsche aufhören und sich mir anschließen würden. Die Waffenkammer«, fuhr Sten fort, als sich die Gurkhas von ihrem Erstaunen erholt hatten und in den kleinen Tunnel eilten, aus dem Sten aufgetaucht war, »befindet sich drei Stockwerke höher in einem Querkorridor.«

»Ich glaub, du hast bei mir ein Bier gut«, stieß Alex hervor, als er seinen massigen Körper hinter den Gurkhas her durch den Spalt in der Mauer schob. Mit einem sehr verschmitzten Gesichtsausdruck zog Sten die Steinwand hinter sich zu.

Kapitel 48

Noch Jahre danach konnten sich Sten und Alex immer wieder über diesen Punkt angeregt unterhalten: Sie konnten zwar verstehen, weshalb der Imperator Arundel erbauen ließ, und sie konnten auch verstehen, aus welchen Gründen ein derart romantisch veranlagter Mensch ein Schloß mit Geheimgängen haben wollte.

Das Problem lag vielmehr im *Warum* einiger dieser Gänge. Beide Männer fanden es mehr als logisch, daß man vom Imperialen Schlafzimmer über eine Hintertreppe in diverse andere Schlafzimmer gelangen konnte; Sten konnte sogar verstehen, weshalb der Imperator einen Tunnel installieren ließ, der einem erlaubte, durch Geheimtüren aus den Zellen des Verlieses tief unter der Erde zu entweichen.

Eine befriedigende Erklärung für die Tatsache, daß einige dieser Tunnel direkt auf die großen Flure mündeten, fanden sie jedoch nie.

Auch einige der ehemaligen Prätorianer, die an der Revolte teilnahmen, hätten sich wohl darüber gewundert, doch den meisten blieb dazu keine Zeit mehr.

Eben noch schritten sie durch einen scheinbar leeren Korridor, da öffnete sich lautlos eine Wandtür, und ein kleiner, grinsender Mann stand vor ihnen und schwang ein großes Messer, das aussah wie eine Kreuzung zwischen einer Machete und einem Entermesser.

Nur etwas mehr als eintausend Prätorianer sahen sich plötzlich 120 durch die Wände schleichenden Gurkhas gegenüber. Der Kampf war wirklich völlig einseitig.

Die Rückeroberung des Palastes ging rasch, lautlos und sehr, sehr blutig über die Bühne. Sten führte seine Truppen in einem großen Bogen an die Imperialen Gemächer, die Nachrichtenzentrale und den Raum mit der Funkverbindung zum Imperator heran.

Die gepanzerte Tür zur Nachrichtenzentrale war verriegelt, was der Gruppe Gurkhas, die sich davor versammelt hatte, keine besonderen Probleme bereitete. Einer der Naiks hatte seinen Bunkerknacker geladen und zielte mit der Rakete gerade auf die Scharniere, als Sten ihn zur Seite warf. »Du Yak-Schamhaar!« zischte er in Gurkhali, »kannst du dir nicht denken, was passiert, wenn du die Rakete in diesem Korridor abfeuerst?«

Der Naik schien nicht sonderlich beeindruckt. Kilgour war bereits dabei, aus dem Sprengstoffsortiment, das er aus der Waffenkammer hatte mitgehen lassen, eine passende Ladung zusammenzubasteln.

»Am besten verdrücken sich jetzt alle an die Seitenwände«, murmelte er und aktivierte auch schon den Detonator. Sten hatte kaum Zeit, seinem Vorschlag nachzukommen, da sprengte die Ladung die Tür nach innen. Die Gurkhas sprangen mit gezückten Kukris durch die Bresche, fanden jedoch nichts vor, woran sie ihren Zorn auslassen konnten. Von den Prätorianern, die sich in dem Raum aufgehalten hatten, war kaum mehr als eine dünne Paste übrig, die über die gegenüberliegende Wand verteilt war. Sten rannte mit dem Kukri in der Hand an ihnen vorbei, und sein Fuß knallte gegen die dünne Tür, die in den eigentlichen Nachrichtenraum führte. Sie flog krachend auf, und er rollte sich ganz flach über den Boden in den Raum hinein, fand dort jedoch lediglich ein hoffnungsloses Durcheinander aus zerstörter Elektronik, lose baumelnden Stromkabeln und wie Spaghetti ineinander verschlungenen Drähten vor.

Und Kai Hakone, der in einem Alkoven etwas abseits der Tür stand. Er hielt seine Mini-Willygun direkt auf Sten gerichtet.

»Sie kommen etwas spät, Captain.« Hakone fuchtelte mit der freien Hand herum, doch seine Augen und die Mündung der Willygun behielten Sten im Visier.

»Sie haben den Palast, doch wir haben den Imperator. Die Funkverbindung ist zerstört. Bevor sie wieder aufgebaut werden kann...« Hakone machte eine theatralische Geste. Als Stens Komplizen im Türrahmen auftauchten, zuckten Hakones Augen einen Sekundenbruchteil weg. Zeit genug für Sten, das Ende eines durchtrennten Stromkabels zu packen und es Hakone ins Gesicht zu schleudern.

Hakone erstarrte und löste dann in seinen unkontrollierten Zuckungen die Willygun aus; das Projektil fuhr jaulend in die Wand, ohne größeren Schaden anzurichten, während Hakones Fleisch schwarz wurde und zu brutzeln anfing, bis irgendwo die Kurzschlußsicherungen herausflogen und der Leichnam zusammenbrach.

»Sieht so aus, als hätte unser Impi nur noch eine Chance. Wir müssen uns selbst in den Sattel schwingen und über die sieben Berge reiten.«

Sten nickte zustimmend. Dann setzten er und Alex sich in Bewegung, hinüber zum Kommandozentrum des Palastes.

Kapitel 49

»... und schließlich sucht die gekränkte Partei Seine Imperiale Majestät darum nach, seinem historischen Sinn für Gerechtigkeit und seinem tiefempfundenen Gespür für individuelle Tragödien in aller Öffentlichkeit nachzukommen, indem er den heroischen und tragischen Tod Godfrey Alains anerkennt. Alain war ein Mann, der vor allem in...«

Mit unermüdlicher Stimme las Admiral Ledoh die Forderungen der Tahn noch einmal vor. Sein Publikum bestand aus zwei gelangweilten Männern: dem Ewigen Imperator und Tanz Sullamora. Sullamora kämpfte schwer mit dem Schlaf und versuchte krampfhaft, seine Aufmerksamkeit aufrechtzuerhalten. Dabei beobachtete er den Imperator und hoffte, einen Hinweis auf dessen Gefühle zu erhaschen. Es war aussichtslos. Das Gesicht des Ewigen Imperators drückte weniger Regung aus als eine Steinmaske.

»... und, zu einer vereinbarten Zeit, wird der Imperator selbst oder ein von ihm bestimmter Würdenträger eine von uns autorisierte Botschaft an sein Volk verlesen, deren Hauptpunkte sich im wesentlichen um...«

»Das reicht«, sagte der Imperator. »Jetzt ist es wirklich genug. Ich hab kapiert, worauf sie hinauswollen. Die Frage lautet jetzt vielmehr: Wie sollen wir darauf antworten?«

Admiral Ledoh hob eine Augenbraue. »Ich wollte vorschlagen, daß wir ihre Forderungen – sobald wir uns darüber einig sind, worin sie überhaupt bestehen – vom Diplomatiecomputer analysieren lassen.«

Der Imperator lachte auf. »Immer langsam, Ledoh. Du hörst

dich ja schon wie die verdammten Tahn an.« Er nahm die Teekanne und füllte die drei Tassen nach. »Den Diplomatiecomputer können wir gleich vergessen. Ich kann die Fakten schneller und genauer analysieren als dieses Ding. Schließlich betreibe ich dieses Geschäft inzwischen schon seit mehreren Jahrhunderten.«

Sullamora nickte. »Ich hatte gehofft, daß Sie genau das sagen würden, Sir. Und ich hoffe, daß Sie es mir nicht als Unbescheidenheit auslegen, wenn ich daran erinnere, daß ich über viele Jahre Erfahrung im Umgang mit diesen Leuten verfüge.«

»Deshalb habe ich Sie ja mitgenommen, Sullamora. Sie vertrauen Ihnen, soweit sie überhaupt einem Nicht-Tahn Vertrauen schenken.«

Sullamora lächelte. »Es ist keineswegs Vertrauen, Sir. Von ihrer Seite aus handelt es sich um blanke Gier. Schließlich bin ich der einzige, dem Sie erlaubt haben, Handel mit ihnen zu treiben.«

»Und aus diesem Grunde sind Sie auch mein Trumpf im Ärmel«, sagte der Imperator. »Mein mit einem herrlichen Köder versehener Haken.«

Sullamora hatte nicht die geringste Ahnung, was der Imperator damit meinte, doch er hörte Lob aus seinen Worten heraus und lächelte gnädig zurück.

»Und jetzt«, fügte der Imperator hinzu, »übersetzen wir einiges davon in verständliche Sprache. Das Pamphlet enthält fünf Grundforderungen, und ich halte sie alle für durchaus verhandelbar. Fangen wir mit Nummer eins an: Sie wollen meine Imperiale Zustimmung zur Verwaltung der Randwelten. Übersetzung: Sie wollen alle diese Systeme geschenkt bekommen.«

»Sie werden natürlich ablehnen, Sir«, schnaufte Sullamora empört.

»Nicht direkt.«

Sullamora wollte Protest einlegen, doch der Imperator brachte ihn mit erhobener Hand zum Schweigen. Der Imperator nahm kaum wahr, daß Ledoh sich die ganze Zeit über eigenartig unverbindlich verhalten hatte.

»Lassen Sie mich zunächst noch aufzählen, worauf sie sonst noch hinauswollen, und dann werde ich Ihnen verraten, wie wir möglicherweise damit umgehen können. Zweite Forderung: Offene Immigration. Mein Einwand: Damit können sie das System mit ihren eigenen Leuten vollpacken. Damit machen wir uns doppelt lächerlich. Drittens: Bedingungslose Amnestie für Godfrey Alains Leute. Kein Problem. Geschenkt. Den wirklich harten Kern kann ich mir später immer noch in aller Stille vorknöpfen. Viertens – das ist wieder ein Punkt hart an der Grenze: Sie wollen einen Freihafen in den Randwelten einrichten.«

»Darin stecken jede Menge kommerzielle Möglichkeiten«, warf Sullamora ein.

»Das schon. Es bedeutet aber gleichzeitig, daß ich ihre Quote an AM_2 heraufsetzen muß. Das wiederum heißt, sie können noch mehr davon horten und es mir irgendwann einmal mit ganz anderer Münze heimzahlen. Und schließlich und endlich wollen sie, daß ich mich öffentlich für Godfrey Alains Tod entschuldige.«

Ledoh hob den Kopf und lächelte den Imperator mit einem dünnen Lächeln an. »Sie entschuldigen sich doch nie, oder, Sir?« sagte er. Niemandem schien der bittere Ton in seiner Stimme aufzufallen.

»Haargenau! Wenn ich erst einmal damit anfange, mich zu entschuldigen, kann ich mich gleich nach einem Nachfolger umsehen. Als ich das letztemal zugab, daß ich mich getäuscht habe, kostete es mich fast die Hälfte meiner Schatzkammer.«

»Ein entschiedenes Nein, Sir«, riet ihm Sullamora. »Offen gesagt sehe ich keinen einzigen Punkt, an dem wir nachgeben könnten. Ich würde sagen, wir schicken sie gleich wieder nach Hause.«

»Grob gesagt stimme ich mit Ihnen überein, Tanz. Aber lassen Sie mich einmal Revue passieren, was ich vorschlagen würde – und dann sehen wir, was Sie davon halten.«

Jetzt war Sullamora plötzlich hellwach. Es roch förmlich nach Profit.

»Zunächst mache ich den letzten Punkt der Tahn zu meinem ersten.«

»Sie meinen – die Entschuldigung?« Sullamora wollte seinen Ohren nicht trauen.

»Genau. Allerdings mache ich es folgendermaßen: Ich schlage vor, ein Denkmal für Godfrey Alain zu errichten. Zur Erinnerung an seinen Tod und die vielen Toten auf beiden Seiten dieser ganzen beklagenswerten Geschichte. Anstelle einer Entschuldigung drücke ich ihnen die Formulierung auf, daß alle friedliebenden Völker für diese fortgesetzte Tragödie verantwortlich sind.

Als Zuckerguß schlage ich vor, die ganze Angelegenheit zu finanzieren. Ich erbaue eine Erinnerungsstätte, eine ganze Stadt der Erinnerung auf der Hauptwelt der Tahn, eine Art Imperiales Handelszentrum.«

Sullamora grinste wölfisch.

»Mit anderen Worten – Sie errichten eine Garnison auf ihrem Heimatplaneten!«

Der Ewige Imperator lachte laut. »Das ist noch nicht alles, guter Mann! Ich garantiere obendrein, daß dort ausschließlich Männer und Frauen aus meinen Elitetruppen sein werden.«

»Hervorragend! Wie ich die Tahn kenne, werden sie die Kröte schlucken«, rief Sullamora begeistert.

»Nächster Punkt: Statt ihnen die Verwaltung der Randwelten

zu überlassen, schlage ich eine Friedenstruppe vor, die zur Hälfte aus ihren, zur Hälfte aus meinen Leuten besteht.«

Sullamora schüttelte den Kopf.

»Nicht so schnell, Tanz. Ich überlasse ihnen die Wahl des Kommandeurs.«

Sullamora überlegte. »Aber das ist das gleiche, wie sie ihnen zu übergeben.«

»So sieht es zunächst aus. Abgesehen von der Tatsache, daß ich die Schiffe zur Verfügung stelle, und diese Schiffe werden von meinen Leuten befehligt; sollte irgend etwas schieflaufen, würde ihr Oberfuzzi ziemlich hilflos dastehen. Und um noch eins draufzusetzen, verdoppele ich den Grundsold meiner Truppe.«

Das gefiel Sullamora besonders. »Das heißt, verglichen mit den Tahn sind sie relativ reich. Damit wiederum wird die Moral der Tahn-Soldaten gehörig untergraben.«

Diese Taktik wollte er sich merken und schon bald bei einigen seiner problematischeren Handelsniederlassungen ausprobieren.

»Offene Immigration geht klar«, fuhr der Ewige Imperator fort. »Jetzt das Konzept des Freihafens. Ich werde zustimmen. Mit der Bedingung, daß ich den Topmann einsetze.«

»Darauf müssen sie eingehen«, meinte Sullamora. »Nachdem ihnen der Kommandeur der Friedenstruppe gewährt wurde. Aber wen haben Sie dafür vorgesehen?«

»Sie«, sagte der Imperator.

Sullamora hätte fast der Schlag getroffen. Die Profite, die er bereits gerochen hatte, sprengten alle Erwartungen.

»Warum denn mich?«

»Sie verstehen die Tahn, aber Ihre Loyalität gehört mir. Auf diese Weise behalte ich die Kontrolle über den Vorrat an AM_2. Durch Sie, natürlich.«

»Natürlich.« Sullamora wußte nur zu genau, daß er, gerade

was die Energievorräte anging, nicht unbedingt alle Karten auf den Tisch legen mußte.

»Und schließlich«, sagte der Imperator, »komme ich noch mit einem wahrhaft großherzigen Vorschlag. Jedenfalls wird er sich so anhören, wenn die Diplomatenheinis alles ein bißchen aufgepeppt haben. Das Hauptproblem der Tahn – abgesehen davon, daß sie unverbesserliche faschistische Betonköpfe sind – besteht in ihrer Überbevölkerung. Genau deshalb schlagen wir uns auf den Randwelten die Köpfe ein.«

Sullamora nickte.

»Um diesem Pulverfaß die Lunte auszureißen, erkläre ich mich dazu bereit, eine Forschungsflotte auszurüsten. Ich bezahle die ganze Sache und stelle Schiffe sowie Besatzungen zur Verfügung.«

Jetzt ging es sogar mit dem stillen Großkämmerer durch: »Aber... welchen Vorteil...«

»Die Schiffe erhalten den Auftrag, weit weg von den Randwelten zu forschen. Wenn wir etwas finden...«

Wenn die Expansion weiter anhalten sollte, würden die Tahn eine andere Richtung einschlagen. Mit etwas Glück würde der Wettlauf der Pioniere zu anderen Systemen zumindest einen Teil der Spannung aus ihrer Militärkultur entweichen lassen.

»Na?« Der Ewige Imperator lehnte sich in Erwartung der Kommentare seiner beiden Spitzenleute zurück.

»Hört sich für mich sehr gut an«, sagte der Großkämmerer rasch.

Sullamora dachte lange darüber nach. Dann nickte er langsam. »Es müßte funktionieren.«

»Ich hoffe es jedenfalls«, sagte der Ewige Imperator. »Denn falls dem nicht so sein sollte –«

Das Licht neben dem Eingang fing an zu blinken.

Ledoh zog enerviert die Stirn kraus und drückte auf den Sprechfunk.

»Hier ist die Nachrichtenzentrale, Sir.«

»Diese Konferenz sollte doch unter keinen Umständen–«

»Admiral«, unterbrach ihn der Imperator. »Es könnte die Nachricht sein, auf die ich warte.«

Ledoh ließ die Tür mit einem Knopfdruck zur Seite gleiten.

Der diensthabende Nachrichtenoffizier wußte nicht, ob er sich vor dem Imperator verbeugen oder ob er salutieren sollte, weshalb er ein lächerliches Zwischending aufführte.

Dem Imperator fiel es nicht einmal auf. Er hoffte nur, daß die Nachricht von Sten kam und besagte, daß er die Verschwörer geschnappt und fest verschnürt hatte und sie zur Auslieferung an die Tahn auf einem Silbertablett bereithielt.

»Äh ..., Sir ...«, stotterte der Offizier und beschloß dann, die Nachricht an Admiral Ledoh zu übermitteln. »Die Botschaft kommt nicht von der erwarteten Quelle. Es handelt sich um einen Hilferuf auf der Standardfrequenz. Unser Satellit hat ihn gerade erst aufgefangen.«

»Verdammt«, fluchte Ledoh und nahm den Ausdruck der Nachricht entgegen. »Das können wir nicht gebrauchen. Keine Antwort.«

»Moment mal. Lassen Sie mich einen Blick darauf werfen.« Ledoh reichte das Papier an den Imperator weiter. Dem verstümmelten Notruf zufolge befand sich das Handelsschiff *Montebello* in einer verzweifelten Lage, und zwar nicht allzu viele Lichtjahre von dem Radiopulsar NG467H entfernt. Treibstoffexplosion an Bord... sämtliche Offiziere verletzt... die meisten Besatzungsmitglieder mit schweren Verbrennungen... Bitten um sofortige Hilfe ... jedes Schiff, das die Nachricht auffängt...

»Diese Schwachköpfe!« sagte der Imperator. »Schmalspur-

Raumfahrer! Wollten mal wieder einen besonders sparsamen Katapult-Orbit fliegen, dabei sind sie nicht einmal in der Lage, mit einer Taschenlampe aus einem Kleiderschrank herauszufinden!«

»Euer Hoheit«, sagte Sullamora. »Admiral Ledoh hat recht. Wir haben über weit wichtigere Dinge zu entscheiden als über ein paar Dutzend verbrannte Weltraumgammler.«

Möglicherweise hätte der Imperator die gleiche Entscheidung getroffen; doch Sullamora hatte seine Meinung unabsichtlich in Worte gekleidet, die den Imperator unwillkürlich Tausende von Jahren zurückdenken und sich an eine Zeit erinnern ließen, da er selbst nicht mehr als ein Weltraumgammler gewesen war.

»Lieutenant«, wandte er sich an den Nachrichtenoffizier. »Geben Sie dem Geschwaderkommandeur Nachricht und weisen Sie ihn an, sofort einen Zerstörer loszuschicken.«

Diesmal salutierte der Offizier und entfernte sich eilig aus der Gegenwart des Imperators.

Der Imperator wandte sich wieder der Tagesordnung zu. »Mein lieber Admiral, wenn Sie jetzt die Liebenswürdigkeit besäßen, Ihren geballten Menschenverstand auf diesen diplomatischen Dreck zu verschwenden, damit Lord Kirghiz nicht denkt, wir seien völlig übergeschnappt?«

Kapitel 50

»Vielen Dank, Mr. Jenkins. Ich habe die Koordinaten.«

›Von wegen‹, dachte Commander Lavonne, als sein Deckoffizier salutierte und wegtrat. Diese lausige Spielmaschine, die wir benutzen, um uns von den Riesenpötten fernzuhalten, sagt mir genau, was ich zu tun habe.

Erneut überprüfte er den Kontrollschirm mit den Wahrscheinlichkeitsrechnungen, der ihm den Kurs angab. »Navigationspunkt erreicht?«

»Erreicht, Sir«, antwortete sein zweiter Offizier.

»Von Zero aus ... Kurs fünfunddreißig Grad nach links, vierzehn Grad nach unten.«

»Kurs links fünfunddreißig Grad, nach unten vierzehn Grad.«

»Sekundärantrieb ... Geschwindigkeit auf ein Viertel.«

»Sekundärantrieb auf einem Viertel.«

Lavonne drückte im Geiste die Daumen und hoffte, daß ihm die nächsten Sekunden nichts Unerwartetes bescherten, wie beispielsweise einen Kollisionskurs mit einem anderen Zerstörer. »Antrieb einschalten.«

»Antrieb eingeschaltet.« Die *San Jacinto* summte leise, als die Bordgyrotrone sie in die richtige Richtung drehten und der Yukawa-Antrieb den Imperialen Zerstörer langsam von der dichtgeballten Flotte wegschob.

Lavonne ließ dreißig Sekunden verstreichen. »Sekundärantrieb auf halbe Kraft hochfahren.«

»Sekundärantrieb auf halber Kraft«, antwortete das tonlose Echo seines Piloten.

»Mr. Collins ... ab jetzt! Fünf Minuten bis zum Hauptantrieb.«

»Fünf Minuten bis zum Hauptantrieb. Countdown läuft.«

Der Kommandant der *San Jacinto* hatte also noch fünf Minuten Bedenkzeit. Er ließ sich auf seinen Sessel fallen, stand jedoch kurz darauf wieder auf. ›Hier draußen werden wir alle ein wenig nachlässig‹, rief er sich selbst zur Ordnung. Dann konzentrierte er sich auf das, was ihn bedrückte.

Unter normalen Umständen hätte Commander Lavonne bei einem solchen Auftrag wohl einen Handlauf in der Mitte entzwei gebissen. Er hatte in all den Jahren zu viele Raumvagabunden aus dem Schlamassel gezogen, um sich auf eine weitere Rettungsaktion zu freuen. Seiner Meinung nach sollten alle Handelsflotten unter Militärkontrolle stehen. Dabei war Lavonne kein Faschist. Er hatte nur schon mehr als genug Frachter gesehen, die gänzlich ohne oder mit veralteten Sicherheitsvorkehrungen die Erlaubnis erhalten hatten, die Atmosphäre eines Planeten zu verlassen. Ganz zu schweigen von untauglicher Notfallausrüstung und Offizieren, die nicht einmal dazu in der Lage waren, einen A-Grav-Gleiter zu lenken.

Andererseits gab der neue Auftrag dem Kommandanten der *San Jacinto* und seiner Besatzung wenigstens etwas zu tun.

Eigentlich war Commander Lavonne ziemlich genervt. Zuerst wurden er und sein Schiff von ihrem Geschwader abgezogen und dazu verdonnert, ein Passagierschiff zu seinem Bestimmungsort zu geleiten.

Anfangs war Lavonne sehr stolz auf den Auftrag gewesen. Jemand ganz oben – jemand mit Sternen auf der Schulter – mußte den Eindruck gewonnen haben, daß die *San Jacinto* ein gutes Schiff war, das man mit einem Sonderauftrag beauftragen konnte. In einem seiner wenigen egoistischen Momente hatte Lavonne sogar daran gedacht, daß sich ein solches Unternehmen – worum es sich dabei auch handeln mochte – sicherlich gut machen würde, wenn die Zeit für eine Beförderung gekommen war.

Die Gerüchteküche kochte fast über, als die *San Jacinto* ihr Ziel – irgendwo in der Nähe von NG467H – erreichte, und die Spekulationen wurden noch wilder, als sie die herannahenden Tahn-Schiffe identifizierten. Lavonne überlegte, daß er und seine Leute an etwas schrecklich Wichtigem und höchstwahrscheinlich schrecklich Historischem teilnahmen. Die Frage lautete nur: Woran bloß? Lavonne sah sich schon im Geiste als zittrigen alten Admiral seine Memoiren aufnehmen und dabei sagen: ›Und dann war es mir vergönnt, an dem (was es auch sein mochte) teilzunehmen, das damals das Imperium erschütterte und außerhalb eines Pulsars stattfand, und bei dem (niemand hat mir je erzählt, was) geschah.‹

Was die Sache schlimmer machte, war die Strahlung von Ng467H.

Da sämtliche Kommunikations- und Kontrollschirme versiegelt waren, kamen sich die Raumfahrer noch mehr als sonst wie Sardinen in der Büchse vor.

Die Befehle des Geschwaderkommandanten, die via Nachrichtentorpedos ankamen, waren alles andere als erhellend: Patrouillieren Sie von hier nach da und kehren Sie dann wieder in Ihre ursprüngliche Umlaufbahn zurück.

Jeder Raumfahrer hat das Recht zu meckern, allerdings nur außerhalb der Hörweite seines Kommandanten. Einzelne Raumfahrer wurden ausfällig. Mehrere Pärchen beendeten langjährige Beziehungen und beantragten eine Koje in den Gemeinschaftsunterkünften. Der Freund von Lavonnes bestem Navigator, der nur gelegentlich über die Stränge schlug, wenn die *San Jacinto* in einem Freihafen lag, wurde degradiert, nachdem er einen der Wasseraufbereiter des Schiffes so modifiziert hatte, daß er etwas produzierte, das schon nach dem Genuß geringer Mengen fast die Wirkung von AM_2 entwickelte.

Die *San Jacinto* war kein sehr glückliches Schiff, und deshalb war Lavonne eigentlich ganz dankbar gewesen, als er den Befehl erhielt, sich von der Flotte zu entfernen, unter eigenem Kommando zu operieren und der leckgeschlagenen *Montebello* zu Hilfe zu eilen.

»Vier Minuten, dreißig Sekunden.«

Sofort kehrte Lavonne aus seinen Gedankenspielen wieder auf die Brücke des Schiffes zurück. »Geben Sie mir ab fünfzehn einen lauten Countdown.«

»Bei fünfzehn, jawohl, Sir. Wir nähern uns fünfzehn ... fünfzehn ... erreicht! Zwölf ... zehn ... neun ... acht ... sieben ... sechs...«

»Auf meinen Befehl hin Hauptantrieb aktivieren.«

»Alles bereit.«

»Zwo ... eins ...«

»Jetzt!«

Die *San Jacinto* blitzte auf, als der AM_2-Antrieb sie knapp »über« den Pulsar hinweg auf einen Kurs katapultierte, der sie in einem leicht geschwungenen Bogen fast direkt zur *Montebello* bringen würde.

»Ach, alter Freund«, sinnierte Alex, »das erinnert mich an meine Vorfahren.«

Obwohl das Schiff wie ein Handelsschiff aussah, das schon mehr Eigentümer als Einsatzjahre gesehen hatte, war es in Wirklichkeit ein Mantis-Q-Schiff, ein Schiff des Geheimdienstes, das, sowohl was die Schnelligkeit als auch die elektronische Ausrüstung betraf, besser als ein Imperialer Zerstörer ausgestattet war. Zusätzlich zur normalen Besatzung von vier Mann waren Sten, Alex und vierzig Gurkhas an Bord zusammengepfercht.

Bevor er auf den Notruf-Knopf gedrückt hatte, der die Flotte alarmierte, hatte Sten mehrere ferngesteuerte Satelliten in die Nähe von NG467H entsandt, die ihm hoffentlich die Antriebsflamme jedes Schiffes, das auch nur ungefähr Kurs auf sie nahm, rechtzeitig meldete. Dann hatte er das Notsignal abgeschickt. Er wußte, daß der Satellit, der ursprünglich den Peilstrahl aus dem

Palast weiterleiten sollte, darauf reagieren und mit der Flotte in Kontakt treten würde, obwohl die Schiffe selbst unter der Interferenz-Decke von NG467H verborgen lagen.

»Ich wußte gar nicht, daß Sie überhaupt eine Vorstellung von Ihren Vorfahren haben, Sergeant Major Yeti«, sagte Naik Gunju Lama mit gespielter Ahnungslosigkeit.

»So einen Dreck muß ich mir vielleicht von Offizieren bieten lassen«, fauchte Kilgour ihn an, »aber nicht von einfachen Soldaten, die extra nach Katmandu zurück müssen, um sich dort ihre Schamhaare ausreißen zu lassen. Wie ich schon sagte, Captain. Einer meiner Vorfahren ging mal stempeln, und –«

»Was soll denn das schon wieder heißen?« fragte ihn Sten. Bislang meldeten die Satelliten keine Signale; bis dahin mußten sie die Zeit totschlagen. Warum also nicht einer von Kilgours absurden Geschichten lauschen?

»Jetzt unterbrich mich nicht dauernd, mein Freund. Mein Urahn mußte also einen Arzt aufsuchen, der ihm bestätigt, daß er seinen Beruf nicht mehr ausüben kann. Der Doc schaut sich meinen Vorfahren an – einen gewissen Alex Selkirk Kilgour – und wird kreideweiß. ›Mein Freund‹, sagt er. ›Bei Ihnen fehlen ja ein paar Teile!‹

Mein Vorfahr sagt nur: ›Weiß ich.‹

›Warum haben Sie sich denn nichts transplantieren lassen?‹

›Das war nich' drin‹, antwortet Selkirk. ›Wissen Sie, bis neulich war ich nämlich noch Pirat.‹

Der Arzt denkt sich, daß die Erklärung ganz in Ordnung ist, und fährt mit der Untersuchung fort. Als er fertig ist, sagt er: ›Sir, Sie sind so gesund wie ein MacDonald. Bis auf die fehlenden Teile.‹

Also erklärt es ihm Selkirk: ›Sehen Sie hier, wo das Bein fehlt? Wo das Holzbein dran ist? Da hab ich die Yacht eines reichen

Kerls geentert, und da erwischt mich doch tatsächlich das Schleusenschott.‹

Der Mediziner hört ihm fasziniert zu.

›Der Haken hier, der kommt von einem Laserschuß‹, fährt Selkirk fort. ›Hat mir die Pfote astrein sauber abgetrennt.‹

›Und das Auge?‹ fragt der Doktor neugierig.

Selkirk befingert die Augenklappe. ›Das Auge‹, sagt er dann, ›das Auge, das ist wegen dem Möwendreck.‹

Der kleine Doktor sieht ihn verdutzt an.

›Möwendreck?‹

›Genau. Ich sitz so am Hafen, guck nach oben einem Kran zu, da kommt so 'ne Möwe und kackt.‹

›Aber wie kann denn Möwendreck ...‹

›Ach, Doktor, das müssen Sie verstehen, ich hatte den Haken erst zwei Tage dran.‹«

Sten dachte krampfhaft über eine passende Reaktion nach. Und fand sie: »Verfluchte Römer!« Dann konzentrierte er sich wieder auf die Monitore.

Die *San Jacinto* hielt sich zwischen der Sonne und dem trudelnden Frachter, glich ihren Kurs an den des außer Kontrolle geratenen Schiffs an und kam langsam näher. Dann brachte ein Freiwilliger mit vollverdunkeltem Visier ein dickes Kabel zu einem der ausklappbaren Mehrzweckhaken der *Montebello* hinüber. Mit kleinster Übersetzung zogen die Winden des Zerstörers die beiden Schiffe jetzt dichter aneinander heran.

Lavonne vermutete, daß das Schleusensystem der *Montebello* trotz aller Imperialer Normierungsvorschriften mit dem seinen nicht übereinstimmte, und hielt die Ziehharmonikaverbindung bereit. Sie blies sich auf und wurde größer, bis sie sich über die Schleuse der *Montebello* gelegt und luftdicht verschlossen hatte.

»Alle Mann Anzüge verschließen.« Er, seine zwanzig Raumfahrer und der Rest der Schiffsbesatzung ließen ihre Visiere herunterklappen.

»Äußere Schleusentür öffnen.«

»Äußere Schleusentür öffnet sich, Sir.«

Aus der Schleusenkammer entwich zischend Luft in die Ziehharmonikaröhre; der Luftdruck glich sich an. Lavonne ergriff das Kabel, das inmitten der Verbindungsröhre verlief, und hangelte sich bis zur Schleuse der *Montebello* hinüber.

Er öffnete sie mit einer Tastenfolge, dann betraten er und sein Sanitätsoffizier das fremde Schiff. Lavonne drückte den Notcode, der beide Schleusenschotts simultan öffnete, und wartete, bis erneut ein Druckausgleich hergestellt war. Er war innerlich auf so ziemlich alles vorbereitet, inklusive Null-Atmosphäre mit explodierten Körpern, verbrannten Männern und Frauen, Meuterei, Chaos. Auf *fast* alles.

Was er dann erblickte, waren drei Männer in Imperialen Uniformen. Die Uniform des schlanken Mannes, der sie anführte, wies die Rangabzeichen eines Captains der Imperialen Garde auf. Alle drei zielten mit ihren Willyguns auf Lavonnes Brust.

Lavonne blieb vor Staunen der Mund offenstehen. Bevor er sich von dem Schreck erholen konnte, sagte der Captain: »Wir stehen im Dienst des Imperators, Commander. Ab sofort übernehme ich Ihr Schiff!«

Kapitel 51

Im Versammlungssaal herrschte reges diplomatisches Treiben. Mit dem Kontingent der Tahn und den Adjutanten des Imperators war alles voll besetzt. In der hinteren Ecke des Raums saß der Imperator selbst mit Lord Kirghiz und Tanz Sullamora zusammen. Auf beiden Seiten warteten Untergebene auf das letzte Wort der Verhandlungen. Würde ein Übereinkommen zustande kommen, oder gab es wirklich Krieg?

Hätten sie in die Gedanken des Imperators blicken können, als die Delegation der Tahn zum letzten Treffen eintraf, wären alle Fragen beantwortet gewesen. Ihm fiel sofort auf, daß alle Tahn, vom niedrigsten Kriegslord bis zu Lord Kirghiz selbst, formale Uniform trugen. Sie waren in smaragdgrüne Umhänge, rote Jacken und grüne Hosen gekleidet. Die Uniformjacken waren übersät mit funkelnden Medaillen.

Bei diesem Anblick mußte sich der Imperator ein Lächeln verkneifen; wenn man zu einer Party eingeladen war, zog man normalerweise seine besten Kleider an, nicht eine Kriegserklärung aus Stoff. Er selbst trug eine zurückhaltende Uniform aus einem hellen, aber kräftigen Grau. Und er trug nur eine einzige Auszeichnung: sein Rangabzeichen als Herrscher über sein Reich – einen kleinen goldenen Anstecker mit den Buchstaben AM_2 vor dem Hintergrund der Atomstruktur des Null-Elements. Der Ewige Imperator hatte Mahoney einmal darauf aufmerksam gemacht, daß man sich in einer Meute goldbehangener Würdenträger am besten durch Einfachheit auszeichnet. »Wenn man der oberste Boß ist, hat man es nicht nötig, das überall auszuposaunen«, hatte er damals gesagt.

Der Imperator erhob sich und streckte Kirghiz die Hand entgegen. »Dann sind wir uns also einig?«

Lord Kirghiz bemühte sich um einen würdigen Gesichtsausdruck. »Wir sind uns einig.«

»Dann überlassen wir die Details unseren fleißigen Mitarbeitern«, erwiderte der Imperator. »Unsere drei Kreuze können wir später in angenehmerer Atmosphäre daruntersetzen. Ladies und Gentlemen, ich habe mir die Freiheit genommen, die friedliche Lösung unserer Probleme vorauszuahnen, und möchte Sie jetzt herzlich zu einem kleinen Gastmahl zur Feier unseres Abkommens einladen.«

Er hob die Hand, und hinter ihm glitten große Schiebetüren zischend zur Seite. Die Tahn reckten die Hälse und sahen, daß sich hinter dem Imperator verschwenderisch mit Essen und Trinken gedeckte Tische erstreckten. Jubel wurde laut, Gelächter brach aus, und der Imperator führte seine Gäste in den Bankettsaal.

Das Bankett war der Höhepunkt der langen Karriere von Marr und Senn. Sie hatten an nichts gespart, um eines der exotischsten offiziellen Festessen in der Geschichte des Imperiums auszurichten.

Zunächst einmal hatten sie sich der Herausforderung gestellt, den riesigen Speisesaal des Raumschiffs festlich herzurichten. Zu diesem Zweck hatten sie die Trennwände ausfahren und sie aus atmosphärischen Gründen in warmen Farben verkleiden lassen. Die Tische waren phantasievoll im Raum verteilt, so daß niemand den Eindruck bekommen konnte, vom Hauptgeschehen abgekoppelt zu sein. Der Imperator und Kirghiz saßen einander am zentralen Tisch gegenüber. Außerdem war die nüchterne Beleuchtung gegen ein indirektes Beleuchtungssystem ausgetauscht worden, das das Schimmern des Silbers und der glänzenden Platten aufnahm und die appetitlichen Gerichte, die ständig serviert wurden, noch mehr zu Geltung brachte.

Doch das größte Wunder war das Essen selbst. Da der Imperator der Gastgeber war, bestand das Menü größtenteils aus Tahn-Gerichten, deren Zutaten und Gewürze, wie die Ausrichter sehr wohl wußten, dem Gaumen der Gäste schmeichelten.

Beim Service gingen sie sogar noch einen Schritt weiter. Der absolute Luxus bestand darin, daß man von richtigen Kellnern bedient wurde, nicht wie sonst üblich von einer Maschine oder einem exklusiven Servier-Robot. Marr und Senn hingegen hatten die Prätorianergarde in ihre Dienste gepreßt. Hinter jedem Speisenden stand ein aufmerksamer Gardist in voller Uniform, der bei der geringsten Geste zur Stelle war und Wein einschenkte, ein neues Gericht auftrug oder etwas Störendes wegräumte.

Am zufriedensten mit diesem Arrangement war Admiral Ledoh. Er selbst hätte es nicht besser planen können. Vorsichtig hob er seinen Kelch und trank einen winzigen Schluck Wein. Er mußte zugeben, daß Marr und Senn wirklich ein sehr talentiertes Paar waren, und er bedauerte, daß ihr großartigstes Bankett zugleich ihr letztes sein würde.

Ledoh blickte zu Colonel Fohlee hinüber, der am anderen Ende des Tisches plaziert war. Ledoh hob sein Glas zu einem stillen Toast in Fohlees Richtung. Fohlee erwiderte den Gruß.

Kapitel 52

Im Zeitalter der Subraum-Kommunikation stellte eine direkte Drahtverbindung von einem Schiff zum anderen einen Anachronismus dar, der nicht weit vom Megaphon entfernt war. Allerdings nicht dann, wenn man sich gerade in unmittelbarer Nähe zu NG467H aufhielt. Also schoß der Robot auf einer Chemo-Rakete auf die *Normandie* zu und zog das Kabel hinter sich her.

Seine Schaltkreise mochten wohl schon über dreißig Jahre alt und schon lange nicht mehr im Einsatz gewesen sein, doch sie hielten den Robot unbeirrbar auf Kurs… Kurs dorthin … auf diesen Ring empfindlichen Metalls zu … näher … zurück … noch näher … Düsen … und dann war die Verbindung hergestellt und die Frequenz für die *Normandie* offen.

»Hier Doktor Shapiro«, kam die Stimme von der *Normandie*. »Wie viele Verwundete haben Sie an Bord?«

»Hier Commander Lavonne. Fünfunddreißig. Mein Mediziner sagt, zwölf davon in sehr kritischem Zustand, mit Verbrennungen dritten Grades. Alle anderen haben Verbrennungen zweiten und dritten Grades, Zustand jedoch stabil.«

»Bleiben Sie dran.«

Halbmondförmige Klammern glitten von der *Normandie* zur *San Jacinto* hinüber und zogen die beiden auf der Höhe ihrer Frachtluken bis zum Andocken aufeinander zu, die Schleusen öffneten sich sofort.

Stens vierzig Gurkhas ergossen sich wild um sich feuernd in den Laderaum der *Normandie*. Jeder von ihnen trug nicht nur seinen Kukri und die Willygun, sondern ein Betäubungsgewehr an einem rückholbaren Kampfgurt um den Nacken.

Stens Befehle waren ziemlich einfach gewesen: 1. Jeder, der in Sichtweite kommt, wird ausgeschaltet. 2. Wer unbewaffnet ist, wird betäubt. 3. Der Imperator muß gefunden und in Sicherheit gebracht werden. 4. Niemand, absolut *niemand* darf sich dem Imperator nähern, und jeder, der es, unter welchen Ausflüchten auch immer, versucht, wird getötet.

Da die Gurkhas einfache Befehle liebten und sie bedingungslos ausführten, lag das Schleusenpersonal der *Normandie* innerhalb von fünf Sekunden bewußtlos auf dem Boden. Selbst der Sprecher, der mit der Nachrichtenzentrale der *Normandie* gekoppelt war, hatte nicht genug Zeit, um den Angriff auf das Schiff zu melden.

Wie bei einer Übung kam Corporal Luc Kesare auf Kommando mit einer von einem Tuch verhüllten Platte herbei. Kirghiz drehte sich in Erwartung einer neuen Leckerei lächelnd um. Kesare hielt die Platte mit der Linken, und seine Rechte, aus der plötzlich ein Messer ragte, schoß vor. Die Klinge fuhr Kirghiz genau in den Mund, durchstieß seinen Gaumen und drang sofort in das Gehirn ein.

Dann begann das Gemetzel...

Kapitel 53

Die lange Kolonne der Gurkhas mit Sten an der Spitze eilte leise durch den Hauptgang der Mannschaftsunterkünfte, als die Schiffslautsprecher losdröhnten: »Alle Mann ... zum Speisesaal ... jemand ... sie wollen den Imperator töten –« Die Stimme brach ab, und einen Moment lang kamen tumultartige Geräusche aus der Anlage, dann wurde das System abgeschaltet.

Von links und rechts stürmten Mannschaften auf den Korridor und gingen sofort von den Betäubungsschüssen der Gurkhas getroffen zu Boden.

Vor einem Aufzugsschacht hob Sten eine Hand, und die vierzig Männer blieben reglos stehen. Sten schickte die Hälfte seiner Männer unter Havildar-Major Harkaman Limby durch die Offiziersquartiere nach oben, um die Funk- und die Kommandozentrale der *Normandie* zu sichern. Die anderen zwanzig folgten Sten zum Bankettsaal.

Als Alex und Sten herangestürmt kamen, standen die riesigen Türflügel zum Bankettsaal gähnend weit offen. Aus dem Saal drangen Kampfgeräusche nach draußen. Auf Stens Zeichen hin schoben sich Alex und die Gurkhas vorsichtig in den Saal hinein.

Das Kunstwerk, das Senn und Marr geschaffen hatten, war nicht mehr. Überall lagen rauchende, umgestürzte Tische. Der Boden war knöcheltief mit zerbrochenem Geschirr und zermatschtem Essen bedeckt. Schrecklich zugerichtete Leichen grinsten die Gurkhas an.

Sten und die anderen krochen durch einen langen, verwinkelten Gang des Grauens. Es fiel nicht leicht, in diesem Durcheinander einen Fuß vor den anderen zu bekommen. Sten fielen die vielen toten Prätorianer und Tahn auf. Hier und da erblickte er auch den Leichnam eines Gurkhas, der im Kampf für seinen Imperator gefallen war.

Alex betrachtete das Massaker mit kaltem Blick. »Tja«, sagte er, »das ist ein Verrat, der selbst eines Campbells würdig wäre.«

Erleichtert stellte Sten fest, daß er nirgendwo die Leiche des Imperators entdecken konnte.

Um den Haupttisch herum lag ein Kreis von ungefähr fünfzehn toten Prätorianern, alle mit klaffenden Wunden. In ihrer Mitte lag ein Gurkha mit durchschossener Kehle. Sten erkannte ihn als Jemedar Kulbir. Er hatte seinen Schwur, den Ewigen Imperator bis in den Tod zu schützen, getreu erfüllt.

»Dort liegt ein wahrer Held, meine Freunde«, flüsterte Alex ergriffen.

Bevor ihm Sten antworten konnte, ertönten hinter einer Tür, die in einen Korridor und vom Speisesaal wegführte, bellende Feuerstöße.

»Weiter!« rief Sten, setzte über die Toten vor ihm hinweg und rannte quer durch den Raum.

Als sie um die Ecke kamen, erblickten sie eine Gruppe Prätorianer, die gerade den letzten Mann eines Gurkha-Dreierteams fertigmachen wollten. Sten erkannte Subadar-Major Limbu, der jetzt seinen Kukri zückte und sich in einem selbstmörderischen Angriff auf die Verräter stürzte. Zwei Prätorianer starben, bevor die Gruppe reagieren konnte. Dann knallten Schüsse, und Limbu ging zu Boden.

Stens Gurkhas eröffneten von der anderen Seite her das Feuer auf die Prätorianer, und nach wenigen Sekunden waren alle fünfzehn tot. Stens Leute rannten weiter. Sie suchten den Imperator.

Kapitel 54

Der Imperator stieß Tanz Sullamoras massigen Körper vor sich die Leiter hinunter, drehte sich dann mit der Willygun in der Hand um und rutschte ebenfalls hinab. Als er seine Füße von den Stufen nahm und auf den Handlauf klemmte, um den gleitenden Abstieg abzubremsen, amüsierte er sich plötzlich bei dem Gedanken, daß sein Körper noch immer nicht vergessen hatte, wie man sich in derartigen Extremsituationen bewegte.

Der Imperator kam auf dem Deck auf und warf sich sofort zur Seite, als auch schon ein AM_2-Geschoß genau dort explodierte, wo er eigentlich hätte stehen müssen. Dann schickte er zur Antwort vier Schuß die Leiter hinauf. Oben explodierte die Brust eines Prätorianers. Der Imperator ließ den Zeigefinger gekrümmt und bestrich den Abstieg mit einer Salve. Die Antimaterieprojektile rissen die obere Verankerung der Leiter weg, woraufhin der Imperator sie ganz abreißen konnte.

»Da müssen sie mindestens eine Minute lang überlegen, wie sie hier herunterkommen«, murmelte er.

Die Hälfte dieser Minute brauchte der Imperator selbst, um seine Lage zu überdenken. Als der Prätorianer Kirghiz ermordete, war er einen Augenblick lang wie erstarrt gewesen. Ein winziges Segment seines Bewußtseins höhnte: ›Vielleicht ist es an der Zeit, hin und wieder eine Kneipenschlägerei vom Zaun zu brechen, damit die alten Instinkte wiederbelebt werden.‹

Die Gurkhas hatten ihm während des ersten wütenden Ausbruchs der Schlächterei das Leben gerettet. Die kleinen braunen Männer hatten sich sofort um seinen Tisch gruppiert. Naik Thaman Gurung hatte den Imperator fest umklammert und zu Boden gerissen, wobei er eine Salve aus einer Willygun mit dem eigenen Körper abfing. Subadar-Major Chittahang Limbu hatte seine Willygun auf Vollautomatik gestellt und eine Dauersalve in den Bankettsaal gefeuert.

Der Imperator war unter Thamans Leichnam hervorgekrochen, hatte die Waffe des Gurkhas gepackt und seine Truppen in Bewegung gesetzt. ›Wir müssen eine Barrikade finden‹, war es ihm durch den Kopf geschossen, während sich seine Leute den Weg zu einem der Ausgänge freikämpften. Der Imperator hätte sich vielleicht in seine eigenen Gemächer zurückgezogen, doch der Techniker in ihm trieb ihn statt dessen in Richtung des Schiffshecks, dorthin, wo der Antrieb der *Normandie* saß.

Er wußte, daß die Handvoll Gurkhas unter Subadar-Major Limbu die Verräter nur wenige Sekunden würde aufhalten können, doch diese Sekunden mußten reichen, ihn auf den richtigen Weg zum Maschinenraum zu bringen. Wenn er es bis dorthin schaffte, konnte er sich gegen beliebig viele Attentäter zur Wehr setzen, solange er wollte.

Der Imperator warf einen Blick über das Kanonendeck. Abgesehen von den Raketenwerfern, den aufgereihten Kanonen und den Gefechtsständen hätte die Passage, die sich in einem geschwungenen Bogen von der Schnauze des Schiffs bis zu den Treibstoffkammern und Maschinenräumen im Heck entlangzog, beinahe wie ein Promenadendeck wirken können. Nein, nicht hier, beschloß er. Hier kann man sich nicht sehr lange halten.

Ledoh wartete bereits bei der nächsten Luke, die hinunter in das Küchenareal führte.

Der Imperator gab Zeichen, und seine Männer setzten sich in Bewegung. Er war überrascht, daß ihm nur noch Sullamora, Ledoh und zwei Gurkhas geblieben waren.

Was ihn noch mehr überraschte, war die Erkenntnis, daß ihm die Sache anfing Spaß zu machen.

Sten, Alex und die Gurkhas ließen sich flach auf den Boden fallen, als über ihnen Granaten detonierten. In fünfzig Metern Entfernung blockierte eine Gruppe von Prätorianern eine Passage nach unten.

Es waren ungefähr zwanzig Mann, und Sten registrierte, daß

ihn einer der Prätorianer erkannt hatte und einen lauten Alarmschrei ausstieß.

Als Sten sich fallenließ, schlug er mit der Hand auf einen Hebel rechts von ihm, auf dem LADEN stand.

Geschmeidig glitt eine Goblin-Rakete aus dem darüberliegenden Waffendeck herunter und auf einen Raketenwerfer zu, der sich hinter den Prätorianern befand.

Das System konnte pro Werfer alle sechs Sekunden eine Rakete abfeuern. Die Rakete bewegte sich also ziemlich schnell auf den Ladeschienen vorwärts und erwischte die Prätorianer mit einer Geschwindigkeit von fast sechzig Stundenkilometern. Wenn eintausend Kilo Stahl mit einer solchen Geschwindigkeit auf einige hundert Kilo Fleisch treffen, geht das nicht ohne Verluste ab.

Laut Kilgours Zählung waren fünf Prätorianer ausgeschaltet, bevor die restlichen fünfzehn hinter Raketenwerfern, Geschützschächten und ähnlichem Schutz gefunden hatten.

»Ich hab jetzt die Schnauze voll von dem Dreck«, murmelte er und machte sich ans Werk.

Das Waffenarsenal der *Normandie* war nicht nur für Kampfhandlungen im All, sondern auch für Einsätze auf Planetenoberflächen ausgerüstet. Natürlich waren die atmosphärischen Waffen wie etwa Schnellfeuerkanonen normalerweise hinter den verschlossenen Luken, durch die sie im Ernstfall feuerten, in ihren Stellungen magnetisch arretiert. Es war eine hübsche Sammlung von Waffen, die jedoch alle dafür vorgesehen waren, von einer Halterung aus betätigt zu werden – und natürlich zum Einsatz aus dem Raumschiff heraus. Unter diesen Geschützen befand sich auch ein Flammenwerfer, der unter normalen Umständen von vier Mann zu seiner Feuerluke geschleppt werden mußte.

Der Schwerweltler Sergeant Major Alex Kilgour war unter gar

keinen Umständen als normal zu bezeichnen. Er riß den Werfer von der Wand, entsicherte ihn, zielte und fing an zu feuern, bevor auch nur irgend jemand Zeit fand zu reagieren.

Die Feuerzunge fauchte den langen Korridor entlang, traf auf den gegenüberliegenden Vorsprung, prallte davon zurück und ... brannte.

Eine Signalflamme, die darauf angelegt ist, ungefähr eine halbe Lichtsekunde weit sichtbar zu sein, ergibt eine ordentliche Explosion, wenn sie in einem Korridor von zehn auf zehn Metern losgeht. Die Gurkhas und Sten konnten sich gerade noch vor dem herankommenden Feuerball flach auf den Boden pressen, bevor die automatischen Löschsysteme der *Normandie* losquäkten und mehrere Tonnen Löschmittel auf das angenommene Feuer schütteten.

Zu spät für die fünfzehn Häuflein Holzkohle, die einmal die Prätorianer gewesen waren.

Sten und seine Truppe tänzelten den geschmolzenen Niedergang hinab, noch immer auf der Suche nach ihrem Imperator.

Kapitel 55

Als das Massaker begann, befanden sich Marr und Senn in der großzügig dimensionierten, völlig aus rostfreiem Stahl bestehenden Küche des Raumschiffs; sie flüchteten sich sofort in einen riesigen Sonar-Herd. Als sie das hysterische Geschrei aus den Bordlautsprechern vernahmen, faßten sie den klugen Entschluß, sich ruhig zu verhalten und sich nicht von der Stelle zu rühren.

Senn nahm Marr fest in den Arm. »Wenn sie fertig sind«, sagte er schaudernd, »werden sie uns suchen und ebenfalls umbringen.« Er streichelte über den Pelz seines Lebensgefährten. »Na, wenn schon, wenigstens haben wir eine schöne Liebe erlebt, was?«

Marr erhob sich plötzlich voller Stolz und sagte: »Diese Saftsäcke!«

»Sag nicht so was«, erwiderte Senn amüsiert.

»Wenn ich mich mit einer Sache auskenne«, fuhr Marr fort, »dann sind das Küchen. Sollte auch nur eines dieser brutalen Schweine *meine* Küche betreten, wird es ihm sehr, sehr leid tun.«

Er fing an, überall herumzuwühlen und sich auf die letzte Konfrontation vorzubereiten. Als Senn sah, was er da tat, sprang er auf und verscheuchte alle Gedanken an einen sanften Tod.

Sie begannen mit dem Sonar-Herd. Er war ungefähr drei Meter hoch und nicht viel schmaler. In seinem Inneren befanden sich viele Kochebenen sowie ein ausfahrbarer Backwagen, auf dem ein ausgewachsener Ochse Platz fand. Als Hitzequelle diente ein auf einem hydraulischen Lift montierter Ultraschall-Projektor, der einer überdimensionierten Filmkamera nicht unähnlich sah. Wenn der Herd in Betrieb war, schlossen sich die Sicherheitstüren automatisch, der Projektor bewegte sich über das Essen und sandte dabei Ultraschallwellen aus, bis alles, was sich in seinem Innenraum befand, gar und gebraten war.

Als erstes zerstörte Marr das Sicherheitsschloß. Dann zerrten die beiden an dem Schallwellenbräter.

Draußen vor der Küche stampften viele Stiefel vorbei, und als sich die beiden umdrehten, sahen sie, wie sich der Ewige Imperator in den großen Raum zurückzog. Er zog Tanz Sullamora hinter sich her und feuerte in den Korridor, durch den er gerade gekommen war. Einen Sekundenbruchteil später sahen sie, wie zuerst der Großkämmerer und dann die beiden übriggebliebenen

Gurkhas folgten. Die Naiks Ram Sing Rana und Agansing Rai schrien ihren Verfolgern trotzige Worte entgegen und jagten eine Salve nach der anderen aus ihren Willyguns.

Die Prätorianer erwiderten das Feuer, und die beiden Gurkhas duckten sich. Die rostfreien Wände der Küche hinter ihnen zischten und schlugen Blasen und verwandelten sich in geschmolzenes Metall.

»Hier entlang«, rief der Imperator und führte seine kleine Truppe auf den Notausgang der Küche zu. Direkt dahinter befand sich ein Durchgang, der zu den Kühlhäusern, Lagerräumen und weiter in die Maschinenräume führte.

Eine Horde Prätorianer verfolgte sie mit viel Getöse. Ram stieß einen leisen Schrei aus, als ihn ein Schuß aus einer Willygun erwischte und zischend in seinem Unterleib zerplatzte. Der Rest der Prätorianer drängte immer dichter an die Gruppe des Imperators heran, die gerade durch die Notausgangstür verschwand.

Ohne zu zögern verwandelte Senn seinen Körper in einen pelzigen Ball und ließ sich aus dem Herd herausrollen, in dem er sich versteckt hatte. Er drückte auf den Knopf mit der Aufschrift KÜCHE SAUBERDAMPFEN und tauchte dann wieder in den Herd zurück.

Dampf zischte aus in den Wänden verborgenen Düsen. Hygiene-Sniffer suchten das Umfeld nach fremden – das hieß biologischen – Objekten ab und lenkten sodann die gigantischen Dampfmassen auf diese eingedrungenen Organismen.

Elf Prätorianer rissen entsetzt die Münder auf, um zu schreien. Ihre Lungen füllten sich sofort mit immens heißem Dampf und waren gargekocht, bevor ein Schrei den Mündern entweichen konnte. Das Fleisch der Männer quoll auf und warf Blasen, bis die Blasen schließlich aufplatzten und eine heiße Flüssigkeit absonderten.

Der Reinigungsprozeß nahm nur dreißig Sekunden in Anspruch – nicht länger als die Betriebsanleitung dafür vorsah –, bevor er deaktiviert wurde. Doch bis dahin waren alle sieben Prätorianer tot oder lagen im Sterben. Der menschliche Körper ist sehr widerstandsfähig.

Dann weitere donnernde Stiefel, mehr Schüsse, und die nächste Gruppe platzte mit Fohlee an der Spitze durch die Eingangstür herein. Er sah Senns kleines Gesicht aus dem Herd herauslugen. »Tötet sie!« schrie Fohlee. Als sich eine Gruppe auf sie zubewegte, rollten Marr und Senn aus dem Herd heraus. Fohlee und vier seiner Prätorianer rannten auf den Notausgang zu, durch den der Imperator verschwunden war. Doch die Tür war verriegelt.

Inzwischen kam die andere Prätorianertruppe auf Marr und Senn zugepoltert.

»Hilf mir!« quiekte Marr. Senn schob seine schmalen Schultern unter den Sonar-Bräter und stemmte ihn nach oben.

Langsam ... langsam ... bewegte er sich.

»Jetzt!« rief Marr, und die beiden sprangen durch den Geschoßhagel der Willyguns. Marr hatte gerade noch genug Zeit, auf den Knopf am Herd zu drücken, bevor sie hinter einer stählernen Fleischwanne in Sicherheit waren.

Die Linse des Sonar-Bräters blinkte auf und fing an zu glühen. Der unsichtbare, aber tödliche Strahl fächerte sich im Raum auf, und der Prätorianertrupp lief direkt hinein.

Marr und Senn kauerten sich hinter die Wanne und hörten die schrecklichen Geräusche der sterbenden Prätorianer. Innerhalb weniger Sekunden waren sie alle gebraten. Die hochfrequenten Strahlen erhitzten von innen nach außen, weshalb – noch bevor das Fleisch aufzuplatzen, braun zu werden und zu qualmen begann – ihre inneren Organe herausplatzten und die Küchenwand auf einer Breite von fünfzig Metern mit Fleisch und anderer Gewebemasse besudelten.

Marr wagte einen Blick hinaus und schüttelte sich. Senn versuchte über seine Schulter zu schauen, doch sein Geliebter drückte ihn wieder zurück und bewahrte ihn vor einem lebenslangen Trauma; denn Marr spürte bereits, wie ein kleiner Flekken Schönheit tief in seinem Inneren zusammenschrumpfte und abstarb.

Dann ertönten von draußen wieder Schreie und Poltern. Marr blickte zum Haupteingang der Küche hinüber und stellte sich erneut am Auslöser des Bräters in Position. Wer auch immer durch diese Tür kam, würde auf die gleiche Weise sterben wie die Truppe vor ihnen. Sein Finger war kurz davor, auf den Knopf zu drücken, als er die schlanke Gestalt erkannte, die in den Raum hineinhechtete.

Im Bruchteil einer Sekunde entschied er sich dazu, die Finger über den Knopf hinweggleiten zu lassen. Marr wartete nicht ab, was als nächstes geschah, sondern ließ sich nur neben Senn hinter die Wanne zurückfallen.

Marr blickte in die großen, funkelnden Augen seines Freundes. »Fast hätte ich deinen jungen Captain getötet!«

Dann begrub er sein Gesicht in Senns weichem Pelz und weinte.

Sten und Alex erschossen die vier Prätorianer, die sich gegen den Notausgang stemmten, von hinten. Fohlee sah sie gerade noch rechtzeitig, um sich hinter einen Schlächter zu werfen, einen freistehenden Robot aus mit roter Emaille überzogenem Stahl. Seine drei mal fünf Meter große Gestalt stand reglos da, die rasierklingenscharfen Messer und die Klauen, die das Fleisch festhielten, ruhten leblos in ihren Halterungen.

Sten ging auf die Knie und schob seinen schmalen Körper in die Lücke zwischen Maschine und Wand. Langsam schob er sich durch den dunklen Gang. Würde sich Fohlee weiterbewegen, oder wartete er gleich hinter der Ecke auf ihn? Sten hatte in dem engen Spalt fast keinen Bewegungsspielraum und mußte das Gewehr in die Linke wechseln, um überhaupt voranzukommen.

Da! Die schwarze Mündung von Fohlees Waffe ragte hervor. Sten schlug danach, verlor jedoch die Balance und fiel zu Boden. Aber seine Knöchel hatten kaltes Metall berührt, und er spürte, wie die Waffe Fohlees Griff entglitt und scheppernd auf den Küchenboden knallte. Sten stieß sich aus dem schmalen Gang heraus und kam auf die Beine, nur um sofort von einem kräftigen Hieb niedergestreckt zu werden. Noch im Fallen drehte er den Körper mühsam zur Seite und entging dadurch Fohlees Dolch. Er nahm den Schatten eines Stiefels wahr, der auf ihn niederging, doch es gelang ihm, drei Finger um eine Ferse zu legen und sie wegzudrehen. Fohlee taumelte nach hinten und knallte gegen den Robot.

Mit metallischem Kreischen erwachte die Maschine zum Leben. Der obere Teil des Robots fing an zu wirbeln, Greifhaken suchten nach Fleisch, wollten etwas festhalten. Bevor Sten soweit war, wich Fohlee den Greifern aus und hob sein Gewehr auf. Die beiden Männer brachten ihre Waffen gleichzeitig in Anschlag. In diesem Augenblick grabschte ein Fleischerhaken aus dem Robot heraus und erwischte Fohlee am Hals. Er schrie vor Todesangst, als ihn der Haken nach hinten in die Klauen des Schlächters zog.

Sten schaute voll fasziniertem Entsetzen zu, wie die Maschine in eiskalter Präzision mit Fohlee verfuhr. Innerhalb weniger Sekunden hatte sie ihn bei lebendigem Leibe gehäutet. Winzige Schläuche schossen hervor und saugten das austretende Blut ab, Sägen surrten heran, um die Gelenke zu durchtrennen, und

Knochenmesser stachen und säbelten das Fleisch von den Knochen.

Fohlees Todesschrei hallte noch in der Küche nach, als seine letzten Reste bereits zerstückelt, verpackt, verschweißt und unterwegs in die Kältekammer waren.

Geistesabwesend streckte Sten die Hand aus und schaltete die Maschine ab. Dann ging er mit schweren Schritten um den Schlächter herum, um Alex zu suchen.

Kapitel 56

Die Triebwerke und Energiequellen mochten sich zwar gewaltig verändert haben, doch jeder Glücksritter des Alls aus dem einundzwanzigsten Jahrhundert hätte sich im Maschinenraum der *Normandie* sofort heimisch gefühlt. Die Kammern waren noch immer die gleichen gewaltigen, hallenden metallenen Räume, die vor unsichtbarer Kraft pulsierten. Die glänzenden AM_2-Antriebseinheiten hätten ebensogut Dieselelektrik- oder Nukleartriebwerke sein können, die gleichen schmalen Gänge zogen sich an den Wänden entlang und liefen kreuz und quer über und zwischen phantastisch anmutenden Maschinen und geheimnisvollen Kontrollinstrumenten hindurch.

Da der Antrieb der *Normandie* nicht aktiviert war, hatten hier nur ein Wachoffizier und ein Putzer Dienst geschoben; beide lagen in ihrem Blut.

Der Imperator erblickte die beiden Prätorianer auf der nächsthöheren Etage und kauerte sich hinter einen AM_2-Versorgungsschacht. Er überlegte kurz, zielte sorgfältig und feuerte viermal.

Die vier Schuß trafen die schmale Laufplanke links und rechts von den Prätorianern und trennten das dazwischenliegende Stück ab, das mitsamt den beiden Soldaten in die Tiefe stürzte. ›Wie die Tontauben‹, dachte der Imperator, als er die Männer abknallte, noch bevor sie auf dem Deck aufschlugen.

»Weiter, Admiral. Bringen Sie Ihren Arsch in Sicherheit«, rief er, und Ledoh und der letzte Gurkha halfen ihm, eine tragbare Schweißvorrichtung zum Notausgang zu schieben. Der Imperator war ein wenig stolz auf sich, als sich sein Körper sofort an das erforderliche Gas-Sauerstoff-Gemisch erinnerte, entzündete die Flamme und verschloß den Zugang, durch den sie hereingekommen waren, mit ein paar Schweißpunkten.

»Damit haben wir etwas Zeit gewonnen, Mik.«

Ledoh starrte ihn durchdringend an, und der Imperator fragte sich, was in seinem Kämmerer wohl in diesem Moment vorging. Als die Schießerei angefangen hatte, war Ledoh einer der ersten, der seine Dienstpistole gezogen hatte, doch sie war ihm sofort von einem, wie der Imperator glaubte, übereifrigen Gurkha aus der Hand geschlagen worden. Ledoh konnte doch keine Angst haben, überlegte er, oder doch? Er führte die drei Männer auf das Metallgestänge hinauf. Vielleicht war es schon zu lange her, daß es jemand tatsächlich auf ihn abgesehen hatte.

Vielleicht hat er soviel Angst wie Tanz Sullamora, der hinter dem Imperator mit einem Gesichtsausdruck herschnaufte, als könne ihn jede Sekunde ein Herzanfall ereilen.

Ledoh wartete, bis alle vier Männer auf der nächsten Plattform angekommen waren. ›Jetzt‹, entschied er. ›Jetzt.‹ Dieser verdammte Gurkha hatte ihm die erste Chance versaut. Jetzt war die Zeit gekommen. Schon lag das Paradeschwert in seiner Hand, und mit einem Satz war er heran, um dem Imperator die Klinge in den Rücken zu stoßen.

Doch ebenso wie die Verschwörer die Entschlossenheit und Kampfkraft der Gurkhas unterschätzt hatten, so unterschätzte Ledoh die Reaktion von Naik Agansing Rai.

Rai – Stens früherer Bursche – warf sich zwischen den Imperator und die Klinge, die ihm sofort die Lunge durchbohrte. Er sackte zusammen und riß Ledoh dabei fast das Schwert aus der Hand.

Ledoh machte einen Schritt zurück, zog die Klinge aus der Brust des Mannes und holte ein zweites Mal aus. In diesem Augenblick verwandelte sich Tanz Sullamora in einen Helden.

Es gelang dem dicklichen Mann, dem Verräter seine Willygun – die er nicht einmal richtig zu bedienen wußte – in die Rippen zu stoßen, worauf dieser gegen das Seitengeländer der Plattform taumelte. Sullamora wunderte sich noch über den eigenen Mut, da schnellte Ledoh bereits zurück und schlug ihm den Knauf des Schwertes in den Nacken. Keuchend ging Sullamora in die Knie, und Ledoh war erneut bereit, zuzustoßen...

Erst jetzt sah er, daß der Imperator vier Meter von ihm entfernt am Ende der Plattform stand und ihn ansah. Seine Hände waren leer, die Willygun hing am Gurt auf dem Rücken.

»Das paßt ja«, sagte der Imperator. »Darf ich erfahren, warum?«

Ledoh brachte kaum ein Wort heraus. All die Jahre, all die Pläne, soviel Haß. Doch dann krächzte er: »Rob Gades war mein Sohn.«

Unvermittelt ging er zum Angriff über.

Wieder fragte sich der Imperator, wen zum Teufel Ledoh mit Gades meinte, zog jedoch gleichzeitig ein Brecheisen aus der Feuerlöschvorrichtung, die für Notfälle an dem Vorsprung hinter ihm angebracht war, hielt es beidhändig vor sich und parierte damit Ledohs Klinge.

Ledohs Augen funkelten, als er näher herantänzelte und auf die Hüfte des Imperators zielte; auch dieser Hieb wurde abgelenkt, und dann war der Imperator an der Reihe. Sein linker Fuß trat nach Ledohs Brust.

Ein Schwert gegen ein Brecheisen scheint ein ungleicher Kampf zu sein – und tatsächlich war es das auch, wie schon früher so mancher hatte erfahren müssen, der gegen den Imperator in seinen Tagen als Schiffsingenieur seine Klinge gezogen hatte.

Ledoh war noch nicht ganz zu sich gekommen, da schlug der Imperator mit dem Brecheisen zu. Die Stange krachte gegen Ledohs Schwert und erwischte die Klinge kurz oberhalb des Hefts, bevor der Imperator seinem Hieb eine andere Richtung gab und ihn gegen Ledohs Unterarm krachen ließ.

Der Knochen brach mit einem lauten Knacken, und Ledoh schrie vor Schmerz auf. Er umklammerte den Arm, aus dem durch den Stoff der Jacke ein Stück weißer Knochen herausragte, und ging in die Knie.

Der Imperator blickte auf ihn herab. »Du armes Arschloch«, sagte er nicht ohne Mitgefühl. »Du armes, armseliges Arschloch.« Dann zog er sich zum Notruf neben dem Feuerlöscher zurück, um sich seinen nächsten Schritt zu überlegen.

Kilgour hebelte mit aller Kraft an der verschweißten Luke zum Maschinenraum, bis Sten ihn mit dem Ellbogen zur Seite schob.

Das Messer glitt aus der Scheide in seine Hand; er umklammerte das Handgelenk mit der anderen Hand und trieb das Messer direkt durch die Tür. Die Kristallklinge durchschnitt den Stahl wie Plastik. Sten führte zwei Schnitte um die geschwärzten Stellen aus, die die Schweißpunkte markierten, und drückte die Tür dann mit der Schulter auf. Mit dem Messer in der einen und dem Kukri in der anderen Hand stand er im Maschinenraum.

Vier Leichen. Kein Imperator. Er sah nach oben, und schon schlich er wie eine Katze die Leiter hinauf.

Einige Ebenen weiter oben erkannte er zwei weitere Körper, die reglos am Boden lagen – und zwei Männer.

Der Imperator. Am Leben. Einigen Dutzend Göttern sei Dank. Ein anderer Mann ... auf den Knien. Ledoh.

Weder der Imperator noch Ledoh hörten Sten herankommen.

Sten stand auf dem Steg unter den beiden und sah, wie sich Ledoh dazu zwang, den Schmerz zu ignorieren. Seine gesunde Hand glitt hinter seine Schärpe und zog eine winzige Mantis-Willygun hervor. Sten war die Leiter erst halb hinaufgeklettert, da zielte Ledoh bereits mit der Pistole.

Man kann einen Kukri nicht werfen. Er hat nur eine Schneide, und aufgrund seines klobigen Griffs ist die Klinge nicht ausbalanciert und wirbelt beim Wurf unkontrolliert durch die Luft.

Andererseits besteht die Waffe aus fast fünf Kilo Stahl.

In einer verzweifelten Geste, das Leben des Imperators in letzter Sekunde zu retten, holte Sten mit dem langen Messer aus.

Im besten Fall hätte es Ledoh umknüppeln können, doch die wirbelnde Klinge drang mit der Spitze voran in Ledohs Rücken und durchtrennte seine Wirbelsäule.

Ledoh war tot, bevor sein Finger den Abzug der Willygun betätigen konnte. Sein zuckender Körper rutschte durch das Geländer und schlug viele Meter weiter unten wie ein nasser Sack auf den Bodenplatten auf.

Sten stieg die letzten Stufen hinauf und sah den Imperator lange an. Vielleicht war jetzt der Zeitpunkt gekommen, an dem einer der beiden etwas furchtbar Dramatisches hätte sagen sollen. Doch dramatische Gesten und Worte werden meist erst später bei den Erzählungen hinzugefügt. Die beiden blutbesudelten Männer blickten sich nur schweigend und erleichtert an.

Kapitel 57

Nackt unter der hellen Sonne mußte Haines unwillkürlich über die Vollkommenheit nachdenken. Das eiskalte Getränk stand in Reichweite; die Sonne schien heiß auf sie herab; eine kühle Brise aus dem Wald unter ihnen sorgte dafür, daß das Hausboot angenehm temperiert blieb.

Fast vollkommen, korrigierte sie sich.

Eine Sache fehlt, ein einziges Problem steht der Vollkommenheit im Wege.

Die letzten Monate, nachdem der Imperator auf die Erstwelt zurückgekehrt war, hatten sich als sehr anstrengend erwiesen. Man hatte sich sofort darangemacht, das Durcheinander aufzuräumen.

Haines war wirklich dankbar, daß sie nur einen Teil des Geschehens selbst miterlebt hatte; den Rest hatte ihr Sten erzählt.

Nachdem der letzte Prätorianer auf der *Normandie* zur Strecke gebracht worden war, hatte sich die Imperiale Flotte sofort aus dem Staub gemacht; nicht einmal der Imperator war in der Lage, eine glaubwürdige Erklärung zusammenzubasteln, die die Tahn hinsichtlich des Todes ihres Obersten Kriegslords und seiner Gefolgschaft akzeptiert hätten.

Kirghiz oder einer seiner Untergebenen mußten Befehl gehabt haben, sich regelmäßig zu melden, denn bereits nach zwei Tagen sah sich die Flotte verfolgt. Ein Tahn-Schlachtschiff plus Kreuzer- und Zerstörereskorten wären zuviel für die *Normandie* gewesen, doch der Imperator hatte bereits Verstärkung angefordert. Die *Normandie* war mit zwei kompletten Schlachtschiffgeschwadern zusammengetroffen.

Die Tahn kämpften tapfer und dumm. Trotz wiederholter Kommunikationsversuche von seiten des Imperators kämpften sie in totaler Funkstille bis zum letzten Mann. Sten fand nie heraus, ob sie mit der Absicht antraten, Kirghiz zu retten oder zu rächen.

Nach der Ankunft auf der Erstwelt versuchte der Imperator sofort, mit den Tahn in Kontakt zu treten, doch sämtliche diplomatischen Verbindungen waren gekappt, jegliches Personal zurückbeordert.

Haines hatte davon kaum etwas mitbekommen. Sie war zu sehr damit beschäftigt gewesen, die überlebenden Verschwörer zusammenzutreiben. Noch nie in ihrem Leben hatte sie so viele hochrangige und wohlhabende Leute festgenommen.

Kurz darauf fand ein großer Schauprozeß statt, denn der Imperator hoffte, daß die Tahn wenigstens auf diese Weise die Wahrheit erfuhren. Was sie natürlich nicht wollten – jeder totalitäre Herrscher, der etwas auf sich hält, weiß, daß es sich immer gut macht, einen Feind zu haben, dem man ein Verbrechen anhängen kann. Sogar Versuche, die Tahn mit Hilfe von neutralen Vermittlern aus anderen Kulturen von der Wahrheit zu überzeugen, wurden abgelehnt.

Die Serie von Prozessen war ermüdend. Wenigstens erhielt Haines die Gelegenheit, in aller Öffentlichkeit vor Gericht auszusagen. Sten machte seine Zeugenaussage auf Imperialen Befehl hin von einem abgeschotteten Raum aus, wobei seine Stimme elektronisch verändert wurde, um jede Identifikation zu vereiteln.

Trotz des Widerstands der Verteidigung gegen eine derartige Vorgehensweise wurden fünfundneunzig Prozent der Verschwörer für schuldig befunden – und Hochverrat sowie versuchter Königsmord waren nach wie vor Kapitalverbrechen.

Selbst die freigesprochenen fünf Prozent entgingen der Rache des Imperators nicht völlig. Erst am Vortag hatte es in den Nachrichten eine kleine Meldung gegeben, in der von der Explosion einer Yacht berichtet worden war, bei der auch ihr Eigentümer ums Leben gekommen war... Haines wollte in dieser Richtung nicht weiterdenken. Sie wollte über die Vollkommenheit nachdenken, und in ihren Augen blieb auch ein vom Imperator selbst angeordnetes Attentat ein Mord.

Die Sonne wollte sie immer wieder zum Schlaf überreden, und gerade, als sie sich lustvolleren Gedanken hingab, hörte sie, wie sich ein Gleiter näherte. Sie mußte sich zwingen, aufzuwachen und beim Aufstehen nach einem Badetuch zu greifen. Als sie Sten in dem Gleiter erkannte, lehnte sie sich wieder zurück, und ihre Gedanken trieben noch weiter davon.

Sten machte vor dem Hausboot fest, ging durch die Küche, nahm sich ein Bier und kam auf die Veranda heraus.

»Na, wie ist es gelaufen?«

»Wenn ich das nur wüßte«, antwortete Sten. »Mehr schlecht als recht.«

»Erzählen Sie mal, Captain.«

»Ach ..., na ja, teilweise sogar gute Nachrichten. Ich bin soeben befördert worden.«

»Dann gießen Sie sich ein Glas ein, und ziehen Sie sich aus, Commander.«

Sten befolgte ihre Befehle, zog sich aus und legte sich neben sie. Dann ließ er ein wohliges animalisches Grunzen vernehmen. Haines wartete, solange sie konnte.

»Jetzt mach schon, Sten. Erzähl, was los war!«

Der Tag war tatsächlich teils besser und teils schlechter verlaufen, als Sten es erwartet hatte.

Nachdem die *Normandie* auf die Erstwelt zurückgekehrt und Sten wieder als Kommandeur der Gurkhas eingesetzt worden war, mußte er ständig zu Sonderaufträgen weg, wozu auch die vielen Anhörungen vor Gericht gehörten.

Die Gurkhas wurden wieder zur ursprünglichen Stärke aufgestockt und von Subadar-Major Chittahang Limbu angeführt, obwohl dieser noch nicht ganz von seinen Wunden genesen war.

Sten kam nur zum Essen und Schlafen in den Palast, und die wenigen Male, bei denen er den Imperator auf dem Flur getroffen hatte, waren erstaunlich kurzangebunden verlaufen.

Bis zu dem Tag, an dem ihn der Imperator zu sich zitierte.

Während Sten eintrat, salutierte und seinen Bericht ablieferte, saß der Imperator schweigend hinter seinem Schreibtisch.

Er ließ viel Zeit verstreichen, bevor er das Wort ergriff.

Sten hatte erwartet, daß einige bestimmte Dinge zur Sprache kommen würden, doch er sollte sich täuschen.

»Sind Sie bereit, in den Krieg zu ziehen, Captain?«

Sten blinzelte kurz, fand jedoch, daß alle möglichen Antworten ziemlich dumm klangen, und schwieg.

»Ich möchte eine Voraussage wagen, Captain. Ex cathedra und streng vertraulich. Innerhalb von fünf E-Jahren werden wir gegen die Tahn kämpfen.«

Der Imperator erbarmte sich ein wenig. »Stehen Sie bequem, Captain Sten. Nein, setzen Sie sich.«

Stens Anspannung ließ ein wenig nach. Er konnte sich nicht vorstellen, daß der Imperator jemanden aus seinen Diensten entlassen würde, den er vorher gebeten hatte, Platz zu nehmen.

»Nun, Captain, was halten Sie davon?«

Sten war verwirrt. Wie jeder Berufssoldat glaubte er fest an den etwas widersprüchlichen Satz, daß die Aufgabe eines Soldaten darin besteht, Kriege zu verhindern.

Der Imperator schien heute leicht prophetisch angehaucht zu sein. »Es wird ziemlich übel, sollte es dazu kommen. Ich liege übrigens nicht falsch, nebenbei bemerkt. Unser Geheimdienst meldet, daß sämtliche Werften der Tahn auf die Produktion von Kriegsschiffen umgestellt haben. Die Tahn kaufen jedes erreichbare AM_2-Partikel auf, egal was es kostet.

Außerdem – das habe ich natürlich noch nicht an die große Glocke gehängt – kommt es verstärkt zu Scharmützeln mit meinen normalen Patrouillenschiffen in der Nähe der Tahn-Welten. Ach, zum Teufel, warum lüge ich Sie eigentlich an? Jedes Schiff, das ich zum Spionieren dorthin entsende, schicken sie mir durchlöchert wieder zurück.«

Daraufhin zog der Imperator eine Flasche aus seinem Schreibtisch. Sten registrierte es mit wachsender Erleichterung – zuerst hinsetzen und dann vielleicht ein gemeinsamer Schluck. Vielleicht durfte er seine Captain-Streifen ja doch behalten. »Der Grund dafür, weshalb ich Ihnen aus dem Weg gegangen bin, Captain, liegt darin, daß ich an dieses ganze verfluchte Zeug nicht einmal denken wollte. Um Ihnen die Wahrheit zu sagen, ich habe jeden, der auch nur im entferntesten damit zu tun hatte, auf meine schwarze Liste gesetzt. Imperator zu sein, das bedeutet, niemals zuzugeben, daß man sich getäuscht hat – wenn Sie so wollen.«

Er goß zwei Metallbecher voll. Sten erkannte den Geruch von Stregg.

»Dieses Zeug macht einen richtig süchtig«, sagte der Imperator. »Erinnern Sie sich noch daran, wie wir uns am Imperialen Siegestag damit zugeknallt haben?«

Sten erinnerte sich noch sehr lebhaft daran.

»Wissen Sie noch, was ich Ihnen damals gesagt habe?«

Sten wußte es noch.

»Ich habe den nächsten Schritt *für* Sie unternommen.« Der Imperator zog einen Stapel Befehle aus seiner Schreibtischschublade und warf sie auf die Arbeitsplatte.

»Das müssen Sie jetzt nicht alles durchlesen. Sie sind neu zugeteilt worden. Flugschule. Ganz richtig. Übrigens, dieser klobige Kumpel von Ihnen...«

»Sergeant Major Kilgour?«

»Richtig. Möchten Sie wissen, wo er ist?«

Das wollte Sten sehr wohl. Alex war vor einem oder zwei Monaten unter mysteriösen Umständen verschwunden.

»Ja. Ich habe ihn befördert, denn ich habe über dunkle Kanäle erfahren, daß er heiraten will. Irgendeine Polizistin. Hirnverbrannter Idiot. Halsbrecher wie er sollten niemals heiraten. Wie auch immer, auch er wird jetzt lernen, es wie ein großer Vogel zu machen. Außerdem ist er kein Sergeant Major mehr. Ich habe einen technischen Offizier aus ihm gemacht. Da muß er sich in der verdammten Marine wenigstens nicht mit ihrem blöden Klassensystem herumärgern.«

Der Imperator nahm seinen Becher zwischen die Finger. »Captain, vielleicht möchten Sie noch einmal eine gewisse Haltung annehmen, bitteschön.«

Sten erhob sich und stand stramm.

»Eine andere Sache noch«, murmelte der Imperator und wühlte wieder in seinem Schreibtisch herum, bis er eine kleine blaue Schachtel hervorzog. »Sie sind jetzt Commander. Hier, Ihre Abzeichen.« Er schob die Schachtel zu Sten hinüber. »Und jetzt nehmen Sie endlich Ihren Becher in die Hand.«

Sten gehorchte.

»Den Trinkspruch möchte ich aussprechen – wir trinken auf Sie, Commander. Denn ich werde Sie niemals wiedersehen.«

Der Imperator erhob sich. »Auf Ihr Wohl, Commander Sten!«

Sten kam der Geschmack des Stregg diesmal ziemlich eigenartig vor.

Haines ließ sich alle Neuigkeiten durch den Kopf gehen – bis auf die Gewißheit des Imperators, daß es bald Krieg geben würde, was Sten ihr verschwiegen hatte. Sten trank sein Bier aus und ging in die Küche, um sich noch eins zu holen.

»Ich habe noch etwas läuten hören«, sagte er beiläufig, als er wieder herauskam. »Du kriegst auch so etwas wie eine Beförderung.«

Doch Haines dachte an andere Dinge. »Das heißt, du mußt weg und wirst ein Vogelmensch. Wann?«

»Hier noch eine letzte gute Nachricht«, sagte Sten. »Es sieht so aus, als wäre ich zu Geld gekommen.« Idas gesetzeswidrig angelegte und investierte Gelder hatten ihn endlich erreicht, und jetzt saß Sten auf einem Haufen Credits, den er sich noch vor kurzem kaum hätte vorstellen können.

»Außerdem machen wir beide einen langen Urlaub, bevor wir uns bei unseren neuen Dienststellen melden.«

Haines lächelte, nahm einen Schluck aus ihrem Glas und blinzelte dann. »Hey, Raumfahrer. Willste'n bißchen Spaß haben?«

Sten mußte lachen und kniete sich neben sie. Sie zog ihn zu sich herab, und er spürte ihre Brüste und ihre Lippen, und dann gab es für sie beide nur noch die träge Wärme der Sonne und die Vollkommenheit.